国家社科基金课题结项成果（项目编号 08BWW018）

俄国象征主义研究

郑体武 ◎ 著

上海外语教育出版社
外教社 SHANGHAI FOREIGN LANGUAGE EDUCATION PRESS
www.sflep.com

图书在版编目(CIP)数据

俄国象征主义研究 / 郑体武著. —上海：上海外语教育出版社，2019
ISBN 978-7-5446-5938-3

Ⅰ. ①俄… Ⅱ. ①郑… Ⅲ. ①象征主义－俄罗斯文学－文学研究－汉、俄 Ⅳ. ①I512.06

中国版本图书馆 CIP 数据核字(2019)第 126147 号

出版发行：**上海外语教育出版社**
（上海外国语大学内）　邮编：200083
电　　话：021-65425300（总机）
电子邮箱：bookinfo@sflep.com.cn
网　　址：http://www.sflep.com
责任编辑：岳永红

印　　刷：上海华业装潢印刷厂有限公司
开　　本：635×965　1/32　印张 14.5　字数 323千字
版　　次：2019 年 9 月第 1 版　2019 年 9 月第 1 次印刷
印　　数：1 100 册

书　　号：ISBN 978-7-5446-5938-3
定　　价：58.00 元

本版图书如有印装质量问题，可向本社调换
质量服务热线：4008-213-263　电子邮箱：editorial@sflep.com

目 录

前言 ………………………………………………………… 1

绪论 ………………………………………………………… 1
  一、从象征到象征主义 …………………………………… 2
  二、象征主义与现代主义 ………………………………… 12
  三、象征主义与颓废主义 ………………………………… 19

第一章 俄国象征主义的历史文化语境 …………………… 28
  第一节 世纪之交的社会政治状况 ……………………… 31
  第二节 世纪之交的精神文化氛围 ……………………… 35
  第三节 世纪之交的文学艺术环境 ……………………… 40

第二章　俄国象征派文学生活的组织形式 ········· 50
第一节　象征派期刊 ········· 51
第二节　象征派出版社 ········· 73
第三节　象征派文学沙龙和小组 ········· 84

第三章　俄国象征主义的源头 ········· 94
第一节　法国象征主义的影响 ········· 98
第二节　德国浪漫主义的影响 ········· 116
第三节　本国象征主义土壤 ········· 139

第四章　俄国象征主义的象征观 ········· 154
第一节　象征主义的两次浪潮 ········· 155
第二节　老一辈象征派的象征观 ········· 161
第三节　新一代象征派的象征观 ········· 175

第五章　俄国象征派诗歌中的象征形象 ········· 194
第一节　象征派诗歌中的象征形象 ········· 196
第二节　象征派诗歌中的颜色象征 ········· 217
第三节　象征派诗歌中的音乐形象 ········· 251

第六章　俄国象征派诗歌的神话思维 ········· 286
第一节　象征派的神话创作 ········· 288
第二节　象征派的生活创作 ········· 301
第三节　象征派诗歌的组诗化 ········· 315

第七章　俄国象征派诗歌的语言特色与诗体革新 ……… 331
第一节　象征派诗歌的语言特色 ……… 332
第二节　象征派诗歌的节奏和诗体革新 ……… 346
第三节　象征派诗歌的体裁探索 ……… 373

余论 ……… 385
一、俄国象征主义的危机 ……… 386
二、俄国象征主义的民族特色 ……… 398
三、俄国象征派诗歌的影响 ……… 405

参考文献 ……… 425

前 言

俄国象征主义诞生于19世纪末,鼎盛于20世纪初,是世纪之交在俄国诗坛占主导地位的一个文学流派,也是整个俄国现代主义的先声,其成就之高、规模之大、影响之远,堪称俄国诗歌史上继普希金之后的又一次繁荣和复兴。

由于历史的原因,我们过去对包括象征主义在内的俄国现代主义一直重视不够,也颇多偏见,将之视为对正常文学状态的偏离,是俄国文学的危机与颓废,是现实主义不共戴天的死敌,从而对其成就要么视而不见,要么肆意歪曲。在以往各类俄苏文学史著述中,俄国现代主义长期扮演着二流或三流的角色,这与其应有的实际地位极不相称。这种情况,到20世纪90年代以后虽得到明显的改变,但仍存在不尽如人意之处,可以说是成绩与缺憾并存。

受正统文艺学观念影响,苏联时期的象征主义文学研究,主要集中在少数所谓"克服了象征主义的诗人"身上,首先是勃洛克,其次是勃留索夫。除了为数可观的论文外,还有数十部专著以及其他相关资料。这些著作大多采用社会历史研究方法,在观念上坚持现实主义中心论,具有明显的教条主义倾向,即便是像勃洛克和勃留索夫这样的象征主义代表人物,也是重视其创作中所谓的"现实主义转向",亦即对象征主义世界观和诗学规范的摆脱。这一点在苏联时期的各种专业教科书上随处可见。不过苏联时期的象征主义研究并非乏善可陈,还是出现过一些有分量、有眼光、至今仍被学界广泛认可和引用的扎实之作,其中最突出者,如马克西莫夫(Максимов Д. Е.)的《勃洛克的诗歌和散文》(1981)和《二十世纪初俄罗斯诗人》(1985)、多尔戈波洛夫(Долгополов Л. К.)的《勃洛克生平与创作》(1980)和《世纪之交》(1985)、格罗莫夫(Громов П. Н.)的《勃洛克:他的先驱者和同时代人》(1986)等。明茨(Минц З. Г.)的勃洛克与俄国象征主义研究系列《勃洛克诗学》(1999)、《勃洛克与俄国作家》(2000)和《俄国象征主义诗学》(2004),虽然大规模整理成文集赫然问世是在世纪之交,但其完成主要还是在苏联解体之前。明茨的上述"三部曲"堪称研究勃洛克和俄国象征主义的经典之作。由洛特曼(Лотман Ю. М.)和明茨夫妇在塔尔图大学主持的《勃洛克论丛》,从1964年开始出版第一期,坚持数十年不辍,迄今已经出版19期之多,在勃洛克研究方面起到强有力的推进作用,在学界影响很大。遗憾的是,同勃洛克形成强烈反差的是,苏联时期对其他象征派诗人鲜有比较深入的研究。此外,萨波戈夫(Сапогов В. А.)和里亚宾娜(Ляпина Л. Е.)等人关于"组诗诗学"研究的专著和系列论文,也是苏联时期诗歌研究未得到学术界应有重视的一个不足,他们的研究对象虽然不是专门限定于象征主义或白银时代的诗歌艺术,而往往是始于古典主义的整个俄国诗歌甚至欧洲诗歌传统,但都特别注意到俄国象征主义诗学的这一突出特点并给予了较为深入的探讨。

苏联解体后的象征主义研究领域得到拓宽和深化,几乎所有重要诗人的研究无疑都取得了长足进展,并出版了不少基础资料,同时,研究者的文学观念、研究方法和角度也明显趋于更新和丰富,打破了原来的现实主义中心论的桎梏,突破了以往社会历史批评的单一模式,开始向诗学(尤其是神话诗学)、文化研究乃至宗教批评等方向拓展,取得了丰硕的成果。马戈梅多娃(Магомедова Д.М.)的《勃洛克创作中的自传性神话》(1997)和普里霍季科(Приходько И.С.)的《亚历山大·勃洛克与俄国象征主义:神话诗学层面》(1999),是较早尝试从神话诗学角度对勃洛克进行解读的学者。鲍果莫洛夫(Богомолов Н.А.)在历史研究和文献挖掘方面成就卓著,他的论文集《二十世纪初俄罗斯文学与通灵术》(1999)对20世纪初主要在彼得堡和莫斯科兴起的通灵术热潮及其对文学界和文化界尤其是对象征派和阿克梅派作家的影响,做了颇有意义的探究,挖掘出不少第一手档案资料,为进一步把握白银时代的精神氛围和特征提供了具体的案例;鲍果莫洛夫的另一部论文集《围绕白银时代:论文与资料》(2000)主要着眼于现代主义作家研究、语境研究、资料考辨以及象征主义学术史研究,其中关于老一辈象征派代表勃留索夫和巴尔蒙特研究的相关内容最为引人注目。专事象征主义研究的著名学者拉夫罗夫(Лавров А.В.)的《别雷研究探微》(2007)和论文集《勃洛克论稿》(2000)、《俄罗斯象征派》(2007),以占有新鲜史料和文献考证见长,为相关研究的开展提供了很多新鲜见解和材料。新生代学者的代表波隆斯基（Полонский В.В.）的《传统与现代主义之间》（2011）和他主编的《十九世纪末二十世纪初俄罗斯文学中的神话诗学与体裁变化》（2009），在包括象征主义在内的白银时代研究方面继续拓展，对象征主义的神话诗学及诗歌、小说、戏剧等体裁在象征主义与现实主义文学中的变化及其原因进行了较为全面的考察和分析。近年在文学史方面著述颇丰的米涅拉洛娃（Минералова И.Г.），她的《白银时代俄国文学：象征主义诗学》（2004）提出将"综合"作为俄国象征主义诗学的两大特征之一（另一特征是象征）予以审视，并对此进行了详细的论述。克列贝尔（Кребель И.А.）从哲学角度介入诗学研究，她的《白银时代诗学——拓扑学反思的尝试》（2010）从白银时代的一个重要特点——哲学与文学艺术之间的相互渗透出发，通过对诗歌、绘画、音乐、戏剧、芭蕾语言的考察和分析，揭示白银时代神话诗学的形成机制和思想语言基础。伊斯克尔日茨卡雅（Искржицкая И.Ю.）的《俄国象征主义的美学——文化学问题》（2000）标志着俄国象征主义研究开始突破传统框架，向文化研究方向拓展。科洛巴耶娃（Колобаева Л.А.）的《俄国象征主义》（2000），对俄国象征派两代重要诗人的创作分别做了评析；科切托娃（Кочетова С.А.）的《十九世纪末二十世纪初俄国现代派作家批评的美学与诗学》（2009）对俄国象征派、阿克梅派、未来派等重要诗人的文学批评活动做了专门详细的挖掘和梳理，认为诗人现身说法，对自己亲身参与或见证的文学创新现象、诗坛流派嬗变予以撰文评说，同时表达自己的美学诗学观点和追求，这是俄国现代派的一个重要特点。贝斯特罗夫（Быстров В.Н.）的《在乌托邦与悲剧之间：俄国象征派的改造世界思想》（2012）探析了俄国象征派最重要的特点之一——象征主义世界观的巫术基础。作者以两代象征派的代表人物梅列日科夫斯基、别雷和勃洛克的创作,更确切地说,是以"生活创作"为考察对象,集中探讨象征派诗人的宗教—哲学探索,以及这种探索的演变、转型、彼此间的契合与交叉。改造世界思想是象征主义世界观的核心要素之一,在象征派诗人的处世态度和艺术创作中具有巨大影响。该书多角度地揭示了象征派世界观思辨的和乌托邦式的悲剧,指出这不但是诗人,也是20世纪初俄罗斯文化阶层相当一部分人意识中固有的一个特点。值得一提的,还有斯拉夫文化研究院象征主义研究课题组推出的两辑《俄国象征主义与世界文化》(2001;2004)系列文集、《艺术之路:象征主义与二十世纪欧洲文化》(2008)论文集,这些集体成果将俄国象征主义这一文学现象置于世界文学背景上加以考察,在与欧洲文化与世界文化的联系和互动中更加清晰地认识俄国象征主义的民族特色和世界意义,从而拓宽了象征主义的研究视野。这一时期,象征主义研究的一些基础工作成绩斐然,陆续发表了很多从前没有公开或不易获取的文献资料,出版了一批重要诗人(除勃洛克、勃留索夫外,还有别雷、伊万诺夫、安年斯基、吉皮乌斯、沃洛申等)的研究专集,以及不同版本的各类作家文集,如新版梅列日科夫斯基多卷本文集、索洛古勃多卷本文集、别雷作品集和美学与批评文集、伊万诺夫的美学与批评文集、两卷本的巴尔蒙特文集、吉皮乌斯的日记和回忆录、至今尚未出齐的新编20卷本《勃洛克文集》等等,不一而足。不言而喻,论资料档案的开放程度和丰富程度,以及资料获取手段与途径的便捷程度,都比过去是大大地进步了。这一切为学术研究的推进提供了必要的基础条件。

除了苏联和俄罗斯本土研究成果外,世纪之交陆续推出的"当代西方斯拉夫学丛书"中的某些西方学者的著作也值得一提,尤其是奥地利学者汉森-廖维(Аге Ханзен-Леве)的《俄国象征主义:诗歌母题系统》。该书计划出版5卷,目前俄文版已出两卷,分别是《俄国象征主义:诗歌母题系统》(1999)和《神话诗学的象征主义》(2003)。该书有别于一般的学术著作,不是对某一问题的专门探究,也不同于常见的资料汇编或文选,而是借鉴当代语料库研究方法,将各家象征派诗人的创作视为统一的文本,以母题和主题为纲目,把同题的所有诗歌文本分门别类地汇总起来,再加以简要描写、初步分析和注解。毫无疑问,这是一项非常有价值有意义的基础工程,在文本、文献的检索方面为广大同行提供了诸多方便。

应该说,苏联解体以来,尤其是进入21世纪以来,俄罗斯在象征主义及其重要诗人的研究方面取得的创新和突破性成果是蔚为大观的。不过,仔细观察不难发现,这些新成果还停留在个别作家作品的"个案"研究上,缺乏对象征主义现象的总体研究和历史把握。"关于象征主义的概括性研究成果目前还没有产生",[1]俄罗斯学者格里高利耶夫(Григорьев А.И.)在30多年前说的话今天仍大体上不错。这一突破为什么"千呼万唤不出来"呢?我想,其原因恐怕跟以下两个因素不无关系:

首先,同过去相比,意识形态的障碍虽然不存在了,但在20世纪90年代以后,学界的精力主要投放在了白银时代上了,相较而言,在文学研究领域,白银时代是热点,而在白银时代研究领域,作为整体的白银时代是热点,阿克梅主义及其重要诗人(阿赫玛托

---

[1] История русской литературы(в 4 томах). Т.4, Л.,:Издательство Наука. 1983, С.420.

娃、曼德尔施塔姆、古米廖夫等)是热点。象征主义虽然也是白银时代极其重要的组成部分,而且白银时代整体研究也必然会带动象征主义的研究,但同阿克梅主义相比,所受的关注度明显不够。只要细察,其实这种现象也不难理解。在苏联时期,"白银时代"一直被当作一个含有反苏色彩的西方斯拉夫学概念而予以排斥——俄罗斯学界开始接受这一概念约略在20世纪90年代中期,不妨以法国学者乔治·尼瓦等人主编的《二十世纪俄国文学史:白银时代》俄文版1995年在莫斯科问世为标志。这种情况自然也影响到对白银时代的研究。同样,阿克梅主义也长期处于学术研究的边缘或禁区,因此,禁区一旦打开,一个崭新的大有可为的研究领域开放在眼前,便很容易形成热点效应。一大批年富力强的中青年学者迅速投入其中,还有一些过去从事象征主义(主要是勃留索夫和勃洛克)研究的学者,也开始转向阿克梅主义或其他新领域。当然,阿克梅主义贡献出不少诗歌大家,取得的艺术成就不容置疑,确实值得研究者为之奉献心力。另外,文学研究的取向在相当程度上反映着社会政治和社会心理的变化,阿克梅派诗人大多命运悲惨,不少人受到过残酷迫害甚至处决,作品长期被打入冷宫,因此,格外重视阿克梅主义不能不说同时也是清算极权主义情绪的一个独特表现。

其次,学术研究拾遗补阙不易,更上层楼殊难。对包括象征主义在内的白银时代俄国文学的研究,其起点几乎是与这一现象的发生同步,但在苏联时期中断时间很长,受意识形态和教条主义影响,现代主义文学被否定,被贬低,很多作家作品和文献档案被封禁,不对普通人开放,因此,几代读者乃至学者对现代主义的认知大多停留在抽象而又偏颇的批判性概念上,观念束缚,资料匮乏,相关的研究难以取得真正进展。实际上,20世纪90年代以来开始恢复的一些工作,有很多在一定程度上是早就该做而又没能做的事情。比如,要对文献资料进行大规模整理,耙罗剔抉、上下求索,其难度和耗时不可低估。这是开展研究的先决条件,需走在前面。只有在充分了解事实和掌握材料的基础上,才有可能展开扎实的学术研究并伺机寻求突破。扎实的个案研究,翔实的文本分析,准确的语境把握,更新的文学观念,多样的研究方法,宏阔的研究视野——这些主要表现在近20年俄国象征主义(当然不止于象征主义)研究成果中的特点,尽管有些姗姗来迟,但也不能不说是情理之中。相信格里高利耶夫所说的"总结性和概括性成果"的出现指日可待。

我国虽然从20世纪30年代就开始译介俄国象征派诗人的作品,鲁迅还亲笔为胡学译的勃洛克长诗《十二个》撰写译后记,高度评价和热情向中国读者推荐这位象征派大师,但新中国成立后由于受苏联文学史观的影响,对俄国象征主义的译介长期处于止步不前的状态,遑论研究。改革开放后随着思想观念的解放这种情况大为改观,俄国象征派重要诗人的作品或多或少都有介绍,有的诗人还以个人专集的形式得到比较系统的译介,如勃洛克的中译本就有3种,勃留索夫也有一种篇幅不大的译本。20世纪90年代是俄国象征主义译介与研究的高峰期,相继出版了5部诗选:《订婚的玫瑰——俄国象征派诗选》(汪剑钊译,中国文联出版公司,1992)、《俄国现代派诗选》(郑体武译,上海译文出版社,1996)、《俄国象征派诗选》(黎皓智译,百花洲文艺出版社,1996);另两部虽然名为《白银时代诗选》(顾蕴璞译,花城出版社,1999;余一中编,中国文联出版公司,1999),但象征派在其中都占有相当大的篇幅。与此同时,一向薄弱的研究也取得较大进展,除发表在学术刊物上的为数不少的研究论文外,周启超的《俄国象征派文学理论建树》(1998)和郑体武的《俄国现代主义诗歌》(1999)应该说是两项具有一定系统性和代表性的研究成果。两部著作相映成趣且可以互为补充,前者是对俄国象征主义理论建构的梳理和总结,后者则是对俄国现代派(包括象征派)实践成就的评析和展示。近年出版的《音乐精神——俄国象征主义诗学研究》(王彦秋著,2008)对俄国象征主义诗学的一个重要特征——音乐精神作了全面深入的挖掘和分析,成为我国学者在该领域取得的又一可喜成果。

然而,成绩的后面还应看到不足。以拙著《俄国现代主义诗歌》为例,虽然该书具有一定的系统性,对俄国象征派的理论主张、外来影响和本土传统有所阐发,但还不够翔实和充分,而对象征主义产生的历史文化语境、象征主义与颓废派和现实主义的关系、象征的一般理论等一些相关问题,或者未能涉及,或者未予展开。总之,这还不能说是一个概括性和总结性的研究成果。

正是基于以上的理解和认识,作者决定以俄国象征主义为选题,在充分吸收国内外相关资料和本人已取得的研究成果的基础上,借鉴文化研究、历史比较研究、神话诗学与文本分析等方法,将综合研究与个案分析结合起来,从多个角度对俄国象征主义的历史文化语境、西欧象征主义和浪漫主义的影响,俄罗斯本国的诗歌传统,象征主义的哲学美学观、诗学特征、艺术特色、创新成就及影响以及代表性诗人的个性创作予以梳理、阐述和评析,从而将俄国象征主义在我国的研究向前推进一步。

绪 论

象征主义是个复杂且有过争议的概念(马拉美曾拒绝接受这个概念),经常与同样复杂的现代主义、颓废主义等概念纠缠在一起,也与现实主义存在复杂的相互关系。正如霍达谢维奇在《关于象征主义》(1928)一文中所说:"象征主义不仅还没有被研究透彻,而且好像还没有被'通读过'。实际上,象征主义到底是什么甚至都没有被确定,无论是它与颓废主义和现代主义的差别,还是它与后两者的关联,都没有被阐明——而这恰恰是一个最重要、最本质的问题。"①尽管霍达谢维奇写下这段话的时间与今天的情况已不

---

① 霍达谢维奇:《摇晃的三脚架》,隋然、赵华译,东方出版社,2000,第356页。

可同日而语,但在某种程度上还是具有现实意义的。因此,要准确把握象征主义,就必须对这些相关概念做一些必要的辨析和说明。

一、从象征到象征主义

象征是文艺学和美学理论中的一个重要而复杂的问题,涉及心理学、逻辑学、语言学、符号学等诸多学科,对象征的理解、定义也五花八门,歧见颇多。因此,与其在象征的定义上纠缠不清,不如从梳理对象征的认识的演变入手,并通过对象征与隐喻、象征与寓意等容易混淆的相近范畴的辨析,来把握象征的特性。

什么是象征(символ)?象征在古希腊有"拼凑、类比"的意思。"象征原先被希腊人用来指'一块书板的两个半块,他们互相各取半块,作为好客的信物'。后来它被用来指那些参与神秘活动的人借以互相秘密认识的一种标志,秘语或仪式。"[①]

严云受、刘锋杰在《文学象征论》一书中指出古希腊的象征与中国古代使用的"虎符"类同,并归纳了象征的三个层次:1)象征就是指甲事物与乙事物有着重要的密切的关系,甲事物代表、暗示着乙事物;2)象征是用小事物来暗示、代表一个远远超出其自身涵义的大事物(如十字架——基督),用具体的人的感觉可以感知的物象来暗指某种抽象的不能感知的人类情感或观念(如狼——贪婪,白——纯洁)。象征是小事物与大事物的统一,是具体物象与抽象情思的统一,是可以感知之物与不可感知之意的统一。3)象征是用甲事物代表、暗示乙事物,具体物象代表、暗示抽象的

[①] 西蒙斯:《印象与评论:法国作家》,见《象征主义、意象派》,黄晋凯、张秉真、杨恒达主编,中国人民大学出版社,1989,第 97 页。

情感和观念,但甲事物或具体物象作为表现乙事物或抽象情感和观念的必要手段,是象征创造中最主要的问题,是象征创造的艺术技巧的所欲解决、驾驭的主要对象;它决定了象征的成败。①

尽管对待世界的象征态度跟人类文化一样古老,尽管古希腊和中世纪的诗歌在相当程度上就是"象征"的诗歌,尽管象征概念的雏形在新柏拉图主义者的笔下就出现过了,但总体上来说,这一概念的形成以及对其深入的理论阐述还是在浪漫主义时代,在黑格尔、康德,尤其是歌德和谢林的著作中。

概括对象征的经典性认识时,应该注意到象征的几个重要特点。

首先,"象征首先是一种符号。不过在单纯的符号里,意义和它的表现的联系是一种完全任意构成的拼凑……作为象征来用的符号是另一种……象征所要诗人意识到的却不应是它本身那样一个具体的个别事物,而是它所暗示的普遍性的意义"。② 也就是说,象征这种符号不同于语言符号,"曾有人用象征一词来指语言符号,或者更确切地说,来指我们叫做能指的东西。我们不便接受这个词……象征的特点是:它永远不是完全任意的;它不是空洞的;它在能指和所指之间有一种自然联系的根基。象征法律的天平就不能随便用什么东西,例如一辆车,来代替。"③象征要求象征物与被象征物之间的关系是有理据的,要建立在二者之间的"相似"、"类比"上(例如波德莱尔的《人与海》一诗中,两个不同层次的现象——深不可测的大海与深邃的人的灵魂之间的象征性对应),

---

① 严云受、刘锋杰:《文学象征论》,安徽教育出版社,1995,第2—4页。
② 黑格尔:《美学》第二卷,朱光潜译,商务印书馆,1996,第10—11页。
③ 索绪尔:《普通语言学教程》,高名凯译,商务印书馆,1980,第104页。

而且这必须是属于两个不同范畴的、从纯理性角度看大多是没有可比性的事物之间的类比：生与死之间，物质与精神之间，具体与抽象之间，声与色之间，色与味之间等等。就拆除事物之间的障碍，为二者间建立一座桥梁这个意义讲，象征初看上去与谜语有很多相似之处。

任何一种事物实际上都拥有无限的象征潜力，从而能够成为另一事物的象征。因此，象征与其说是反映现象间已有的相似，不如说是用象征化行为本身，通过把这些现象联系起来的方式创造相似（比如在黑色或污点与罪恶的观念之间不存在任何自然联系，但"罪恶的污点"仍然是欧洲文化贯穿始终的象征）。

象征要求具有现实的"水平"维度，纯具体维度，同时，还要求具有现实的"垂直"维度。在具体的现象存在平面上，单独的事物之间仅凭隐喻所反映出的它们在特征上的相似，彼此之间就完全可以自发地发生关联。而在本体存在的"垂直"平面上，则可以展示两个物象的象征前景，世界的内涵统一为它们的类比性提供了保障。象征要求世界有内涵也有统一，要求澄清相互关联的现象之间的共同之处，某种无所不在和无时不在的、本质的东西。理解世界的象征属性，意味着超越具体的物质世界，上升到柏拉图式的理念世界，或曰理想世界。

以象征的观点来看待宇宙，任何事物都是某种理念或意义的物质（个别）体现，而这种个别对普遍、现象对其本体（理念）、物体对其意义的关系，恰好就构成了象征学的全部核心问题，而这些核心问题首先与象征中的现象和意义可分还是不可分（对等还是不对等）有联系。

一方面，意义—理念（本体）与事物—现象绝对不是对等的，意义先于物象,不决定于物象,它只是需要物象来作它的物质载体,以使意义得到外在表达,在具体世界得到体现。另一方面,这具体世界本身也在时刻准备接纳某种象征意义,但它自身并非这一意义,因为即便脱离意义也可以作为"纯粹的事物"被想象。例如,不熟悉古希腊罗马文化的人见到朱庇特雕像时,最多只将他看成一个身形健美的中年男子,未必会将他同"智慧与力量"的宇宙本体联系起来。要让朱庇特成为"智慧与力量不可分割"的象征化身,就必须了解古希腊罗马神话,就需要将本体理念植入具体事物,再将具体事物纳入本体理念。

从象征的角度看,意义不是隐藏在事物的"彼岸",而是直接显现,乃至最大限度地浓缩于事物中的。脱离具体事物的意义还不是象征意义,充其量不过是事物的完整但又抽象的"理念";同样,脱离意义的事物还不是象征,而只是自身特征的简单总和。象征是具体体现出来的本体,是直接显现的本质,是意义具体而感性的、有着具体形态和细节的"雕刻物"。① 如此看来,从纯物理学的角度看,充当象征的事物与自身的本体意义并不吻合,但从形而上学的角度看则不然,象征事物与本体意义是完全可以达到契合的。

如此看来,从纯"技术"的角度,即从内在结构的角度看,象征接近隐喻(метафора),但二者间的区别更重要。

要对象征和隐喻加以严格区分并不容易。叶芝在《诗歌的象征主义》一文中,分析彭斯的诗句"白色的月亮正在白浪后沉落,而时光正和我一起沉落,啊!"时,也感觉到区分隐喻和象征的困难:"这些诗句完全是象征的。你那太敏感的心智领会了月亮、浪涛的

---

① *Лосев А.Ф.* Философия имени.//Из ранних произведений. М., 1990, С.80.

白色和时光沉落的关系,你便领会了其中的美。月亮、浪涛、沉落的时光与最后那一声令人心碎的呼唤汇合,将唤起由任何其他色彩、声音和形状的组合所不能唤起的情感。我们可以称之为隐喻手法,但称之为象征手法更为恰当。因为当它们不是象征,隐喻不能感人至深;而当它们是象征,它们最为精巧、最为完美,在纯粹的声音之外,人们缘此将最充分地发现象征着什么。"[1]叶芝认为,任何象征在本质上都是隐喻,但却不是任何隐喻都能成为象征,只有"完美的"、"深邃的"、能够揭示现象本质的隐喻才能成为象征。

日尔蒙斯基这样定义隐喻:"我们把在相似性基础上词语意义的改变叫做隐喻。例如,星星像珍珠:'珍珠(般)的星星',或者'星星的珍珠',或者星星——'天空的珍珠',就是诗歌隐喻的不同例子。天空像圆顶或穹顶——'天空的穹顶',或者'天穹',或者'天空的圆顶'都属于隐喻性表达之列。"[2] 托马舍夫斯基(Томашевский Б.В.)指出:"隐喻应该是新鲜和出人意料的。"[3]他举象征派诗人的两个例子说明隐喻的两个特点:1) 用可以表达有生命现象的词语指称无生命的物体和现象,如:"哑默的夜晚降临大地……一条长蛇在楼房上方蜿蜒……"(勃洛克);2) 用具体的代替抽象的,用物理现象代替道德和心理现象,如:"世纪飞流的瀑布,//垂挂着忧伤的波涛,//永久地透露出古老,//不会把向着过往的回归冲掉。"(别雷)[4]

在隐喻中,本体和喻体不是平等的,对前者而言,后者起的是

---

[1] 叶芝:《叶芝文集》,第三卷,王家新编,东方出版社,1996,第150页。
[2] Жирмунский В.М. Метафора в поэтике русских символистов. НЛО, 1999, №35.
[3] Томашевский Б.В. Теория литературы. Поэтика. М., 2002, С.61.
[4] Там же. С.53-54.

辅助作用。托马舍夫斯基以"索巴凯维支简直是头熊"为例,加以说明。这里的本体是"索巴凯维支",喻体是"熊"。由于隐喻是通过赋予一个事物以另一个事物的特性来形容一个事物的手法,因此我们的全部注意力都集中在了前者身上,而将其某些特征赋予前者的喻体似乎在前者中消解了,就是说,在"熊"的形象身上,隐喻强迫我们看见的只是笨手笨脚的索巴凯维支,而绝对不是索巴凯维支加上什么熊。

至于象征,两个处于象征性联系中的事物是以平等地位出现的:波德莱尔的大海形象在将自己的特征给予人的形象之后,非但自身没有消失,反倒由于人也将自己的特征赋予了它而被激活。这样,在象征中两个互相关联的物象都同样既是本体也是喻体,既是象征物也是被象征物:"大海"是"人"的能指,"人"同样也是"大海"的能指;"太阳"是"金子"的象征,但"金子"也是"太阳"的象征。象征关系可以说就是互相转变的关系,因此,与隐喻不同,象征的功能不是表现在借他物的特征为己所用,而是相反,表现在打破物象的自我封闭圈,超越事物的内在局限(针对另一事物而言),同时又保持乃至扩大自身存在的完整性。象征是向外敞开的,它仿佛一个指示牌,指向具体世界的另外一些对象。这是象征与隐喻的第一个区别。

象征与隐喻的第二个区别是,尽管隐喻具有"自主的直观价值",同时拥有值得观察和思考的足够深度,但有一点也是显而易见的,即隐喻的深度绝对不是深不见底的,一个物象从另一个物象那里借来的特征可以不止一个,但不能是无穷无尽的。

象征与隐喻的第三个区别是,二者存在于不同的维度中。隐喻的生活环境是完全令它满意的此在世界,周围的事物可以孤立存在，互不关联。正因如此，它们出人意外的隐喻对接才更加富于表现力。这是"水平的"世界，此岸世界的"水平"维度，因此，隐喻无法提高到象征的高度。

象征也有别于讽喻或寓言（аллегория）。洪堡指出："我们并不是总能正确地把握象征的概念的，而且经常会把它同寓意的概念混起来。"[①]

象征中物体与意义的融合特性造就了象征与讽喻的原则性差别。跟隐喻相仿，在讽喻中，任何个体的事物（或其形象）起到的都是辅助作用——对某种"普遍理念"的配合作用：不管讽喻形象有多大的表现力，只要我们开始揣摩（比如寓言）其背后的抽象思想（道德、生活哲理之类）——这也是讽喻形象的创造目的——我们的注意力便会全部集中在这思想上，而形象本身则逐渐淡化或被淡忘：理性因素战胜了具体感性接受。因此可以说，讽喻形象是功利性的，传递性的，它的目的是将我们的注意力从它自身转移到它所指涉的"理念"，而象征形象是在自己的整个具体性中饱含了自身充盈的本体意义。

歌德这样辨析象征以及象征与讽喻的区别："物体将由一种深刻的感情来决定，当这种感情纯粹而自然时，就同最好最高尚的物体吻合，并使它们极可能地具有象征性。这样表现出来的物体似乎就是为自身而存在，然而它们在自己内部的最深处也具有意义，原因就在于理想，而理想又总是带有某种概括性。如果说象征现象在复现之外还表示别的东西，那总是采取间接的形式……现在也有些艺术作品以理性、俏皮话、献殷勤来引人注目，我们把所有

[①] 托多罗夫：《象征理论》，王国卿译，商务印书馆，2005，第272页。

的寓意作品也归入这一类;大家不必期待这类作品会产生出什么好的东西。因为它们同时也破坏了人们对表象本身的兴趣,也可以说把才智赶了回去,并使它无法看出真正复现的东西。寓意与象征的区别就在于后者以间接的方式,而前者却以直接的方式来指称",[1]"寓意把现象转换成概念,把概念转换成意象,并使概念仍然包含在意象之中,而我们可以在意象中完全掌握、拥有和表达它。象征体系则把现象变成理念,再把理念变成意象,以至理念在意象中总是十分活跃并难以企及,尽管用所有的语言来表达,它仍是无法传达的"。[2] 歌德进而认为,"从根本上看,诗,所有的诗都是或都应该是象征的"。[3]

谢林认为象征是特殊与一般两个对立物的融合:"这种一般意指特殊或者特殊必须通过一般才能把握的表象就是图示。然而那种特殊意指一般,或者一般必须通过特殊才能把握的表象就是寓意。两者综合起来,这时一般并不意指特殊,特殊也不意指一般,而是两者完全合成为一体,这就是象征。"[4]

讽喻形象在某种程度上是一个抽象概念,可以把这个概念注入到形象中,或把这个概念从形象中提取出来。相反,融解在事物中的象征涵义在概念上是不能穷尽的,这是"不确定的普遍性",是深不见底的、理智所无法理解的涵义层。"真正的象征在那里,在个别不是作为梦或影,而是作为对不可知的事物的生动地瞬间彻

---

[1] 托多罗夫:《象征理论》,王国卿译,商务印书馆,2005,第254页。
[2] 同上,第261页。
[3] 同上,第260页。
[4] 同上,第265页。

悟被呈现的地方。"①讽喻概念的理解要求的首先是理性的,而象征涵义要求的首先是想象和直觉活动。② 因此,即使象征涵义被捕捉和感觉到了,它仍然是没有得到最终的表达和解释。

"象征与其说是多义的,不如说是能产生多义的。"③这是象征与讽喻的又一个区别。如果说讽喻概念是从存在整体性中撷取一个特定意义,并因而追求完结、静止的话,那么象征涵义则相反,未完结性、动态性和无穷性是它的固有特性。讽喻更像是"谜语",要求当场予以破解,而象征是真正的"秘密",秘而不宣同时又要求参悟。这种参悟就是对象征的不倦和无尽的阐释。

关于象征,这里再补充一下韦勒克、沃伦在著名的《文学理论》一书中的定义:"这一术语较为确切的含义应该是,甲事物暗示了乙事物,但甲事物本身作为一种表达手段,也要求给予充分的注意。"④象征的"特征是在个性中半透明式地反映着特殊种类的特性,或者在特殊种类的特性中反映着一般种类的特性……最后,通过短暂,并在短暂中半透明式地反映着永恒"。⑤

而关于象征、隐喻和意象三者之间的联系和区别,韦勒克这样写道:"象征不同于意象……象征具有重复和持续的意义。一个意象可以被转换成一个隐喻一次,但如果它作为呈现或再现不断重复,那就变成了一个象征,甚至是一个象征(或者神话)系统的一部分。"⑥

---

① *Косиков Г.К.* Поэзия французского символизма. М., 1993, C.10.
② Там же.
③ Там же. C.10 – 11.
④ 韦勒克,沃伦:《文学理论》,刘象愚等译,三联书店出版社,1984,第204页。
⑤ 同上。
⑥ 同上。

综上所述，从认知方式的早期象征到作为创作理念与方法的象征主义，前后经历了一个渐趋复杂的象征化过程。俄罗斯学者扎维尔斯基和扎维尔斯卡娅将这个象征化过程分为三个阶段：

第一个阶段，是人类文化发展的早期阶段，那是出现和形成了用各种各样手段来标识对象（客体）的原则，其中最通行的手段便是后来的语言。

第二个阶段已经在很大程度上符合现代人的象征观念。这是抽象化和"重新命名"的阶段，在一定程度上可以说是此前阶段的反题，因为具体概念的约定俗成，导致了字面意义的丧失。这个阶段出现了暗示性的象征，这种象征成为一些自在自为的象征体系的要素，其特征是通过一个事物指示另一个事物，即言在此而意在彼，以及代码—钥匙的二元原则。

第三个阶段成为可能是凭借广泛的、多层次的跨文化交流，正是在这种交流过程中，个别象征也好，象征体系也罢，才发生了形式转化和意义重构。与此同时，不同门类艺术创作的形象—联想方面也得到发展和扩大。这样，用象征，即一个关键的特定符号来指示整个系统而不是某个特定概念便成为可能。由于这个原因，可以说，第三阶段既是建立在前两个阶段基础之上，又是与前两个阶段背道而驰的，是一些模糊概念和单纯概念的相互作用。这个阶段的特点是多层次性、联想性、动态性以及概念边界的模糊性。

19世纪与20世纪之交的象征主义具备第三个阶段的所有特性，且在象征派诗人的创作中有着相当突出的表现。[①]

[①] В.Я. Брюсов и русский модернизм. Редактор-составитель: О.А. Лекманов. М., 2004，С.39－40.

二、象征主义与现代主义

象征主义(символизм)发源于法国。1886年,法国籍的希腊裔诗人兼批评家莫雷亚斯在《费加罗》报上发表《象征主义宣言》,建议用"象征主义"一词来指称当时活跃在诗坛上的一些前卫诗人,由此成为一个新的文学运动的命名者。莫雷亚斯将波德莱尔推为这场运动当之无愧的先驱,将魏尔伦和马拉美视为象征主义的代表诗人。关于象征主义的特点,莫雷亚斯是这样说的:"象征主义诗歌作为'教诲、朗读技巧、不真实的感受力和客观的描述'的敌人,它所探索的是:赋予思想一种敏感的形式,但这形式又并非是探索的目的,它既有助于表达思想,又从属于思想。同时,就思想而言,绝不能将它和与其外表雷同的华丽长袍剥离开来。因为象征艺术的基本特征就在于它从来不深入到思想观念的本质。因此,在这种艺术中,自然景色,人类的行为,所有具体的表象都不表现它们自身,这些富于感受力的表象是要体现它们与初发的思想之间的秘密的亲缘关系。"[①]

象征主义作为文学思潮和创作方法,早在浪漫主义时期已萌芽,且与浪漫主义有着深刻的渊源关系(至今欧美学界仍有人将象征主义称为"新浪漫主义")。也就是说,象征主义早在获得正式称谓之前,就已经存在象征主义创作了,是先有"实",后有"名"。

关于象征主义的特点及其与浪漫主义的区别,著名法国文学专家罗大冈指出:"象征主义重新回到以抒写个人情感为重点的老

[①]《象征主义、意象派》,黄晋凯、张秉真、杨恒达主编,中国人民大学出版社,1989,第45页。

路上。可是它抒写个人情怀和浪漫主义的抒情是大异其趣的。它抒写的不是日常生活中的肤浅的喜怒哀乐,而是不可捉摸的内心隐秘;或者如马拉美所说,表现隐藏在普通事物背后的'唯一的真理'。为了达到上述目的,象征主义对于诗的语言进行了很大的改造。对于日常用的字和词加以特殊的、出人意外的安排和组合,使之发生新的含义。象征主义不满足于描绘事物的明确的线条和固定的轮廓,它的诗人所追求的艺术效果,并不是要使读者理解诗人究竟要说什么,而是要使读者似懂非懂,恍惚若有所悟;使读者体会到此中有深意。象征主义不追求单纯的明朗,也不故意追求晦涩;它所追求的是半明半暗,明暗配合,扑朔迷离。"[1]深受法国象征派影响的梁宗岱是这样概括象征主义的:"借有形寓无形,借有限表无限,借刹那抓住永恒……正如一个蓓蕾蓄着炫熳芳菲的春信,一张落叶预奏那弥天漫地的秋声一样。所以它赋形的,蕴藏的,不是兴味索然的抽象概念,而是丰富、复杂、深邃、真实的灵境。"[2]

象征主义在法国虽然被正式命名五年后即走向解体,但其影响却迅速超越了国界,并成为一种风靡欧洲乃至世界的强大文学潮流,拉美国家、中国、日本的诗坛都掀起过象征主义诗风。象征主义的成就不限于文学,其影响波及几乎所有的艺术领域。

从整个欧洲的情况来看,象征主义的诞生,正值19世纪末20世纪初文学风格与形式的普遍转型期,可以说是文化危机的产物,是对实证主义、科学和理智的失望和基督教信仰危机导致的结果,同

---

[1] 《中国大百科全书·外国文学卷》,中国大百科全书出版社,1982,第1125页。
[2] 郑克鲁:《法国诗歌史》,上海外语教育出版社,1996,第254页。

时也是文学发展内在规律的一个表现。所谓文学发展的内在规律,就是通过革新和转型,克服危机和"衰落",走向新的复兴和高涨。

象征主义起初也被称为现代主义(модернизм),但随着现代主义文学的不断发展,将现代主义只简单地定义为象征主义显然早已经不合时宜了。回顾20世纪的欧洲文学包括俄罗斯文学的发展进程,可以更加明确无误地证明学界的这样一个共识:象征主义是现代主义的先声,是现代主义的重要组成部分,也是20世纪欧洲文学规模最大影响最为深远的文学流派。

给现代主义下一个精确和全面的定义是困难的。"显而易见,许多标准的名称——自然主义、印象主义、象征主义、意象主义、未来主义、表现主义,等等——都令人生畏地纠缠重叠在一起,形成了一个在性质和程度上有许多根本不同的运动组成的难以确定的综合体。显然,无论现代主义是这一系列运动内部使用的词语,还是用来描述这一系列运动的词语,它都毫无例外地容易引起极端的语义混乱。"① 扎东斯基指出:"现代主义一词只是指出了现象的新颖之处,但在历史层面上是空洞无物的。"② 同一个概念,其含义在欧洲和美国就不尽相同,即便是在欧洲,在俄罗斯、东欧和西欧也有差异,而中国在这一概念的理解和使用上,又与欧洲和美国不可同日而语。

俄罗斯的现代主义一般是指19世纪末20世纪初活跃于俄国诗坛的象征主义、阿克梅主义(акмеизм)和未来主义(футуризм),虽然偶尔在个别学者的著述中也有将现代主义只框定在阿克梅主

---

① 见《现代主义》,布拉德伯里和麦克法兰编,上海外语教育出版社,1992,第30—31页。
② *Затонский Д.* Что такое модернизм? — В книге: Контекст — 1974. Литературно-теоретические исследования. М., 1975, С.135.

义和未来主义,而把象征主义予以单列的,①但这毕竟不是主流观点。西方的现代主义除象征主义和未来主义以及它没有的阿克梅主义之外,还包括了继之而起的意象主义(имажинизм)、表现主义(экспрессионизм)、达达主义(дадаизм)、"新小说"(новый роман)、荒诞派戏剧(театр абсурда)等诸多流派。也就是说,俄国现代主义是个封闭的概念,而西方现代主义的概念则具有较强的开放性。在这里,十月革命这一重大历史事件在文学史上的分水岭意义是一个无法回避的因素,因为,即便如有些学者主张摒弃单纯以重大社会政治事件来划定文学史分期的方法,应该更多考虑文学发展的内在进程和规律,俄国现代主义在组织上的解体确实跟十月革命的发生有密切关系,而且两者在事件上的契合并非偶然,可能也正因为如此,绝大多数学者还是坚持俄国现代主义的起讫年代为19世纪末20世纪初,而且其下限不管是采取模糊表述还是明确限定,其实都是大体框定在1917年。否则,在讨论与文学史分期有着重要意义的"白银时代的统一性"、"现代主义的统一性"等问题时,势必会造成一系列的混乱和麻烦。

我在多年前出版的《俄国现代主义诗歌》一书说过这样的话:"应该说,在十月革命以前,俄国文学的发展跟西方文学的发展虽不是完全同步,但确是基本同流的。然而,由于十月革命从根本上改变了俄国历史和俄国文学的发展进程,这就使得俄国现代主义没能像西方现代主义那样继续发展和演变下去,俄国文学进入苏

---

① 参见 Русская поэзия конца XIX начала XX века(дооктбрьский период). Общая редакция А. Г. Соколова. Вступительная статья А. Г. Соколова и В.И. Фатющенко. М.,1979; *В. А. Бердинских*. История русской поэзии. Модернизм и авангард. М.,2013。

维埃文学时代之际,即是俄国文学同西方文学开始分流之时。"①这话虽然大体不错,但现在看来,还是需要做出一定的解释和限定。从近年来陆续公开的档案材料和文献资料以及研究成果来看,十月革命后的俄罗斯文学进程并非我们过去想的那样简单:以有组织形态存在的现代主义在十月革命后确实分崩离析了,但并没有完全彻底地断流,与西方"分流",而是以一种零散的状态变成了苏维埃文学主流下面的一股"潜流",由显性存在变成了隐性存在。俄罗斯也有意象主义(过去由于缺乏第一手资料,学界对俄罗斯是否存在真正意义上的意象主义一直将信将疑),也有表现主义、荒诞派戏剧等,有的还与西方是同步的,甚至略早,如以丹尼尔·哈尔姆斯(Хармс Д.И.)等为代表的荒诞派戏剧。② 戈鲁勃科夫(Голубков М.М.)写道:"苏维埃时期的俄罗斯文学尽管在发展过程中受到人为的隔离,但依然是世界文学进程的自然组成部分,因此现代主义美学,其中包括这一时期两个极其强大的分支印象主义和表现主义美学,曾是文学进程的自然而又不可分割的组成部分。虽然它们在俄罗斯苏维埃文学进程中的存在从来不是以宣言形式公开的,虽然它们在文学批评观念中尚未得到理论思考,但它们毕竟是存在的,并且它们对苏维埃文学进程的影响是相当之大的。根据与现实主义美学体系乃至正统文学规范既相互吸引又相互排斥的原则,它们对后两者产生了影响,同时也受到后两者的影响……"③尽管如此,我认为,这并不影响我们对文学史分期的

---

① 郑体武:《俄国现代主义诗歌》,上海外语教育出版社,1999,第1页。
② Русский имажинизм. М., 2005; Русский экспрессионизм. М., 2005; Абсурд как категория текста Хармса и Беккета. М., 2002.
③ Русская литература XX века: после раскола. М., 2002, C.175-176.

看法。对于十月革命后俄苏文学中长期受到学术界忽视、淡化或回避的诸多现代主义余脉也好,变体也罢,予以充分的承认和客观的评价,无疑是一种与时俱进和实事求是的历史主义态度,但必须承认,其对当时文学生活的参与、其对当时文学进程的影响,与前辈相比,都是不可同日而语的。

从表面上看,现代主义内部成分复杂,派系林立,思想不同,口号各异,彼此之间有分有合,激烈的论战时有发生。但就实质而言,现代主义诸流派仍是一个统一的文学现象,因为它们都以创造超越传统框架的新艺术、新风格为己任,都主张进行自觉的艺术实验,都坚持艺术的自主权,也都有吸引读者或观众共同参与创作的倾向。

关于现代主义的特征,有的学者(如德国学者克鲁格)指出,现代主义是反模仿的,这一点没错,但还不够。可以从现代主义活动家们自身的理论自觉入手。例如,象征派诗人别雷(Белый А.Н.)给形象下的定义就具有头等重要的意义。别雷认为,形象就是"意识的模型"(модель сознания),确切地说,是"被体验的意识的内容模型"(модель содержания переживаемого сознания)。还有,根据别雷的说法,新艺术的指向就是"虚构的形象"(образ вымысла)。①

我认为,这种观点适用于整个现代主义。现代主义运用的是作为意识(或体验)模型的形象,而不是客观世界的形象。更确切地说,这是脱离眼前现实、与社会隔绝、与世界隔绝的离群索居者的意识模型。随着欧洲现代主义包括俄罗斯现代主义的发展,这种情况变得日益明显。

---

① *Белый А.Н.* Критика. Эстетика. Теория символизма(в 2 томах). М.,1994,Т.2,С.236,237.

受弗洛伊德影响,"意识"这一术语在20世纪的含义极其广泛,既包括理智,也包括无意识,如果注意到这一点,我们就会明白现代派作家的形象——"意识"与"虚构"模型——何以会对无意识领域,对直觉、记忆和无拘无束的想象这么感兴趣。根据20世纪心理学家的发现,无意识自身潜藏着"超前"认识现实的可能性。由此我们可以大致明白为什么幻想因素在现代主义(乃至整个艺术领域)中开始起到这么特殊的全新的作用。幻想因素与现实因素的混合,作为不可或缺的和空前重要的组成部分进入到20世纪文学的形象构造中。比如神话、故事、传说、梦境等。

舍斯托夫说过:"幻想比现实更自然。"[①]换言之,试图参破世界和未来隐秘本质的幻想和想象在价值层面上可能高于可见的现实。

而在19世纪与20世纪之交,通过艺术手段预见不为人知的未来,已成为一种空前强烈的、甚或决定性的创作动机。幻想由此成为象征形象的结构要素。有的当代学者把象征理解为新情境的代名词。[②] 可以说,20世纪正是以其此起彼伏、纷至沓来、闻所未闻的种种新情境激发了象征主义,激活了象征形象、假定形象在艺术中的巨大作用。

不过在预测未知事物时,艺术中的幻想也可以成为有血有肉、令人信服的东西,只要它与现实形成对应关系并在现实中为自己找到某种可靠的依托。现代主义艺术中的象征与幻想要在最大的时间和空间中,在人类数千年的艺术经验中寻找支持并非偶然。对"语词的魔力"的探索,对影响人的灵魂的那些古代魔法手段的

---

① *Шестов Л.* На весах Иова. Париж,1975,С.77.
② *Смирнов И. П.* Художественный смысл и эволюция поэтических систем. М.,1975,С.90.

开掘,那些不可思议、出人意料的词语组合,现代词语形式与古语形式的混合等,就是基于这样的目的产生的。

在俄罗斯现代主义诗歌中,无论是象征主义诗歌,还是阿克梅主义和未来主义诗歌,不但可以发现属于不同时代的词形互相交融,也能看到不同时间的艺术形式本身彼此混合,例如,在勃留索夫(Брюсов В. Я.)、安年斯基(Анненский И. Ф.)、伊万诺夫(Иванов В. И.)、勃洛克(Блок А. А.)、曼德尔施塔姆(Мандельштам О. Э.)和赫列勃尼科夫(Хлебников В. В.)的诗中,过去会同将来出现在一起。

这是 20 世纪俄罗斯文学的新品质,艺术风格的新品质,而其源头是象征主义。象征主义"是文学史的一个拐弯处。20 世纪文学的开放性系统,就是从这里开始辐射的。被统称为现代主义的各种流派,都可以或多或少地在这个时期的理论和创作中找到自己的'遗传基因'。"[1]

总之,现代主义并不是一个无懈可击的术语,有其明显的相对性和不够严谨之处,但有意思的是,这个常为人诟病的术语最终还是站住了脚,为学术界普遍采用。

三、象征主义与颓废主义

"任何对象征主义做出分析的尝试,对象征主义成因和条件、产生象征主义的精神氛围的特点的思考,显然都回避不了这样一些与之有着不可分割联系的现象,如颓废主义和现代主义。"[2]国

---

[1] 《象征主义、意象派》,黄晋凯、张秉真、杨恒达主编,中国人民大学出版社,1989,第 1 页。
[2] *Воскресенсая М. А.* Символизм как миропонимание серебряного века. М., 2005, С. 58.

内外的学术文献中对这三个概念的定义至今仍存在模糊不清之处，其内涵一直没有得到明确界定。这三个概念时常被当作同义词使用，或者被当作同一运动的不同阶段。

在俄国文学史上，即便是同时代的当事者本人，对象征主义与颓废主义的理解也不尽相同，甚至大相径庭。这种认识上的差异是完全可以理解的，毕竟它们同属于一个文化时代，而且都跟同一社会精神环境密切相关。

俄语中的"颓废"（декаданс）、颓废主义（декадентство），跟象征主义一样，也来源于法国。法语中的"颓废"（decadence），意为"衰落"、"衰退"、"衰竭"、"没落"。早在1869年，戈底叶就在为波德莱尔《恶之花》写的序中用过"颓废"一词，而颓废主义的始作俑者，应该是魏尔伦。1883年，魏尔伦在《黑猫》杂志上发表十四行诗《衰竭》，这首诗堪称随后出现的颓废主义运动（以1886年创刊的《颓废主义者》杂志为标志）的宣言：

> 我是颓废终结时的帝国
> 看着巨大的白色野蛮人走过
> 一边编写着懒洋洋的藏头诗
> 以太阳的疲惫正在跳舞之时的风格……①

到20世纪80年代中期，颓废主义已经成为一种时髦的处世态度。

颓废派比象征派早些登上文坛，开始时的影响也更大些。在

---

① 卡林内斯库：《现代性的五副面孔》，顾爱彬、李瑞华译，商务印书馆，2003，第171页。

俄罗斯文学中,"颓废派与现代主义两个术语早在世纪之交就使用了,但指的是两个不同的现象。"①而颓废派情绪则是随着19世纪90年代的民粹派危机而加剧的。在部分知识分子中间,对孤独的讴歌、对自我的欣赏排斥了对社会理想的追求。早期象征派诗人,如明斯基(Минский Н. М.)、梅列日科夫斯基(Мережковский Д. С.)、索洛古勃(Сологуб Ф. К.)、吉皮乌斯(Гиппиус З. Н.)就有这样的特点。

曾在文坛上发起颓废派团体的索洛古勃,在《做个颓废派是否难于启齿》(Не постыдно ли быть декадентом, 1896)一文的草稿中,开诚布公地将自己的创作与颓废主义联系起来,并辩称颓废主义是自然主义的自然延续:"颓废主义在自然主义小说的极端之后产生并非偶然,这也不是对自然主义的一种反动,而只是这一流派的自然结果。"②勃留索夫在发起象征主义运动之初即认为,颓废主义之于象征主义,好比内容之于形式,他所努力追求的"新艺术",乃是颓废主义与象征主义这两者的结合。③

对颓废主义和象征主义持否定态度的罗扎诺夫在《论颓废派》(Декаденты, 1904)一文中,显然将两者等同为一个现象:"在象征主义和颓废主义的名字下面,与其说是诗的一个新的种类,毋宁说是作诗艺术的一个新的种类,其形式和内容与此前出现的所有

---

① Смирнова Л. А. Русская литература конца XIX — начала XX века. М., 2001, С.229.
② Пути искусства: Символизм и европейская культура XX века. Материалы конференции. М., 2008, С.227.
③ Брюсов В. Я. Дневники. Москва. 1927, С.10.

文学创作类别相去甚远。"①象征主义理论家和评论家沃伦斯基（Волынский А.Л.）在《颓废主义与象征主义》(Декадентство и символизм，1900）一文中，借用一位青年作家来信的名义，在颓废主义与象征主义之间画了一条界线，反对前者而同情后者："颓废主义和象征主义完全对立的，尽管在当代欧洲文学中，两种现象出现于同一个历史时期，但前者是对就哲学观点的抗议，后者是对新世界艺术印象的加工。"沃伦斯基将前者视为后者的初级阶段："颓废主义是对唯物主义的一个艺术反动。坦率地自称颓废主义者的那些人，致力于探索新的模式、前所未有的词语组合，用以表达自己尚不明晰的情绪。作为对唯物主义和实证主义教条的抗议，颓废主义自身作为一种现象仅仅标志着社会上世界观的转变，这种转变目前至少在俄罗斯土壤上还没有推出一位才华出众的人。"沃伦斯基继续写道，"颓废主义很快凋谢了。还没有为细腻的感受创造出新的文学表达，就很快融化在象征主义里面了。……什么是象征主义？象征主义是在艺术反映中现象世界与神性世界的结合。"②

我国象征派诗人穆木天在《什么是象征主义》一文中就曾将象征主义归为颓废主义："象征主义是印象主义的潮流的一个支派，换言之，就是在抒情诗领域中的印象主义。那是世纪末的一种濒死的世界的回光返照，也就是在抒情的文学上的点金术的最后的复活。虽然在各国里有多少不同的背景，可是主要的都是资本主义的烂熟作成了这种象征主义的产生的动力的。""象征主义，就是

---

① *Розанов В.В.* Сочинения. М.，1990，С.430.
② Русская литературная критика конца XIX начала XX века. Сост. А.Г. Соколов и М.В. Михайлова. М.，1982，С.262 - 263.

现实主义的反动,是高蹈派的否定而同时是高蹈派的延长……所有的那些人——或者有的人在某一生活阶段中——都是对于丑恶的现实的社会生活感到憎恶,感到一切是幻灭是绝望,而成为颓废和发狂的。象征主义,同时是恶魔主义,是颓废主义,是唯美主义,是对于一种美丽的安那奇境地的病的印象主义。"①

别雷是这样理解颓废主义的:"象征主义者就是那些与整个文化一起消解于旧文化条件中的人,他们意识到了自身的颓废,便极力要克服这种颓废,摆脱这种颓废,求得自新;在颓废主义者身上,他的颓废乃是最终的消解,在象征主义者身上,颓废只是一个阶段;因此我们认为:是颓废派,就是颓废派兼象征派……是象征派,却未必就是颓废派……波德莱尔对我来说是颓废派,勃留索夫是颓废派兼象征派……在勃洛克的诗中我看到了象征主义但不是颓废主义诗歌的最初尝试。"②

其实,在文学领域,颓废主义和象征主义作为反对实证主义潮流的两种基本形式,二者之间的关系是极其复杂的,既相互吸引又彼此排斥。象征主义和颓废主义的取向有着本质的区别,但这并不排除它们有交叉点,二者之间的界限时常被淡化。这一点,在象征主义诗人主要是老一辈象征派诗人的理论表述和创作实践中可以找到有力的例证。

颓废派的"灵魂"("世纪末"诗歌的一个关键词)乃是感伤主义和浪漫主义"优美灵魂"的另一个"版本",早在两百年前已为人熟知。根据黑格尔的概括,"优美灵魂"的基本特点是自我欣赏,自我

---

① 转引自贺昌盛:《象征:符号与隐喻》,南京大学出版社,2007,第94页。
② Белый А.Н. Начало века. М., 1990, С.130.

陶醉,而对外部世界则持蔑视态度,因为外部世界无法满足它的崇高要求。此外,"优美灵魂"有一个致命弱点:在行动上犹豫不决,不敢与生活正面遭遇,因而时常处于恐惧状态,害怕自己的行为和现有存在玷污了自己"内在的"美好;它希望保持自己内心的纯洁,因而极力回避与现实接触并对弃绝自我力不从心;它能做的唯一事情就是"狂热地苦恼",然而这苦恼却到达不了本体的高度,只能在自身内自生自灭。①

这种力不从心、不敢直面生活、"自我"与外界的隔绝感,在颓废派笔下达到了极端状态:他们确信眼前的整个现实是不真实的(从日常生活到科学和哲学),坚信他们"来到这个太老的世界太晚",任何行动都是徒劳的,注定是要失败的,因此,颓废派无可挽回地丧失了18世纪"优美灵魂"的主要优点——支撑它的信仰——"上帝直接存在于它的精神和心中"。孤芳自赏,甚至对自身缺点的病态迷恋,在颓废派那里让位于激起强烈的纳齐索斯情结和"不幸的意识"的自我说教,这种意识已经开始怀疑它是世界上理想的代言者,因而处于厌恶自我的边缘。

诗歌中存在过形形色色的颓废主义主题——病态的灵魂、脆弱的情感、无力的抱怨、苦闷、忧郁、死亡、魔鬼等等。

颓废派是"歌唱和哭泣的一代"。② 哭泣是因为试图报复从四面八方蜂拥而来的"生活的散文"或逃避它的残酷,在"内心"的本能生活中寻找避难所,但他们什么也没找到,除了"内心的墓地"。由此便自然而然地产生了颓废派诗歌的一贯主题——对生活的厌

---

① 参见黑格尔《精神现象学》,下卷,贺麟、王玖兴译,商务印书馆,1996,第174—175页。
② *Косиков Г.К.* Поэзия французского символизма. М., 1993, С.30.

倦感、孤独感和绝望感。

从文学史的角度看,颓废可以理解为对人的灵魂的一种重复发现(后感伤主义和后浪漫主义),当然也是一种变形的发现,这种发现在19世纪下半叶的文化情境下将颓废派置于现实主义和自然主义的对立面,也置于巴那斯派的对立面。

至于象征派,这样的发现让他们感觉非常亲切,因为他们毕竟与颓废派同出一源。此外,跟颓废派一样,象征派也深切地体会到了对世界的不满足感,面对堕落的现实,他们感到苦恼,认为真实的现实是另外一种现实,尽管它没有显现出来,但符合"灵魂"的隐秘追求。颓废派与象征派还有一个交集点,这就是他们都重视直觉,排斥理智,认为直觉是诗歌的真正源泉,认为存在一种特殊的、能够激发情绪的(象征派说是暗示性的)诗歌语言,既不同于科学的理性—逻辑语言,也不同于日常交际语言。

两个文学流派的区别最鲜明地表现在颓废派的"灵魂"极力追求的是脱离它所厌恶的现实,自我封闭,甚至与他人的"灵魂"相隔绝(即便是想与别人接触,也首先要求别人应该理解你,而非你理解别人),而象征主义的灵魂相反,它渴望的不是否定世界,而是要战胜世界,它追求的是具体的实现,是个体的"我"之间的融合,以及个体的"我"与"宇宙灵魂"的融合,因此与颓废派的反道德的、有时甚至带有破坏性的和虚无主义的情绪背道而驰。

所有这一切造就了象征派与颓废派既相互斗争又彼此影响的土壤。确实,一方面,许多作为颓废派起步的诗人很容易转向象征派阵营(或是暂时的,或是永久的),或者置身于他们的影响之下。这是可以理解的,因为颓废派实际上追求的与象征派是同一个理想,尽管一般说来,他们是要上升到绝对的内省之路上寻找理想,获得理想有相当的难度。而象征主义似乎是在暗示走出死胡同的出路。

另一方面，象征派绝非始终能够坚守他们为自己提出的那些任务的高度：追求现世的同时，他们实际上又始终在冒险脱离现世，投身到对以往时代和异国情调的幼稚梦想和愉快幻想——主观愿望的领域，这与其说是通过创造与现实平行的虚构世界来充实眼前的现实，还不如说是弥补现实的缺憾。由此看，象征派距离颓废派美学只有一步之遥。

苏联时期主流教科书对颓废主义这一现象基本上采取两种做法：一是将颓废主义当做一个包罗更广的概念，象征主义、阿克梅主义、未来主义都涵盖其中；[①]另一种是在文学史建构时放弃使用这一极具争议且"含有贬义"[②]的术语，在指称上述三大流派时要么用现代主义一词将之统括起来，[③]要么索性连现代主义也不用，直接进入象征主义、阿克梅主义、未来主义的叙述，[④]从这样一些表述即可看出端倪："颓废主义：象征主义、新一代象征主义"；"颓废主义诗歌中的新流派：阿克梅主义、未来主义"；"现代主义——象征主义、阿克梅主义、未来主义"。苏联解体以后的文学史著述基本上不再将颓废主义作为与象征主义或现代主义等量齐观的术

[①] 参见 А.Г. Соколов: История русской литературы конца XIX начала XX века. М., 1988。

[②] *Смирнова Л.А.* История русской литературы конца XIX начала XX века. М., 1993, С.291.

[③] Русская литература XX века. Дооктябрьский период. Под редакцией И.Т. Крука и Н.Е. Крутиковой. М., 1985.

[④] 参见 История русской литературы в 4 томах. Под редакцией Пруцкова Н. Л.: Издательство Наука. 1980 - 1983。

语使用。① 这种变化一方面是文学史观念更新的结果,另一方面也反映了学术界对颓废主义及其与象征主义关系的看法逐渐趋于一致,也就是不把颓废主义当做独立的文学流派,更多的是把它看作与象征主义有着复杂联系且有时互为表里的一种情绪、情调和主题,例如,专门从事西欧文学研究的苏联学者席勒对颓废主义与象征主义的关系做过这样的界定:"团体和流派的名称也在发生变化:从于斯曼的长篇小说《逆天》开始,其中较为流行的一个名称是'颓废主义者'(有过这样一本同名刊物),晚些时候又使用了一个更为流行的名称'象征主义者'。这里的区别不仅仅在于名称。例如,假如说所有的象征主义者都是颓废主义者,那么,却不能说世纪末所有的颓废主义者都是狭义上的象征主义者。颓废主义是一个比象征主义更为宽泛的概念。"② 以色列学者奥姆利·罗南赞成这种观点:"确实,颓废主义在各种不同的风格中得到了艺术体现:在象征主义中,在巴纳斯派诗学中,在晚期浪漫主义——英国维多利亚文学中,在欧洲的彼得迈耶风格中,在晚期现实主义——自然主义中。如此看来,颓废主义不是风格,甚至不是文学流派,而是赋予特定时代的艺术、科学、哲学、宗教和社会思想同样色彩的情绪和主题。"③

---

① 参见 История русской литературы XX века в 2 частях. Под редакцией В. В. Агеносова. М., 2007.
② *Шиллер Ф. П.* История западно-европейской литературы нового времени. В 3 томах. Т.3. М., 1938, С.15 – 16.
③ Пути искусства. Символизм и европейская культура XX века. М., 2008, С.7.

第一章　俄国象征主义的历史文化语境

19世纪末20世纪初是俄罗斯历史上的一个特殊时期,是一个新旧交替时期、过渡时期。过去的日常生活形式、劳动形式、社会的政治组织形式一去不复返,精神价值体系面临激进的重估。"危机"是这个时代的关键词,它连篇累牍地出现在报刊上和文学批评里。衰落、破坏、复兴、转折——这些词汇在世纪之交的词典里出现频率很高。时代的精神特征从一些哲学、文论著作的标题和文学作品的书名中可见一斑,如别尔嘉耶夫的《精神危机与知识分子》(*Кризис сознания и интеллигенция*),别雷以"危机"为题的系列文章,魏列萨耶夫的中篇小说《无路可走》(*Без дороги*)、《在转折点上》(*На повороте*),安菲捷阿特罗夫(Амфитеатров А.В.)

的长篇小说《旧时代的没落》(*Закат старого века*),阿尔志跋绥夫(Арцыбашев М. П.)的长篇小说《绝境》(*У последней черты*),等。

分析19世纪末的社会文化生活可以发现,这一阶段与沉闷的前一个阶段在精神氛围上形成强烈反差。惶恐不安的预感和对"伟大转折"的期待取代了80年代社会上广为流行的稳定情绪。

然而,也恰是这段时间成为俄罗斯经济、技术、科学、艺术各领域发展成果异常丰硕的时期,社会政治生活出现新的高涨,自由主义运动广泛开展,工人参与到革命民主主义运动中来,精神文化生活也空前活跃,马克思主义得到广泛传播,宗教哲学探索蔚然成风,新的文学艺术思潮方兴未艾。

世纪之交有俄罗斯诗歌、俄罗斯文学乃至文化的"白银时代"(Серебряный век)之称。除了为数不多的文艺学家,没有人把白银时代当作科学术语。率先使用这一概念的别尔嘉耶夫(Бердяев Н.А.)、马科夫斯基(Маковский С.К.)、奥祖普(Оцуп Н.А.)等人将白银时代这个术语视为一个形象化说法、神话学概念。[1]

白银时代这一称谓令人不由自主地想起以往的俄国文学的黄金时代,即普希金时代。19世纪与20世纪之交这一时期也被称为"俄罗斯的文化复兴"。确实,只要简单提一下文化艺术领域部分有代表性的名字,就会对这一说法确信无疑:在这一时期,文学界有托尔斯泰和契诃夫、高尔基和蒲宁、库普林和安德列耶夫,美术界有苏里科夫、弗鲁别利、列宾、谢罗夫、涅斯捷罗夫、瓦斯涅佐夫、别努阿(Бенуа А.Н.)、

---

[1] *Шульгин В.С., Кошман Л.В., Зезина М.Р.* Культура России IX - XX вв. М., 1998, С.213.

廖里赫;音乐界有里姆斯基-科萨科夫、斯克里亚宾、拉赫玛尼诺夫、斯特拉文斯基;戏剧界有斯坦尼斯拉夫斯基、科米萨尔热弗斯卡雅、夏里亚宾、索比诺夫、卡恰洛夫、科尔萨文娜,等等。

由于一系列社会历史原因,俄罗斯文化史上没有出现过类似西欧的文艺复兴时期,几次形成的有利于俄罗斯文化分科的条件(彼得大帝改革前后、19世纪30—40年代)决定了俄罗斯文化终于诞生了几个文艺复兴式的人物,如彼得大帝、罗蒙诺索夫、叶卡捷琳娜二世、卡拉姆辛、普希金、果戈理、恰达耶夫等,他们具有百科全书式的知识视野,兼容并蓄不同文化的胸怀,明察历史发展态势的眼光。但独木不成林,这些文艺复兴式的大家并没有构成一个完整的文化时代,也没有产生共同的完整的文化风格。不过俄罗斯文化在历史发展的过程中,走向这种合科风格的内在要求,作为一种文化发展的潜质,在整个18世纪和19世纪一直保存着。

19世纪与20世纪之交之所以能成为俄罗斯文化的复兴时期,康达科夫认为是因为这时具备了三个条件:1)形成于19世纪的俄罗斯文化发展的古典阶段作为一个相对完整的体系暴露出危机苗头(文学艺术领域出现了形形色色的颓废派变体;重要文化活动家开始反思自己活动的原则基础;自然科学与人文知识之间的关系发生冲突,文学中心主义在俄罗斯文化中走向终结,等等);2)激进的社会政治思想(革命民主主义者以及追随他们的文化活动家)允许用暴力和恐怖手段这一所谓合理手段追求历史进步,因而将革命解放运动引入死胡同(1881年刺杀沙皇);3)各种不同文化门类在充分考虑各自的特性前提下,获得了相对独立性,"文化自主权"(音乐与造型艺术、自然科学和哲学形而上学、诗歌与政论等),这就要求文化及其创造者推出新的综合形式,这种形式非但不排斥这种多样性，而且要以多样性为前提，建立在多样性基础之上。所有这一切为新的文化融合提供了土壤。①

"三种基本因素造就了俄罗斯文化复兴特有的新的文化融合：极其广义的艺术（作为个人创造）、哲学（作为生活手段、创造理性和精神的存在方式，首先包括'唯心主义'哲学和宗教哲学）和社会（不是19世纪传统意义上的'社会'，而是极其宽泛的社会各界，包括宗教界、文化界、社会上的政治精英、反对派的职业政治家等）。"②

俄罗斯文化史家格奥尔基耶娃（Георгиева Т.С.）写道："白银时代首先创造了一种特殊的社会文化环境，在这种环境中，所有哲学、历史、宗教、文化、诗歌等方面的问题都得到讨论和发展，并成为人们意识和思维的特点。"③

要研究白银时代的俄罗斯文学，包括俄国象征主义诗歌，就有必要对世纪之交的社会状况和艺术历史做一简要回顾。

第一节　世纪之交的社会政治状况

19世纪末俄罗斯经济生活中的危机现象可以追溯到1861年

---

① *Кондаков И.В.* Введение в историю русской культуры. М., 1997, C.331-332.
② Там же. C.333.
③ 格奥尔基耶娃：《俄罗斯文化史：历史与现状》，焦东建、董茉莉译，商务印书馆，2006，第451页。

改革。这是一场姗姗来迟的改革。改革后较为民主的经济秩序使得广泛的社会阶层变得活跃起来。但改革进程也有保守的一面。根据规定，从 1881 年起农民必须彻底付清原主人的债务，这导致俄罗斯农村迅速贫困化。1891—1892 年的饥荒年月，是未来社会动荡的前兆，俄罗斯的农业问题迫在眉睫，原因是，1861 年改革虽将农民从地主手中解放出来了，但没有把农民从村社中解放出来（村社是未来苏联集体农庄的原型）。直到 1906 年斯托雷平改革之前农民还是未能脱离作为他们土地来源的村社。

村社在世纪之交依然是极其重要的经济和意识形态现象，有影响的各大政党的自我定位在相当程度上都与其对村社的态度有关。立宪民主党领袖列·米留科夫认为，村社是亚洲生产方式的一个变体，社会政治组织高度集中，带有明显的集权主义特征。因此，对俄罗斯来说，必须走欧洲资产阶级改革之路。

另外一种在社会思想领域有较大影响的是赫尔岑（Герцен А.И.）、车尔尼雪夫斯基（Чернышевский Н.Г.），以及稍晚些的彼·拉甫罗夫（Лавров П.Л.）和尼·米哈依洛夫（Михайлов Н.А.）。他们认为村社的作用是积极的。这些特殊的、"俄罗斯社会主义"的追随者认为，村社带有集体主义精神，是向社会主义经济形式过渡的现实基础。

这期间，俄罗斯的资本主义得到迅猛发展：工业生产增长两倍，涌现出一大批有实力的俄罗斯企业家，一些工业中心迅速发展壮大。丰富的原材料资源，来自农村的廉价劳动力和对经济欠发达的亚洲国家的自由出口，预示着俄罗斯资本主义的良好前景。在此情况下，还寄希望于俄罗斯村社就显得有些目光短浅，这也是俄罗斯的马克思主义者们试图要证明的。为了实现社会主义，他们把希望寄托在一些新的因素——工业发展和工人阶级上。正是从19世纪90年代中期开始,马克思主义成为社会思想领域的一个重要流派,对各个阶层的知识分子都具有非同寻常的吸引力。今天,当我们回过头来评价马克思主义在俄罗斯的地位和作用时,不应该忽略这样一些大众心理因素,如对新的世界观的渴求,对意识形态领域激进主义的向往,对政治上的谨慎态度和经济上的实用主义的怀疑乃至鄙视。同时也应该看到,俄罗斯国内的社会结构极其复杂,工人阶级虽然增长很快,但在数量上还不大,而从社会心理角度讲,他们很接近最贫苦的农民。在这样的国家里,知识分子的急剧左倾,向较为激进的社会思潮转变很容易引发剧烈的动荡甚至社会灾难,正如历史发展所证明的。

俄罗斯的马克思主义就内部而言不是单一现象,难怪在其历史中分歧明显多于共识和联合,而宗派斗争几乎始终超出了思想论争的范畴。在塑造马克思主义的形象过程中,起初所谓的合法马克思主义者起了明显的作用。他们在19世纪90年代在报刊上与俄罗斯民粹派公开论战。他们把马克思主义看成纯粹的经济理论,不求对世界做普遍阐释,更不要求改造世界。对于信仰进化论的人来说社会革命的主张是绝对不能接受的,更不要说有意煽动革命的行为。这就是为什么1905—1907第一次俄国革命后过去的合法的马克思主义者与立宪民主党人会联合起来的原因,前者赞成后者的主张,即推行资产阶级民主意义上的渐进改革。

然而当时社会情绪的主导倾向却不是这样的。由于在向大众渗透的过程中采取简单化和庸俗化的做法,对马克思主义思想的理解开始超出经济学说范畴。马克思主义不再是经济理论之一,而逐渐成为解决俄罗斯社会问题的激进方案,其核心主张是社会暴力和武装斗争。这一思想确实变成一种看得见的物质力量：俄罗斯全国很快掀起一浪高过一浪的工人罢工、农民暴动、学生游行的浪潮，随后又是武装斗争和恐怖行动的浪潮，对日战争（1904—1905年）的失败更导致这种浪潮迅速蔓延。

席卷全俄的1905年革命虽然失败了，但它引发的思考对俄罗斯文化的命运具有重大意义。在1907—1909年间，革命运动遭到政府变本加厉的疯狂反扑。在短短的3年里，有5 000多人被军事法庭和地方法庭判处死刑。社会气氛也被黑帮势力严重破坏。俄罗斯知识界的精英开始明白，采用暴力方法对社会实行"外科手术"是绝对没有前途的。也就是在这个时候，被同时代人视为寻神论思潮的俄罗斯宗教哲学走向繁荣。这一派系众多的思潮由彼得堡宗教哲学协会于1901年发起。1903年，多人撰写的《唯心主义问题》(Проблемы идеализма)文集出版，在此书中，作者的注意力已从社会问题转移到伦理问题。1909年，大致是同一些作者，其中包括过去的合法马克思主义者别尔嘉耶夫、谢·布尔加科夫(Булгаков С.Н.)等人，出版了哲学政论集《路标》(Вехи)。该书在20世纪俄罗斯文化史上起过特殊的、不可多得的作用。《路标》的作者们认为，对任何一种理论纲领的追捧，一旦到了狂热的地步都是危险的；对任何一种社会理想的信仰，一旦上升到绝对性和普适性，在理论上是站不住脚的，在道义上是不可行的。另外，《路标》的作者们也批判了左倾激进思想在伦理上的弱点。《路标》实际上是一部关于俄罗斯革命的警示录，显然，这一警示在当时没有成为主流声音。

第一次世界大战将俄国置于灾难的边缘，战时的特殊状况不但损害了尚未巩固的经济，还激化了统治上层与政治激进主义者之间的矛盾。最终十月革命爆发，旧的时代完结，新的时代开始。

第二节 世纪之交的精神文化氛围

　　世纪之交的社会矛盾伴随着世界观的危机。这时的世界观危机不是单纯的俄罗斯现象，而是一种全欧洲现象，并迅速成为世界性进程。世纪之交是自然科学取得重大突破的时代，尤其是在物理学和数学领域，如无线电和电灯的发明、电子的发现、量子理论（1900），狭义相对论（1905）和广义相对论（1916—1917）的创立，对人的世界观影响极大。新的科学发现强烈动摇了以往人们对世界构造的认识。用"物质消失了"这个公式可以很好地表达以往自然科学思维的危机。在文艺复兴传统温床上形成的以往科学观点认为，自然规律的含义是单一性的，自然现象是可预测可认识的。过程的可重复性和可预测性是原因的固有特性。由此形成了实证主义的思维原则。人的生命完全受制于外部环境。社会决定论原则被绝对化，并被移植到生活的社会范畴和精神范畴。人所面对的世界成为一个严密完整的结构，有着普遍的特征、稳定的中心、静止的坐标。也就是说，科学总有一天会无所不知，并对世界做出终极解释。

　　新发现与此前对世界结构的认识完全相反：从前看上去稳定的东西，其实是变化无定、不断运动的。任何解释都是局部的，都需要补充,这是诞生于理论物理学领域的补充性原则的一个世界观标志。爱因斯坦的发现促使人们对以往的普遍观念进行了更为激进的修正。任何一个坐标体系都不是绝对的,它的使用范畴明显受到具体场合的限制。中心与边缘是相对的,可以不断换位,彼此相对运动的物质成为物理学和力学关注的对象。

世界的物理图画的急剧复杂化促使人们对历史的理解原则进行重估。任何历史哲学逻辑都是相对的、近似的,这种看法取代了从前不可动摇的建立在因果决定论基础上的历史进步模式。原因和结果原来是相反相成的,它们不是作为经验现实,而是作为现象符号被认识的。19世纪的历史科学把人类在时间中的运动视为一种合理的,同时也是无意识的,通过人但又游离于人的意志进行的过程。在这样的历史观点中人不过是单向的历史洪流中的一粒微尘,这就是为什么社会制度、宗教运动、思潮、社会力量斗争等的历史似乎总是在取消人的历史,分配给人的角色只是充当建筑材料。

以往历史观念的危机首先表现在某种普遍性标准、某种稳固的世界观基础的失落。尼采的名言可以概括这种危机——"上帝死了"。这一历史伦理公式与"物质消失了"这一自然科学公式相似,都表示脚下的世界观基础消失了,都标志着相对主义时代的到来,对世界秩序统一性信仰的危机。对这种危机,不同的思想家认识不同,得出的结论也不同。

把现实理解成局部的、碎片的、只是部分可以理解的,这种观点为从哲学上批判理性主义提供了有利条件。先验思想大行其道,托尔斯泰和舍斯托夫(Шестов Л.)这样一些不同的思想家对此推波助澜。科学对普遍性和万能性的无理要求经常受到宗教伦理角度的批判:"科学到灵魂的距离远于到星星的距离。"这是舍斯托夫的著名论断之一。总之,哲学家关注的中心转移到了认识论和伦理学层面,他们放弃了认识宇宙这个不切实际或者说是没有希望的企图,而将自己的目光集中在主体上、个性世界上。就连哲学思辨的风格也变得高度个性化。像尼采和别尔嘉耶夫这样一些哲学家表面上相去甚远,其实骨子里是非常接近的,他们对诗歌的爱好都不亚于他们对哲学的激情。

在世纪之交,来源于两个对立流派——斯拉夫派和西欧派的俄罗斯民族哲学传统得到了真正的复兴。索洛维约夫、舍斯托夫、别尔嘉耶夫,谢·布尔加科夫、罗扎诺夫以及其他一些大哲学家对俄罗斯文化各个领域的发展产生了巨大的、有时是决定性的影响,其中有些人还在文学创作领域大显身手。在这一时期,特别值得重视的是俄罗斯哲学中对认识论和伦理学问题的关注。许多思想家把注意力集中在个性的精神世界,并通过生活与命运、良心与爱、清醒与迷误等一些与文学相近的范畴来阐释生活。他们合力将人从无所不包的社会决定论幻想中解放出来,引导人去理解实践和精神体验的丰富多彩。

也有一些俄罗斯哲学家通过简化和改写尼采的超人思想,提出了摆脱人文主义危机的另一种方案。这首先反映在对传统的同情、怜悯、牺牲等范畴的重估上。他们认为,这些范畴令人不堪重负,必须通过一种特殊的教育体系予以克服。过高过严的要求会导致为强者辩护。高尔基的创作就不乏类似的哲学思想,他在艺术直觉的层次上捕捉到了时代的思想潮流。他的人道主义基础是人的伟大和强大观念,是强者理性。这一思想在作家笔下占据了主导地位。"人是在与环境的对抗中诞生的",高尔基的这句话很好地表达了左倾激进主义思想的心理基础。在这种情况下,作为建设者,人是否能对等理解他所活动的空间和他准备建造的房屋这个问题就失去了意义。应该指出,在高尔基的许多作品中,思想不是作为主人公的探索来总结的,而是作为将主人公推向生活道路的原始动力来概括的。怀疑不是高尔基作品中的常客,除了早期的练笔之作和高尔基最缜密的作品《克利姆·萨姆金的一生》。

"有必要专门说一下:假如在如马克思主义这样的思潮后面划的不是句号,而是允许其他思潮——别尔嘉耶夫、布尔加科夫、弗兰克(Франк С.Л.)、舍斯托夫等发出自己声音的逗号,那么这种立场是不会有什么社会危害的。"①激进主义者一贯强求宇宙生活服从一个理念,将自己对生活的主观阐释一厢情愿地移植到实践领域。假如没有进入危险的宗教心理语境,这种追求本来可以停留在文化史层面,而非社会历史事实。对"新纪元"的狂热期待,俄罗斯根深蒂固的对社会奇迹的信仰,在20世纪初的俄罗斯为不加批判地接受新的哲学真理——迅速获得宗教信仰特征的马克思主义创造了土壤。布尔加科夫和阿斯科尔多夫认为,马克思主义在强调自身精神独特性时的固执,正统马克思主义者对诸多"异己"的排斥(比如布尔什维克与孟什维克的关系),这些都表现出寻求永恒问题终极答案的马克思主义的宗教性质。②

在世纪之交,人们都在为自己的精神生活和宗教生活寻找新的依据。形形色色的神秘主义在当时都很流行。新兴的神秘主义

---

① *Карсалова Е.В., Леденев А.В., Шаповалова Ю.М.* Серебряный век русской поэзии. М., 1996, С.18 - 19.
② *Булгаков С.Н.* Героизм и подвижничество; *Аскольдов С.А.* Религиозный смысл русской революции//Вехи. Из глубины. М., 1991.

积极从旧的东西,从亚历山大时代的神秘主义中寻找源头,跟流行于18世纪与19世纪之交的兄弟会学说、阉割派学说、俄罗斯分离派和其他一些神秘主义学说一样,许多从事创造性劳动的都参与了神秘形式活动,尽管不是所有人都真正完全理解和相信这些形式的内容。勃留索夫、别雷、梅列日科夫斯基、吉皮乌斯、别尔嘉耶夫以及许多其他人都痴迷过各种魔法和巫术活动。

在20世纪初流行的各类神秘仪式中,巫术占有特殊地位。巫术通过特定的仪式表演,利用和操纵某种超人的力量,来影响人的生活或自然界的进程,以达到特定的目的。巫术的仪式表演一般采取象征性的歌舞形式,并使用据称具有魔力的实物和咒语。巫术这种神秘仪式诉诸人的精神和内心,一旦完成,人的本性会发生脱胎换骨和不可逆转的改变。由此可见,幻想对每个人和整个社会进行现实改造的象征派,重视巫术是顺理成章的。就狭义而言,巫术的任务跟医疗的任务几乎没有什么区别。必须创造"新人",这一思想我们在卢那察尔斯基和布哈林这样一些革命活动家的思想中也能找到。

白银时代是个充满二元对立的时代。这一时期的基本对立是自然与文化的对立。弗拉基米尔·索洛维约夫对白银时代产生了巨大影响,他认为,文化战胜自然的结果是不朽,因为"死亡是明显的无意义战胜意义,混沌战胜宇宙"。最终,巫术也应该引导人们战胜死亡。

除此以外,爱与死的问题彼此间有着密切联系。"爱与死成为人存在的基本的形式,差不多也是唯一的形式,是人的理解的重要手段"。

许多人渴望挣脱日常生活的羁绊,探寻另一种现实。他们任由情绪的驱使,所有的感受和体验,无论是否符合逻辑合乎理性,他们都从正面予以接受。从事创造性劳动的人们有着极其丰富的体验。然而,这种体验积累的结果往往却是极度的空虚。因此,很多人的最终命运是悲剧性的。不过引人注目和耐人寻味的是,这种复杂的精神迷茫和探索却催生出了白银时代特有的独具一格的精神文化和艺术文化。

关于这个时代的精神文化氛围,别尔嘉耶夫说过这样一段话:"现在人们难以想象那时的气氛。从那个时代的创作高潮中产生的许多东西,已进入俄罗斯文化的进一步发展中,并且至今还是整个俄罗斯文明社会的财富。但是在当时,存在的只是对创造热情的陶醉、革新、紧张努力、斗争和呼唤。许多才干都是在这些年月里被赋予俄罗斯的。这是独立的哲学思想在俄罗斯觉醒的时代,诗歌繁荣,审美感受敏锐化,宗教信仰上的不安与探寻、对神秘主义和通灵术的兴趣加剧。新的精神出现了,创造生活的新源泉被发现了,人们看见了新的曙光,把日暮感、毁灭感和改造生活的希望结合起来。"[①]

第三节 世纪之交的文学艺术环境

俄罗斯废除农奴制后,较为民主的社会秩序、城市人口的迅速膨胀、教育领域的巨大成就,还有艺术领域一些辅助性和技术性手

[①] 别尔嘉耶夫:《自我认识——哲学自传试作》,转引自汪介之:《远逝的光华——白银时代的俄罗斯文化》,译林出版社,2003,第4页。

段的改进，在世纪之交导致观众、听众、读者群的迅速扩大。1885年莫斯科马蒙托夫私人歌剧院的开张，1895最为大众化的艺术门类——电影的诞生，19世纪90年代特列季亚科夫画廊向平民开放，面向大众的莫斯科艺术剧院的活动，这些事实证明文化生活的影响面日益扩大。画家、音乐家、导演现在面对的是全新的观众，艺术因此获得了对国家精神生活前所未有的影响力。大众化过程也有其相反的一面。正是在世纪之交的艺术中，在那些所谓大众文化类型的形成过程中，危机进一步加剧。其表征是：报刊关注的与其说是艺术家的创作本身，不如说是艺术家的私生活；出现了部分艺术家自我宣传和炒作甚至有意制造丑闻的现象；为了争取观众的注意，不断有新的文艺团体加入日益激烈的竞争行列，等等，诸如此类。一开始就面向少数行家的精英艺术试图成为大众文化的对立面。这样，文学艺术界的成分变得越来越复杂，形成了各种各样、互相对立的流派和团体。

这一时期俄罗斯艺术的另一个鲜明特点是与世界文化接触的加强，除积极借鉴本国的艺术经验外，还更加积极地借鉴欧洲的艺术经验。在白银时代的语境中，"俄罗斯的欧洲性"问题具有特殊内涵，用勃洛克的著名诗句来形象地表达就是：

我们热爱一切——冰冷的数字的酷热，
还有那些天国幻象的馈赠，
我们理解一切——高卢人的机智，
还有日耳曼天才的晦涩艰深。

在这个时代里，"俄罗斯的欧洲性"已经成为文化生活的自觉事实,并在艺术领域得到充分的反映。"自己的"、俄罗斯的在很多人心目中与"他人的"、欧洲的已经不再相脱离。

"俄罗斯的欧洲性"思想是以矛盾乃至悖论的形式发展的。一方面,致力于挖掘民族的自我表现形式,另一方面,俄罗斯的艺术思想又明显受到欧洲艺术潮流的影响。法国的象征主义、印象主义,奥地利的表现主义,意大利的未来主义都进入了白银时代艺术大师们的关注和研究视野。[1]

到19世纪末俄罗斯文化自然而然地融入了世界文化语境:陀思妥耶夫斯基、托尔斯泰、柴可夫斯基是绝对的权威。到20世纪初任何一个新现象,比如法国文化现象都能迅速成为俄罗斯文化现象。反过来也一样。例加吉列夫组织的俄罗斯芭蕾舞迅速成为全欧洲文化现象。俄罗斯与欧洲文化的这种积极互动在很大程度上应归功于翻译的活跃、俄罗斯企业家的资助以及俄罗斯卢布的可兑换。高尔基的新作品可以用俄语和德语同时发表(众所周知,《母亲》第一版是用英文出版的);同样,有不少外国作家的作品是先用俄语发表后才用母语出版的。这些事实初看上去似乎与文化生活没有直接关系,其实是不容忽视的。20世纪初的俄罗斯艺术在借鉴不同时代的世界艺术经验方面要比以往的俄罗斯艺术自由得多。这也为运用较前更加多姿多彩的艺术手法创造了前提。问题不光在可以选择更丰富的形式手段。俄罗斯文化越来越走向世界,也越来越向世界开放。不管怎么看待这一艺术时代的外在的丰富多彩、眼花缭乱、异彩纷呈,都不能不承认这个时代毕竟为20世纪俄罗斯艺术意识贡献了不可或缺的广度、韧度、多元化。

---

[1] *Рапацкая Л.А. Искусство серебряного века.* М., 1996, C.109 - 110.

可以对世纪之交风格上的折中主义不以为然,例如莫斯科中心城区的建筑,但应该看到,这里不只有衰落,还有复兴:正是世纪之交的艺术集合和复活了最为不同的风格,将高雅艺术、低俗艺术集于一身,给一切提供"美学地位"。

这一时代美学上的多元化也表现在艺术流派版图的重要变化上。在从前,当某种风格、某种艺术体系在某个阶段占据主导地位时,此前的阶段就成为过去,比如感伤主义取代古典主义,随后浪漫主义又取代感伤主义。如今却不然,多种不同的艺术体系可以同时存在。文学领域基本的美学对抗是现实主义与现代主义的斗争。但这里的现实主义不是作为同质概念出现的,而是作为几种现实主义的总和出现的,其中每一种定义都需要补充;同样,现代主义的特性也是千变万化的万花筒,一个团体和流派不断被另一个团体和流派所取代。用世纪初的批评家皮尔斯基(Пильский П.М.)的话来说,就是"文学分流了"。新形势为出人意料的组合和相互作用,为审美复合型艺术现象的出现,为大量过渡性风格体系的产生提供了条件。因此,就20世纪初的艺术而言,任何基于流派的分类都是带有局限性的,都有些生硬。不可能将谢罗夫(Серов В.А.)和高尔基、弗鲁别利(Врубель М.А.)和勃洛克、斯特拉文斯基(Стравинский И.Ф.)和曼德尔施塔姆绝对划入某个"主义"。一切都是运动的、相对的,取决于坐标系统。就艺术家的个人风格而言,安德列耶夫苦涩的自白很能说明问题:"我是谁?对出身高贵的颓废派来说我是被人鄙视的现实主义者,对正统的现实主义者而言我是可疑的象征主义者。"时代本身在审美上是多元的,因此,比如,称早期高尔基为浪漫主义者而晚期为现实主义者时,我们只是在将自己头脑中根深蒂固的美学"进步"逻辑强加于高尔基的创作。同样的论断还有学术界普遍流行的所谓"克服说",即勃洛克克服了象征主义、阿赫玛托娃克服了阿克梅主义、马雅可夫斯基克服了未来主义,云云。这一论断很好表达了20世纪初艺术家摆脱审美规范的追求。但别忘了,这一追求、这一动力是艺术思维的常规因素。因此,说勃洛克"克服"了象征主义不如说勃洛克超越了象征主义更为贴切。世纪之交的艺术家与其周围的美学环境的关系可以用这样一句话来形容:"亦敌亦友"。

各种艺术门类的积极互动现象赋予20世纪初的艺术另一个更大的特点。作为一门综合艺术,戏剧艺术的繁荣不是偶然的。身兼数任的跨艺术门类的创作出现了,并得到积极倡导。例如,库兹明(Кузьмин М. А.)将诗歌与作曲结合起来,未来派诗人布尔柳克(Бурлюк Н. Д.)、古罗(Гуро Е. Г.)、马雅可夫斯基积极从事造型艺术。甚至当时的体裁标记中还出现了综合因素,如作曲家斯克里亚宾(Скрябин А. Н.)称自己的交响乐作品为"长诗",别雷创作了四部文学"交响乐"。

要认识世纪之交俄罗斯文学中的新的艺术逻辑,就要考虑到与文学相邻的艺术门类中的一些极其重要的现象。例如在世纪之交的俄罗斯文化中,《艺术世界》的艺术家团体起了重要作用。该团体诞生于1898年,从一开始就宣称要以开掘欧洲艺术的最新现象为己任。他们对巡回派的文学中心主义持批判态度,主张创作不受创作以外因素如公民性和道德说教的束缚。他们认为在精神上与他们最接近的欧洲绘画现象是印象主义和那些作为摩登风格先驱的画家。别努阿、索莫夫(Сомов К. А.)、鲍里索夫-穆萨托夫(Борисов-Мусатов В. Э.)的绘画的重要特点是画家对反映对象的个性化态度。他们喜欢的对象是某个带有自己特有的艺术语言的文化时代。他们借助怪诞、讽刺、结构构图游戏避开"无冲突时代"封闭的文化世界,希望通过掌握这些时代的风格来洞悉这些时代的精神。艺术语言、风格似乎在挣脱社会历史内容,形式游戏获得自在自足的意义。在20世纪初的绘画中,透过风格模仿的棱镜,俄罗斯民间文化也得到了关注(如马里亚文、库斯托季耶夫等)。

接下来的艺术团体,如"蓝玫瑰"(Голубая роза)、"方块杰克"(Бубновый валет),更加激进地将重心转移到作者对世界的主观理解上。出现了造型艺术的抽象化趋势。对原始艺术形式的开掘,将绘画手法分解成组合要素,线条和色彩变化原则的运用,这一切导致艺术形式本身变成了绘画作品的唯一内容。所有这一切契合了现代人的意识,表现了世界的分崩离析感以及时代的危机特征。艺术丧失了对世界的完整感受、对世界的直接反应,超出了一般观众的理解力。然而不能不承认,这些进程也有其创造性的一面。

回顾世纪之交的文化生活,有必要指出,在这一时期,创作个性、艺术个性的自我表现获得了比以往多得多的空间。与此同时,世纪之交的艺术又表现出明显的摆脱伦理倾向,将自己封闭在纯美学范畴。以往俄罗斯艺术固有的道德关注,对伦理说教的偏爱让位于令人着迷的有关艺术创造本身、审美体验本身所具有的社会改造作用的乌托邦。对个性的自我表达权利的无限度追求,导致了对自我肯定和艺术虚荣合法化的追求,对艺术技巧和形式手段的崇拜。"害怕平淡无味——这是白银时代及其遗产的主要诱惑和罪孽之一",科尔查文(Коржавин Н.М.)的看法值得深思。[①]

[①] *Карсалова Е.В., Леденев А.В., Шаповалова Ю.М.* Серебряный век русской поэзии. М., 1996, С.24.

在世纪之交,随着俄罗斯社会和经济的迅猛发展,俄罗斯作家的社会地位也发生了重要的变化。1905年革命导致新闻检查预审制度的废除,使俄罗斯的出版物大量涌现,论数量在当时已名列世界前茅。俄罗斯作家在普希金时代费了很大力气才获得职业地位,他们在1859年创建了文学基金会,可以为同行提供最低生活保障,然而从总体上说,在19世纪末以前他们依然是各自阶层的"叛逆",如托尔斯泰是地主阶层的背叛者,车尔尼雪夫斯基是教会学校或师范学校的背叛者,只是到了20世纪初作家才成为真正的职业人士,成为从事创造性劳动的知识分子中一个独立阶层的代表。凭借大量的刊物、书籍、文学晚会和评论,这些新型的文学家可以提高身价,从而成为公众的宠儿,成为大众传媒的明星。一些大型报刊争相刊登他们的作品。

这一时期,俄罗斯的出版业异常繁荣,这在一定程度上无疑要归功于众多的各具特色的出版社。以出版定价低廉的俄罗斯经典作家的作品、百科全书和自学读物著称的老牌出版社的美人鸟(Сирин)依旧在图书市场上独领风骚。紧随其后的是声誉良好的萨巴什尼科夫兄弟出版社(издательство братьев Сабашниковых),该出版社推出了《世界文学名著丛书》和《俄罗斯文库》,吸引了象征派和新斯拉夫派的许多文学家参与合作,如安年斯基、巴尔蒙特、维亚切斯拉夫·伊万诺夫、历史学家格尔申宗(Гершензон М.О.)等,还有科尔涅利·泽林斯基(Зелинский К.Л.)和蒲宁。马·沃尔夫(Вольф М.А.)、阿道尔夫·马尔克斯(Маркс А.Ф.)、彼·索伊金(Сойкин П.П.)也是杰出的出版家。随后新一代"象征派"出版家登上舞台:百万富翁之子、数学家兼斯堪的纳维亚文学翻译家谢尔盖·波里亚科夫(Поляков С.А.)在1898年创办天蝎座

(Скорпион)出版社，笔名克列切托夫(Кречетов С.)的律师兼诗人索科洛夫(Соколов С.А.)在1903年创办格里芬出版社(Гриф)。这两位出版家都是献身艺术的资本家之后。"金羊毛"的创始人、富商利亚布申斯基(Рябушинский Н.П.)和莫罗佐娃(Морозова М.К.)的作用值得注意。后者是富商莫罗佐夫的儿媳。她资助音乐评论家兼文学评论家梅特纳(Метнер Э.К.)创办了缪萨革忒斯出版社(Мусагет)，还资助过哲学杂志《道路》(Путь)。这些新出版机构同老出版社相比，更具精英性质。它们为新艺术、为翻译欧洲先锋派文学提供支持，为作家的文学创作免除后顾之忧。自学成才的费·帕甫连科夫(Павленков Ф.Ф.)卓尔不群，他独自一人编撰和出版百科全书，受到罗扎诺夫的称赞。众多的股份制出版社加入到与资本家出资的出版社的竞争中来。其中最著名的是1898年由奥·波波娃(Попова О.Н.)创办的知识出版社(Знание)。该出版社凭借与作品发行量极大的高尔基合作而红极一时。在1904—1907年间，知识出版社接二连三地出版高尔基的作品，印数均在一两万册（这在当时是个相当可观的印数）。"知识"出版社的合伙人中除高尔基外，还有绥拉菲莫维支(Серафимович А.С.)、斯基塔列茨(Скиталец)、魏列萨耶夫、蒲宁、马明-西比利亚克(Мамин-Сибиряк)等。从1900年起的十几年里，以"知识"为名出版的文集达40余部，取得了很大成功。

1896年，俄罗斯作家协会成立（起初叫互助会），旨在为职业作家提供不同程度的社会保障。1900年协会有492名会员，该年11月召开了全体会员大会。民粹派老作家柯罗连科(Короленко В.Г.)参加了协会法律委员会的活动，与委员会一道提议政府制定法律保护作家的著作权,取消书报检查制度,由书商承担刑事责任。1905年新闻记者协会成立。尽管斯托雷平想尽办法迫使反对派出版物保持沉默,但在1905—1917年间,俄罗斯期刊和出版业还是达到了空前繁荣。形成了广泛的需求量很大的书刊市场,到处都在出版经典作家的作品、科普作品、百科全书。精英出版社的数量成倍增加。这种繁荣催生了一个靠写作为生的特殊阶层,其中不仅包括托尔斯泰这样的文学巨擘,还包括数以千计的科普作家、翻译家、文学与戏剧评论家等。据瓦列伊金娜-斯韦尔斯卡娅统计,这支"爬格子"的文学大军相当壮观,大型期刊《欧洲导报》(Вестник европы)、《俄罗斯思想》(Русская мысль)、《俄罗斯财富》(Русское богатство)、《教育》(Образование)从1906—1910年共发表了687位作者的2 272篇文章。对4年的时间来说这不是个小数字。在20世纪初订数达11 000份的《俄罗斯财富》10年的时间里发表了800余名作者的作品。①

在这些重要变化的影响下,作家的技巧也发生了变化。出现了流行作家类型,也就是那些不满足于在寂静的书斋里创造杰作,喜欢到外地巡回访问和讲学,为大报撰写专栏文章、随笔和游记的作家。作家之间时常围绕纯文学问题进行争论,但一经报纸介入这些争论便有可能成为"大庭广众"——新兴中产阶级的话题。例如勃留索夫主持的莫斯科刊物《天秤座》(Весы)与利亚布申斯基出版的彼得堡刊物《金羊毛》之间1907年爆发的论战——前者坚持正统的象征主义,后者鼓吹神秘象征主义。本来这场论战只限于印数很少的两个刊物(不超过1 700份),但经几家大型报纸不

---

① Русская интеллигенция 1900 - 1917 гг. М., 1981.

以为意的参与,大大提高了公众对"颓废派"的关注,各报纷纷向勃洛克、别雷、勃留索夫等人约稿。巴尔蒙特、勃洛克、别雷、伊万诺夫时常受到记者们的跟踪采访。作家的头像甚至还上了明信片和文学晚会的海报,由此可见"流行作家"的魅力。

文学写作的多样化,为作家提供了稳定的收入来源。一些作家作品的发行量是以前的作家连想都不敢想的,如高尔基、安德列耶夫、阿尔志跋绥夫,以及稍许落后的库普林和蒲宁。就连印数较少的先锋派代表,如印数1 500册的别雷或印数5 000册的戈罗杰茨基(Городецкий С.М.),都能靠写作维持生计,因为他们在期刊发表作品获得的稿费较高。

世纪之交期刊业和出版业的空前繁荣,改变了作家的社会地位,也改变了文学生活的组织形式。这同时也是白银时代精神文化繁荣与复兴的表现之一。法国学者乔治·尼瓦甚至认为:"从今天的观点来看,白银时代更像是俄罗斯文学的黄金时代。"[①]

[①] *Нива Ж.*, *Серман И.*, *Сада В.*, *Эткинд Е.* Русская литература XX века. Серебряный век. М., 1995, С.614.

第二章　俄国象征派文学生活的组织形式

　　俄国象征主义作为一个文学流派,有着自觉的组织形式和集团性质,这是其突出特征之一,而且这一特征可以说是空前的。为了鼓吹自己的美学纲领和诗学主张,为了占领和巩固"新艺术"在诗坛的阵地、确立和扩大象征主义诗歌的影响,象征派的活动家们调动一切可能的手段,掀起一场广泛的象征主义文学运动。而文学刊物和出版社、文学沙龙和文学小组在这场文学运动中作为象征派文学生活的主要组织形式,扮演了异常重要的角色。

第一节 象征派期刊

俄国象征主义产生之初,并没有马上得到主流杂志和出版机构的接纳,相反,还遭到诸多怀疑、嘲笑和排挤。正如勃留索夫在《论诗歌技术》(*О стихотворной технике*,1903)一文中所说:19世纪60年代"提出了诗歌自身生存问题。最近几十年诗人们不得不捍卫自己的生存权……90年代末,当诗人们回到诗歌技术的锤炼,开始寻找新的诗歌表达手段,试图将西方同行近期做出的探索成就借鉴来为俄罗斯诗歌所用时,人们对此的态度就像是对待犯罪……诗人在俄罗斯的待遇就永远应该像是进入敌国的一小撮外邦人,得时刻保持警惕,随身携带武器。他们未必能得到宽容,他们随时会遭到来自四面八方的敌人的围攻"。① 面对此种情况,象征派的活动家们痛切感受到,拥有自己的阵地至关重要。有了自己的刊物,就可以及时地向社会阐述自己的美学原则,向读者解释自己的创作目的和任务。开始,还只是某些代表性人物印发的一些单独文章和宣言册,但很快他们就效法一些西欧同行的做法,创办起对俄罗斯而言还不曾有过的新型杂志,即宣言性杂志。"但跟从前常见的情况一样,西欧样板经过了如此大的改变,以致恰是俄罗斯的宣言性杂志开始反过来对欧洲的艺术发展产生重要

---

① *Брюсов В.Я.* Сила русского глагола. М.,1973,С.105-106.

影响。"①

　　传统上俄罗斯文学的发展与期刊学,尤其是与大型刊物有着紧密联系。尼·米哈伊洛夫斯基断言:"最新俄罗斯文学的历史可以归结为期刊学的历史。"②作家每有新作,都可第一时间在杂志上发表,而评论家的评论文章则可以及时帮助读者理解文坛发展的新动向,乃至国家、社会和文化发展的新特点。

　　19世纪80年代末90年代初,俄国文学的艺术统一性被打破。"新艺术"异军突起,与传统的现实主义流派分庭抗礼,其表现不限于文学,还有绘画、戏剧、音乐、建筑等。他们试图让公众了解新流派的哲学美学原则,了解他们的创作的样板作品。一些宣言,例如梅列日科夫斯基的《论当代俄国文学衰落的原因及其新流派》(*О причинах упадка современной русской литературы и ее новых течениях*,1892)、勃留索夫编辑出版的诗歌丛刊《俄国象征派》(*Русские символисты*,1893－1894)、新风格画家——后来被称为艺术世界派画家——的画展,所有这一切在当时只为狭窄的爱好者和同情者圈子所知。然而,不论是著名评论家、记者,还是圈内圈外的读者,在长达十年的时间里都不承认"新艺术"。其代表性人物的作品不能在杂志上发表,在公众的眼里,他们只是一些莫名其妙的叛逆者,现行规范的否定者。在19世纪末,即便是现代派自己,在脱离哗众取宠的颓废派叛逆者之初,也感觉到了有必要更充分更具体地解释新兴艺术流派的独特之处。以小册子或

---

① *Махонина С.Я*. История русской журналистики начала XX века. М.,2008,С.196.
② Литературный процесс и русская журналистика конца XIX — начала XX века. 1890－1904. Под редакцией Бялика Б.А. М.,1981,С.4.

文集形式印行的宣言只是宣布了新流派的诞生，展示了一些示范性作品而已。要细致地提炼和阐发自己的艺术纲领和美学基础只能借助于杂志，可有影响的刊物仍将"造反派"拒之门外。

大型刊物中最早刊登象征派诗人作品的是古列维奇的《北方导报》(*Северный вестник*)。但显而易见，这种类型的杂志是满足不了象征派的实际需要的，无法为其阐述艺术问题和发表艺术主张提供应有的条件。俄国象征派基本上都是文化修养和学术素养极高的知识分子，且多系出名门、家学渊源深厚。他们在鼓吹自己的思想时，喜欢引经据典，援引俄罗斯和欧洲思想家的哲学美学著作，将遵循美的规律的创作同存在、宗教、心理学联系起来。对读惯了俄罗斯平常类型杂志的读者来说，这一切过于深奥，就是有文化的读者，也难免捉襟见肘，最主要的是，激发不起读者的兴趣。

俄国象征派一直面临着创办自己的刊物的任务。不光在内容上是自己的，类型也是自己的。借鉴西欧经验的同时，俄国象征派创造了一种特殊类型的刊物——宣言杂志，这种杂志很适合阐述新流派的理论主张：展示新流派的示范性作品。

享誉世界的《艺术世界》(*Мир искусства*)是俄罗斯19世纪与20世纪之交文化生活的重要现象，这是一个文学艺术杂志，是创造了整个俄罗斯绘画流派的画家团体。

该刊的创办始于彼得堡大学法律系的一个同仁小组，别努阿、努维尔(Нувель В.Ф.)、费洛索福夫，还有稍后加入的兰谢雷(Лансере Е.Е.)、努罗克(Нурок А.П.)、巴克斯特(Бакст Л.Н.)、索莫夫、加吉列夫(Дягилев С.П.)是其发起人和主要成员。刊物的名称考虑了很久，最后定名为《艺术世界》，其含义是：不是凡俗的、神的或当代的世界，而是特殊的、超凡脱俗的艺术的世界，在这个世界里生活的都是经过挑选的有献身精神的人。

尽管《艺术世界》的发起人和主要工作人员是那些画家和音乐家,但杂志对俄罗斯文学的发展也起到过重要作用。杂志创刊后的第二年,费洛索福夫邀请彼得堡的象征派诗人梅列日科夫斯基、吉皮乌斯、索洛古勃以及著名哲学家罗扎诺夫、舍斯托夫等加盟合作。有了文学,艺术世界就完整了,这也是《艺术世界》的办刊宗旨。

1899年,编辑部决定设立文学栏,1900年初开始刊载梅列日科夫斯基的著作《列夫·托尔斯泰与陀思妥耶夫斯基》(*Лев Толстой и Достоевский*)。不过得承认,彼得堡的象征派领袖们不光是作家和诗人,还是宗教思想家、神秘主义哲学家,他们的著作中涉及的问题不总是与艺术杂志的宗旨相契合。结果他们实际上是相当于创办了一份杂志中的杂志。梅列日科夫斯基等人鼓吹的"艺术是一种传道形式"与艺术世界派主张的自在自为的创作背道而驰。对于梅列日科夫斯基提出的神秘内容是新艺术的特征之一这个观点,画家和文学家的看法也不相同。杂志内部发生过多次争论,纪念普希金诞辰一百周年专号成为战场。在对陀思妥耶夫斯基的评价上,观点也不统一。在《艺术世界》上发表《托尔斯泰与陀思妥耶夫斯基》的梅列日科夫斯基和发表《陀思妥耶夫斯基与尼采:悲剧哲学》(*Достоевский и Ницше. Философия трагедии*)的舍斯托夫在观点上也存在很多分歧。罗扎诺夫在文学栏工作,他的写作主要围绕神话、宗教、历史文化问题,而非文学问题。1901年春,为了活跃文学栏,加吉列夫邀请莫斯科象征派领袖勃留索夫加盟。

一件小事导致了《艺术世界》的最终分裂。根据吉皮乌斯的说法,1902年2月号上刊载了梅列日科夫斯基《托尔斯泰与陀思妥耶夫斯基》的结尾部分,在最要紧处——谈教会的段落中突然插入了一些异国情调的漫画,梅列日科夫斯基认为极不严肃、大煞风景,找加吉列夫交涉,不料后者认为无伤大雅。梅列日科夫斯基和吉皮乌斯认为这是刊物对他们的不重视,一气之下与其他文学同仁一道拂袖而去。1903年,他们创办了自己的刊物《新路》。

《艺术世界》杂志1904年停刊,第一个原因是曲高和寡,读者太少,发行量刚过千份;第二个原因也是主要原因:刊物的创办人终于明白,宣言性刊物是无法长期存活的,要么改弦更张,要么关门大吉。"我们三个人,加吉列夫、费洛索福夫和我,都已被刊物折腾得筋疲力尽。我们觉得,凡是需要说的和展示的,都已经说了,展示了,因此接下去就只有重复、原地踏步了,而这正是我们特别反感的。"①

《艺术世界》是宣言性杂志的第一次尝试,是这类刊物的先行者,晚些出现的其他一些象征派杂志都试图效仿它,如《金羊毛》和《阿波罗》。

《艺术世界》在俄国象征主义运动史上意义非凡:"这个团体在整个俄罗斯'新艺术'纲领的形成过程中发挥了关键作用。《艺术世界》杂志(1899—1904)成了俄国现代主义集体表达的第一次大规模尝试;该刊物为艺术批评、文学批评和音乐批评提供版面,以此推动了整个新艺术共同的美学和哲学反思范式的形成。"②

彼得堡的象征派(主要是梅列日科夫斯基和吉皮乌斯)离开《艺术世界》以后,开始认真筹备自己的刊物。这就是《新路》

---

① *Бенуа А.* Мои воспоминания. М.,1980, кн. 4-5, C.414.
② *Шевеленко И.Д.* Модернизм как архаизм. М.,2017, C.73.

（*Новый путь*）。对他们而言，与读者的交流特别重要，因为在彼得堡的象征派看来，象征主义不仅仅是一种新艺术，在更大程度上，是一种生活取向的新体系，有必要将之推向社会。前面提到过的成立于彼得堡的宗教哲学会，发起人中就有《艺术世界》的同仁，正是他们为象征派作家提供了第一个阵地。

梅列日科夫斯基和佩尔卓夫（Перцов П.П.）创办的《新路》，1903年作为宗教哲学会的机关刊物开始发行。起初主要登载宗教哲学会的会议纪要，但会议很快被当局禁止，《新路》实际上成了梅列日科夫斯基和吉皮乌斯的刊物了。

刊物是以佩尔卓夫的名义注册的，佩尔卓夫还给了一大笔钱用于刊物运转，他也是名义上的主编，但起主要作用的还是提供办刊思想的梅列日科夫斯基，而具体的编辑工作由吉皮乌斯负责。

从创刊伊始，《新路》就是一份独具特色的社会机关刊物，试图打造一种不同于以往的宗教界平台。梅列日科夫斯基后来在名噪一时的《未来的流氓》(*Грядущий хам*，1905) 一文中这样解释"宗教界平台"这一概念的含义："需要共同的思想将知识分子、教会和人民联合起来，而这样的思想只有宗教复兴连同社会复兴才能提供。没有社会的宗教，没有宗教的社会都不能，只有宗教的社会能拯救俄罗斯。"[①] 吉皮乌斯也对宗教社会的性质给出了自己的解释。当分属于不同社会团体的人们、出身于不同社会阶层的人们前往传说中的水下圣城基捷日所在的斯威特亚尔湖朝圣，只消路上的几天时间，他们之间就会产生一种特殊的亲近感、共同感，这

---

① *Мережковский Д.С.*，*Гиппиус З.Н.* 14 декабря. Дмитрий Мережковский. М.，1991，С.542.

就是宗教社会。

主编佩尔卓夫与梅列日科夫斯基夫妇关系复杂。梅列日科夫斯基夫妇待人苛刻,喜欢大权独揽,在用稿问题上,佩尔卓夫这个主编形同虚设。在一系列冲突后,佩尔卓夫不再过问编辑事务。1904年费洛索福夫成为新主编。

在刊物运转方面,费洛索福夫的秘书们起了很大作用。还是在两年的刊物筹备期间,勃留索夫就承担了秘书职责。他对办宣言刊物拥有清晰周密的想法,也很想参与刊物的编辑出版事务。但他的想法与梅列日科夫斯基夫妇的想法不同。勃留索夫反对刊物的神秘主义取向,不赞成梅列日科夫斯基夫妇的小说选稿方法,更重要的是,他不能接受《新路》打算扮演的社会角色。勃留索夫在创刊号问世前就离开了刊物。他的位置由宗教哲学会的参加者叶戈罗夫(Егоров Е.А.)替代,1904年,诗人丘尔科夫担任秘书之职,他对刊物起到了决定性作用。

《新路》是在文学界的一片喧闹声中问世的。前两期都加印过一次,印数达到2 258份,①这对这样一份杂志来说,是相当高的。

《新路》毫不避讳自己对哲学、宗教、艺术问题的偏爱,这不仅仅是因为办刊者对政治不感兴趣。《新路》跟《艺术世界》一样,致力于俄罗斯国内文化的发展,因此,刊物将主要注意力投入了精神文化问题。

发刊词中交代了刊物宗旨:"为各种各样的文学形式——叙事的、诗体的、哲学思辨的——提供表达的可能性,为学术文章或简单随笔,为那些同宗教哲学思想复苏一起出现于我们的社会中的

---

① История русской журналистики начала XX века. М., С.208.

新流派提供发表的园地。"这一宗旨应该通过传统方式,通过俄罗斯杂志习惯的体裁——诗歌、小说、学术论文、哲学思辨的形式达到。此处暴露了刊物的双重性:宣言性刊物固有的那些问题和俄罗斯常见类型刊物的传统手段。《新路》所面向的读者也具有两面性,一方面是文化修养高、有能力接受宗教传道并理解新艺术原理的知识分子,另一方面是广大的宗教阶层、不同层次的教会神职人员,包括偏远乡村的,他们不是始终具备高度的艺术嗅觉和足够的文化修养。但恰是社会的这一部分刊物想吸引过来,以建立宗教社会,寄希望于宗教界方面互相理解。刊物的两面性和读者的两面性不允许《新路》办成"给自己人看"的小型刊物,尽管刊物的外在形式借鉴了西欧的刊物,尤其是在封面、篇幅、版式、插图等方面都借鉴了法国的《法兰西的墨丘利》杂志。

《新路》的内在特点是由俄罗斯当时的条件和读者的欣赏趣味决定的。这主要是指小说部分。编辑部明知俄罗斯读者有在杂志上阅读长篇小说或中篇小说的习惯,却仍不重视小说,这对一份由作家出版的杂志来说有些令人费解,因而也就难免受到读者的挑剔。尽管吉皮乌斯对稿件要求不低,但有时还是不得不将就现有来稿的水平。《新路》上发表的小说大多兴味索然、乏善可陈,其作者名不见经传,且用传统现实主义手法写作。这引起了勃留索夫的不满,他认为,与其发表不够格的小说,还不如宁缺毋滥。

《新路》上发表的诗歌作品别有洞天。19世纪末的大型刊物向来对诗歌不屑一顾,一般一期只发表一首诗。吉皮乌斯会在同一期同时发表同一作者的几首诗,有时差不多就是一个小小的集子。她自称这是她刊物的一大功绩。在《新路》上发表诗作最多的是索洛古勃,吉皮乌斯还从勃洛克的《美妇人集》(*Cmuxu o*

Прекрасной Даме)中选了若干首,刊登在自己的刊物上。

有意思的是,正是仰仗小说,《新路》才跻身大型刊物行列,尽管这并不是杂志自身所愿。在卷首语中,佩尔卓夫专门谈及新刊物与传统俄罗斯大型期刊的原则性差别。他说,传统大型期刊,如《现代人》和《祖国纪事》具有意识形态的完整性,上面发表的作品有时你都无法分别是出自何人手笔,因为它们的声音一致,风格相近。佩尔卓夫称这样的刊物为"合唱、齐唱"杂志。相反,《新路》将向读者展示"独唱演员们的自然结合"。个体风格和思维的独特性、重要作者的个人观点应该在刊物中扮演主要角色。这个原则在办刊实践中,应该说是贯彻得较为彻底的。

《新路》是"纯"文学家出版的宣言性刊物的第一个尝试。但它没有成为美学问题刊物,它的注意力主要在哲学、宗教和社会宗教问题上。在这种类型的刊物中经常有以往传统刊物的特点与关注文学美学问题的刊物所必需的品质之间的斗争。"公道地说,这个刊物在很多领域还是说出了许多新东西的,在俄国文学史、文化史、新闻史上是留下了自己的足迹的。"①

勃留索夫离开《新路》后,开始酝酿、发起和推动创办一份莫斯科象征派的杂志,这便是《天秤座》(Весы)。1903年8月勃留索夫写信给别雷:"我对《新路》失望至极。梅列日科夫斯基夫妇容不得别人有半点不同的想法。《新路》上模仿梅列日科夫斯基的弱智青年的低声哽咽泛滥成灾;安东·克莱尼(吉皮乌斯的笔名——引者)还嘲笑《俄罗斯财富》上发表的小说,可《俄罗斯财富》从来没有

---

① Евгеньев-Максимов В.Е., Максимов Д.Е. Из прошлого русской журналистики. Л., 1930, С.179－233.

堕落到来者不拒的地步啊。对那些烂货,《新路》不以为耻,反以为荣。"①

对于聚集在天蝎座出版社周围的莫斯科象征派来说,加盟《新路》是不可接受的。《艺术世界》来日无多,且把有限的篇幅都给了造型艺术。这时的勃留索夫及其追随者迫切需要一份宣言性的刊物(同仁刊物),为自己开辟一个阵地,以便从理论上阐述自己对新艺术的看法,毕竟他的看法与彼得堡象征派的看法不是始终一致。根据勃留索夫的想法,《天秤座》就应该成为这样一个刊物。

《天秤座》1904年问世,当时《新路》还没有停刊,因此必须明确《天秤座》在一系列象征派刊物中的定位。对此,创刊启事作了清楚的表述:"《天秤座》是思想的刊物。刊物的基本任务是宣传创作的美学思想,包括象征派诗人的创作的美学思想。新刊物的类型也已考虑妥当。"《告读者》中说,《天秤座》希望创办俄罗斯第一份批评刊物。刊物的外在方面,《天秤座》选择英国的《雅典娜神庙》、法国的《法兰西的墨丘利》、德国的《文学回声》和意大利的《马尔佐乔》②作为效法的楷模。但在所有其他方面《天秤座》毫不逊色,该刊物不光成为俄罗斯、也是世界刊物史上的一个独一无二的现象。

刊物的名字取自天蝎座近旁的星座——天秤座的名称,以此象征性地暗示该刊物与天蝎座出版社的密切关系。刊物的出版人和主编是谢波利亚科夫,灵魂是勃留索夫。

第一年杂志有两个板块:有关艺术、科学和文学的一般文章

---

① Литературное наследство. Т.85: Валерий Брюсов. М., 1976, С.365.
② 即纹章狮子像,是佛罗伦萨的标志,其造型为一头守护百合花的坐狮。

和《文学艺术生活大事记》,最不寻常的是完全将小说拒之门外。勃留索夫这样解释自己的决定:对于坏小说,宁缺毋滥。"诗歌、短篇小说、所有的文学创作都被有意地排除在《天秤座》的计划之外,"《告读者》中说,"这类作品的位置应该在单独的书中或文集中。"勃留索夫冒了很大的风险,试图证明:没有习以为常的阅读材料也能办好文学刊物。这是诗人犯的一个编辑方针错误,这不光是因为读者不接受不发表小说的刊物,还因为刊物在宣传新艺术、发表艰深晦涩的美学论著的同时,没有对这些探索加以说明,没有发表多少可以体现新艺术原则的文学作品。仅凭理论文章没怎么受过训练的读者有时很难领会"新风格"的作品到底新在何处。

这个错误不得不纠正。两年后,遭遇了发行量的急剧下降以后,《天秤座》开始发表小说,不过用稿标准还是很严格,勃留索夫自己也给《天秤座》投过小说作品,他名噪一时的长篇小说《燃烧的天使》(Огненный ангел)和一些中篇小说就是在《天秤座》上问世的。

《天秤座》的装帧设计不同于同类刊物。它的篇幅要小些,有6—7个印张,每期配有插图,有时是彩色的。用上等的纸张印刷,由内而外都很雅致、讲究。负责艺术装帧的是巴克斯特,正因如此,《天秤座》和《艺术世界》在外表上有几分相似。封面上的图画是装饰性的,给人某种神秘感。

《天秤座》的主要理论家是别雷、维亚切斯拉夫·伊万诺夫和艾利斯。创刊前两年勃留索夫本人也发稿不少,1904年他发表文章81篇,1905年发表58篇,不过出自他笔下的理论文章并不多。创刊号上的开篇文章是他的象征主义的宣言之作,名篇《开启秘密的钥匙》(Ключи тайн),只不过这篇宣言是在象征主义流派产生12年后才发表的。他的《神圣的牺牲》(Священная жертва)和《激情》(Страсть)也阐发了象征主义思想。

尽管署名勃留索夫或其笔名的文章总的数量不算很多,但在头两年,他的东西还是占据了每期一半的篇幅。在刊物的第二个板块《文学艺术生活大事记》里,勃留索夫登载的是新书评论。他以这种方式来体现自己办俄罗斯第一份批评杂志的理想。他对几乎所有的诗歌新作、文学艺术方面的新书都给予评论,对各种各样的画展和剧作给予回应。勃留索夫的书评篇幅都很短小,但写得饶有兴味。

《天秤座》的历史可以分为几个阶段。第一阶段也是最有意思的阶段是1904年至1905年初。这段时间勃留索夫奋力工作,努力实现自己的办刊宗旨,刊物的美学纲领和政治纲领也表达得最为清晰。

社会动荡对刊物的命运产生了负面影响,《天秤座》自然也受到冲击。发行量增长缓慢:起初只有670份,依靠小说帮忙,订户才开始有所增多,到1908年也不过是1 692份。[①] 对一份靠读者花钱维持生存的刊物来说,这样的发行量是不够的。《天秤座》的读者限于莫斯科和彼得堡等大城市,在外省没有读者。

勃留索夫对刊物投入了"全部的精力"。"在4年时间里,我和波利亚科夫共同编辑《天秤座》。可以这样说,在这4年中,作为杂志的编辑,没有一行字我未看过,没有一份校样我未读过。不仅如此,还有大量文章,特别是新作者的文章,我都仔仔细细地作了修

[①] Литературное наследство. Т.85: Валерий Брюсов. М., 1976, С.299.

改,有的文章甚至署我的姓名比署其他人的姓名更合适。"①

1906年初勃留索夫打算离开《天秤座》,经朋友们劝说,他留了下来,但已经不再起主导作用。编辑部换了一些人,梅列日科夫斯基和吉皮乌斯来了。勃留索夫在思想上还在领导刊物,但已经没有了往日的激情。他抱怨老板波利亚科夫事无巨细把工作一股脑儿全压在他的肩上。他没能办成自己理想的刊物。这使得他心灰意冷,大失所望。

除了勃留索夫对自己刊物的失望和与波利亚科夫工作上的分歧,《天秤座》的衰落原因还在于作为一份宣言性杂志,该刊物已经发挥了自己的作用。象征主义不但得到巩固,得到广为传播,而且,根据象征主义运动的一些参与者的看法,开始盛极而衰。这时出现了另外几个象征派刊物,就连过去那些高高在上的刊物也开始对以往的弃儿趋之若鹜。《天秤座》要做的只有警觉地维护自己队伍的纯洁性。刊物陷于有关象征主义没完没了及其刊物的作用(尤其是《金羊毛》1906年在莫斯科创刊之后)的无谓之争。刊物同仁也感觉到,把他们联系在一起的共同思想已经山穷水尽。《天秤座》已经无话可说,遂在1909年宣告停刊。《天秤座》的办刊经验又一次证明,宣言性刊物的寿命不可能长久:一旦新思想新话语言说完毕,刊物如果不改变自己的类型,就会失去生存空间。不过,尽管《天秤座》只存在了5年,但还是在俄罗斯文学史尤其是象征派文学史上写下了精彩的一页。与《天秤座》同仁交往并不密切且多次受到该刊物批评的勃洛克坦承:"《天秤座》过去和现在对我

---

① 勃留索夫:《窗外即景——勃留索夫自传和回忆录》,朱志顺译,学林出版社,1999,第96—97页。

都非同小可,在我看来,这可以说乃是一件大事,也是当今方针最明确和最富战斗精神的刊物。"①《天秤座》于我是非常非常珍贵的,可以说深得我心,如今这是唯一令我感觉'宾至如归'的地方……"②库兹明这样评价:"很难想象《天秤座》会停刊,哪怕是暂时的:这份雄心勃勃的机关刊物,既赢得了外界的认可,也实现了内部的自觉,于我们已经变得不可或缺和习以为常。"③古米廖夫总结道:"《天秤座》的历史可以说就是俄国象征主义主流的历史。"④

创刊于1906年的《金羊毛》(Золотое руно)杂志,是莫斯科象征派的第二份刊物。这期间,一度势单力孤、饱受报章杂志讥讽挖苦的那些文坛叛逆,如今都成了知名作家,他们的作品在有声望的刊物上发表,他们的书在有影响的出版社推出,象征主义成为时髦。

在一定程度上可以说,正是社会富裕阶层所追求的这种时髦,催生了《金羊毛》杂志。莫斯科纺织业富商的代表、出身名门的利亚布申斯基出钱资助杂志的出版。他本人曾经在文学和音乐方面试过身手,无奈实在欠缺文艺才能。了解他的人,包括舍斯托夫,都说他"对文学一窍不通"。⑤

利亚布申斯基每年在《金羊毛》上的花费近十万卢布,这可以

---

① Блок А. Собрание сочинений в 8 томах. М.:Л., 1963. Том 8. С.206.
② Там же. С.217.
③ Русская литература и журналистика начала XX века. 1905 - 1917. Буржуазно-либеральные издания. М.: Издательство Наука. 1984. С.65.
④ Там же.
⑤ *Лавров А. В.* Золотое руно, Русская литература и журналитика начала XX века.//Буржуазно-либеральные и модернистские издания. М., 1984, С.142.

说是当时最昂贵最奢华的期刊。杂志装帧豪华,插图精美,用最好的纸张印刷,外加一个扎着金丝绳的精致套袋。

利亚布申斯基不满足于单纯提供物质保障,他还插手编辑业务,到处指手画脚。这导致编辑部内部冲突不断,那些反对老板对刊物横加干预的人员被迫去职。

《金羊毛》的刊名是利亚布申斯基定的,借鉴了安德列·别雷创建的"阿耳戈勇士"文学小组的标志,意思是刊物的各位同仁应该像勇敢的阿耳戈勇士们那样团结起来,投身于同一伟大目标。

勃留索夫在评价该刊物创刊号时写道,颓废派作为文学流派已经宣告完结,"然而早就清楚了,正是思想变得陈旧之时,它才会最终渗透进大众的意识。可惜,文学艺术界的大圈子总是活在昨天。"勃留索夫称《金羊毛》是一口"奢华的古埃及石棺"、"富丽堂皇的棺材"。这份"新的杂志"整个对讲的都是旧的、过去的事情,就连它要给予读者的"金羊毛"也不是它,而是别人取来的,而且是在它出发前很久取来的。① 当然,勃留索夫所言不无嫉妒成分,但总的来说不无道理:《金羊毛》不但在外形上重复《艺术世界》,内容上也缺乏足够的独创性。

刊物的文学部分最早是由格里芬出版社社长谢索科洛夫负责。《艺术世界》的原班人马巴克斯特、兰谢雷、索莫夫等负责装帧。封面和插图都很精致考究,很像自己的老大哥。

编辑部的宣言宣称:艺术是永恒的、统一的、象征的和自由的。创刊号上特意刊载了勃留索夫、巴尔蒙特、梅列日科夫斯基的作品,为刊物增色。

---

① *Брюсов В.Я.* Собрание сочинений в 7 томах. М., 1973-1975, Т.6, С.115-117.

不久,1906年7月,索科洛夫便向利亚布申斯基递交了辞呈。两人的冲突引起轩然大波,但其他同事没有离开。文学部负责人换成库尔辛斯基。此人与勃留索夫关系密切,在刊物取向上受到勃留索夫影响,使得《金羊毛》有一段时间很像是《天秤座》的某种延续。但库尔辛斯基跟利亚布申斯基的合作也不长久,他离开后,别雷接任。

1907年春杂志社进行了改组。杂志的秘书塔斯杰文出任主编。他试图改变刊物的思想取向和美学立场。塔斯杰文与丘尔科夫过从甚密,后者极想到《金羊毛》编辑部工作。跟丘尔科夫一起来的还有彼得堡的诗人勃洛克、维亚切斯拉夫·伊万诺夫、戈罗杰茨基。《金羊毛》编辑部1907年夏的启事中说:"《金羊毛》编辑部将把主要精力倾注在批评问题上,这里指的是两个方面:一方面,重新审视美学观的理论和实践问题;另一方面,对近几年的艺术和绘画与文学领域的新现象做出较为客观的分析,以便澄清未来的前景。编辑部特别看重对艺术中的民族元素问题和'新现实主义'问题的探讨。"[①]这里提出了刊物所关心的一些具体问题,前人没有触及过的一些新问题。办刊方针的改变可能跟勃洛克的加盟有关。这是诗人第一次尝试参与一份刊物的编辑工作并利用刊物这一窗口来表达自己对文学和当下的一些想法。1907—1908年,勃洛克发表了一系列关于当代艺术的评论,其中包括引起广泛反响的《论现实主义作家》(*O реалистах*)。该文引起别雷的极大不满,8月初他给勃洛克写了一封措辞近乎侮辱的信,导致勃洛克愤

[①] *Махонина С. Я.* История русской журналистики начала XX века. М., 2008, С.219.

而提出决斗。值得庆幸的是,双方在下一次通信时冰释前嫌。①

《金羊毛》的历史是非不断,这从编辑部同事们的信件中可见一斑。别雷、伊万诺夫与别人通信时经常谈论与编辑部的分歧,提议签订各种名目的"合同"、"约法三章",目的主要是约束利亚布申斯基,不让他插手刊物工作,但没能成功。此外,还爆发了没完没了、无法挽回的与《天秤座》关于象征主义的争论。争论的一方是勃留索夫和吉皮乌斯,另一方是因冒犯勃留索夫而被赶出《金羊毛》的戈罗杰茨基。刊物的一些老人纷纷辞职。勃留索夫写道:"天蝎派,金羊毛派,山隘派,荷赖派彼此间争吵不休;关起门来,自家人也在互相谩骂。看来还是我们人太多了,不得不人吃人,否则活不下去。"②

1908年,利亚布申斯基对刊物已经失去兴趣,《金羊毛》因此失去了物质保障。1909年,莫斯科的两份象征派刊物《天秤座》和《金羊毛》宣告停刊。如果说《天秤座》在提炼象征主义艺术原理方面贡献良多,是一份最为名副其实的宣言性刊物,那么《金羊毛》则在传播新艺术的典范作品方面做出了贡献,正是仰赖它的努力,俄国象征派诗歌才为更多的人所知,并从俄罗斯走进欧洲。《金羊毛》上发表的作品都是俄语和法语双语对照的,尽管译文不总是令原作者满意,但西方读者能够认识和了解俄国象征派、现代派,《金羊毛》功不可没。

1910年,俄国象征派公开承认,作为文学流派,象征派已进入危机。俄国现代主义最强大、最有代表性的流派的时代结束了。

---

① Литературное наследство. Т.92: А. Блок. Книга 3. М., 1982, С.292.
② Русская литература и журналитика начала XX века.//Буржуазно-либеральные и модернистские издания. М., 1984, С.166.

象征派宣言性杂志的时代结束了。取代象征主义的是一些新的流派,这在最后一本现代派刊物《阿波罗》的历史中得到了反映。

跟《天秤座》一样,《金羊毛》是在 1909 年停刊的。象征派的两份主要刊物同时关门,成为俄罗斯新艺术运动一个特定的分水岭,标志着象征派繁荣期的终结。"《金羊毛》的命运反映了象征主义艺术的短暂繁荣,及其随之而来的内部分化和危机现象,从而最终决定了作为完整的、有组织系统的文学流派的象征主义的解体。"①

索科洛夫与《金羊毛》主编利亚布申斯基吵翻后,离开了《金羊毛》。作为格里芬出版社的老板,他把出版家的激情投入了创办一本属于自己的杂志的想法。这份杂志就是在 1906—1907 年间出版的《山隘》(Перевал)。索科洛夫经费上的捉襟见肘迫使他寻找赞助人,他很快找到了巴尔蒙特的模仿者、只出过一本诗集的青年诗人弗拉基米尔·林登鲍姆。

《山隘》的基本原则由其副标题可见一斑:自由思想杂志。著名无政府主义者博罗沃伊(Боровой А.А.)是主要编辑人员之一。该刊所发表的旨在鼓吹无政府主义的各类文章,都对革命问题感兴趣,这在象征派作家和诗人的争论文章中也有所表现,如勃洛克的《米哈伊尔·亚历山德罗维奇·巴枯宁》(Михаил Александрович Бакунин)、沃洛申的《预言家与复仇者》(Пророк и мститель)、别雷的《社会民主与宗教》(Социальная демократия и религия)。然而,杂志的主要注意力还是放在文学和文学批评上。

在与《山隘》合作的文学家中,除了上述提到过的一些象征派

---

① Лавров А.В. Русские символисты: этюды и разыскания. СПб., 2007, С.485.

大家以及巴尔蒙特、索洛古勃、安年斯基、明斯基以外,还有一大批刚刚进入文坛的作家,其中既有后来成为名家的库兹明、奥斯伦德尔(Ауслендер С.А.)、霍达谢维奇、扎伊采夫(Зайцев Б.К.),也有处于文学进程边缘的三流作家。从这个意义上说,《山隘》是继承了《格里芬》文丛的路线:吸引那些名不见经传的作者,有时还给他们的文学创作活动预支稿费。

《山隘》的批评态度同时指向《天秤座》和《金羊毛》。对于《天秤座》,主要是批评其政治保守主义和把整个当代文学限制在象征派圈子中的倾向。《山隘》也发表与别的文学流派相近的作家,包括蒲宁。应该指出,是别雷一定程度上降低了这种政治火药味,他同时在《山隘》、《天秤座》、《金羊毛》上频繁发稿。

《山隘》是因经费问题停刊的。总共出了12期。

尽管索科洛夫热爱文学,积极运作,但他在赋予象征派刊物明确方向上力不从心,这导致了自由主义和无政府主义情绪的无序结合。《山隘》在某种程度上反映了新艺术的代表们中间社会热情的高涨,却没能为自己赢得《天秤座》或更早些的《艺术世界》所拥有的声望,且在自己并不算长的存在时间内始终没能走上文学生活的前台。①

随着《天秤座》和《金羊毛》的停刊和《阿波罗》启用伊万诺夫,想要坚持高雅象征主义理念的那些人实际上已丧失了自己的机关刊物。《劳动与时日》(Труды и дни)短暂地填补了这一空白。早在1907年,梅特纳就开始构想创办《缪萨革忒斯》杂志,到1909年《天秤座》停刊时,计划已经大体拟就。然而直到1911年底—1912

---

① *Лавров А.В.* Русские символисты: этюды и разыскания. 2007, С.498.

年初，也就是《缪萨革忒斯》出版社还在并有经济能力的时候，计划才开始实施。以开始杂志的定位是面向一个相当封闭的作家圈子，首先是别雷、勃洛克、伊万诺夫。然而，由于别雷的努力，创刊号上推出了一些新人，这使得刊物既定的统一立场一开始就遭到了破坏。

根据伊万诺夫在《发刊词》中表述的最初构想，"杂志首要的、专门的使命是推动对艺术创作领域真正象征主义原则的揭示和肯定"。[①] 这种真正的象征主义首先是由伊万诺夫本人的观点来定义的（第一期刊登了他和别雷的《关于象征主义的沉思》）。因此，俄国和西欧的象征主义作为具体的历史构成只是被视为世界文化的一个段落。然而如此宽泛的观念远非所有人都赞成，就连从前的同盟者也存有异议，这导致该刊的秘传性，以及该刊作者在后来的分化。别雷和艾利斯对人智学的迷恋遭到梅特纳的断然否定，勃洛克对圈子的封闭也不以为然（正因如此他的合作也只限于《从易卜生到斯特林堡》一篇文章），本来约好的勃留索夫最后并未加盟。《劳动与时日》最后陷入没有编辑没有来稿的境地，这迫使梅特纳在1912年后实际上关闭了这个刊物（这年出了6期，其中一期还是两期的合订本），改出不定期的同名文集（一本是1913年出的合订本，两本是1914—1916年出的）。如果说《劳动与时日》在1912年还与当时的文学现实有着某种联系（杂志不刊登文学作品，而批评文章只关注艺术的一般问题），那么在最后几年它则变成了一份少人问津的纯学术刊物，不光发表"自己人"（主要是与《缪萨革忒斯》有关系的青年作家），也发表被认为是"自己人"的

[①] Иванов Вяч. Труды и дни. 1912, No1, С.1.

作品。

《劳动与时日》在当时的象征主义文学运动中起到过一定的作用。

由象征派创办,中间经过易手后成为阿克梅派机关刊物的《阿波罗》(Аполлон)跟《金羊毛》一样,效仿《艺术世界》的办刊理念。这一点证明了俄国现代主义刊物史上的一个独特事实:模仿和发行的样板不是纯文学刊物,而是能够兼容文学与绘画两大艺术门类的文学艺术刊物。对造型艺术的这种兴趣,"反映了19世纪的文学中心主义开始发生动摇,新的艺术等级划分正在确立。语言形象受到视觉形象的排挤,后者更适合城市生活的快节奏"。①

《金羊毛》和《阿波罗》恰好处于文学中心主义向视觉形象地位崛起的转折阶段,两份杂志都对绘画给予了很多关注。《金羊毛》跟《艺术世界》一样,举办过画展、刊登美术大事记,但仍旧偏重文学。《阿波罗》也是以文学当家,特别是在刊物的初始阶段。

《阿波罗》第一期于1909年11月在彼得堡问世。刊物的组织者是著名艺术评论家马科夫斯基,诗人安年斯基积极参与了筹备工作。编辑人员中有文学家(巴尔蒙特、勃洛克、别雷、勃留索夫),也有画家和戏剧活动家(巴克斯特、多布任斯基、梅耶荷德、科米萨尔热夫斯基)。据马科夫斯基说,刊物的创始人还是几位革新派诗人。

新刊物的装帧很多方面沿袭《艺术世界》,这不难理解,毕竟负责装帧的都是《艺术世界》的旧人——巴克斯特、别努阿、多布任斯

---

① Чернышев А.А. Русская дореволюционная киножурналистика начала XX века. М.,1987,С.9.

基。多布任斯基画封面。杂志每期 80—100 页,有黑白和彩色插图。新刊物要比此前那几个大名鼎鼎的刊物简朴和严肃一些,主要是便宜:一份不到 1 卢布。

刊物的主旨在于确定艺术的独立性,关注技巧问题。安年斯基在创刊号上说,"此阿波罗没有祭司,也不会有神庙",明显是在暗示艺术要远离寻神论者。诗人提议建立作坊,"让所有愿意和善于为阿波罗工作的人自由进入"。①

库兹明在 1910 年 4 月号上发表了著名的《论优美的清晰》(*О прекрасной ясности*)一文,提倡清晰、合乎逻辑、形象的写作,维护语词的纯洁性。在象征主义大师们宣告象征主义没落后,一些带有新的美学思想的诗人进入《阿波罗》,取代了象征派。古米廖夫、阿赫玛托娃、曼德尔施塔姆、戈罗杰茨基在"诗人车间"的会议上宣布成立新的艺术流派——阿克梅主义。新流派需要自己的刊物。"车间"出版的文集《极北方》没办法争取到广大读者,于是阿克梅派开始接手《阿波罗》。

1912 年底马科夫斯基邀请阿克梅派首领古米廖夫主持文学部。1913 年第一期上发表了古米廖夫的宣言《象征主义遗产与阿克梅主义》(*Наследие символизма и акмеизм*)和戈罗杰茨基的《当代俄罗斯诗歌中的若干流派》(*Некоторые течения в современной русской поэзии*)。《阿波罗》从此成为阿克梅主义的宣言性刊物。

1914—1917 年,《阿波罗》对文学的兴趣退居次要地位,杂志

---

① *Карецкая И.А.* Аполлон. Русская литература и журналистика начала XX века.// Буржуазно-либеральные и модернистские издания. М.,1984,С.119 - 120.

开始越来越关注专业性很强的艺术学问题。实际上这已经不是原来的杂志。

《阿波罗》存在的时间比所有其他现代派刊物都长(1909—1918)。该刊物的类型定位并不明确。先是师承《艺术世界》,后又跟《天秤座》一样成为阿克梅派的宣言性刊物,最后又变成了美术刊物。

俄国象征派的刊物各有其成败得失,但无论如何,都在俄罗斯文学史上留下了浓重的一笔,为俄国象征派文学的发展和传播做出了不可或缺的独特贡献。

第二节 象征派出版社

俄国象征派创办的第一家出版社是天蝎座出版社(Скорпион)。该社于1899年成立,创办人是文化艺术赞助人、富商波利亚科夫,诗人勃留索夫和巴尔特鲁沙伊蒂斯。社名是巴尔蒙特取的。富商莫罗佐夫家族和菲利波夫家族对出版社也给予过资助。

出版社最初的宗旨是:满足业已形成的对"颓废"文学的需要,与此同时,培育自己的读者群,使之逐渐接受"新艺术"。

关于波利亚科夫及其出版社,霍达谢维奇回忆道:"他本人跟诗歌没有任何关系,但他能感觉到,能推断出俄罗斯文学不远的将来将属于这些受到世人挖苦和嘲笑的人。他们刊印的是一些小薄册子,他则为他们建立了一家体面的天蝎座出版社。"

新出版社很快便集结了一大批青年作者,别雷、勃洛克、维亚切斯拉夫伊万诺夫脱颖而出。

"天蝎座"出版了一批颓废派诗人的代表性作品:巴尔蒙特的《诗集(1907—1914)》(*Стихотворения*. 1907-1914)、勃留索夫的《道路与歧路》(*Путь и распутье*)和《影镜》(*Зеркало теней*)、别雷的《蓝天里的金子》(*Золото в лазури*)、古米廖夫的《珍珠》(*Жемчуга*)、库兹明的《翅膀》(*Крылья*)、科涅夫斯科伊、巴尔特鲁沙伊蒂斯、索洛古勃、吉皮乌斯的诗集;库兹明的三个散文集、巴尔蒙特翻译的爱伦坡作品、勃留索夫的系列文学史著作,以及著名的象征派刊物《天秤座》(1901—1911)和文丛《北方之花》(1904—1914)。

"天蝎座"也出版西欧现代派作家的作品,如魏尔伦、维尔哈伦、汉默生。出版书目中外国文学是必不可少的,这是想以此强调俄国象征主义的"欧洲语境"。"天蝎座"出版的第一本书是易卜生的戏剧《当死者醒来的时候》,译者是波利亚科夫和巴尔特鲁沙伊蒂斯。

据勃留索夫回忆,"天蝎座"是新艺术的中心,它将莫斯科的一些青年作者(除勃留索夫以外,还有巴尔蒙特和别雷)和彼得堡的象征派作家,首先是团结在《北方导报》的那些作家(梅列日科夫斯基、吉皮乌斯、索洛古勃)凝聚在一起。与出版社合作的有原《艺术世界》的同仁巴克斯特、索莫夫,还有鲍里索夫-缪萨托夫、杜尔诺夫、费奥菲拉克托夫等。

"天蝎座"1916 年正式关闭,出的最后一本书是巴尔蒙特的《作为魔法的诗歌》(1915)。

天蝎座诗中高举唯美主义和"为艺术而艺术"大旗，这不是一家学院派的出版社，也没取得什么商业成就，但在将象征主义流派凝聚成一个统一的文学运动方面，起到了极其重要的作用。天蝎座出版社编辑部是当时公认的莫斯科象征派的权威中心。甚至有一种夸张的说法，说天蝎座出版社的历史就是俄国象征派的历史。

象征派创办的第二家出版社是1903年初成立于莫斯科的"格里芬"(Гриф)，创始人和主编是索科洛夫。"格里芬"的意思是希腊神话中的怪兽，鹰首、狮身、有翅膀。格里芬出版社吸引了象征派中最具宗教神秘主义倾向的一派，其中包括年轻一代象征派，"阿耳戈勇士"小组与团结在勃留索夫和天蝎座出版社周围的唯美派分庭抗礼。

跟"天蝎座"一样，"格里芬"是一家"理念纯粹"的出版社，甚至可以说就是一个文学小组。"天蝎座"高度的精英倾向和财力上的捉襟见肘为"格里芬"在选择作者方面提供了相当大的余地。所以，正是"格里芬"出版了勃洛克的第一本诗集，也是其成名作《美妇人集》就不足为奇了（当时"天蝎座"的掌舵者勃留索夫还说《美妇人集》的作者不是诗人）。"格里芬"出版的书中，比较重要的有巴尔蒙特的一系列作品，别雷的《回归》(*Возврат*，1905)和《瓮》(*Урна*，1909)、索洛古勃的《腐朽的假面》(*Истлевающие личины*，1907)、沃洛申的第一本诗集(1910)。编辑出版安年斯基的遗作《柏木雕花箱》(*Кипарисовый ларец*)是"格里芬"无可争议的贡献之一。不过对索科洛夫来说，推出自己文学圈内的青年作家作品也很重要，其中包括霍达谢维奇（Ходасевич В.Ф.）的《青春》(*Молодость*，1908)、彼得罗夫斯卡娅（Петровская Н.И.）的《圣洁之爱》(*Sanctus amor*，1907)和索洛古勃为之作序的谢维里亚宁成名作《雷声鼎沸之杯》(*Громокипящий кубок*)。

格里芬出版社还编辑出版了 4 期《格里芬文丛》(前三期 1903—1905 年出版,第四期迟至 1914 年才出,是纪念性的),虽然说上面发表的作品良莠不齐,但引人注目的是,文丛的作者中有别雷、勃洛克、伊万诺夫、艾利斯、巴尔蒙特、索洛古勃、杜尔诺娃、库尔辛斯基等许多诗人,尤其是 1903 年的那一期,登载了别雷和勃洛克的作品,这是两位诗人在诗坛的首次亮相。

通过《格里芬文丛》,索科洛夫也展示了一批象征派新人的艺术追求,他们当中有些作者显然是二流诗人,但都有在文学领域占据显著一席的要求。跟整个出版社的活动一样,《格里芬文丛》看上去有些矛盾,索科洛夫成功地邀请到一批著名作家加盟,但总的来说勃留索夫的话不无道理:"他们出版的《格里芬文丛》——封套是灰色的,内容也是灰色的。"

格里芬出版社秉持新一代象征派探寻神秘的永恒女性的乌托邦,对勃留索夫、巴尔蒙特等老一辈象征派领导的出版社,也就是鼓吹唯美主义的"天蝎座",在思想上是相当抵触的,"不友好的"。

"格里芬"的活动不仅显得单一,而且时断时续,有时甚至会中断很长一段时间,原因在于经费捉襟见肘。由于选题上的取向使然,格里芬出版社几乎不曾有过商业上的成功。

在象征派创办的出版社中,荷赖出版社(Оры)有些特别("荷赖"是希腊神话中的时序女神,专司季节变化和人间道德秩序)。这是维亚切斯拉夫·伊万诺夫创办的一个私人性质的家庭出版社(他一个人既当社长又当编辑),旨在与团结在《天秤座》杂志和天蝎座出版社周围的莫斯科象征派分庭抗礼。伊万诺夫是彼得堡象征派的精神领袖,该派鼓吹文化中的超个人主义精神、团契精神与鼓吹艺术独立性、自为性的莫斯科象征派不同。

在1907年,该出版社的书都是伊万诺夫妻子季诺维耶娃-阿尼巴尔资助出版的,后来则是采取集资方式。1907—1912年,"荷赖"出了一大批有影响的书,其中有伊万诺夫本人的《厄洛斯》(*Эрос*,1907)、《星空漫步》(*По звёздам*,1909)、《温柔的秘密》(*Нежная тайна*,1912),他妻子的《三十三个丑八怪》(*Тридцать три урода*)和《悲情动物园》(*Трагический зверинец*)。还有一些与他立场接近、交往密切的作者的作品:勃洛克的《白雪假面》(*Снежная маска*)、丘尔科夫的《泰加林》(*Тайга*)、列米佐夫(Ремизов А. М.)的《柠檬苗圃》(*Лимонарь*)、戈罗杰茨基的《雷神》(*Перон*),以及文集《荷赖精粹》第一集(以上均1907年出版)、库兹明的《喜剧集》(*Комедии*,1908)、维尔霍夫斯基(Верховский Ю. Н.)的《牧歌与哀歌》(*Идиллии и элегии*,1910)、斯卡金的《诗集》(1912)。计划出版的有沃洛申的《荒草之星》、库兹明的诗集、《荷赖精粹》第二集、伊万诺夫的《受难之神的希腊宗教》(*Эллинская религия страдающего бога*)等。

出版社的名称正如伊万诺夫指出的,是借鉴了席勒的杂志《荷赖》。相应的,他为自己确定的出版社的目标和任务既要使出版社避免任何局限和成见的束缚,又能把那些具有共同的美学立场和精神追求的作家团结起来。

1907年是"荷赖"成就最为突出的一年,但由于伊万诺夫妻子过早去世,出版社的活动一度停顿,虽然后来很快恢复,但活跃程度大不如前。妻子的去世对伊万诺夫打击极大。他感觉自己跟亡妻有一种神秘的联系,将与她相关的梦和幻觉都记录下来,他相信,他之所以娶她与前夫生的女儿维拉施瓦尔沙龙为续弦,正是亡妻的旨意。

此外，别雷的文章《打了标记的套鞋》也深深地伤害了伊万诺夫。该文对彼得堡的一些象征主义的效颦者极尽挖苦。伊万诺夫认为，别雷在文中所指的橡胶厂的"三角"商标，是在影射荷赖出版社的三角形商标。这使得出版社的出书规模和范围大打折扣。

1907—1908年，在伊万诺夫对丘尔科夫的"神秘无政府主义"表示支持后，老一辈象征派与伊万诺夫决裂。1909年伊万诺夫积极参与《阿波罗》杂志的组织筹备工作，之后去了意大利。回国后伊万诺夫迁居莫斯科，开始与团结在道路出版社周围的思想家们交往。此时起，荷赖出版社宣告彻底停业。

缪萨革忒斯出版社由梅特纳、别雷和艾利斯（Эллис）于1909年在莫斯科创办，在俄国象征派的文学生活中发挥过显著作用。

缪萨革忒斯的含义是"缪斯的引导者"，出版社的名称有礼赞阿波罗的意思。关于出版社的名称，梅特纳的解释是：1）以和谐的阿波罗精神抵制当代艺术中弥漫的狄奥尼索斯精神；2）表明出版社接受所有缪斯，包括作为一种文化力量、具有优美和精巧理解力的科学缪斯。

该出版社出版本国作品和翻译作品，主要是象征派诗人的诗歌、哲学和宗教神秘主义倾向的评论。

缪萨革忒斯不光是一家出版社，还是一些观点相近的同路人的思想中心、活动小组。别雷说："事实上缪萨革忒斯已经是一个俱乐部，往来其间的都是哲学家、画家等，也就是新思想、新设想交流和激荡的地方。"对缪萨革忒斯的同道们，别尔嘉耶夫这样回忆道：这个时期各种类型的通灵术流派相当繁荣，聚集在缪萨革忒斯出版社周围的一批青年人、人智学家代表了宗教神秘主义和通灵术的一个流派,其中有别雷、最具代表性的人物伊万诺夫,以及对任何思想体系都不太感兴趣的勃洛克。①

缪萨革忒斯出的书不光表现出作者个人的态度和趣味,也表现出献身文化建设的所有同仁们的态度和趣味。缪萨革忒斯不是一家商业出版社。编辑队伍文化素养极高,书籍的装帧质量也很出色,美中不足的是都不太懂得经营。

艾利斯曾经为出版社拟了一份简短的工作计划:翻译欧洲作家,尽可能是当代的,也就是跟我们同时代的或早半个世纪的;主要面向批评家选画家;但小说家要面向诗人;经典作家,也就是创造了自己独特风格且自己作品的基本思想不是借鉴别人的;主要是非现实主义作家;表现艺术独立性和自治性的严格思想(有选择的情况下);避开篇幅过小和篇幅过大的作品(最好中等篇幅,15—20个印张);力避带有预言性或布道性的东西;倾向于贵族化的风格,回避庸俗;少些争论。

1912年,别雷成了施蒂纳人智学的狂热信徒。他试图把缪萨革忒斯出版社及其杂志《劳动与时日》变成这一学说的阵地。这一企图遭到梅特纳的强烈反对,结果导致两人决裂。梅特纳表示,缪萨革忒斯永远是文化领域的文学阵地,永远不会成为通灵术的机关;没有宗教,文化是不可思议的,但要强行把缪萨革忒斯的全体成员变成一个宗教团体并进行布道,他是决不允许的。

缪萨革忒斯出版社1917年停业,前后共出版了44本书,其中14部是译著。

---

① 参见别尔嘉耶夫:《自我认识——思想自传》,雷永生译,广西师范大学出版社,2002,第176页。

美人鸟出版社（Сирин）是俄国象征派的一个重要出版阵地，成立于1912年10月到11月间，正值象征主义危机时期，创办人是捷列先科（Терещенко М.И.）。此人是糖业富商，出身名门望族，毕业于基辅大学和莱比锡大学，深受作家和艺术家爱戴，也总是乐意对他们的创作计划慷慨解囊。

"美人鸟"的社名是列米佐夫建议的。美人鸟是挂袋传说中的一种巨型鸟，生一副人的面孔，从天堂降落到人间，以自己的动人歌声和非自然的美貌魅惑和征服人。在1910年前后，美人鸟是文学界和美术界喜爱的题材。

同时代的业内人士将美人鸟的出现视为新的俄罗斯精英文学崛起的征兆。出版社宣称要"严格坚持象征主义路线"。"美人鸟"总共出版了50多部象征派重要诗人的诗歌和散文作品：三部多人合集（作者有别雷、勃留索夫、勃洛克、列米佐夫、吉皮乌斯、伊万诺夫、皮亚斯特、索洛古勃等），几部没有出齐的多卷本个人文集，如勃留索夫文集、列米佐夫文集、索洛古勃文集（出过两套），以及巴尔蒙特和列米佐夫的几个集子。勃洛克文集和别雷文集签了合同并列入计划，但没有最终出版。

经常为出版社出谋划策的有列米佐夫和政论家伊万诺夫-拉祖母尼克，他们热情邀请那些已经成名且作品销售情况良好的象征派作家加盟合作。由于列米佐夫、伊万诺夫-拉祖母尼克，以及一开始就跟出版社关系密切的勃洛克的坚持，捷列先科同意也出一些贴钱的书。别雷的长篇小说《彼得堡》就是在这里出版的。

第一次世界大战爆发俄罗斯参战后，捷列先科全力以赴支援前线，因而无暇顾及出版社。1915年春，美人鸟出版社被迫关闭。

人面鸟出版社（Алконост）是俄国象征派的最后一个知名出

版社，1918年成立于彼得格勒（"人面鸟"即希腊神话中少女阿尔库俄涅的化身"神翠鸟"，在俄罗斯艺术和传说中被视为天堂鸟，常与美人鸟一同出现）。

"人面鸟"的领导人是青年出版家阿里扬斯基，并得到勃洛克和别雷的大力支持。建社初期伊万诺夫也发挥了重要作用。该出版社的前身是阿里扬斯基经营的一家书店，因生意兴旺，阿里扬斯基遂产生了成立一家出版社的想法。正是出于对勃洛克的热爱和崇敬，阿里扬斯基决定首先推出勃洛克尚未出版过的作品，作为出版社的亮相。几经沟通，这个想法终于得到勃洛克的支持。勃洛克建议将他的长诗《夜莺园》（*Соловьиный сад*）拿出来，出版单行本。长诗作于3年前，但还未收进1916年版的三卷集中。就这样，"美人鸟"的处女作于1918年7月推出，印了3 000册，但很快一抢而空。阿里扬斯基随即赶赴莫斯科，与别雷和伊万诺夫接洽，商定将别雷的《意识危机》（*Кризис сознания*）和伊万诺夫的长诗《婴儿时代》（*Младенчество*）列入出版计划。同时列入计划的还有勃洛克的长诗《十二个》。

"人面鸟"的选题倾向和出书范围从附在艾尔博格（Эрберг К. А.）诗集《俘房》（*Плен*）后面的出版社新书目可见一斑：勃洛克的《夜莺园》（售罄）、《十二个》（第二版和第三版，安年科夫装帧设计并插图，售罄）、《卡提利纳》（*Катилина*）、《俄罗斯与知识分子》（*Россия и интеллигенция*）、《抑扬格》（*Ямбы*）、《命运之歌》（*Песнь судьбы*）、《艺术的闪电》（*Молнии исскуства*，即出）；别雷的《基督复活》（*Христос воскрес*）、《公主与骑士》（*Царевна и рыцарь*，即出）、《在转折点上》（*На перевале*）：第一册《生活危机》（*Кризис жизни*，售罄）、第二册《思想危机》（*Кризис мысли*，售罄)、第三册《文化危机》(*Кризис культуры*,即出)、第四册《语词危机》(*Кризис слова*,即出);伊万诺夫的《婴儿时代》、《悲剧普罗米修斯》(*Прометей. Трагедия*)、《人》(*Человек*,即出)、《斯克里亚宾》(*Скрябин*,即出)……这只是其中一部分。值得一提的是,勃洛克的《十二个》一版再版,仍不能满足需要,第三版售罄之后,阿里扬斯基又加印1万册,可见这部长诗在当时的受欢迎程度。

不过出版社的活动时间正好赶上象征派彻底解体时期,这使得"人面鸟"不可能有机会参与象征主义文学运动。对出版社的所有人来说,阿里扬斯基与勃洛克的个人友谊更为重要。这种友谊在相当程度上决定了出版社的书目。

在"人面鸟"出版的重点书中,除了上述勃洛克、别雷、伊万诺夫的作品,还有列米佐夫、伊万诺夫-拉祖母尼克、季诺维耶娃-阿尼巴尔、皮亚斯特、阿赫玛托娃的作品,还有勃洛克的两部文集(1923)、贝凯托娃撰写的勃洛克传记等。此外,"人面鸟"还编辑出版了丛刊《幻想家手记》(*Записки мечтателей*,总共出了6期),对象征主义存在的这个阶段也起了重要作用。勃洛克逝世和别雷出国后,出版社失去了自己的精神领袖,于1923年宣告关闭。

除上述出版社外,还有一个出版社有必要提一下。它不大有名,但也应该属于象征派之列,这就是担任过缪萨革忒斯出版社秘书的科热巴特金在莫斯科创办的神翠鸟出版社(*Альциона*)。该出版社的社名其实与人面鸟是重名的(人面鸟和神翠鸟都来源于阿尔库俄涅,尽管俄文拼写略有不同)。"神翠鸟"存在时间较长(1910—1923),主要面向青年一代象征派,这从其出版的部分书目即可看出:霍达谢维奇的《幸福的小屋》(*счастливый домик*)、利沃娃的《一个老故事》(*Старая сказка*)、沙吉娘的《东方情调》

(*Orientalia*)和两部随笔集、萨多夫斯科伊的《茶炊》(*Самовар*)等。象征派经典作家中与该出版社合作过的有别雷和吉皮乌斯，前者在此出过文集《绿草地》、后者在此出过短篇小说集《月亮蚂蚁》(*Lunar ants*)。勃留索夫曾为利沃娃的诗集、魏尔伦的《鳏夫手记》俄译本作序和编辑其他书籍。出版社的作者群在《神翠鸟》文丛(1914)中有过较全面的展示。出版社由于经费紧张，未能如创办人所预期的那样，成为声望卓著的象征派中心，尽管它出的书印刷考究，颇具文化品位，经常邀请著名画家设计封面和制作插图。

此外，值得一提的还有蔷薇花出版社(Шиповник)，该出版社虽然不属于象征派阵营，但跟象征派关系很密切。"蔷薇花"由出版家科佩尔曼(Копельман С.Ю.)和格尔热宾(Гржебин З.И.)在1906年创办，主要出版新现实主义作家的作品，如对出版社的选题方针和编辑原则影响甚大的安德列耶夫，但对象征派作家的作品也抱积极的开放态度。象征派作家中经常与该出版社保持合作的有索洛古勃、列米佐夫(两人都在此出过文集)。此外，巴尔蒙特的《空中之鸟》(*Птицы в воздухе*)和《绿色花园》(*Зеленый вертоград*)、别雷的《灰烬》(*Пепел*)、勃洛克的《抒情剧》(*Лирические драмы*)也是这家出版社出版的。蔷薇花出版社编辑印行的《蔷薇花》文丛，从1906年到1922年，前后累计出版了26期，在文学界和社会上影响很大，象征派诗人和作家勃洛克、勃留索夫、别雷、列米佐夫、巴尔蒙特、明斯基等都是该文丛的经常性作者。俄国象征派从最初仅限于"象牙之塔"里面的小众到逐渐具有了广泛的社会知名度，《蔷薇花》文丛这类出版物可以说是功不可没。

第三节　象征派文学沙龙和小组

艾亨鲍姆指出："作家不是独自一人闭门写作，而是与那些志同道合的文友并肩工作。"①这一点在俄国象征派诗人身上表现尤其突出。"在当代有关20世纪初的文学、历史、文化研究领域，对形形色色的社团和小组的研究应该占有特殊的地位，这种研究不但能让我们对个别艺术活动家的个人追求做出分析，还能对象征主义特别重要的'创造生活'倾向做出分析。"②

文学沙龙这种文学生活方式进入俄罗斯是在彼得大帝改革开放时期，跟当时俄国社会生活方式的西化有关。沙龙活动一般在私人住宅举行，参加者往往是一些思想相近、志趣相投的作家、艺术家、社会活动家和知识分子。文学沙龙能成为精神文化中心，并对当时的文学艺术生活和社会政治生活发生影响。

在俄罗斯，文学沙龙和社团的第一次繁荣是在19世纪前半期，第二次繁荣是在19世纪末20世纪初，也就是俄国文学的白银时代。在俄罗斯文学历史上留下鲜明印记的有捷列绍夫家的"星期三"，主要参加者为"知识"派的成员（高尔基、蒲宁、库普林、安德列耶夫等）。但文学生活形式最具特色的还是要数象征派文学圈。

---

① См.: Литературные кружки и салоны. Предисловие. Сост. М. Аронсон, С. Рейсер. Санкт-Петербург. 2001, С.3.
② *Богомолов Н.А.* Петербургские гафизиты. Серебряный век в России. Москва, 1993, С.167.

在白银时代,文学沙龙与社团再次成为文学生活的中心,与象征主义作为文学思潮和流派的出现密切相关。彼得堡的梅列日科夫斯基夫妇家的沙龙、索洛古勃家的星期天聚会、维亚切斯拉夫·伊万诺夫家的"楼顶上的星期三"、莫斯科的"阿耳戈勇士"小组、自由美学协会与文学艺术小组的晚会、围绕《艺术世界》《新路》《天秤座》《阿波罗》等杂志和"格里芬"、"缪萨革忒斯"等出版社形成的一些文学小组等,都在象征派文学运动和文学生活中留下了不同程度的印记。

在俄国象征派沙龙中,首先要提到的就是彼得堡著名的宗教哲学会(Религиозно-филосовские собрания, 1901-1903),这虽算不上纯粹的象征派沙龙,但与象征派关系极为密切。宗教哲学会是由文学家、宗教哲学家和宗教活动家组成的一个社团,由彼得堡寻神派知识分子梅列日科夫斯基、吉皮乌斯、费洛索福夫(Философов Д.В.)、罗扎诺夫、米罗留波夫(Миролюбов В.С.)、别努阿、捷尔纳夫采夫(Тернавцев В.А.)、佩尔卓夫发起。宗教哲学会是俄罗斯文化界和文学界关心宗教问题的一些代表性人物与传统的东正教会各阶层代表进行直接面对面交流的首次尝试。宗教哲学会的主席是神学院院长谢尔吉都主教。活动的举办原则是要以"绝对宽容"为前提,会上提出的观点不论其宗教和哲学内涵如何都实行相同的讨论规则。梅列日科夫斯基、罗扎诺夫、"世俗神学家"捷尔纳夫采夫、沃尔康斯基(Волконский М.Н.)、明斯基、米哈伊尔修士大司祭(Михаил Архимандрит)等都做过报告。卡尔塔绍夫(Карташев А.В.)、乌斯宾斯基(Успенский В.В.)、诺沃肖洛夫(Новосёлов А.Е.)等人积极参加讨论。会议纪要和综述在《新路》上发表。宗教哲学会讨论的议题有教会与文化、教会与国家、基督教与性的关系问题,俄罗斯东正教的革新问题(即所谓的新基督教)。

关于宗教哲学会的活动,别尔嘉耶夫写道:"与会者首先是搞文学的人们,而他们无论在理论上还是在实践上都没有解决社会制度问题的知识修养。然而,他们提出了关于基督教的社会性问题。梅列日科夫斯基说,'基督教没有揭示"三"的秘密',及社会性的秘密。捷尔纳夫采夫写了一本特别好的关于启示录的书,他非常相信第一实在圣父和第三实在圣灵,却很少相信第二实在圣子……按照俄罗斯精神的本性,复兴活动家不可能处在文学、艺术、纯文化的范围内。"①

宗教哲学会在彼得堡名震一时,其影响波及哲学、宗教、文学、艺术等几乎所有文化领域,在塑造世纪之交白银时代俄罗斯文化氛围方面扮演了重要角色。宗教哲学会的活动以及在活动过程中遇到的困难和干扰是促使梅列日科夫斯基、吉皮乌斯、费洛索福夫、明斯基、罗扎诺夫等人转而创办自己的机关刊物《新路》的动因之一。

"彼得堡的宗教哲学会是俄国文化史的一个重要现象。在这里,自彼得大帝时代以来,被一堵高墙隔绝开来的那些社会文化团体——脱离教会的贵族—平民知识分子与教会各阶层人士、神职人员、神学院教师第一次实现了对话。"②

宗教哲学会举办了 22 次活动,后被正教院总监波别多诺斯采夫下令查禁。

---

① 别尔嘉耶夫:《俄罗斯思想》,雷永生、邱守娟译,三联书店出版社(上海),1995,第 222 页。
② Полонский В.В. Между традицией и модернизмом. М., 2011, С.66.

著名诗人斯鲁切夫斯基的"星期五沙龙"(Пятницы Случевского)是波隆斯基的"星期五沙龙"的延续。该沙龙持续了 20 年(1898—1917),一般每月活动两次,地点在斯鲁切夫斯基的家(彼得堡尼古拉街 7 号、小意大利街 28 号、封丹卡河岸街 127 号等),参加者主要是彼得堡的诗人。

沙龙的参加者中有老一代诗人,如福凡诺夫(Фофанов К.М.)、罗赫维茨卡娅(Лохвицкая М.А.)、邱明娜(Чумина О.Н.)、利多夫(Льдов К.Н.)、科林夫斯基(Коринфский А.А.)等,也有象征派诗人梅列日科夫斯基、吉皮乌斯、索洛古勃、巴尔蒙特、勃留索夫、明斯基等。活动的内容一般不事先设定,但也举办过几次专题晚会(关于普希金的专题,关于寻神论的专题,等等)。聚集在星期五晚会上的那些青年诗人还办了一份规模不大的杂志——《语词》(Слово,1899 - 1900),同时,参加者还出了一本诗集《晨星》(Утренняя звезда,1900)。1904 年秋斯鲁切夫斯基去世后,沙龙重组为"斯鲁切夫斯基晚会",聚会改为每月一次,每位参加者均可申请坐庄,活动内容为"朗诵诗歌新作,交流对当代文学现象的看法"。承办沙龙活动最多的是索科洛夫(Соколов И.Т.)、雅辛斯基(Ясинский И.И.)。1908 年沙龙获得官方承认的文学社地位,但此前该小组已经有了自己的理事会,费德勒(Фидлер Ф.Ф.)、雅辛斯基等人不同时期担任过主席,成员也是比较固定的。象征派(后来还有阿克梅派)诗人勃洛克、伊万诺夫、康德拉季耶夫(Кондратьев А.А.)、霍夫曼(Гофман М.Л.)、阿赫玛托娃、古米廖夫、库尔久莫夫(Курдюмов В.В.)的加盟并没有改变沙龙既定的传统诗歌取向和对现代主义倾向的排斥,导致沙龙在彼得堡的文学生活中逐渐被边缘化。

"梅列日科夫斯基沙龙"(Салон Мережковских)是彼得堡著名的文学沙龙。由梅列日科夫斯基和妻子吉皮乌斯在自己家中召集和主持,从1890年一直持续到1917年。在近30年的时间里,梅列日科夫斯基的家庭沙龙一直是彼得堡文学生活和宗教哲学生活的中心之一。参加者在这里讨论艺术、文化、哲学的一般问题和新兴文学流派(颓废派、俄罗斯和西欧的象征主义)的最新动态。起初,梅列日科夫斯基住在谢苗诺夫街时,参与他的家庭聚会的那些文学家都分属不同派别,包括安德列耶夫斯基、福凡诺夫、普列谢耶夫、沃伦斯基、明斯基、索洛古勃、索洛维约娃等,梅列日科夫斯基家搬到铸造大街24号著名的穆鲁济大楼之后,《艺术世界》杂志的未来合作伙伴们费洛索福夫、别努阿、巴克斯特、努维尔和罗扎诺夫便成了沙龙的常客,而到了1902年,当沙龙的宗教哲学取向明确下来,一些神职人员、哲学家、神学院的教授、年轻的象征派诗人,如乌斯宾斯基、斯米尔诺夫(Смирнов Д.А.)、捷尔纳夫采夫、叶甫盖尼·伊万诺夫(Иванов Е.В.)、伦德伯格(Лундберг Е.В.)、佩尔卓夫、谢苗诺夫(Семёнов Е.П.)、皮亚斯特(Пяст В.А.)、勃洛克等都加入了进来。这时的梅列日科夫斯基沙龙已经形成自己的特点和神秘主义活动氛围,除了一般性的聚会,还建立了秘传的宗教小组,小组成员除了梅列日科夫斯基夫妇外,还有别尔嘉耶夫、卡尔塔绍夫、库兹涅佐夫(Кузнецов В.В.)、别雷等。从1906年起,沙龙的基本主题始终是教会与文化、多神教与基督教、宗教与社会以及文学与政治新闻。1914—1916年间,吉皮乌斯经常召集文学青年,提携过彼得堡(彼得格勒)的很多青年诗人。

象征派诗人索洛古勃的沙龙(Салон Сологуба,1903 - 1916)在彼得堡文学界也有一定影响。该沙龙一般在星期天(有时星期二)举办。

　　索洛古勃的沙龙与其他沙龙,如伊万诺夫的"星期三晚会"不同,是纯文学性质的。每次索洛古勃都要朗诵自己新创作的诗歌或短篇小说。沙龙的常客中有勃洛克、列米佐夫、多布任斯基、扎伊采夫、伊万诺夫、丘尔科夫、皮亚斯特、艾尔博格、肖格列夫、瓦·吉皮乌斯、康德拉季耶夫、维尔霍夫斯基、列·安德列耶夫、恰佩金等。1907年后的几年里,随着索洛古勃的几次搬家,沙龙上严肃认真的作品朗诵逐渐变成了茶余饭后的海阔天空。1910—1916年末,阿赫玛托娃、库兹明、阿·托尔斯泰、尼·叶夫列伊诺夫、梅耶荷德、卢里耶等经常光顾索洛古勃沙龙。文学晚会与家庭化装晚会、舞会交替举办,有时沙龙上还会举办政治报告会(如伊万诺夫-拉祖母尼克、卡尔塔绍夫、米留科夫都做过这类演讲)。

　　莫斯科的象征派在创建文学沙龙方面显然不如彼得堡活跃,但"阿耳戈勇士"(Аргонавты)是个例外。这是莫斯科象征派于1903年成立的一个文学小组,发起人是别雷、艾利斯、谢尔盖·索洛维约夫,参加者有象征派的支持者、画家、音乐家、哲学家、学者以及社会活动家。小组的名称取自希腊神话,希腊英雄驾乘阿耳戈轮船去获取金羊毛的故事。勃洛克有段时间也参加过该小组的活动,小组对他的创作发展起过一定的作用,"阿耳戈主义"思想在他的作品(组诗《祈祷》)中有所反映。小组的宗旨——革新和改造在他们看来是与艺术现象无异的生活,是对现实进行审美的理解和再造。该小组不光讨论诗学问题,也研究象征主义宗教哲学和社会思想问题。阿耳戈勇士们自认为是颓废派中唯一的莫斯科象征派,是出类拔萃的象征派。在阿耳戈主义思想的发展中尼采的生命哲学起了重要作用。在尼采看来,阿耳戈乃是一位新世界的先知和预言家。别雷的《阿耳戈勇士》和《金羊毛》、勃洛克的《我们在阁楼的门口守护》、艾利斯的《阿耳戈》等诗都是以阿耳戈勇士为题材,另外,别雷的《交响乐》和《蓝天里的金子》也极其鲜明地体现了阿耳戈勇士的乌托邦思想。阿耳戈勇士小组先后与天蝎座出版社、格里芬出版社以及缪萨革忒斯出版社合作密切,名称的确定也跟彼得堡象征派刊物《金羊毛》有关系。1905—1906 年"阿耳戈勇士"小组出版了文学—哲学文集《自由的良心》,1909 年小组中的很多成员进入缪萨革忒斯出版社。

别雷曾对自己的"阿耳戈勇士"小组做过这样的自我评价:"'阿耳戈勇士'在世纪初第一个十年的莫斯科艺术文化中还是留下了一定的印记的;他们与'象征派'融为一体,认为自己是真正的'象征派',为象征派刊物写稿(我、艾利斯、索洛维约夫),但各自风格不同。这些人身上没有文学附带的矫情,也不追求任何表面的华丽,却是一些极有意思的独一无二的个性,不是表面上的,而是实质上的……"①

如果说 20 世纪初,在莫斯科,以勃留索夫为核心的天蝎座出版社编辑部是莫斯科象征派的中心,那么在彼得堡,由伊万诺夫主持的"星期三晚会",或称"伊万诺夫塔",差不多可以说是彼得堡"象征派的中心"。伊万诺夫的文学沙龙每周一次,在家中举办。沙龙的女主人季诺维耶娃-阿尼巴尔也是一位作家。伊万诺夫在道利达街的住宅在大楼顶层的突出部分,因而被称为"伊万诺夫塔"。伊万诺夫的星期三晚会在彼得堡的文化生活中起过明显的作用,荟萃了彼得堡的一大批文学精英(勃洛克、别雷、库兹明、古

---

① *Белый А.Н.* Начало века. М., 1990, С.123.

米廖夫、戈罗杰茨基、吉皮乌斯、梅列日科夫斯基、列米佐夫),《艺术世界》的画家同仁(巴克斯特、多布任斯基),音乐家和戏剧活动家(梅耶荷德),哲学家(别尔嘉耶夫、舍斯托夫、斯杰普恩、格尔申宗、谢·布尔加科夫、卢那察尔斯基)等。这些人不时地到伊万诺夫家作客,有时甚至就住在他的"塔楼"上。伊万诺夫是象征派的重要诗人和理论家,也是古希腊文化、神话和西方文化的专家,在他的策划和组织下,沙龙举办丰富多彩的文学朗诵会和鉴赏会、哲学报告会和讨论会。在这里,文学界和演艺界的波西米亚气息与严肃认真的学术氛围有机地结合在一起。伊万诺夫的星期三晚会定期举办,即便是在妻子 1907 年去世以后,伊万诺夫的"塔楼"仍然坚持活动,直到伊万诺夫 1912 年离开彼得堡定居国外,始终对彼得堡的文学界保持着强大的吸引力。

俄国象征派文学沙龙和小组中,有过一个特别值得关注但一直被忽视的小组,这就是"哈菲兹之友"(Друзья гафизитов):"笼统地说,对东方的迷恋,对作为形形色色异国情调之宝库的东方的强烈兴趣,是世纪之交的一个特征——从各种宗教学说到摆满沙龙的仿日本风格和中国风格的装饰性'殖民地小摆件'。日常文化生活充满了东方因素。最精致讲究的一个版本就是哈菲兹之友小组。"[1]

哈菲兹之友协会至今未引起学术界注意,但研究哈菲兹之友协会的思想有助于我们了解 20 世纪初一些杰出文化活动家的创作观念,感受俄国象征派所处的氛围。[2]

---

[1] *Полонский В.В.* Между традицией и модернизмом. Москва, 2011, C.59.
[2] *Богомолов Н.А.* Петербургские гафизиты. Серебряный век в России. Москва, 1993, C.205.

哈菲兹之友协会(1906—1907)成立于 1906 年 4 月底。一次在伊万诺夫塔楼上的星期三晚会上,决定创立一个独具特色的文学小组,成员由一些关系最为密切的人组成,地点仍设在伊万诺夫家的"塔楼"上。根据伊万诺夫的设想,哈菲兹晚会应该成为一种艺术创作。每一次晚会都应提前考虑周全,并按协商制订的节目单进行;节目进行的间歇朋友们可以自由交流,但对节目的关注使大家结成一个共同体;节目可以是诗,可以是歌,可以是音乐,可以是舞蹈,可以是童话,也可以是一段可以激发讨论的名言警句,也可以是某种集体行为,而发明这种行为应该是晚会主持人的职责。

"哈菲兹之友"的第一次晚会是在 1906 年 5 月 2 日举行的。参加者除了伊万诺夫,还有他的妻子季诺维耶娃-阿尼巴尔、别尔嘉耶夫、库兹明、画家索莫夫、巴克斯特、努维尔、戈罗杰茨基、奥斯伦德尔。每一个参加者都有一个在协会里专用的外号,伊万诺夫叫许佩里翁,季诺维耶娃-阿尼巴尔叫迪奥提玛,别尔嘉耶夫叫所罗门,库兹明叫安提诺乌斯或克里昂,索莫夫叫阿拉丁,努维尔叫彼得罗尼乌斯、海盗或雷诺阿,巴克斯特叫阿皮勒斯,戈罗杰茨基叫泽恩或赫尔墨斯,奥斯伦德尔叫伽倪墨得斯。[1]

晚会参加者在着装上都要与身份相称,环境和氛围都不同寻常。

哈菲兹晚会定期举办,持续了大约一年。应该承认,晚会并没有产生什么"物质的"成果,伊万诺夫、库兹明的几首诗和奥斯伦德尔的短篇小说《伽倪墨得斯手记》算是例外。哈菲兹晚会的影响主

---

[1] *Богомолов Н. А.* Петербургские гафизиты. Серебряный век в России. Москва, 1993,С.206.

要是在精神层面（朗诵诗歌，切磋诗艺，讨论各种各样最终并未实施的创作计划，讨论宗教在艺术家的创作中的地位等问题。这些都在他们后来的创作中得到了反映）。

穆斯林的东方从浪漫主义时代起，就一直是俄罗斯文学向往的圣地之一，是俄罗斯文化不可或缺的一个结构要素。哈菲兹，在象征派的眼里无疑就是东方的象征和化身。对象征派而言，东方的重要性不是作为地理存在，而是作为时空之外的一种特殊的思维范畴，也就是一种文化神话。哈菲兹派（或称哈菲兹之友）的出现，是彼得堡当时文学生活中的一件大事，对理解俄罗斯文学的穆斯林因素是无法绕开的。伊万诺夫及其朋友们之所以要给自己的小组取名哈菲兹之友，而非狄奥尼索斯之友，主要是因为，在象征派诗人的意识中，哈菲兹能将古希腊和穆斯林的东方连接起来。至于哈菲兹之友们想出来的彼得巴格达，应该说，它其实并非单纯的巴格达与彼得堡的结合。这里还应加入意大利、法国、古希腊和罗马以及圣经中的圣地。至于之所以是巴格达而不是设拉子（其实设拉子更正确），这说明，哈菲兹之友们将巴格达理解为天方夜谭的假定性故事空间，哈菲兹不是作为真实的中世纪东方诗人，而只是作为一个文化符号。伊万诺夫《给哈菲兹之友们》一诗中有个副标题——"第二次晚会。1906年5月8日。在彼得巴格达。客人聚会"。"彼得巴格达"就是这么来的。[①]

[①] *Богомолов Н. А.* Петербургские гафизиты. Серебряный век в России. Москва，1993，С.167－191.

第三章　俄国象征主义的源头

俄国诗歌在不断发展和完善的过程中,曾经不止一次地受到西方的影响,从古典主义到感伤主义,从浪漫主义到现实主义,无不如此。

19世纪与20世纪之交,俄罗斯文化与西方文化的联系更趋紧密。象征派可以说是这方面的先锋。梅列日科夫斯基在分析颓废派思潮在俄罗斯的演变和作用时,称颓废派诗人是摆脱了西欧派和斯拉夫派"奴役"的"首批欧洲人"。为俄罗斯创造文化环境的功绩应归功于他们。[①] 这段话令人想起周扬对俄国象征主义的特

---

① *Мережковский Д.С.* Павел I. Александр I. Больная Россия. М.,1989,C.687-688.

点及其与革命的关系的分析:"俄国的象征主义本来是工场手工业资本利益的产物。将乡野的俄国,将颓败的莫斯科的客厅和商人的别墅的俄国引入梅特林克和鲍特莱尔(即波德莱尔——引者)的神秘,引入西欧工业文化的精巧和精神的锻炼,这就是俄国的象征主义的根本的意义。这可以说是俄国的一种精神上的'欧化'。但是像这样'欧化的'资产阶级的知识分子,观念论的哲学和唯美的贵族主义的信徒,怎么会毅然地离开他们的知识阶级的商人的别墅,而跑到街头,跑到穿着泥污的靴子,背着来福枪和革命旗帜的革命的兵士中间来呢?这现象,一看似乎很奇怪,实际是由俄国资本主义发展的特征所造成的。在20世纪初叶,和它的'繁荣'一道,在历史上很落后的俄国资本主义带来了它自身的没落和解体。而作为一种文学现象的象征主义在它自身中就包藏了颓废和进取,西欧的情调和斯拉夫的灵魂的矛盾的本质。这些在主观上接受了革命的象征主义者,是将革命当作一种大的补偿,当作把俄国超升为'新的美国'的洗礼而接受的。"①

曼德尔施塔姆写道:"应该把象征主义的'狂飙突进'看作俄罗斯文学急风暴雨和如火如荼地借鉴吸收欧洲乃至世界诗歌的一种现象……早期俄罗斯象征主义是从西方吹来的一股极其强劲的风。"②

俄国象征主义在总体上主要受到法国象征主义和德国浪漫主义影响,这是主流,但具体到个别诗人,还是不能作泛泛之论。例如巴尔蒙特。巴尔蒙特认为,象征主义在世界文学中早已有之,卡

---

① 周扬:《十五年来的苏联文学》//《周扬文集》第一卷,人民文学出版社,1984。
② Мандельштам О.Э. Собрание сочинений в 2 томах. Т.2, М., 1990, С.283.

尔德隆和布莱克、爱伦坡和波德莱尔、易卜生和维尔哈伦都是象征主义者。巴尔蒙特对英语文学情有独钟，尤其对爱伦坡、王尔德极其推崇。囿于成见，他一度认为法国人在象征主义诗歌领域的独领风骚有掠人之美之嫌，说日耳曼语世界在这方面的创造显然早于罗曼语世界。① 受勃留索夫和乌鲁索夫影响，巴尔蒙特开始重新审视波德莱尔，并迅速摒弃了自己的偏见，称波德莱尔是诗歌中的"王者"（《致波德莱尔》）。巴尔蒙特还译过波德莱尔的诗。

巴尔蒙特对爱伦坡评价极高，宣称"爱伦坡是为数不多的具有彼岸感觉并能最大限度地接近彼岸世界的宠儿之一，是象征主义诗人当中最伟大的一位"；② 在爱伦坡身上，语言、构思、艺术风格——一切都有着鲜明的创新印记。在他之前，没有一个英国或美国诗人知道，面对英语诗歌，面对广为人知的音响组合，该如何实现突破。③ 爱伦坡是"发现人类灵魂新领域的哥伦布，他第一个自觉地提出了将丑纳入美的领域的想法，并以睿智的魔法师的花招创造出了恐怖之诗"。④ 作为俄国象征主义的唯美派，巴尔蒙特和勃留索夫对"纯诗"的标榜，巴尔蒙特等人对诗歌"音乐性"的痴迷，其源头也可经由法国象征主义追溯到爱伦坡："天下没有、也不可能有比这样的一首诗——这一首诗本身——更加是彻底尊贵的、极端高尚的作品——这一首诗就是一首诗，此外再没有什么别的了——这一首诗完全是为诗而写的。"⑤ "音乐与给人快感的思

---

① Поэзия серебряного века в 2 томах. Т.1, М., 2009, С.31.
② Бальмонт К.Д. Избранное. Стихотворения, переводы, статьи. М., 1983, С.592.
③ Там же. С.594.
④ Там же. С.595.
⑤《唯美主义》，赵澧、徐京安编，中国人民大学出版社，1998，第64页。

想结合便是诗,没有思想的音乐仅仅是音乐,没有音乐的思想凭着其确定性则是散文。……诗歌通过其音乐性所赋予的是一种含混的而不明确的情绪,这正是诗的目的所在。"①

巴尔蒙特的唯美主义,无疑是受到王尔德的熏陶:"奥斯卡·王尔德热爱美,只有美,他把艺术、欣赏、青春都看成美。他是为天才诗人……上个世纪末最杰出的英国作家,创作出了一系列充满创新气息的精美作品,而就个性的引人入胜和独具一格而言,除了尼采,无人能与之比肩。"②

在法德影响之外,意大利诗人但丁的创作对俄国象征主义的影响甚大。但丁的作品虽然很早就引入俄罗斯,但象征派诗人在20世纪初大规模集体翻译《神曲》,更具有典型的文化现象学意义。他们的活动不限于译介和传播,还在自己的创作中复活了这位中世纪诗人及其所处的那段神话般的历史。巴尔蒙特、勃留索夫、伊万诺夫、勃洛克等既是但丁作品在俄罗斯的积极译介和传播者,也是自身创作受但丁影响最深者。

俄国象征派对但丁的认识和理解得到概括性表达,这一过程自象征主义运动伊始,前后差不多持续了二十年。因此也就不难理解,梅列日科夫斯基和勃留索夫、巴尔蒙特和索洛古勃、别雷和勃洛克、伊万诺夫和沃洛申等,他们每个人心目中的但丁形象都各不相同,但透过形形色色的表面差异,不难看出其共通之处。正如匈牙利学者希拉尔德指出的:俄国象征主义其实是有一个"但丁

---

① 《唯美主义》,赵澧、徐京安编,中国人民大学出版社,1998,第67页
② Бальмонт К. Д. Избранное. Стихотворения, переводы, статьи. М., 1983, C.598-599.

符码"的①。

两代象征派,尤其是年轻一代象征派,其笔下的"永恒女性"、"先知"的主题和形象,对诗人及其使命的理解,都可以追溯到但丁的创作,在这里,勃洛克无疑是最突出的一个案例。

俄国象征主义正是在外来影响和本国传统两种内外因素的共同作用下产生的。外来影响主要有两个源头——法国的象征主义和德国浪漫主义;本国传统则可追溯到茹科夫斯基、巴丘什科夫的浪漫主义,但最主要的还是丘特切夫、费特、弗拉基米尔·索洛维约夫的传统。

第一节 法国象征主义的影响

在世纪之交的俄罗斯,借鉴西欧文化具有头等意义,这首先表现在大量的文学翻译上。索洛古勃翻译了魏尔伦诗选,试图重译雨果、莫泊桑、兰波、马拉美等人作品。勃留索夫、沃洛申、安年斯基不光翻译,还把法国诗人的诗句用作自己作品的题词,以此来激发读者对法国诗歌的喜爱。这一切培养出了新的读者并创造了俄国象征主义的发展背景。俄国象征派诗人接受了西方同行的诗

---

① *Лена Силард*. Герметизм и герменевтика. СПб.: Издательство Ивана Лимбаха, 2002, С.163.

学,也就是暗示、曲语、现实世界与"另一世界"的"对应"、复杂的隐喻、强调音乐因素的诗学。尽管俄国象征派在主题、母题、艺术形式和方法上有其独特性,但还是不能否认西方的影响。

在俄罗斯象征主义发展过程中,特别是在1890年代的形成时期,法国象征主义的影响至关重要,德国浪漫主义和象征主义的影响也不容忽视。法国象征派诗人语言的精致优雅和婀娜多姿,魏尔伦的音乐性和波德莱尔的"感应"原则,自由体诗和散文诗体裁领域的发明创造得到俄罗斯同行的赞赏,无疑也对早期勃留索夫、索洛古勃、巴尔蒙特、安年斯基(后者将马拉美视为自己的导师之一)等人的创作产生了影响。安年斯基在《当代法国诗歌中的希腊神话》(Античный миф в современной французской поэзии)一文中,指出了莫里亚斯、艾里迪亚、雷尼埃、格里芬等诗人对同时代诗人颇有吸引力的一些特点,如灵感与博学的结合,"福楼拜风格"与"贵族风格",对诗歌"感性"新形式的探索,秘写风格等。① 正如诗学专家证明的,俄罗斯的自由体诗借鉴了法国象征派的自由体诗,而俄罗斯的重音律诗则借鉴了德国浪漫派的重音律诗。②

以勃留索夫为代表的一批青年诗人认为,法国的象征主义是表达"世纪末情绪"的最佳方式。他们从19世纪90年代开始,大量译介法国象征主义诗人波德莱尔、马拉美、韩波、魏尔伦,以及比利时诗人维尔哈仑和梅特林克的作品,以传播和借鉴。

梅列日科夫斯基翻译过波德莱尔[《信天翁》(Альбатрос)],

---

① *Колобаева Л.А.* Русский символизм. М., 2000, С.289.
② *Гаспаров М.Л.* Стих начала XX века//Связь времен. Проблемы преемственности русской литературы конца XIX — начала XX века. М., 1992, С.349.

并将此诗收入自己的诗集《象征集》(*Символы*)，《当代巴黎特写》明显受到波德莱尔影响。勃留索夫翻译了魏尔伦的《无词歌》(*Романсы без слов*)，对其诗句的优雅赞不绝口，他还读过《戏装游乐园》(*Галантное празднество*)，认为就完整性和结构而言，这是魏尔伦最完整的一本书。艾利斯是俄国象征派诗人中最狂热、最忠实的波德莱尔信徒。他翻译过波德莱尔，尽管他个人的创作成就不是很高，很少被后人提起，但他翻译的《恶之花》却成了俄罗斯翻译文学的经典，至今仍是俄罗斯最为流行的波德莱尔译本之一。艾利斯将波德莱尔与但丁、尼采并称为"真正的象征主义者"，波德莱尔是"最伟大的象征主义诗人"，[1]"波德莱尔的悲剧性任务就是揭示二元论的秘密。象征派诗人中没人在这方面比他走得更深"。[2] 并称巴尔蒙特如果不是受到波德莱尔"地狱"和爱伦坡"幻影"的影响，只会继续走费特的道路。[3]

俄国象征派借鉴了波德莱尔的"感应"理论。所谓"感应"(有人译作"通感"、"应和"、"契合"、"对应"等)，就是精神现象与自然现象之间、现实世界与诗人"我"的世界之间，甚至于人的不同感官之间存在的隐蔽的、通过诗歌才能认知的相似和相通。老一辈俄国象征派诗人把波德莱尔享有"象征主义宪章"之誉的《感应》(*Соответствия*)一诗当作美学宣言——

自然是一座神殿，那里有活的柱子

---

[1] Вопросы литературы. 2009, No 5, С.441.
[2] *Wanner A.* Baudelaire in Russia. Florida. 1996, p.137.
[3] *Эллис (Кобылинский Л.Л.)* Русские символисты. Томск, 1998, С.51.

不时发出一些含糊不清的语音；
行人经过该处，穿过象征的森林，
森林露出亲切的眼光对人注视。

仿佛远远传来一些悠长的回音，
互相混成幽昧而深邃的统一体，
像黑夜又像光明一样茫无边际，
芳香，色彩，音响全在互相感应。

有些芳香鲜艳得像儿童服装一样，
柔和得像双簧管，绿油油像牧场，
——另外一些，腐朽，丰富，得意洋洋。

具有一种无限物的扩展力量，
仿佛琥珀，麝香，安息香和乳香，
在歌唱着精神和感官的热狂。①

波德莱尔解释道："如果声音不能暗示色彩，色彩不能让人感觉到一种旋律，而且声音与色彩无法传达思想，那才真令人惊讶了；因为，自从上帝决定世界是一个复杂而不可分的整体那一日起，事物就一直是通过相互间的类比性而得到表达的。"②

俄国象征派诗人对《感应》这首诗极为推崇，索洛古勃、勃留索

---

① 《象征主义、意象派》，黄晋凯、张秉真、杨恒达主编，中国人民大学出版社，1989，第228—229页。
② 董强：《梁宗岱：穿越象征主义》，北京出版社出版集团、文津出版社，2005，第99页。

夫、巴尔蒙特等人还曾借题发挥。伊万诺夫称《感应》十四行诗是象征主义新流派大厦的基石。其实质何在？诗的第一部分是用现实主义—象征主义，也就是真正的象征主义手法写成的，它把象征看成应该得到揭示的真理，看做由内而外传递出来的信息。① 对"自然是一座神殿……亲切的目光对人注视"，伊万诺夫呼应道："我习惯了在象征的森林里游荡，象征主义的语言表达对我来说，跟爱的亲吻一样明白。"但诗中的第二部分，用伊万诺夫的术语来说，不是现实主义的，而是理想主义的，亦即主观主义的，而非客观主义的。在这一部分波德莱尔将象征用作单纯的表达手段，用作内心体验的符号，用作主观形象。"这可以说是意识分裂的信号。"②

波德莱尔说"有纯洁之芬芳，它像花园一样绿意盎然，向孩子的肌肤一样新鲜，向陆地的呼唤一样温柔，另外一些——庄严，其中有气味和放荡"。对它们来说没有界限，它们脆弱的世界没有边际。事实上这首诗乃是象征主义诗人的生活与创作的象征：其中包括俄罗斯的象征派诗人，如伊万诺夫、别雷、勃洛克，他们走的是客观创作之路，另外一些西欧的大师，如格奥尔格、里尔克、兰波以及颓废派——走的是主观之路。这种分化也可以在俄国诗歌中发现。伊万诺夫的想法不无根据：波德莱尔十四行诗所体现的内在矛盾，也导致了象征主义在 1910 年代的消亡。

作为一个都市诗人，作为一个对此岸世界的恶与彼岸世界的美之间的矛盾有着悲剧性意识的诗人，波德莱尔对俄国象征主义

---

① Иванов В.И. Собрание сочинений в 6 томах. Брюссель, 1971-1987, Т.2, С.665.
② Там же.

产生了很大影响。勃留索夫早期作品中一些粗野的诗歌形象,毫无疑问与波德莱尔的《恶之花》有联系。波德莱尔的悲剧性在勃留索夫的城市诗歌中有所反映,而具有魔鬼色彩的恶也是索洛古勃的一个常见主题。

  波德莱尔的城市诗对俄国象征派诗人也有明显影响,这从勃留索夫的《致城市与世界》(*Urbi et Orbi*)和勃洛克的《城市》(*Город*)、《可怕的世界》(*Страшный мир*)等组诗中不难看出。勃洛克的城市诗明显听得到波德莱尔《巴黎图画》、《恶之花》以及《巴黎的忧郁》中部分散文诗的回响。勃洛克的城市诗最初受到勃留索夫《致城市与世界》和《第三班岗》的启发,同时也受到维尔哈伦《城市吸血鬼》(1904)的影响。逐渐地,他的城市诗开始有别于勃留索夫的城市诗,变得更具有假定性。我们知道,波德莱尔的创新风格可以说是对现代生活的一种快速反应,对勃洛克产生的影响要么是间接的,通过勃留索夫,要么是通过直接接触波德莱尔的作品(勃洛克母亲和外祖母很早就开始翻译波德莱尔[①]),毫无疑问,波德莱尔的"现代之美"和现代性理论对正在形成的城市诗,首先是象征派的城市诗产生了明显影响。波德莱尔城市诗与勃洛克城市诗的抒情主人公具有异曲同工之妙,本雅明用于波德莱尔的术语"游手好闲者"[②]同样适用于勃洛克,只是勃洛克的城市诗更多的是在表达个人对人与城市的所见所闻。

  波德莱尔何以能吸引俄国诗人?诺尔曼在探讨这一问题时写

---

① Блок А.А. Собрание сочинений в 8 т. М.; Л.: Советский писатель, 1960 – 1963, Т.7, С.11.
② 参见本雅明:《发达资本主义时代的抒情诗人》,张旭东、魏文生译,三联书店出版社,1989年,第53—84页。

道:"可以把波德莱尔创造自己的书的过程有多大程度的目标明确、意图明确,有多么理智和合乎逻辑这个问题放下,不能否认《恶之花》所特有的内在结构。只不过这不是某种周期性循环系统……而是一种诗歌体裁——大型抒情组诗体裁的规律性。这种体裁——波德莱尔即使不是创始人,也是杰出的大师——的性质是由《恶之花》的结构统一性决定的。"①

《恶之花》的统一性依托的是主题与形象的有机联系和对称发展、反复和变形,以及带有关键性和核心性诗句的个别章节的紧凑结构,同时还有在全书占据主导地位的组诗。这或多或少影响了几乎所有象征派"诗书"的构造形式,从巴尔蒙特的《在无限之中》到勃留索夫的《致城市与世界》,尽管未必始终是直接的。

波德莱尔对勃留索夫诗学(艺术)的影响学界指出过不止一次;例如沃洛申就在分析勃留索夫早期诗歌时指出过,他的诗"有很多波德莱尔的回声"。② 勃留索夫本人在《致城市与世界》的序言中也曾直言不讳地提出,应该像波德莱尔那样建构"诗书"。③

根据象征派的想法,书应该干预作者在当下阶段的"诗歌意识形态"、世界观。毫无疑问,反映了"当代灵魂的多副面孔",且"其中许多面孔都应无情地丢进火堆"(巴尔蒙特语)的波德莱尔的诗歌,成为了样板,因为象征派诗人梦寐以求的东西,在波德莱尔笔下成功地实现了。

正是在波德莱尔的影响下,书变得越来越复杂,篇幅越来越大。然而象征派诗人们很长时间还是成功地保持了书的整体性、

---

① *Нольман М.Л.* Шарль Бодлер: Судьба. Эстетика. Стиль. М., 1979, С.171 - 172.
② *Волошин М.А.* Лики творчества. Л., 1989, С.410.
③ *Нольман М.* Шарль Бодлэр: Судьба. Эстетика. Стиль. М., 1979, С.172.

严整性,这种严整性主要是建立在抒情主体的统一基础上的。不过这种反应并非按照统一的模式进行,而是非常个性化的,取决于每个作者的创作特性。如伊万诺夫在重新编排自己第一本诗集《导航星》时,就采用了主导动机思想,将之作为串联各单篇诗作的统一的核心。索洛古勃的结构方法是单篇诗作之间的直觉联系,这要借助读者积极地、最好是非理性的接受。诗人在《火圈》前言中说:"收集在本书中的诗作,作于1884—1898年间,但远非这些年所作的全部诗作都收进来了。选择取决于保持情绪的某种统一性。明眼的读者看得出诗的编排顺序不是偶然的。"①

俄罗斯从19世纪末即开始译介魏尔伦的诗,在世纪之交的俄罗斯,魏尔伦是最有名也是最有读者的象征派诗人。他的诗对俄国象征派诗歌产生了巨大影响,索洛古勃、勃留索夫是魏尔伦的首批译者。索洛古勃在1908年和1923年前后出过两种魏尔伦译本,勃留索夫的译本在1911年问世。

俄国象征派诗人对魏尔伦的诗评价很高。在魏尔伦的诗中,索洛古勃最欣赏的不光是旋律感,还有魏尔伦对生活连同其与生俱来的矛盾的接受:"整个的不可能作为必要性得到肯定,在偶然性绚丽的帷幕后面,是获得自由的永恒世界。尘世对神秘事物每一次粗暴追求都昭示着美和喜悦。"(序言)勃留索夫宣称"魏尔伦出现之前不存在象征主义"。② 魏尔伦将印象派捕捉生活瞬间的艺术方法引入诗歌,善于传达感觉、印象和情绪细微的变化,似乎要以此表现变化着的外部世界。他把对生活的不满,对大自然的

---

① *Сологуб Ф.К.* Собрание сочинений в 6 томах. Т.7 (дополнительный), М., 2003, С.8.

② *Брюсов В.Я.* Письма к П.П. Перцову. М., 1927, С.45.

赞美，化为一幅幅伤感的速写、"心灵的风景画"。在勃留索夫眼里，认为魏尔伦是"最私密的诗人，老老实实地通过自己的歌吟将自己心灵中的最美好和最痛苦的一切展示出来"。沃洛申高度评价魏尔伦的诗歌才能，说魏尔伦的声音"是抒情诗歌最纯洁的火焰——悦耳动听的火焰，用他既明亮又阴暗、既复杂又单纯的心灵的所有曲折发出乐音"。不少俄国象征派诗人，如安年斯基、勃留索夫、巴尔蒙特，都借鉴了魏尔伦的"心灵的风景画"，并在力求再现印象的迅速变化方面，受到魏尔伦的启发。象征派诗人认为，诗歌的任务就是要探索认识人与自然的新的诗歌形式。

象征主义诗歌的音乐性和旋律性以及看似缺乏联系的流动形象，正好契合了19世纪末的忧郁情绪，可谓与之相辅相成，相得益彰。魏尔伦在诗歌的音响和韵律方面有着惊人的感觉。"也许正是在音乐中，人的灵魂可以逼近那个巨大的目标——至高之美的创造。"[1]爱伦坡的这个著名观点被法国象征主义诗人，尤其是魏尔伦和马拉美全盘接受。"音乐至高无上"——这是魏尔伦在自己的宣言诗《诗艺》中给象征主义诗人的一个重要忠告。

> 音乐，至高无上，
> 奇数备受青睐，
> 没有什么能比在曲调中
> 更朦胧也更晓畅。

---

[1] 转引自威廉维·姆萨特、柯林斯·布鲁克斯：《文学批评史上的象征主义》//柳杨编译《花非花——象征主义诗学》，旅游教育出版社，1991，第163页。

对字词也要精选,
切不可轻率随便;
灰色的歌曲最为珍贵,
其间模糊与精确相连。

这是薄纱后面的明眸,
这是正午抖动的日照,
这是清秋的夜空里
璀璨的蓝色星群的辉耀!

我们还追求色调,
不要色彩,只要色调!
哦,只有色调才能使梦与梦相连,
使笛子与号角协调!

远离刺人的讥诮,
残酷的幽默和不义的嘲笑,
就是下等厨房里的大蒜
使蓝眼睛泪如雨潇潇!

抓住辩才,掐紧他的脖颈,
你干得好,再加把劲,
让音韵安分守己,如若
放任自流,它会何处行?

谁能说出音韵的错处?
哪个聋孩子或疯黑奴
肯用锉刀发出刺耳的声音,
为我们把一个劣质的首饰锻铸?

音乐,永远至高无上!
让你的诗句插翅翱翔,
让人感到她从灵魂逸出,
却飞向另一种情爱,另一个天堂。

晨风吹开了薄荷花,千里香,
让你的诗句是一次奇遇,
在难忍的晨风中飘散,
而文学就在其间徜徉。①

音乐性是象征主义诗学的一个重要追求。瓦雷里曾这样概括象征主义运动的"秘密":"曾被称为象征主义的东西很容易就可以概括为:来自不同阵营的诗人们(而且有时是相互敌对的阵营)有着一个共同的意愿:'向音乐要回属于他们的财富。'这就是这一运动的秘密,而不是别的。"②维姆萨特和布鲁克斯甚至认为,"象征

---

① 《象征主义·意象派》,黄晋凯、张秉真、杨恒达主编,中国人民大学出版社,1989,第237—238页。
② 董强:《梁宗岱:穿越象征主义》,北京出版社出版集团、文津出版社,2005,第167页。

主义运动,也可以说成是使诗达到音乐状态的运动"。① 这一点,在俄国象征派诗人的美学理论和创作实践中无疑也能找到强烈的响应和有力的见证(当然,俄国象征主义对音乐的重视不光受到法国象征派的影响,同时也受到德国浪漫派的影响)。

另外,魏尔伦宣称的自我与世界的关系,也让安年斯基等人有如同己出之感:"我就是世界,我就是世界的一切法则。我的想象在创造,我的理智在破坏;我看见,世界上没有什么能抗拒我的愤怒的力量;我感到,我就是存在的一切。"②

法国象征派诗人追随波德莱尔,将感应(契合、应和、对应、交感、通感)理论诉诸创作实践。他们对颜色象征的理解,对表达色彩、声音和气味的混合感觉的追求,对俄国象征主义也有启发。这从魏尔伦的印象主义诗歌、兰波的十四行诗《元音》(*Гласные*)和巴尔蒙特的《诗歌是魔法》(*Поэзия как волшебство*,1915)一文可见一斑。③ 在这里,诗歌是作为诗人的情感、情绪、精神状态的表达来理解的。艺术家不反映现实,现实对他而言不过是表达内心状态的借口。象征是理解诗人未尽之意的主要手段,能实现借助一些感觉来表达另外一些感觉的原则。也就是说,用声音表达气味,用色彩表达声音,诸如此类。借助象征派诗人对诗歌与绘画相融合的追求,将色彩作为象征用于绘画和诗歌中的问题成为迫切问题。

---

① 转引自威廉·维姆萨特、柯林斯·布鲁克斯:《文学批评史上的象征主义》//柳杨编译《花非花——象征主义诗学》,第 168 页。
② *Горький М.* Поль Верлен и декаденты//Русская литературная критика конца XIX — начала XX века. М.,1982, С.177.
③ *Бальмонт К.Д.* Стозвучные песни. Избранные стихи и проза. Ярославль,1990, С.326.

与此相似,在俄国象征主义中,也能发现印象主义痕迹。象征主义试图将理想世界,将隐蔽在日常具体事物后面的最高存在还给艺术,而印象主义诗学最适合表达这样的追求。许多象征派诗人笔下可以找到印象主义诗学成分,巴尔蒙特、安年斯基的创作表现最为鲜明。而这意味着更加关注诗歌的物质层面,诗的音响表达手段,意味着不光是通过描写还要通过诗歌本身的音调,通过音响效果(描写)和色彩(描写)效果来表达心理状态。例如巴尔蒙特的《白天鹅》(Белый лебедь):

> 白色的天鹅啊,纯洁的天鹅,
> 你的梦始终是那么静默,
> 始终那么安详,银光闪烁。
> 你悠然滑动,激起浪花。……
> 纯洁的天鹅啊,白色的天鹅!

跟魏尔伦的诗一样,这首诗的诗歌世界在梦与醒的边缘徘徊:无尽太空和晨星的形象令我们联想到梦、从梦中醒来的母题,且白天鹅的形象本身是作为存在的最高本质所特有的纯洁无瑕的象征出现的,这个象征代表了存在的最高本质。巴尔蒙特将这首诗涂上单一色调,这里的色彩是明亮的和轻柔的——白色的天鹅、平静的银光闪闪的、纯净的、"在空气与光的深渊中"。这首诗给人的感觉是轻盈的、透明的,描绘出一幅透明的早晨的图画:晨星初现,依稀听得见平静的水声(难怪诗人反复使用 Л 字头的词)。这个早晨对他而言乃是温柔与纯洁的象征,诗人将自己转移到大自然,转移到正在苏醒的世界,因而出现了投影的主题(动机)——天鹅在水中的倒影——作为天鹅在诗人心中的倒影,美和温柔与黑暗一切的对抗。这就是它,在平静的水面下沉默不语的"无言的深处",但光明比它强大,天鹅就是这种力量的象征。巴尔蒙特的风景描写,正如上面魏尔伦那首诗,是由特定的心理状态滋生的,有机地融入了情绪,创造出一个特殊的世界形象。

在象征主义诗歌中,色彩起初只是被诗人用作表达世界的鲜明色彩、描绘"心灵风景画"的辅助手段。但随着象征主义的发展,诗人对色彩象征的运用逐渐趋向深刻和自觉。其中最著名的例子之一是兰波的《元音》一诗:

> A黑,E白,I红,U绿,O蓝:元音,
> 终有一天我要说破你们的来历:
> A,为这腐臭的垃圾嗡嗡不已,
> 苍蝇紧裹在身上的黑绒背心,

> 阴暗的海湾;E,蒸汽和帐篷的洁白,
> 冰川的尖峰,白袍的王子,伞形花的颤动;
> I,殷红,咳出的血,美人嗔怒中
> 活着频饮罚酒时朱唇上浮动的笑意;

> U,圆圈,碧绿的海水神奇的战栗,
> 遍地牛羊的牧场的宁静,炼金的术士
> 开阔前额上深刻皱纹一味的安详;

> O,发出古怪尖叫的末日号角,

任凭星球和天使遨游的太空的寂寥；
——奥米加，她的眼睛射出的紫色柔光！①

这是法国象征主义纲领性诗歌。尽管至今也不完全清楚，这究竟是诗人将色彩听觉移植到纸上的尝试抑或不过是诗人的文学游戏。"我相信所有的魔法，"兰波在《灵光集》中自称，"我发明元音的颜色——A 黑色，E 白色，I 红色，U 绿色，O 蓝色。我规定子音的形状和行动。"②

原来，在诗人看来，"U"音是某种宁静的、庄严的、与大自然和永恒紧密联系在一起的东西，而"O"则是某种稍纵即逝的、令人激动不安的、不可认知的东西。这种气味、声音和色彩的结合为象征派诗人开辟了用一个词来表达一整个复杂形象的巨大可能性，这个形象含纳了艺术家丰富的情感、思想和联想。这虽然容易陷入矫揉造作、玩弄空洞的假定性音响游戏的危险，但在俄罗斯，颜色象征主义确实成为诗人们尝试表达不可知的东西的一个出发点。

在俄罗斯，勃洛克和别雷同样关注过颜色的意义问题。巴尔蒙特在《诗歌是魔法》一文中说：世界就是由清一色元音构成的音乐，并对自然界的声响做出自己的分析。巴尔蒙特在这篇文章中跟兰波一样，试图对每一个声响都给出自己的形象，包括视觉的、颜色的或节拍的描述。巴尔蒙特后来在自己的创作中确认了上述对颜色—声音的感知，根据自己提出的观点赋予自己的诗句以相应的色彩。试举几个例子，与兰波的颜色元音做个比较：

---

① 《象征主义·意象派》，黄晋凯、张秉真、杨恒达主编，第 250 页。
② 同上，第 251 页。

元音 A：在兰波笔下是黑的，有否定含义，作为一种讨厌的、刺眼的、纠缠不休的东西。巴尔蒙特相反，A 是从天堂岛地狱的整个色系，是人类之口发出的第一个声音，是赏心悦目的花园，是斗争的呐喊，兼容一切和吞噬一切的声音。

元音 O：兰波的 O，是号角的轰鸣，是天使的飞翔，是惊喜的眼睛的粉红色光芒，巴尔蒙特的 O 是兴奋和空间的声音（看他们哪——天使在高空的飞翔），是一切庞大的、黑暗无底的、蓝色和紫色的东西。与兰波的眼睛粉红色的光芒有呼应。看得出，巴尔蒙特确实将 O 理解成浅紫色的了。

元音 U：兰波的 U 是绿水的涟漪，草地、深谷的宁静。巴尔蒙特的 U 可以说是对此做出了某种回应：U 是喧闹的音乐，是某种多弦的、富于弹性的东西，是海岸上的轰鸣，是沉思。

由此可见，象征派诗人们对色彩音响形象的理解存在某种共性，尽管也存在明显差异。例如兰波的 U 是蓝色的、大自然的颜色，而巴尔蒙特（还有后来的俄国象征派）把 Э 和 E 理解为绿色，而 У 被描写成某种黑暗的、蓝—紫色的、自发性的东西。在兰波笔下，自发性形象与 O 音有关系，这是湛蓝的、不可企及的，象征宇宙的颜色。

兰波的"诗人就是通灵者"这一思想对俄国象征派，尤其是新一代象征派影响很大，伊万诺夫、别雷的"艺术即法术"无疑与兰波有着密切联系。兰波说过："我认为，（诗人）应该是一个通灵者，使自己成为一个通灵者。必须使各种感觉经历长期的、广泛的、有意识的错位，各种形式的情爱、痛苦和疯狂，诗人才能成为一个通灵者；他寻找自我并为保存自己的精华而饮尽毒药。在难以形容的折磨中，他需要坚定的信仰与超人的力量；他与众不同,将成为伟大的病夫,伟大的罪犯,伟大的诅咒者——至高无上的智者!因为他达到了未知!他培育了比任何人都更加丰富的灵魂!他达到未知;当他陷入迷狂,终于失去视觉时,他却看到了视觉本身!"①

美国学者艾妮特·斯塔基将兰波的创作道路视为对"诗歌是一种通灵力量"这一思想的坚定实践。兰波认为,诗歌的通灵力量能够重建世界,而拒绝诗歌意味着对这种力量的失望。斯塔基将《元音》看成一份独特的炼金术密码,说诗人是试图通过这份密码找到诗歌的哲学基石,以便能将普通金属炼成贵重金属。当然,这里指的是最高秩序的炼金术,能将物质变化转变为精神突变的炼金术,而不是出于相对低级的发财目的的炼金术。②

我们知道,欧洲尤其是法国现代主义的产生,不光在时间上与所谓"通灵术的复兴"相吻合,而且在相当程度上是由后者决定的。人们对五花八门的超科学认识形式有着异常浓厚的兴趣,特别是在法国,权威的通灵论者往往同时也是才华不凡的作家。"对颓废主义时期的法国文学,即便是做一粗略考察,也不难发现,那些盛行一时的主题和思想肯定都会涉及通灵术实践的描写,涉及将人类历史、现状诸如此类问题的秘传观念纳入艺术创作之中。"③

与波德莱尔、魏尔伦、兰波同时进入俄国诗歌的还有马拉美。他的影响主要体现在勃留索夫和安年斯基的身上。马拉美的魅力

---

① 《象征主义·意象派》,黄晋凯、张秉真、杨恒达主编,中国人民大学出版社,1989,第34页。
② Богомолов Н.А. Русская литература XX века и оккультизм. М.,2000, С.5-6.
③ Там же. С.5.

与其说在于其室内抒情诗的内容,对苦闷的感受,对空虚和孤独的体验,不如说在于对新的诗歌表达手段的探求。他的诗歌形式严谨,语调动人,富于暗示,善于挖掘诗句的隐蔽内涵,从而使外部世界的事物(如镜子或扇子)失去物质意义,成为诗人的抽象理念或体验的象征。马拉美是暗示诗的大师,擅长开掘诗歌形象的终极象征意义。作为一个理论家,他要求创造诗歌印象时要留有余地,欲言又止,给读者留下想象的空间。不言而喻,这一条后来成了勃留索夫将象征主义定义为"暗示诗"的理论依据。另外,克洛岱尔的宗教象征主义,他的灵感说和"诗歌就是祈祷"说,也得到了梅列日科夫斯基夫和吉皮乌斯的呼应。

在勃留索夫的创作中,维尔哈仑的经验起到了很大的作用。勃留索夫认为维尔哈仑的自由体诗最适合表达新世纪的人的丰富思想和感受。勃留索夫在评论维尔哈仑的《城市吸血鬼》一书时写道:①"维尔哈仑笔下的每一句诗在节奏上都与其要表达的东西相吻合。维尔哈仑能驾驭的节奏同思想一样多。"勃留索夫翻译的维尔哈仑《关于当代生活的诗》对当时来说是一个重大的艺术发现。

总之,俄国象征主义接受了法国象征主义的诸多美学观点,如采取唯心主义的世界观,视创作为一种神秘仪式、宗教行为;艺术是对世界的直觉理解;音乐的自然律动是生活和艺术的原始基础;偏爱诗歌和抒情体裁;在寻找世界的统一性时注意类比和"感应";在查明历代文化沿革的血统关系方面注重古希腊罗马和中世纪的作品。

---

① История русской литературы (в 4 томах). Под редакцией Н. Пруцкова. Т.4. Л., 1983, С.462.

第二节　德国浪漫主义的影响

　　法国象征主义对俄国象征主义产生了深刻的影响,这是不容置疑的。然而,不应该无限夸大这种影响。确切地说,前者对后者的影响主要限于老一辈象征派诗人,而对新一代象征派影响有限。

　　关于法国象征主义对俄国象征主义的影响,一直是学术界反复谈论的话题,尽管还流于表浅和零散;而俄国象征主义的另一个影响源——德国浪漫主义,则长期为学界所忽视,直到近年来情况才有所改观。其实,早在1914年,著名评论家费洛索福夫就指出:"假如我们的当代批评要想客观对待诸如勃洛克、别雷这样一些俄国象征派诗人的作品,更不消说丘特切夫、索洛古勃、梅列日科夫斯基、维亚切斯拉夫·伊万诺夫和许多其他作家了,就应该理解早期德国浪漫主义与当代我们的象征主义之间的文化继承性联系。"[①]乔治·尼瓦在谈到俄国象征主义所受到的外来影响时,指出除法国象征派以外,还有比利时作家梅特林柯和维尔哈仑(勃留索夫和明斯基翻译和研究过他们的作品),北欧作家易卜生、汉默生和斯特林堡,波兰作家普西贝舍夫斯基,奥地利作家霍夫曼斯塔尔,但对德国的影响却只限于提到象征派诗人斯蒂芬·格奥尔格,而且语焉不详。[②]"俄罗斯象征主义毫无疑问在源头上受到德国

[①] *Философов А.В.* Критические статьи. М.,ИРЛИ РАН. 2010,С.475.
[②] *Нива Ж., Серман И., Сада В., Эткинд Е.* Русская литература XX века. Серебряный век. С.75.

浪漫主义的影响"。① 艾特金德指出:"象征派诗人始终追求克服艺术创作的边界——他们创造了新的生活态度:对自己的功能所做的这种理解最为紧密地将他们与浪漫主义者,首先是德国的浪漫主义者联系在一起。"②对此,别雷在回忆录中给予了直接而有力的证实:"在那里(指勃留索夫周围——引者),他们宣称象征主义主要是与法国诗歌传统相联系的一个文学流派;我们这里对象征主义的理解要更宽泛一些,但也更模糊;……流派问题我们不大感兴趣,而且说实话,只有艾利斯对法国象征派诗人感兴趣;我们感兴趣的是新文化和新生活问题……例如对我个人而言,仰赖梅特纳,新艺术中日耳曼文化的意义是不容置疑的:尼采、瓦格纳、格里格、易卜生、汉默生以及其他德国人和斯堪的纳维亚人的分量要超过波德莱尔们、魏尔伦们和梅特林克们……"③

俄国象征主义与德国浪漫主义是两个类型相近的文学现象,浪漫主义的很多原则后来都被象征主义所接受。尤其是德国浪漫主义的生活即艺术、艺术即生活的观念,"艺术人"的理想人格观念,被俄国象征派诗人奉为生活与创作的准则和目标(勃洛克、别雷和柳鲍芙·门捷列娃-勃洛克的三角恋爱,与弗里德里希·施莱格尔、谢林和卡洛琳娜的三角恋爱在观念和精神上遥相呼应,勃兰兑斯称后者为"浪漫主义的理论在其头面人物生活中的应用"④)。在德国浪漫主义那里,诗歌或艺术的概念,要远远大于诗歌或艺术

---

① Колобаева Л.А. Русский символизм. М., 2000, С.11.
② Эткинд Е.Г. Там, внутри. О русской поэзии XX века. СПб., 1996, С.169.
③ Белый А. Начало века. М., 1990, С.129.
④ 勃兰兑斯:《十九世纪文学主流》(第二册:德国浪漫派),张道真译,人民文学出版社,1997,第90页。

本身，而成了一个文化范畴，施莱格尔视之为把人类从现代文化危机中解救出来的理想之路。"诗的同一功能，并不在于与诗外界环境的暴虐抗争，不在于去维护自由永恒的权利，而在于使人生成其为诗。因为只有诗的王国才是唯一自由的，只有艺术家才是完整人性的体现和至高无上的精神器官。所以，施莱格尔认为，追求诗就是追求自由。"[①]伊万诺夫开诚布公地断言，德国浪漫主义是俄国象征主义的鼻祖。

从精神气质和特征上来说，不少德国浪漫派诗人都不难在俄国老一辈象征派诗人中找到后继者。勃兰兑斯用有些调侃的笔调这样形容德国浪漫派诗人们："德国的浪漫主义病院里又收容了一些多么古怪的人物啊！一个患肺病的兄弟会教徒，带有亢奋的神秘渴念——诺瓦利斯。一个玩世不恭的忧郁病患者，带有病态的天主教倾向——我指的是蒂克。一个在创作上软弱无能的天才，论天才他有反抗的冲动，论无能则易于向外部权威屈服——弗里德里希·施莱格尔。一个被监视的梦想家，沉溺于半疯狂的鸦片环境中，如霍夫曼。一个愚妄的神秘主义者，如维尔纳，以及一个天才的自杀者，如克莱斯特。"[②]

象征主义与浪漫主义的亲缘关系表现在对诗人使命的认识上。诗人是法术家，巫术师，过去与未来的联通者。对象征主义而言，浪漫主义的现代性首先表现在创作过程中的读者（听众）合作原则，这一原则是浪漫主义率先提出来的，象征主义对之进行了革新。浪漫主义对待理智的态度也与象征主义相似。浪漫主义者把

[①]《诗人哲学家》，周国平主编，上海人民出版社，1987，第90页。
[②] 勃兰兑斯：《十九世纪文学主流》（第二册：德国的浪漫派），第8页。

理智等同于光明,将黑夜视为神秘的狂热、幻想时间,并推崇后者。勃洛克对黑夜的理解接近浪漫主义,他在早期作品中就表现出他更倾向于晦暗、朦胧、黄昏——日出之前(《Ante lucem》)或日落之后(《美妇人集》)。这两种情况都是黑暗与光明交替的时候。

歌德的浪漫主义对俄国象征主义有明显影响。伊万诺夫将歌德归为现实主义的象征主义。他把自然现象作为自己诗歌的基础,从而背离了大众要求的欣赏口味。歌德将古典的希腊与"北方的野蛮"对立起来,并对前者表示推崇。然而天才不可能是简单划一的,他的《浮士德》里就出现两种因素的融合:宇宙的与混沌的,古希腊与德国中世纪。① 浮士德是人的象征,人类的象征。他渴望体验欲望不是作为普通人,而是作为人的象征。为什么?伊万诺夫认为,浮士德的内心世界脱离先验的自然世界。当然,浮士德在魔法的帮助下认识了这个世界。但对他而言这些知识不过是"表演戏景"。而他需要直接接触大自然,找回那种真切的知觉,对爱情的体验。歌德推出一个女人,作为浮士德爱的对象,她也是一个象征,尘世、自然的象征。爱情拯救了浮士德,也拯救了甘泪卿。说拯救了浮士德是因为爱情对他而言代表对真理的不断追求,一种智性的勇往直前;说拯救了甘泪卿是因为她在爱,无辜地受难。歌德将长诗的女性象征与给予浮士德庇护的永恒女性之象征联系起来。

赫尔德的哲学,尤其是文化哲学思想,对俄国象征派也产生了影响。赫尔德的文化与时代嬗变说,在很多俄国象征派诗人那里找到了知音。他们按照自己时代的精神阐释赫尔德人类历史哲

---

① *Иванов В.И.* Собрание сочинений в 6 томах. Брюссель, 1971 - 1987, Т.4, С.145.

学,将自己的信念同通行的哲学观念结合起来,从而使得赫尔德的哲学思想变得极富现代气息。象征主义的最高目标乃是文化目标,是要创造新人。在象征派眼里,文化与宗教和创造不可分割。这个观点与赫尔德的想法一脉相承。在俄国象征派诗人中,最欣赏赫尔德文化哲学的是勃留索夫,这显然跟这位诗人兼理论家的文化志向有关。"跟许多象征派诗人一样,勃留索夫头等重要的任务之一就是研究和创造性地思考世界文化现象问题。在自己的创作中,象征派诗人面向遥远的过去,文化的源头,在半神话的亚特兰蒂斯之中探寻文化的足迹,追踪文化的形成、发展和相互影响。"[1]勃留索夫的《师者之师者》(*Учители учителей*)就是这一领域核心研究成果之一。可见别雷将勃留索夫和赫尔德并称为"真正的文化哲学家"并非没有道理。作为德意志首位民歌收集者和民俗学奠基人,赫尔德由收集整理德国民歌,进而收集、翻译和出版《民歌中的各民族之声》,以此不光展示德意志自己的民族精神,还要展示世界其他国家的民族精神。赫尔德的这种世界文化情怀,激发了勃留索夫后来编选一部不少于4卷规模的世界诗歌选集《人类之梦》(*Сны человечества*)的念头,尽管没能最终完成。

　　浪漫主义的定型跟诺瓦利斯有关。翻译过诺瓦利斯的伊万诺夫对这位英年早逝的德国浪漫主义代表特别推崇。诺瓦利斯的个性特征和创作特点对伊万诺夫有着特殊的吸引力。在伊万诺夫心目中,诺瓦利斯对诗人角色的理解(祭司、先知和圣徒)、

---

[1] *Жукова Е. П.* Культурологические традиции Гердера в творчестве Брюсова.// Русский символизм и мировая культура. М., 2001, С.57.

对诗歌本质的理解（不是歌德式的直观，而是法术）、通过投身宗教体验克服现代人致命的个人主义危机，以及将普遍的宗教置于精神生活的其他形式甚至诗歌创作之上的想法，让伊万诺夫有如遇知音之感。

浪漫主义的任务是什么？伊万诺夫为之提出一个宗教基础：必须用"神秘现实主义"克服"唯心主义"，认识宗教经验。这里应该说明一下，伊万诺夫的唯心主义不是柏拉图或康德学说意义上的唯心主义，而是个人主义，卑微的主观主义和没有根基的对"自我"的标举。

伊万诺夫认为，"诺瓦利斯是第一个义正词严地呼吁躁动不安的新人类回到自己的老家、父辈的家的人"。法国大革命给了人们为所欲为的自由，破坏团契性的平等，否定祖国的博爱。"柳齐菲尔的事业看来已经完成，新的堕落又一次发生，而且很可能比任何时候都更加罪孽深重，人人都想成为神。只不过是比任何时候都卑微的神。"这种个性的无限膨胀，其实质是反抗上帝，反对宗教。①

从这个意义上讲，浪漫主义包括诺瓦利斯在内，乃是对基督教的拯救。浪漫主义所进行的正是一种宗教仪式，一种促使个人放弃为所欲为的狂妄、融入宇宙之"我"的有机领域的秘密仪式。伊万诺夫将歌德与诺瓦利斯加以比较：歌德走的纯粹自省之路，诺瓦利斯解决的是宇宙范畴内的行为问题；歌德是认知的理论家，诺瓦利斯是"宇宙创作"的体现；歌德的诗是"不由自主的直观（内

---

① *Иванов В.И.* Собрание сочинений в 6 томах. Брюссель，1971－1987，Т.4，С.261.

省)",诺瓦利斯的诗是一种"法术"。①

诺瓦利斯是浪漫主义的领袖。他未完成的长篇小说《亨利希·冯·奥夫特尔丁根》的主人公有一个梦寐以求、挥之不去的愿望,就是亲眼目睹那朵"蓝花"。② 诺瓦利斯的"蓝花"是德国浪漫主义的标志,是创作目的。"浪漫主义认为人生的目的即在于寻找这朵'蓝花'"。"'蓝花'——是贯通大地的天空。'天之地'的秘密——象征。"③在伊万诺夫看来,诺瓦利斯的蓝花已经是一个神秘象征,具有特定的意义。这已经不是未能实现的幻想,而是一个隐藏了整个宗教体系的象征。伊万诺夫将蓝花与世界灵魂联系起来:"现在追究这个象征的来历过于困难,但我们知道,蓝色是神秘主义的颜色(弗拉基米尔·索洛维约夫《三次约会》中的世界灵魂女王的身上就是天空的颜色)……世界灵魂(被理解为永恒女性)在当代诗歌中占有更大的位置。"④

还有一点让新一代象征派特别兴奋,这就是伊万诺夫的发现:"诺瓦利斯的理想就是法术的理想。"⑤

伊万诺夫认为诺瓦利斯是真正的德国浪漫主义者。他引用日尔蒙斯基的话,说浪漫主义和象征主义——都是一个统一整体的部分,一个是另一个的延续;只是有一点,在浪漫主义是理想的东西,在象征主义那里成了现实。⑥

---

① *Иванов В.И.* Собрание сочинений в 6 томах. Брюссель, 1971–1987, Т.4, С.264.
② 诺瓦利斯:《诺瓦利斯选集》,刘小枫主编,林克等译,华夏出版社,2007,第32—167页。
③ *Иванов В.И.* Собрание сочинений в 6 томах. Брюссель, 1971–1987, Т.4, С.264.
④ *Иванов Вяч.* По звездам: борозды и межи. СПб, 2007, С.564.
⑤ Там же. С.562.
⑥ *Иванов В.И.* Собрание сочинений в 6 томах. Брюссель, 1971–1987, Т.4, С.253.

梅列日科夫斯基提出的象征主义三要素之一——"神秘的内容"显然与诺瓦利斯的观点有关:"诗歌感与神秘感有许多共同之处。这是对特别的、个性的、从未体验过的、隐秘的、应该揭示的、必须而又偶然的事物的感觉。它表达的是不可表达的东西,看取的是看不见的东西,感觉的是不可感觉的东西,等等。"① 诺瓦利斯同时还断言,"诗人能比科学家的理智更好地认识大自然。"② 诺瓦利斯对新天国的神秘预言令人想起老一辈俄国象征派诗人的作品(如梅列日科夫斯基的《黑暗之子》):

> 新的世界出现了,
> 使最明亮的日光为之黯然。
> 从生苔的废墟上可以看见
> 一个神奇的未来在闪光,
> 过去认为平庸的一切,
> 现在显得陌生而奇妙。
> 爱的天国打开了,
> 语言开始编织下去。
> 每个天性开始现出本相,
> 每个人都企图采用强有力的语言,
> 于是伟大的世界心灵
> 在各处骚动,永远旺盛。
> ……

---

① Литературные манифесты немецкого романтизма. М., 1980, С.94.
② Там же.

世界变成梦,梦变成世界,

人们相信会发生的事,

这时才看见它远远来临,

幻想应当自由地发挥,

兴之所至地编织它的网线,

这儿遮掩一些,那儿展开一些,

最后把一切化解为奇幻的烟雾。

忧伤与逸乐,生与死

在这里保持着最亲切的交感,——

凡身受过最高爱情的人们

将永不能恢复他们的创伤。①

还有一首:

如果数字和圆形不再是

一切造物的钥匙,

如果歌唱或亲吻的人们

学识比大师还精深,

如果有一天世界必定

回归到自由的生命,

如果那时光与影重新

合为纯粹的澄明,

---

① 勃兰兑斯:《十九世纪文学主流》(第二册:德国的浪漫派),人民文学出版社,1997,第108—109页。

> 如果人们从童话的诗句
> 认识真实的世界历史，
> 于是整个颠倒的存在
> 随一句密语飞逝。
>
> ——《如果数字和圆形不再是……》①

诺瓦利斯在象征主义时代的复活不是偶然的，而且其影响不限于俄罗斯。梅特林克说，诺瓦利斯发现了灵魂深处的神秘主义属性："我们拥有某个'我'，一个比欲望和纯理性更深刻和更无穷的'我'。"对梅特林克来说，"诺瓦利斯是表达人的内心世界、人的灵魂而非外部世界的思想家和诗人的活的化身；他注定要成为与法国象征主义一同在19世纪末到来的新的诗歌时代的标志"。②

德国文化对俄罗斯诗歌的影响，在老一辈象征派向新一代象征派过渡期间可以清楚地感觉到。最明显的例子就是尼采。尼采学说及其散文的象征主义风格对世纪之交的俄罗斯诗人影响很大，对此学术界多有论述。尼采激发了俄罗斯的神话创作追求，唤醒了艺术家打破清规戒律的冲动以及变革的渴望。"俄国象征派在尼采思想基础上创造了自己独特的神话。例如梅列日科夫斯基将尼采的道德哲学变成了新的宗教世界观，不光将'天空'，也将'大地'神圣化（不过是在明显的实证主义的、过于字面的意思上）。这一哲学促使伊万诺夫提出关于对人和宇宙进行创造性改造的酒神—法术神话理论，并提供了智

---

① 诺瓦利斯：《诺瓦利斯选集》，刘小枫主编，林克等译，华夏出版社，2007年，卷一，第22页。

② Эткинд Е.Г. Там, внутри. О русской поэзии XX века. СПб., 1996, С.170.

力活动的核心主题之一——酒神主题。勃洛克仿佛自身就是基督—酒神的化身,将色欲升华为诗歌灵感。安德列·别雷则经过了将尼采遗产陌生化并阐明了酒神意识黑暗的、压抑的一面。"①

我们知道,尼采在谈论古希腊戏剧文化的源头时,辨析了其中的两种"精神"取向:"阿波罗精神"(相当于叙事的),自身既有造型的完美,"所有……美感的无数幻觉",换句话说,就是"美妙的清晰";"狄奥尼索斯精神"(以古希腊神秘宗教仪式那位受难的、永远都在复活的神的名字命名),是非理性的——音乐的、"自发性"表演的、悲剧的——疯狂的因素化身,也就是尼采自己定义的"不和谐音的人化"。从勃洛克日记可以看出,对他有吸引力的恰好是第二种精神取向,因为这种精神代表了两种不同方向的创造激情和解构激情,也就是他后来所谓的"苦乐一体"。

对尼采和俄国新一代象征派(尤其是勃洛克、伊万诺夫、别雷)来说,酒神是对宇宙的"音乐"本质的崇拜,是宇宙的新原型(对勃洛克而言,是与另一种原型的变形——永恒女性并列存在的),是宇宙的"亲爱的"混沌。对 1906 年的勃洛克来说,酒神精神首先是一种不折不扣地实现自己抒情诗潜力的"超级可能性",是自己诗歌宇宙的全面展开。

对俄国新一代象征派来说,尼采哲学的影响是与瓦格纳的美学分不开的。在勃洛克的"音乐自发力"概念形成过程中,尼采思想起了很大作用,而将勃洛克诗学与尼采美学联系起来的环节之一,便是瓦格纳的创作。瓦格纳的创作正是尼采梦想的将神话与

---

① Полонский В.В. Между традицией и модернизмом. Москва, 2011, С.77.

音乐结合起来的典范。

瓦格纳虽然进入俄罗斯较晚,但在俄罗斯,他还是以象征主义艺术理论之争的权威参与者出现的。他没有得到勃留索夫唯美派象征主义的响应,也没有得到最接近法国象征主义的寻神派象征主义的共鸣,但他的影响——尽管主要流于形式而非观念层面——在加吉列夫所代表的文化交叉领域还是能够感觉得到;对瓦格纳的艺术宣言给予积极回应和理解的,首先是那些索洛维约夫的追随者,也就是象征主义的第二代诗人。他们对这样的思想并不隔膜:艺术与宗教在终极目标上是一致的。

相对西欧乃至美国,俄罗斯在瓦格纳音乐作品的上演和理论著作的翻译方面均落在后面,但对俄罗斯文学界和文化界的很多人士来说,都对瓦格纳有一见如故之感。杜雷林这样解释其原因:"这是——我们永不停歇的、与日俱增的对宗教艺术的向往,这是——俄罗斯民间和至今仍然有效的基督教神话思维,这是——我们永远都会怀有的对基督教统一世界观的渴念,这种世界观是通过生活、思想、艺术揭示出来的。"①

秉持艺术即巫术(法术)观点的第二代象征派诗人,将瓦格纳的戏剧思想和戏剧创作(歌剧)视为向未来艺术的必要过渡。在第二代象征派的理论建构中,未来艺术是关键环节之一,戏剧将起到头等重要的作用。瓦格纳的狂热崇拜者在俄国象征派的一篇戏剧宣言中说:"在瓦格纳的戏剧中,能够特别尖锐地感觉到那些令我们不安的矛盾。对我们而言,瓦格纳的戏剧具有意义……是作为创造宗教戏剧的一种悲剧性尝试。如果说这一尝试没能取得成

---

① Серебряный век в России. М., 1993, С.119.

功,那么过错不在瓦格纳一人,当代整个欧洲文化界都有过错。"①

艺术的终极目标在审美之外,这一思想的来源除了对第二代象征派影响极大的索洛维约夫,主要是瓦格纳和对瓦格纳推崇备至的尼采,正是从后者那里,新一代象征派学会了将剧院看成此类目标能够得以实现的场所。

丘尔科夫、伊万诺夫和别雷对瓦格纳的艺术思想和创作也产生了强烈共鸣。这不难理解,索洛维约夫的追随者自然也认同这样的观点:艺术与宗教在其终极目标上是相通的。在新一代象征派早期理论著述中,不难看到瓦格纳的影子。

伊万诺夫高度评价瓦格纳的巨大贡献,承认瓦格纳的艺术预示和宣告了象征主义的内在必由之路,但他不完全赞成瓦格纳在《帕西法尔》中对艺术综合的处理。在伊万诺夫看来,旨在激发观众情绪和加深观众印象的艺术综合,是对瓦格纳观点做出的颓废主义曲解。真正和谐的和经过深思熟虑的艺术综合只会发生在有宗教事件出场的时候,不仅如此,这种综合还只能是法术性质的,正如瓦格纳和斯克里亚宾理解的那样。伊万诺夫同意瓦格纳的见解:在纯文化史上,人类只有一次实现了各艺术门类的综合和完全协调一致的表达,这就是古希腊的悲剧。然而瓦格纳复兴古希腊悲剧精神的尝试在伊万诺夫看来,是一种"内在反常现象",其原因在于,名义上所谓艺术综合,其实只是突出了喜剧演员的表演,以及包括演员歌舞在内的真实歌队,而忽视了民众的参与和各艺术门类的和谐互动,就是说,缺乏真正意义上的综合。这还只是个

---

① Серебряный век в России. М., 1993, С.123.

开端,还有很多路要走。①

艺术统一思想是对瓦格纳做象征主义解读的出发点。所谓艺术统一,在此可以理解为由歌剧向音乐剧的转型,是走向万有神秘剧的过渡阶梯。

如果说伊万诺夫对瓦格纳的思考带有尼采色彩的话,那么别雷则和勃洛克一样,对瓦格纳的理解主要是纳入叔本华的轨道中的。

别雷跟伊万诺夫一样,也将歌剧视为走向将生活改造为神秘剧的新艺术阶段的可能过渡。歌剧可以成为一个艺术种类,在这里,诗歌与音乐、艺术的物质性与其超验内涵、现实的形象与其深刻意义之间能实现对接。从整体来说,恰是在歌剧中,艺术能够回归自己的宗教维度。

在这条号称改造的路上,瓦格纳在别雷眼中只是一位肇始者:他刚上路,就迷失在了无边无际的唯美主义陆地之中了。"艺术的已划分出来的形式对他来说就仿佛埃及,他就是摩西,把以色列人从中拯救出来,但瓦格纳不是把他们领到应许之地,而是把他们丢在了美学折中主义的荒漠里。"②因此可以把瓦格纳艺术实践归结为一种尝试,一种基础性的、启蒙性的,但又有限的尝试。为了不重复尼采的错误,即从瓦格纳的绝对崇拜者一变而为瓦格纳的疯狂否定者,就必须认可这样一种观点:"瓦格纳只是那些向我们预言诗歌与音乐的融合不可避免地走向神秘剧的融合——的先锋之一。"③

---

① *Иванов В.И.* Собрание сочинений в 6 томах. Брюссель. 1974,Т.2,С.98.
② *Белый А.* Арабески. М.,1911,С.55.
③ Там же. С.142.

象征派一直致力于克服艺术创作的局限,他们创造了新的处世态度。他们对自己的作用的理解与浪漫主义,尤其是德国的浪漫主义有着密切的联系。勃洛克说过:"真正的浪漫主义绝不仅仅是一个文学流派。它向往成为并且也确实短暂地成为了新的感觉形式,新的生命体验方式。文学创新不过是内心——变得年轻的,用新的眼光看取世界的,被与世界的联系所震撼的,充满颤栗、惶恐、秘密渴望和对未知远方的预感的,因接近宇宙灵魂而兴奋不已的内心所发生的深刻转变的结果。"勃洛克给浪漫主义下的定义是"对放大十倍的生活的渴望"。①

勃洛克的创作就是在德国浪漫主义影响下形成的。他本人曾将自己的创作同德国浪漫主义联系起来。他在晚期文章《论浪漫主义》(*O романтизме*)、《论梅特林克的〈青鸟〉》(*O «Голубой птице» Метерлинка*)中提出了自己对耶拿浪漫主义的理解,多次在隐喻意义上使用浪漫主义一词。勃洛克认为浪漫主义概念与"自发力"相近,并将两者与"文明"的概念对立起来。②

以"想象力和造象能力征服了心理和文学的新大陆,也成就了国际的影响力"③的霍夫曼,对俄国象征派影响也不容低估,这主要表现在勃洛克的创作上。正是借助霍夫曼,勃洛克才得以成功地在自己的作品中思考和表达许多内在矛盾,探究自己灵魂深处的阴暗面。诗人笔下的两重世界、同面人、幽灵世界、吸血鬼、僵

---

① *Блок А.А. Собрание сочинений в 8 т.* М.；Л.，1960 - 1963，М.-Л.，1960 - 1963，Т.6，С.367.
② Там же. С.368.
③ 舒尔慈:《浪漫主义——欧洲浪漫主义的源流、概念与发展》,李中文译,台湾晨星出版社,2007,第 231—233 页。

尸、鬼怪、神秘主义、浪漫主义的讽刺等浪漫主义的主题、形象和创作方法,主要是来自霍夫曼。另外,霍夫曼的创作与音乐密不可分,这似乎是进入德意志心灵的一条便道,也就是说,能将浪漫主义与德意志民族性联系起来的一个重要元素就是音乐。这一点对勃洛克、别雷、伊万诺夫等新一代俄国象征派无疑有着深刻的启发。

德国浪漫主义很重视音乐,俄国象征主义于此可以说是一脉相承。例如,瓦肯罗德尔称赞音乐是艺术的艺术,是首先懂得压缩和固持人心中的情感的艺术,是教导我们"感觉情感本身"的艺术。瓦肯罗德尔将音乐凌驾于诗之上,认为音乐的语言是两者中更丰富的语言,蒂克正好也承认这一点。蒂克的诗与其说是真正的诗作,不如说是写诗情绪的一种表现;与其说是艺术作品,不如说是艺术情绪。蒂克还把音乐和声原理借鉴到诗歌创作中,并把能化为和声和叮咚之声的诗视作真正的诗、"纯粹的诗"。[①]

德国浪漫主义对音乐的理解,也贯彻到了创作实践层面。蒂克在自己的喜剧《颠倒的世界》中破天荒地将语言艺术与音乐艺术结合起来,用音乐解释语言,用语言解释音乐。作家在该剧开场前,放了一段交响乐作为序幕:交响乐、D长调行板、轻柔、渐强、最强、第一小提琴独奏、强音——每一个音乐标识和提示下面都配有文字文本,"这种表现方式以其完全虚无缥缈的音乐性,达到了真正绝妙的独创性"[②]。后期浪漫派作家霍夫曼的音乐观跟蒂克联系密切,他具有极其出色的音乐才能,堪称诗人兼音乐家,在用

[①] 参见《十九世纪文学主流》,第109—110页。
[②] 勃兰兑斯:《十九世纪文学主流》,(第二册:德国的浪漫派),第118页。

语言制作音乐这一点上,严肃认真的程度比蒂克有过之而无不及。

叔本华在《作为意志和表象的世界》中写道:"……音乐,因为它跳过了理念,也完全是不依赖现象世界的,简直是无视现象世界;在某种意义上说,即令这世界全不存在,音乐确还是存在;然而对于其他艺术却不能这样说。音乐乃是全部意志的直接客体化和写照,犹如世界自身,犹如理念之为这种客体化和写照一样;而理念分化为杂多之后的现象便构成个别事物的世界。所以音乐不同于其他艺术,绝不是理念的写照,而是意志自身的写照,(尽管)这理念也是意志的客体性。因此,音乐的效果比其他艺术的效果要强烈得多,深入得多;因为其他艺术所说的只是阴影,而音乐所说的却是本质。"①

尼采和瓦格纳继承和发扬了叔本华的音乐观。尼采在《悲剧的诞生》中说:"音乐是世界真正的理念,戏剧只是这一理念的反光,是它的个别化的形象。旋律线索与人物生动形象的一致,和声与人物性格关系的一致,是一种对立意义上的一致,如同我们观看悲剧时可以感受到的那样。我们可以使人物形象生动活泼,光辉灿烂,但他们始终只是现象,没有一座桥能把这现象引到真正的实在,世界的心灵(即世界灵魂——引者)。然而音乐却是世界的心声,尽管无数同类现象可因某种音乐而显现,但它们决不能穷尽这音乐的实质,相反始终只是它的表面写照。"②瓦格纳以其特有的不折不扣的豪情断言:"任何一种运动都诞生于音乐精神……音乐精神的保护者就是音乐所要回归到其中去的那种自发力。"③

---

① 叔本华:《作为意志和表象的世界》,石冲白译,商务印书馆,1995,第356—357页。
② 尼采:《悲剧的诞生》,周国平译,三联书店,1986,第95页。
③ *Вагнер Ричард.* Избранные работы. М., 1978, С.344.

这对俄国象征派来说无疑都是有启发的。勃洛克几乎完全置身于瓦格纳《艺术与革命》的影响之下,他在《人道主义的破产》(1919)一文中几乎是逐字逐句复制了瓦格纳的思想,"任何一种运动都诞生于音乐精神,这种运动在行动,洋溢着音乐精神,但随着特定历史阶段的完结,这种运动也会走向衰亡";勃洛克同样认为,"音乐精神的保护者就是音乐所要回归到其中去的那种自发力"。① 节奏构成作为运动的音乐,这一思想也与瓦格纳的观点相呼应。勃洛克认为,"表现在运动中的音乐精神"与节奏有着不可分割的联系;②节奏既是运动的组织者,也是运动的保持者。音乐精神是一种自发力,与有助于维持世界和谐的精神和谐同出一源。作为和谐之子,诗人的直接义务就是"将声音从亲爱的无序的自发力中解放出来,把这些声音纳入和谐,把这和谐推向外部世界"。③在勃洛克的意识中,笼罩世界的音乐精神与世界乐队的概念有关。勃洛克确信存在一个有声的宇宙,这一思想与瓦格纳对乐队作用的解释相呼应,后者认为,乐队的功能可以追溯到古希腊,相当于悲剧中的合唱队。

勃洛克笔下音乐形象与革命形象的结合(巅峰之作为《十二个》)不是偶然的。确实,正是在晚年的一些文章,尤其是《人道主义的破产》(*Крушение гуманизма*)和《论诗人的使命》(*О назначении поэта*)中,勃洛克才对音乐是现实的基础是"世界本质"的基础这一观念的轮廓有了明确的理解,并将音乐与"文化"、"文明"、"自发力"、"革命"这些概念联系在一起。认识瓦格纳的创

---

① *Блок А.А.* Собрание сочинений в 6 томах. Т.4. С.344.
② Там же.
③ Там же. С.414.

作,无疑对勃洛克世界观的形成提供了理论支持。"瓦格纳悲壮的英雄主义精神,他的酒神精神,他对资产阶级生活制度的仇恨,他对旧世界必然灭亡的信心,他(年轻时)对革命应该拯救艺术(尼采甚为反感的一个观点)并造就完整的、艺术家一样发达的人的信念"——这是勃洛克精神世界的基础要素,它们以独特的方式同有关音乐问题的思考融合在一起。①

勃洛克写道:"在瑙海姆的瓦格纳——这是某种难以表达的东西:令人想起ἀνάμνησις(古希腊语,意为'想起、使……想起'。这也是古希腊哲学的一个概念,意思是真正的认识途径乃是心灵通过对其在更为现实和完美世界中的逗留的回忆而获得的。——引者注)。音乐是所有艺术中最为完美的,因为它最能表达和反映造物主的意图……音乐创造世界。它是世界的精神躯体——世界的(流动的)思想。"②音乐对勃洛克来说乃是象征主义范畴,与"世界灵魂"庶几近之。

勃洛克认为,世纪之交既是文化危机时期,也应该是诞生新的表演形式时期,戏剧复兴时期,条件已经具备,"戏剧复兴的土壤已经得到瓦格纳音乐、易卜生戏剧的滂沱大雨的浇灌"③。

俄国象征主义接受德国浪漫主义影响不是偶然的,在同一时期的德国本土,包括象征主义在内的整个思想文化界,出现过一次大规模的重温浪漫主义热潮:"1900年左右,德国人开始回头探索他们和一个世纪前的亲近性——尽管是出于截然不同的因素。一方面这来自于对自然的全面考察,这是工业化渐趋完成和实证主

---

① Серебряный век в России. М., 1993, С.129.
② Блок А.А. Записные книжки. М., 1965, С.150.
③ Там же. С.95.

义科学盛行之后引发的反省,着重探讨机械科技和有关的经济形态对人所造成的弊害。另一方面也出现了青年运动的吉他民谣文化和略为褪色的自然之梦,它从1800年左右的文学得到认同。执着于将蓝色花作为思慕爱人的象征,而不在意其哲学方面。与此同时,工运则以红丁香为表征。"[1]

1900年代俄罗斯象征主义成熟期的创作,可以说与德国浪漫主义有着深刻的精神美学联系,前者独特地表现和发展了后者的一些原初创作动机。这些创作动机在不淹没俄罗斯民族特色、"本土"特色的前提下,复杂地融会于俄罗斯象征主义运动中。

在对俄国象征派产生重要影响的外国作家中,还有挪威剧作家易卜生。易卜生虽然是北欧作家,但从广义的文化谱系上讲,他也属于日耳曼文化圈,别雷在谈及个人所受德国文化影响时,就曾把易卜生的名字与尼采、瓦格纳等列在一起。因此,将易卜生的影响放在本节中来讨论,并不算牵强附会。

俄国象征派从19世纪90年代末期开始介绍易卜生,在他们的杂志上登载易卜生传记和作品的俄译本,还出版过若干专门讨论易卜生创作的文集。梅列日科夫斯基、巴尔蒙特、丘尔科夫、安年斯基对易卜生表现出强烈兴趣。勃洛克和别雷在1905—1908年间写了多篇评论易卜生的文章。别雷把易卜生视为自己象征主义的领路人之一:"在那段时间(1896—1903)我差点因疲劳过度而病倒:我不得不专心读书,弥补自己文学发展的空白点,坚持不懈地读了两年,读完莎士比亚、歌德、席勒就读托尔斯泰、陀思

---

[1] 舒尔慈:《浪漫主义——欧洲浪漫主义的源流、概念与发展》,李中文译,台湾晨星出版社,2007,第205页。

妥耶夫斯基、屠格涅夫,然后再读易卜生、梅特林克、魏尔伦和尼采。两年的阅读把我变成了一个坚定的、执迷于幻想的象征主义者。当时象征主义在我心目中还不是文学流派,而是一种新的世界观,这种世界观和谐地将宗教的生活道路、艺术与思辨思维和谐地结合了起来。那个时期,三个人对我特别重要:尼采、陀思妥耶夫斯基和易卜生。我认为他们对未来的向往是不约而同的。"①在《易卜生与陀思妥耶夫斯基》(Ибсен и Достоевский,1905)一文中,别雷首次提出易卜生作为作家,代表了一条明确的道路,并主张象征主义要选择易卜生道路,而不是陀思妥耶夫斯基道路,因为后者"并没有明确的道路,只不过是在醉醺醺地四处游荡,而且为了掩人耳目,为了遮羞,还拿一些旧的教条把自己的面孔遮挡起来"。

别雷对易卜生戏剧有着深刻的理解,他在《意识危机与亨利克·易卜生》(Кризис сознания и Генрик Ибсен)一文中说,象征派诗人、作家和剧作家跟易卜生一样,都在探索和尝试新的艺术形式。别雷强调指出,易卜生戏剧是多维的,不能用现实主义标准来衡量,也不能反过来,用象征主义标准来衡量。别雷认为易卜生戏剧结构有三个层次:"在第一个层次里,我们可以见到惊人的纯现实生活描写;这是生活剧;日常生活剧;在这个理解层面上起主要作用的是决定论:无语的生活、干邑的肉体:人类被写成不大不小、逆来顺受的爬虫,受到厄运的摧残。"②第二个层次是主人公的世界观、思想意识。"意识悲剧比生活本身更真实;当这个看不见

---

① *Венгеров С.А.* Русская литература XX века. (1890 – 1910). М., 2004, С.411 – 412.
② *Белый А.Н.* Кризис сознания и Генрик Ибсен//*Белый А. Н.* Символизм как миропонимание. М.: Республика, 1994, С.236.

的思想世界闯入主人公的平淡生活,主人公用符号说话,因为就连他们自己也是行走的符号;现实主义的和符号主义的,这两种含义在易卜生的戏剧里兼而有之,并行不悖"。最后,上升到完美,"易卜生的现实主义和理想主义在其创作的第三个层次——象征主义之中结合起来"。①

勃洛克在1906—1908年间,对易卜生的个性与创作给予了极大的关注。他在书信、演讲和探讨艺术与艺术家问题的文章中屡屡提到易卜生,如《科密萨尔热夫斯卡娅的话剧院》(*Театр Комиссаржевской*,1906)、《论现实主义作家》(*О реалистах*,1907)、《论话剧》(*О драме*,1907)、《论戏剧》(*О театре*,1908)。他还写过专门讨论易卜生创作的《亨利克·易卜生》(*Генрик Ибсен*)一文,并创作过以易卜生作品人物为母题和题材的诗作如《索尔维格》(*Сольвейг*,1906)、《索尔维格!啊索尔维格!啊洒满阳光的路!》(*Сольвейг! О Сольвейг! О солнечный путь!*,1906)以及《忘记你的人们》(*Забывшие Тебя*,1908)。勃洛克的戏剧《命运之歌》(*Песня Судьбы*)和《极北的狄奥尼索斯》(*Дионис гиперборейский*)也反映了易卜生的影响。

在《亨利克·易卜生》中,勃洛克继续了别雷触及的道路话题。在他眼里,易卜生就是欧洲新文学最为可靠的海上航线。勃洛克借用轮船的形象来说明易卜生的道路不仅仅是作家的创作道路,也是全人类的道路:"既然我们跟易卜生在一起,那就可以说我们是在和当今的全人类在一起。既然我们跟易卜生在一起,我们就

---

① Белый А.Н. Кризис сознания и Генрик Ибсен//Белый А.Н. Символизм как миропонимание. М.: Республика,1994,С.237.

是站在与大海的波涛顽强搏斗的轮船的甲板上,我们在倾听汹涌澎湃的持续不断的潮水声。""当然,这并不是说不用研究大海,而是说,我要在易卜生航向的指引下研究大海。"①

勃洛克试图澄清易卜生的创作精神。他研读了易卜生的大量资料,做了大量笔记。与别雷不同,勃洛克指出这位挪威作家的创作道路与其生活道路不可分割,一旦易卜生让自己的轮船在北方抛锚,为了寻找"新的神",从高山之巅和勃兰特的孤独走向人们,走向亲近的现实,走向没有阳光的故土,便会发生作家与社会和祖国的分裂。由此可见,勃洛克对易卜生的《焚船》(*Сожженные корабли*)格外关注不是偶然的,他把这首诗看做易卜生道路的写照:在苦闷中,从"冰冷的故土"、"烧毁的轮船"退回到无人居住的雪域高原:

他改变了轮船的航向,
高傲地将船尾朝向北方,
为了寻找新的众神
他毅然离开寒冷的故乡。

他留了下来:但每到夜晚
就会有一个思乡心切的人,
从鲜花盛开的海岸
向无人居住的雪域高原驰奔。

---

① *Блок А.А. Собрание сочинений в* 8 т. М.;Л.:Советский писатель,1960 - 1963,Т.5,С.309,316.

勃洛克写道:"易卜生的创作向我们说的、唱的、呐喊的是,我们的生活节奏就是义务。艺术家只有意识到义务、伟大的责任以及与人民和生养他的社会的联系,才能获得力量,从而有节奏地走上那条唯一不可缺少的路。这是一条最危险、最狭窄但也是最笔直的路。真正的艺术家走的只能是这条路。"①

综上,勃洛克和别雷都在拿易卜生作品的象征来衡量自己的象征体系(勃洛克用的是轮船象征,别雷取的是索尔纳斯的钟楼象征),不仅如此,他们还用易卜生的创作观点来比照自己的创作道路。尽管他们对易卜生道路的理解并不一致,但都深受这位挪威作家的影响是不容置疑的。

第三节 本国象征主义土壤

关于西方的影响,伊万诺夫早在1910年就断言:"对我们的象征主义流派新近做出的研究将证明,这种影响是多么肤浅,是多么欠考虑,而实际上,借鉴和模仿的成效是多么微乎其微,最近15年的俄国诗歌里,真正具有价值和生命力的一切是多么深地植根于本国的土壤。"②

---

① *Блок А.А. Собрание сочинений в* 8 т. М.;Л.:Советский писатель,1960-1963,Т.5,С.238.
② *Иванов В.И. Родное и вселенское.* М.,1994,С.185.

别雷指出："批评家常说俄罗斯象征主义脱胎于法国象征主义。这是个错误。俄罗斯象征主义更深刻,更富于本土特点……论对年轻的俄罗斯文学的影响,陀思妥耶夫斯基、果戈理和契诃夫可与尼采、易卜生和汉默生一争高下。费特、莱蒙托夫、巴拉廷斯基、丘特切夫相比波德莱尔、魏尔伦、梅特林克、罗森巴赫和维尔哈仑对我们的诗人影响更大。当代最优秀的诗人都与我们的过去有着血肉联系。"①

勃留索夫指出："俄罗斯有自己的诗人,不逊色于甚至在很多地方超过自己伟大的西方同行。并且,那个常被叫做象征主义的流派,在俄罗斯拥有自己的追随者和天才表达者,要比在西方早得多。"②

由此可见,把俄国象征主义的产生单纯归结为法国象征主义影响的结果而忽视乃至抹煞本国传统的作用显然是片面的,不符合实际的。归根结底,对俄国象征主义的产生和发展起决定作用的还是本国的诗歌传统,自身的生存土壤。不明白这一点,就不可能对俄国象征主义给予正确的评价。俄国象征派诗人在兼收并蓄的同时,不是跟在西方后面亦步亦趋,而是把主要精力投入到挖掘本国文学资源中去,这便是一个有力的佐证。

勃留索夫等人大力引进和鼓吹法国象征主义的同时,没有忘记从本国的诗歌传统中吸收有益的养料。例如,勃留索夫在论弗·索洛维约夫的一篇文章中,对俄国诗歌发展史进行了重新挖掘和审视。他认为,俄国诗歌史上存在两类诗歌,或曰两种诗歌传

---

① *Белый А.* Арабески. М., 1911, С.458.
② *Тиханчева Е.П.* Брюсов о русских поэтах ХIХ века. Эреван, 1973, С.9.

统。一类与象征主义背道而驰,是一种外部世界和可见世界的诗,其代表为普希金、迈科夫和阿·康·托尔斯泰;另一类与象征主义庶几近之,关注人的意识深层和超感觉世界,是纯粹的诗歌,其代表为丘特切夫、费特和索洛维约夫。①

只要对丘特切夫、费特、索洛维约夫的几篇代表作略加梳理和分析,我们便不难看出,俄国象征主义的出现其实也可以说是俄国诗歌另一传统的自然延续。

"丘特切夫是我们真正象征主义的真正鼻祖",②正如伊万诺夫所说,在丘特切夫的诗歌中,俄国象征主义第一次成为一种一贯的创作方法。③ 丘特切夫的诗,鲜明地表达了浪漫主义乃至象征主义的二元论世界观和对另一种诗歌语言的需求,例如《啊,我先知先觉的灵魂》(*O, вещая моя душа*)一诗:

啊,我先知先觉的灵魂!
啊,惶恐不安的心!
啊,在好似双重存在的门槛
你是怎样地怦怦跳动!

是的,你是两个世界的居民,
你的白昼病态而又狂热,
你的梦仿佛神灵的启示,
仿佛预言一般不可捉摸。

---

① *Брюсов В.Я.* Собрание сочинений в 7 томах. М., 1973-1975, Т.6, С.219.
② *Иванов В.И.* Родное и вселенское. М., 1994, С.186.
③ Там же. С.181.

在丘特切夫笔下,例如《白昼与黑夜》(День и ночь),存在两个世界:一个是外部世界,一个是内在世界,或者说,一个是阳光朗照的白昼的世界,一个是难以把捉的黑夜世界;黑夜的世界令我们惶恐,但又让我们着迷,因为这个世界——这个抽象的、听得见却看不见的世界,或许是由被梦解放的思想编织而成的世界,乃是我们隐秘的本质和"家族遗产"。

昼与夜的二元象征,就是感性表现的世界和超感觉的顿悟的二元论,这种情形在诺瓦利斯的作品中也能见到。丘特切夫跟诺瓦利斯一样,都觉得在夜的世界里呼吸更舒畅,因为在夜里人可以直接沟通神界——宇宙生命(《看,西方的天边上》):

看,西方的天边上
燃起了晚霞的光焰,
渐暗的东方穿上了
阴冷的灰色的鳞片。

它们之间可是有什么仇恨?
抑或它们不止太阳一个光源?
可是一个静止不动的媒介
将它们分开而不是彼此相连?

丘特切夫的哲理诗《沉默》(Silentium)在象征主义诗人中间流传甚广,影响巨大:

不要说,掩饰并藏起

自己的理想和情感——
就让它们默默地
犹如夜空里的星辰
在你内心升起又坠落，——
欣赏它们吧，不要说。

心儿该如何表达？
别人该怎样理解？
他可会明白你的生活？
思想一经言语就会出错。
掘开泉眼，引出泉水，——
啜饮它吧，不要说。

只须学会在自我中生存——
你灵魂深处有一个
神秘而奇幻的思想世界；
白日的天光会将它驱散，
外界的喧嚣会把它淹没，——
揣摩它的歌吟吧，不要说。

这是一首完整而充分地阐述语言的局限性的诗作。在诗人看来，语言不能令人满意地完成互相沟通和交流的任务，因为"思想一经言语就会出错"。语言作为表达思想感情的工具是苍白无力的，这种局限性表现在两个方面：一是思维和语言，即"思想"和"言语"，二者之间存在距离和障碍，以至于思想一旦付诸语言就会大打折扣,甚至面目全非;二是说话者和受话者之间存在距离和障碍,"心儿该如何表达?"说话者可能词不达意,"别人该怎样理解?"受话者可能错误理解,于是造成了"言者有心,听者无意"或"言者无意,听者有心"的尴尬。

在伊万诺夫看来,"思想一经言语就会出错"这一名句"在无意中揭示了丘特切夫抒情诗的象征属性,同时也揭示了新生的象征主义的根本:现代灵魂病态体验到的一个矛盾——有自我表达的需求,却无自我表达的可能性"[①]。然而,丘特切夫的"不要说"并不意味着诗人从根本上否定语言的作用。这一点,从《我们无法预测》(Нам не дано предугадать)这首小诗中不难找到佐证:

我们无法预测
我们的言语会产生怎样的效应,
但我们得到同情,
就像得到上天的馈赠。

如果把《沉默》和《我们无法预测》联系起来看的话,那么,这两首诗似乎在表明诗人这样一个态度:"知其不可说而说之"。在这里,丘特切夫陷入了两难的境地。恰是这种两难,为俄国象征主义的出现埋下了一个明显的伏笔。也就是说,如果我们继续追问下去,如何才能"知其不可说而说之",那么得到的回答将会证明,诗歌中的象征主义完全是应运而生的。

当代瑞士宗教哲学家奥特在《不可言说的言说》一书中写

---

① Иванов В.И. Родное и вселенское. М., 1994, С.180.

道:除了"发生的事情"之外,还存在"非发生的事情"的真实,"如果言说意味着说出特定事情,并且如果人们必须对无法言说的保持沉默,那么,人们显然必须对这些真实保持沉默。但是这个解答或许不能令人满意。因为无法排除下述可能:恰好这些真实与我们密切相关,如此直接地在我们之间和我们身上,以至于我们实在不能对它们沉默。"①那么,究竟该如何实现"不可言说的言说"呢?奥特认为只能通过两个方式:一个是象征(象征"所说的多于它所说的东西",这一点属于象征的本质),一个是祈祷(在绝对的对话表白行动中,我们通过祈祷让我们的此在仿佛整个地呈示给上帝)。②

丘特切夫的价值真正被认识是在19世纪末20世纪初。这个功劳应归在象征主义者名下。第一个给予丘特切夫应有评价的是勃留索夫。他认为,丘特切夫诗歌的实质在于诗人将个性与混沌,亦即宇宙生命的深处对立了起来,并试图探视"整个人类与之相比只是一个瞬间的宇宙灵魂"。超越尘世界限并进入神秘世界的企图,以及理想主义精神,勃留索夫认为,这些象征主义美学的支柱在丘特切夫的诗里都能找到。"思想一经言语就会出错",被象征主义者广为传颂的这句名言,让勃留索夫欣喜若狂,他认为,这句话的含义与象征主义观点完全吻合。勃留索夫称丘特切夫为"暗示诗"的大师和鼻祖,是俄国诗歌向新潮诗歌,也就是象征主义诗歌迈出的一大步。③勃留索夫的观点得到几乎所有象征主义者的呼应。

---

① 奥特:《不可言说的言说》,林克、赵勇译,三联书店,1994,第31页。
② 同上,第30—31页。
③ Брюсов В.Я. Собрание сочинений в 7 томах. М., 1973-1975, Т.6, С.200, 208.

对于丘特切夫诗中所表达的两个世界的二元独立思想,伊万诺夫做了尼采式的理解:"这两个世界是在一起的。我们称之为阿波罗和狄奥尼索斯,我们知道他们既各自独立,又密不可分。我们能感觉到在每一部艺术作品中他们都是实现了两者的统一的。但狄奥尼索斯在丘特切夫心中比阿波罗更强大,诗人应该在阿波罗的祭坛旁边避开他,以获得拯救。"①(这段话几乎与尼采谈论日神与酒神关系的一段话如出一辙:"在希腊世界里,按照根源和目标来说,在日神的造型艺术和酒神的非造型的音乐艺术之间存在着极大的对立。两种如此不同的本能彼此共生共存,多半又彼此公开分离,相互不断地激发更有力的新生,以求在这新生中永远保持着对立面的斗争,'艺术'这一通用术语仅仅在表面上调和这种斗争罢了,直到最后,由于希腊'意志'的一个形而上的奇迹行为,它们才彼此结合起来,而通过这种结合,终于产生了阿提卡悲剧这种既是酒神又是日神的艺术作品。")②

在自己的老师中,勃洛克将丘特切夫放在首位。象征主义者普遍认为,丘特切夫是一位歌唱自然力的诗人,哲学诗人,暗示诗的鼻祖。

费特的《我们的语言多么贫乏》(*Как беден наш язык*)与丘特切夫的《沉默》一脉相承。在这首诗里,费特表达了这样一种深刻的思想:日常语言无法充当表达情感的手段,科学对此同样无能为力。只有艺术能在灵感到来的时候,为艺术家提供这种可能性。由此可见,这首诗的哲学内容十分清楚,完全可以通过逻辑表述表

---

① *Иванов В.И. Родное и вселенское.* М., 1994, C.181.
② 尼采:《悲剧的诞生》,周国平译,三联书店,1986,第2—3页。

达出来：

> 我们的语言多么贫乏！我欲说不能。
> 无论对朋友还是敌人，我都无法表达
> 波涛般汹涌在我胸中的一切。
> 心儿在永恒的痛苦中徒劳地挣扎，
> 面对这与生俱来的谬误，
> 就是智者也会把年高望重的头低下。
>
> 唯有你，诗人，你用生了翅膀的语言，
> 在飞翔中突如其来地捕捉和再现
> 心灵模糊的呓语和花草暧昧的气味；
> 一如朱比特的鹰为了追求无限，
> 告别贫瘠的山谷，飞向云端，
> 用忠实的利爪携带着一束瞬息即逝的闪电。

费特认为，同落后的日常语言相比，自由自在的诗歌语言具有特殊的表达手段和可能性。"我欲说不能"的东西究竟是指什么，诗人在第一节中只是做了暗示，到第二节才告诉我们，这是指"心灵模糊的呓语和花草暧昧的气味"，也就是未被意识到的思想的进程和处于被人感知状态中的大自然。诗歌结尾处的比喻很难说明问题。朱比特的鹰不是从天空飞下来，把诗歌灵感的闪电带给大地，而是从大地升入诗歌的天空，"用忠实的利爪携带"大地的、生动的、"瞬息即逝"的印象。

费特的抒情诗在对待外部世界和内心生活的态度上，具有强烈的主观性，重视表达诗人的个人情绪，追求诗歌的节奏和旋律效果，就这一点而言，他属于俄国诗歌史上的旋律诗派，是联系茹科夫斯基和勃洛克的中间环节。

费特跟丘特切夫也有相似之处。大自然的诸多象征，建立在人与大自然的对比或对应基础上的诗歌结构，忽而通过隐喻，忽而直接陈述的哲学思想，这一切使费特，尤其是晚期的费特，与丘特切夫特别相近。

对俄国抒情诗歌的演变颇有研究的著名学者金斯堡（Гинзбург Л.Я.）写道："19世纪下半叶的俄国文学中，与现实主义小说并存的，还有丘特切夫、费特的诗歌，它来源于浪漫主义，并逐渐与艺术中的新流派印象主义相衔接。"①

勃留索夫是第一个对费特的诗歌遗产进行重新评价的人。勃留索夫在考察了费特的创作演变之后断言：早在俄国象征主义者出现以前，费特就已经形成了象征主义的基本原理；他已经开始遵循双重把握世界的原则，将世界区分为现象世界和本质世界。②勃留索夫认为费特的诗是超感觉的诗，是诗人对事物内在本质的透视。费特善于通过一个瞬间，展示生活的充实和美满。别雷曾坦言，他的诗集《蓝天里的金子》汇集了来自费特、巴尔蒙特和魏尔伦的多种声音。③

巴尔蒙特在谈及自己与传统的师承关系时，多次提到费特，并称"费特是我的诗歌教父"。巴尔蒙特在《论费特的诗》中写道："在诗歌中，我最好的老师是庄园、花园、小溪、沼泽地的湖泊、沙沙作

---

① Гинзбург Л.Я. О лирике. М., Интрада, 1997, С.183.
② Брюсов В.Я. Собрание сочинений в 7 томах. М., 1973-1975, Т.6, С.211.
③ Белый А.Н. Начало века. М., 1990, С.119.

响的树叶、蝴蝶、鸟儿和霞光。不过当然了,要响亮地唱出自己个人对大自然的感悟,诗人需要向老一辈诗人学习。每一位尊重自己的艺术家都会怀着平静的感激之情记住和回忆起自己的老师。我的老师是俄罗斯民歌,是所有俄罗斯诗人,是富于灵性的英国诗,是精致优雅的但丁,是胸襟开阔的歌德,是执拗的斯堪的纳维亚诗歌,是充满自信的16和17世纪的西班牙人,是印度人和波斯人的泛神主义颂歌。但我的心孩子般嗫嚅道:'我还是最爱费特。'费特的诗歌就是大自然本身,明镜般注视着人的灵魂,用雪花歌唱,用闪电与鸟儿的呼应歌唱,用风儿在先知先觉、缤纷飘舞的树叶间的喧哗歌唱,用静默本身歌唱。"[1]

应该承认,勃留索夫对费特创作的整体把握并不全面,但费特诗歌中的现代主义因素却是不容置疑的。因此,勃留索夫把费特奉为俄国象征主义先驱之一,不是没有根据。随着时间的推移,这一点已越来越为人们所公认。

索洛维约夫受费特影响如此之大,以至向来出言谨慎的勃洛克也说索洛维约夫是"对费特诗歌心存感激的学生"。比如下面这首《在云雾弥漫的早晨我步履蹒跚……》(*В тумане утреннем неверными шагами*)便很有代表性:

在云雾弥漫的早晨我步履蹒跚
走向神秘而奇异的彼岸。
朝霞在同天上的残星周旋,
睡梦犹酣——睡梦中的灵魂

---

[1] *Бальмонт К.Д. Где мой дом?* М., 1992, C.394,396.

向不为人知的神灵祈求恩典。

在寒冷袭人的白天我沿着荒径
走向不为人知的国度,一如从前。
云雾已消散,眼睛清楚地看见
山间的道路多么坎坷难行,
我梦想中的一切还有多么遥远。

在漆黑一片的深夜我步履勇敢
依然走向期待已久的彼岸。
前方:高山顶上,新星下面,
令我向往的神殿等着我的朝拜,
整个燃起胜利的熊熊烈焰。

从这首诗可以清楚地看到,自然生命的征兆已成为推动诗歌主题思想向前发展的动力。"云雾"同"残星"周旋的"朝霞",这无疑是生命的早晨,人生道路上精神探索的开端。无论是"深夜"、"早晨"还是"朝霞"、"残星"都是不可或缺和无法替代的:它们引导着主题思想——不倦地追求理想,追求像日与夜,青春与老年的交替一样,有着自己铁的运行规则的"融合"理想。四季与昼夜的交替层层递进,既象征人的年龄运动,也象征寻求理想的艰难;第二节以强有力的"寒冷袭人的白天"表示人的成熟,同时也表示开辟理想之路;第三节,即最后一节里,理想是作为"整个燃起胜利的熊熊烈焰"的神殿出现的。在这里,黑暗与光明、朝霞与残星、精神的青春与生命的老年的交替,已是直接以"融合"的形式出现。

高傲的精神的迸发和无限的爱的温柔——
这些都融会于一种不屈不挠的力,
用神奇的激流环绕人的一切思想,
并铸一条金链,把天和地连在一起。
——《这样的人才真正是神的宠儿》(1876)

对尘世存在价值的思考制约着索洛维约夫哲学诗的结构,也影响了20世纪初勃洛克、别雷和维·伊万诺夫等人的象征主义诗歌。在索洛维约夫笔下,现象及表达这一现象的词语的真正含义至少有两层:一个是尘世的、经验的,一个是崇高的、神秘理想的。如此,太阳,这既是太阳,又是"爱的太阳";"分离时刻",这既是跟意中人分别时刻,又是世界灵魂发展之际,物质脱离精神之时,如此等等。索洛维约夫诗中的女主人公形象本身允许有两种解释,既可以是神秘主义的,又可以是现实主义的。但同勃洛克的《美妇人集》相比较,他的诗歌形象的双重性表现得并非贯穿始终。尽管如此,这仍不失为索洛维约夫诗歌的一个显著特点。

于是,索洛维约夫的诗便有了双重音调。一方面,他诗中的外部世界似乎在非物质化,现实图画消融于非尘世的光芒中,另一方面,他的诗又从不跟也可以在经验层面加以解释的形象断绝关系。还有,比起抽象思辨的象征和浪漫不羁的想象来,索洛维约夫更看重感性所接受的现实现象。作者反映的事物的尘世一面非常重要,它不但与现象的理性本质相似,还是认识这一本质的唯一途径。对语言形象的挖掘便是由此开始。语言形象的意义既不局限于"第一层面",也不游离于它,象征中融合了可观世界的两个方面,即物质的一面和理想的一面。

索洛维约夫的诗中始终存在两个倾向。诗人一方面总是最大限度地将对立概念内涵"两极化",另一方面又试图强调两极的统一,两者之间的必然融合。前者决定了索洛维约夫的诗中充满成对的反义词语,如天与地、光与暗、善与恶、奴隶与主人、幸福与痛苦、神性与物性等,以及一些虽不是严格意义上的反义概念,但在具体的上下文中却可以获得相反意义的词语,如蓝天与乌云、爱情与虚无、黑暗与白昼、权力与真理、薛西斯与基督等。在反义关系中,还有意义相对立的词组、诗句,乃至更大的段落。由于作者试图强调形象的统一,于是便产生了强化对立概念的共性的结构,比如后来被象征主义诗学广泛接受的逆喻:"在自己的别人的祖国里","心与心的交谈全在一句无言的问候里","漆黑混沌的光彩照人的女儿","在炎热的暴风雪的异样压抑下",等等,诸如此类。此外,相辅相成的情景反衬,也与逆喻庶几近之,比如《伊玛努伊尔》(Иммануэль)一诗,写上帝出现在"偶然的虚无"中,《我们不是无缘无故走到一起……》(Мы сошлись с тобой недаром)里说:"光明来自黑暗"等,即属此列。诗人想用某个强调对立形象的共性的词或概念把这些反义结构连接起来,如"尘世之魂与异地之光的融合"、"东方与西方的和解",以及上面分析过的《奥菲特人之歌》(Песня офитов)。这种同时强调碰到一起的语词和形象的异与同的原理,后来成为勃洛克与别雷创作观念的主导原则。

除丘特切夫、费特、索洛维约夫外,象征主义者对巴拉廷斯基的诗歌颇有兴趣。他们认为,这位哲理诗人的作品表达了作者内心的不和谐,这与象征主义遥相呼应。在勃留索夫和别雷的作品里,不难发现巴拉廷斯基的某些思索。勃洛克对波隆斯基也特别喜爱,波隆斯基的很多作品他都能背诵,尤其是《与世隔绝的女人》

（Затворница），在勃洛克看来，是俄国诗歌中不可多得的杰作之一。巴尔蒙特说自己年轻时候，莱蒙托夫给了他很多启发，"除了拜伦式的精神叛逆，还有他自己创作的那些在曲调上接近民歌的歌"。① 巴尔蒙特关于普希金，关于普希金的天才、神性与民族之根的关系的一段话，特别引人注目："普希金是最俄罗斯、最天才的诗人，不仅如此，还是最具神性的俄罗斯诗人。有多少俄罗斯的特性，普希金的每一个行为、每一声呐喊、每一次内心的波动、每一次歌唱都最大限度地体现了俄罗斯的特性，如此完整的俄罗斯特性，在任何一位别的俄罗斯作家那里都找不到，不管是诗人还是小说家。"②

在19世纪80年代的俄国诗人中，福凡诺夫（Фофанов К.М.）和斯鲁切夫斯基（Случевский К.К.）堪称象征主义的直接先驱。前者以其诗歌中所表现的双重世界和理想与现实之间的强烈反差而接近象征主义〔《诗人有两个世界……》(У поэта два царства ...)〕。福凡诺夫的作品富于印象主义色彩，注意发掘现代城市题材，这一点对象征主义诗人也很有吸引力〔《首都在它愁苦的氛围中呓语……》(Столица бредила в чаду своей тоски)〕。勃留索夫在《俄国象征派》第三辑序言中，称福凡诺夫为象征主义先驱。斯鲁切夫斯基则以其对世界的悲剧感受与象征主义诗人不谋而合。他作品中痛苦的不和谐音，他在再现人的痛苦时所采用的现实与噩梦相交织的手法，与象征主义的某些特点都是一致的（《日内瓦行刑之后》(После казни в Женеве)）。

---

① Бальмонт К. Д. Избранное. Стихотворения, переводы, статьи. М., 1983, О поэзии Фета.
② Там же.

第四章　俄国象征主义的象征观

　　作为文学思潮和流派，象征主义既以"象征"命名，顾名思义，其世界观和方法论必与"象征"休戚相关。

　　关于象征，我们在绪论中做了简要的梳理，并与容易相混淆的隐喻和讽喻（寓意）等相近范畴做了必要的辨析，这对进而了解象征主义诗学、进入象征主义的诗歌世界是不可或缺的。但还远远不够，根据韦勒克和沃伦的说法，象征分传统象征和个人象征两类。象征主义之所以能成为一个流派，主要在于个人象征的创造，而个人象征要比传统象征复杂得多，费解得多。不言而喻，要准确把握和理解象征派诗人的创作，除了要掌握有关象征的经典性论述，掌握传统象征以外，更重要和更关键的是掌握象征派诗人自己的象征观。

"象征主义不想将自己限制于一些纯文学问题的提出,不想仅仅成为艺术,而是首先要成为一种处世态度和思想趋向。"①

第一节　象征主义的两次浪潮

19世纪的俄国诗歌在涅克拉索夫去世之后进入了80年代的低潮,当时诗坛的状况可以说是人去楼空,后继乏人,文学界普遍存在着深刻的危机感。对此,诗人纳德松(Надсон С.Я.)的痛切感受具有相当的代表性:

> 我在昏睡,人人都在可耻地昏睡……
> 我们做了什么?哪儿有我们的劳动?
> 难道我们说过铮铮有声的话?……
> 不,你还是不要呼唤我们前进……
> 后退吧,那里的生活更加沸腾,
> 那里不会有致命的怀疑的压迫
> 把神圣的事业断送!

---

① *Ермилова Е. В.* Теория и образный мир русского символизма. Москва. Наука. 1989, C.3.

然而，文学的发展有其自身的规律，一次危机往往也意味着一次转机。这正如潮汐现象，一次退潮同时也意味着又一次高潮的到来。俄国诗歌中以象征主义为先导的现代主义的出现恰好应验了这一点。

19世纪90年代，俄国诗歌终于宣告开始走出低谷，进入一个新的发展时期。明斯基的《在良知的照耀下》(*При свете совести*)、沃伦斯基的《俄国批评家》(*Русские критики*)、梅列日科夫斯基的《论当代俄国文学衰落的原因及其新流派》等著作的发表，为俄国象征主义奠定了道德伦理和哲学美学基础。尤其是后者，是一部纲领性文献，影响很大，事实上起到了宣言的作用。而勃留索夫主编的《俄国象征派》诗丛的问世则标志着俄国象征主义的正式形成。

学术界一般将俄国象征主义概括为两次浪潮(或曰两个阶段)，三大派别，两个中心(彼得堡和莫斯科)。

第一次浪潮是俄国象征主义的草创阶段，以"老一代象征主义者"为代表，大体上可以称为个人主义的象征主义。这一代可以分成两派。德米特里·梅列日科夫斯基、季娜伊达·吉皮乌斯、尼古拉·明斯基、费奥多尔·索洛古勃为代表的"寻神派"，他们的主张和创作带有浓厚的宗教色彩，相信除了可见的现实世界，还存在一个看不见的、超自然的世界，相信人与这个世界存在沟通的可能性。

瓦列里·勃留索夫和康斯坦丁·巴尔蒙特艺术上带有唯美主义和印象主义倾向，可称为"唯美派"或"印象派"。这一派的成员还有亚历山大·杜勃罗留波夫(Добролюбов А.М.)、巴尔特鲁萨伊蒂斯(Балтрушайтис Ю.)和伊万·科涅夫斯科伊(Коневской

И.И.)等人。

20世纪初登上诗坛、在思想和创作上接受了哲学家兼诗人弗拉基米尔·索洛维约夫的"世界末日"和"宇宙灵魂"学说洗礼的亚历山大·勃洛克、安德列·别雷、谢尔盖·索洛维约夫（Соловьёв С.М.）、维亚切斯拉夫·伊万诺夫、伊诺肯季·安年斯基等以及马克西米利安·沃洛申则被称为"新一代象征主义者"，他们构成了俄国象征主义的第二次浪潮，大体上也可称为神秘主义的象征主义。第二次浪潮为俄国象征主义的鼎盛阶段。

应该说明的是，所谓"老一辈"和"新一代"，划分标准不光是看年龄，更主要的是看诗人的哲学美学观点和创作倾向。如伊万诺夫，比勃留索夫还要年长，但在美学和诗学特征上还是属于第二代。安年斯基的情况也是如此。

新一代象征派的到来预示着象征派阵营内部矛盾的产生。正是第二次浪潮的诗人提出了法术思想。裂痕首先出现在新老两代象征派之间，1905年革命期间，由于象征派诗人各自所持的思想立场不同，又加深了彼此间的矛盾。

新一代有时激烈批评颓废派唯美主义的内容空洞和炫耀技巧。伊万诺夫批评过勃留索夫的"精致优雅"，但同唯美主义的斗争如今与当年已不可同日而语，毕竟别雷和伊万诺夫的创作自身也带有唯美主义特征，而且可以说是颓废派的一个变体。

两代象征派之间既互相合作，又彼此排斥。例如19世纪90年代围绕勃留索夫在莫斯科形成的一个象征派团体，将自己的任务限制在文学框架内，"为艺术而艺术"是他们的主要美学原则。相反，在彼得堡，以梅列日科夫斯基和吉皮乌斯为首的老一辈象征派，主张首要的是宗教哲学探索，认为自己才是真正的象征主义者，而自己的对立方勃留索夫的唯美派由于缺少宗教理想和情怀，应该被称为"颓废派"。其实从精神气质上讲，这一称谓更适合他们自己。

在当时大多数读者心目中，"象征主义"与"颓废主义"几乎是一对同义词，而在苏联时期"颓废主义"这一术语是所有现代主义流派的泛称，但在当时的新派诗人心目中，这两个概念并不是一回事，几乎就是一对反义词。

颓废主义或颓废派，指的是一种特定情绪，一种由绝望感、无力感、精神疲惫感表现出来的精神危机。与此相关的还有对周围世界的拒不接受态度、悲观主义态度、自视为行将毁灭的高级文化的代言人。带有颓废情绪的作品经常将幻灭感、与传统道德的断裂感、死亡意志作为审美对象。

几乎所有象征派诗人都在不同程度上带有颓废情绪。颓废主义的处世态度在吉皮乌斯、巴尔蒙特、勃留索夫、勃洛克的不同创作阶段都有反映。始终如一的颓废派是索洛古勃，尽管象征主义的世界观不能归结为颓废和破坏情绪。

当然，这样划分阶段和派别只是大致的、相对的，绝不等于说他们之间的界限泾渭分明。拿象征主义与颓废主义的关系来说，是极其复杂的，这一点，我们在前文中已经讨论过。至于象征主义的发展阶段，学界也不是没有不同意见，比如明茨就指出过："苏联文艺学中传统的和通行的将俄国象征主义分为'老一辈'（1890年代的颓废派）和'新一代'（1900年代初的纯象征主义）的做法并不能描述这一流派整个的、多变的历史，甚至该流派1910年正式解体之前的历史。在局部上，这种分法几乎没有考虑到发生在1900年代后半段新艺术中的那些过程。给新一代象征派诗人——索洛维约夫信徒们带来灵感的神秘主义'曙光'早在1903—1904年就熄灭了。"因此,明茨认为有必要将象征主义1910年前的历史再分出两个"完全独立的阶段":1905年革命阶段(1905—1907)和象征主义危机阶段(1907—1910)。[①] 明茨的见解不无道理,但如果把这两个所谓"完全独立的阶段"放在象征主义第二阶段的框架内、从而保持两个阶段的分法,应该说更符合俄国象征主义发展的实际情况和阶段特征。

如果不以"年资",而以地域划分,则俄国象征主义可分为彼得堡象征派和莫斯科象征派。彼得堡象征派代表人物包括老一辈的梅列日科夫斯基、吉皮乌斯、明斯基、索洛古勃,年轻一代的勃洛克和伊万诺夫等。彼得堡象征派有时也被称为"宗教象征派"。宗教性在这里意义相当宽泛——这不光是正教,也包括所有其他宗教信仰和宗教探索,从民间的、宗派的到具有高度文化修养的人的理智建构。还有旧约和新约,彼得堡象征派认为已经走到穷途末路,人类应该跨入启示录预言的王国。他们极力为当时的东正教指出一条新路——第三约之路。莫斯科象征派代表人物有老一辈的勃留索夫、巴尔蒙特、艾利斯,年轻一代的别雷、谢尔盖·索洛维约夫等,其中别雷和索洛维约夫的哲学美学观更接近彼得堡的象征派。

俄国象征主义是在两个层次上发展的,一是作为流派,二是作为世界观,亦即一种独特的生命哲学。这两个层次在象征派的许多大诗人那里是经常彼此交叉的,例如在伊万诺夫和别雷那里,这两个层次是特别复杂地交织在一起的,但作为世界观的象征主义倾向更加明显。

[①] *Минц З.Г.* Поэтика русского символизма. СПб., 2004, С.207.

由此可见，象征主义内部成分不是单一的，即便是同一代人或同一个城市也存在着不同的派别，这也是导致象征主义后来走向分裂和衰落的原因之一。

奥地利学者汉森-廖维对新老两代象征派的特点做了这样的对比和归纳：①

老一辈象征派	新一代象征派
第一代	第二代
1890—1900	1900—1910
颓废派	宗教哲学的象征主义、"真正的象征主义"
唯美主义	现实主义的象征主义
人工雕琢风格、世纪末情结	新神话主义
现代风格	新浪漫主义
偏爱法国	偏爱德国

关于新一代象征派与老一辈象征派的区别，贝斯特罗夫指出："始于世纪之交的俄国象征主义新阶段，是以从抽象的幻想和思辨到'行动'的过渡为前提的。渴望创造一切新事物的象征派诗人们已经不再满足于憧憬'世上没有的东西'。"②这一变化用勃洛克的话来说，就是："我想要将来的东西……"③象征派诗人面临一个新的任务："生活创作"问题。与此同时，他们自我表达的性质也发生了改变。"作为生活创造者的艺术家……下意识地将虚无化为存

---

① *Ханзен-Лёве А.* Русский символизм. Система поэтических мотивов. Ранний символизм. СПб., 1999, С.13.

② *Быстров В.Н.* Между утопией и трагедией. М., 2012, С.19.

③ *Блок А.А.* Собрание сочинений в 8 томах. 1960-1965, Т.7, С.52.

在,将寂静变成声音,将缄默化为言语,将混沌化为宇宙,将匮乏化为充裕。"①

象征主义有一个宽阔的边缘地带:不少大诗人接近象征主义流派,但并不是象征派的正式成员,也不鼓吹象征主义纲领,比如沃洛申和库兹明。象征主义的影响对其他一些流派和团体的青年诗人影响也很明显。

第二节 老一辈象征派的象征观

19世纪90年代象征主义文学运动的自觉在明斯基的《在良知的照耀下》(*При свете совести*,1890)、梅列日科夫斯基的《论当代文学衰落的原因及其新流派》(1892)、沃伦斯基的《俄国批评家》(*Русские критики*,1896)和《为唯心主义而斗争》(*Борьба за идеализм*,1900)、巴尔蒙特的《高山之巅》(*Горные вершины*,1904)、勃留索夫的《论艺术》(*О искусстве*,1900)和《开启秘密的钥匙》(*Ключи тайн*,1904)等著作中得到表达。

象征派坦承,象征主义的产生跟世纪之交的"意识危机"②和

---

① *Ханзен-Лёве*. Концепции жизнетворчества в русском символизме начала века.// Блоковский сборник. Выпуск 14. С.71.
② *Белый А.Н.* Символизм как миропонимание. М.:Республика,1994,С.210.

显而易见的文化危机有联系。其根源在于欧洲文明的基石——基督教传统价值体系发生了动摇,同时也跟人们对科学、理智、精确知识和实证主义的强烈失望有关。以往价值坐标的失落导致一种特殊的体验:生命是变化不定的,不可认识的,人得不到"外来"支援,有被遗弃的感觉。梅特林克、易卜生、斯特林堡、奥尼尔的剧本,法国象征派诗人的诗歌都给人以脚下突然敞开一道万丈深渊的感觉。类似的情绪俄罗斯象征主义诗人在丘特切夫的诗中也发现了。

象征主义的哲学和美学与精确知识、理性主义、所有理性主义的哲学体系相对立。别雷认为,哲学和科学始终将真理与生活隔得太远,因此,现实的、具体的生活在人们的意识中显得极不连贯,混沌不堪,失去了意义,而逻辑真理太过抽象和"脱离人"。[①] 舍斯托夫在第一篇文章《莎士比亚与其批评家勃兰兑斯》(*Шекспир и его критик Брандес*)中断言:"科学到灵魂的距离要比到星星的距离远。"舍斯托夫在自己的著作中自始至终反对科学与哲学独自占有真理的企图。他认为,科学与哲学会引发人的恐惧和对被宣布为必要性的东西的顺从,从而剥夺人的反抗精神,把人变成"驯服的骑士"并使已成为人类行为习惯的无意识不堪重负。人的个性属性是非理性的:要知道,"我"乃是造物主创作的万物当中最"非理性的"、最不驯服的、不愿意屈服的。正因如此,最不驯服的也就是"这个世界当中所有事物中最不可理解的,最非理性的"。[②]

象征主义者所追求的恰恰是要承认人的非理性一面及其重要

---

① *Белый А.Н.* Символизм как миропонимание. М.: Республика, 1994, С.219 - 221.
② *Шестов Л.* На весах Иова. Париж, 1975, С.191.

性,肯定作为自我目的而非斗争工具的个性,这与传统民粹派和后来马克思主义对个性的诠释不同。象征主义者对个性的理解和对世界的阐释依据的不仅仅是叔本华的《作为意志和表象的世界》和尼采的《查拉图斯特拉如是说》、《悲剧的诞生》、《善恶之彼岸》、《反基督徒》等,当然还有索洛维约夫的《爱的含义》(*Смысл любви*)、《为善一辩》(*Оправдание добра*)、《三次谈话》(*Три разговора*)等。

作为非理性主义的创始人和唯意志论的创始人之一,尼采对19世纪末20世纪初的俄国象征主义乃至整个现代主义思潮都产生了深刻的影响,这是不容置疑的。尼采否定理性认识现实世界和社会存在的可能性,认为意志主宰一切,创造一切。尼采哲学体系的核心是"权力意志"。尼采认为,权力意志遍布整个宇宙,其最高体现就是"超人"。尼采断言,如果不采取某种新的创造性行动、不战胜自己并推出能够给人们指明生存目的和意义的"超人"以自救,人类注定要毁灭,因为世界是没有目的、没有意义的。

除"权力意志"和"超人"学说之外,尼采的文化哲学对俄国象征主义也产生了重要影响。在俄国象征主义者中间流传最广的是尼采的早期著作,分析古希腊文化的《悲剧的诞生》。在这本书里,尼采阐述了他的两种文化思想,认为世上存在着两种对立的文化类型:一种是基于混沌、肯定生命的酒神文化,即狄奥尼索斯文化;另一种是源于文明、具有逻辑和直观性质的日神文化,即阿波罗文化。艺术的理想在于综合这两种文化类型,让狄奥尼索斯式的生命之流通过阿波罗式的清晰形象和谐地体现出来。悲剧就是这种综合,而古希腊悲剧家索福克勒斯的悲剧则是这种综合的典范。尼采反对理性成分在艺术中占主导地位,认为那会给艺术造成毁灭性的破坏。尼采所设想的未来艺术是由共同的神话联系在一起的集体艺术,瓦格纳就是未来艺术的先驱。

俄国象征主义者基本接受了尼采早期的这些思想。他们以此为基础,建构起自己的艺术理论。别雷和伊万诺夫接受了尼采的两种文化思想,勃留索夫(还有后来的古米廖夫)则接受了尼采的"热爱命运"和超人哲学。尼采反对理性,把生命看作非理性的、用概念无法认知的过程和感受的对象,这一基本观点与明斯基的想法极其相近。另外,尼采的"价值重估"也让明斯基有一见如故之感。

对现实的视而不见,对理性的拒不相信,是象征主义的典型特征。早期象征主义者宣称,艺术与现实生活没有任何联系。这种带有主观主义和个人主义倾向的世界观后来成为象征主义的基础。明斯基的《在良知的照耀下》(1890),将哲学的悲观主义跟尼采的超人思想结合起来,阐述了象征主义的伦理观。明斯基认为,一切存在都有其相对性,一切道德概念,如真与假、善与恶,都有其相对性。只有对自己的爱,才是真正的情感。据此,明斯基归纳出"新道德"的首要和基本原则:"我生来就应该只爱自己,但这种对自己的爱,在我的表现无非是这样:凌驾于像我一样的爱己者之上,凌驾于渴望凌驾于他人之上的他人之上……每个人都只爱自己。"在明斯基看来,唯我独尊的价值取向,是一种神秘的力量,存在的本质。[1]

这一思想导致明斯基对社会人道主义的否定,对他人与社会命运的冷淡。明斯基认为,人的不平等是合理的,因为,人的灵魂

---

[1] Соколов А. Г. История русской литературы конца XIX -начала XX века. М., 1988, C.128-129.

天生具有凌驾于他人之上的要求,而平等的理想与人的天性是水火不相容的。不难看出,明斯基的道德观念来源于尼采的人生哲学——"人有高低贵贱之分",①"凡弱者之役于强者,那是其意志引诱他,还可以在更弱者以上作主:单是这兴趣它不愿抛弃"。②

《在良知的照耀下》对俄国象征主义文学运动产生了深远的影响,并导致整个创作范式发生了变化:审美理想转变为宗教理想。恰是先验的范畴、超感觉的世界成为人对世界的感性认识的决定性范畴。明斯基的哲学美学观点主要基于他的"乌有主义"。明斯基的"乌有主义"就是用宗教神话的艺术思维充当个别文本的诗歌密码。这个密码可以在更为重要的神秘涵义层面破解出直接的具体涵义。物质世界被理解为"被创造的神话",物质世界的规律从此要用神话的规律来解释。"艺术的诗学"成了"现实的诗学",也就是神话诗学。明斯基写道:"世界的无目的性和丑恶被揭示得越深刻,我们对作为乌有存在的象征的世界就应该爱得越强烈。"③

沃伦斯基(1863—1926)是一位极富挑战精神的文学理论家和批评家,他的文艺思想主要体现在《俄国批评家》(1896)一书中。"理想主义"是他的象征主义文学观的一个核心概念。在他看来,"'象征主义'与'理想主义'就其内容来说是同义语,一个用于艺术创作,一个用于理论建构,二者所指射的均是两个世界——可见的与不可见的两个世界——彼此之间的相互投射"。④ 沃伦斯基指出,要让艺术走向真正的象征主义,就必须用理想主义的哲学意识

---

① 尼采:《权力意志》,张念东、凌素心译,商务印书馆,1991,第116页。
② 尼采:《苏鲁支语录》,徐梵澄译,商务印书馆,1962,第112—113页。
③ Минский Н., Добролюбов А. Стихотворения и поэмы. СПб., 2005, С.38.
④ 周启超:《俄国象征派文学理论建树》,安徽教育出版社,1998,第36页。

为之扫清道路,必须把象征主义与颓废主义严格区分开来:颓废主义只是艺术创作中的一种病态情绪,一种与唯物主义和自然主义的抗衡姿态,一种会自生自灭的思潮。象征主义则不然。象征主义古已有之,并非象征派诗人的新发明,象征派诗人的任务是用新的意识之光照亮和激活它,并对艺术印象予以重新加工。沃伦斯基给象征主义下的定义是:"象征主义就是在艺术描写中对现象世界与神的世界的结合。"①

梅列日科夫斯基在《论当代俄国文学衰落的原因及其新流派》中对象征主义的哲学美学原理做了较为展开的论述。梅氏认为,当代俄国文学正处于深刻危机的边缘,这是它的公民倾向造成的。服务于社会的观念,把艺术引进了思想和艺术的死胡同。他把文学的衰落归因于19世纪60年代就已初露端倪的"艺术趣味的普遍衰退",而这又是受车尔尼雪夫斯基、杜勃罗留波夫、皮萨列夫美学思想影响的结果,是开始占据统治地位的"艺术唯物主义"使然。梅氏写道,真正艺术的根基是由永恒的宗教神秘主义情感构成的,只是这一艺术传统因实证主义的发展而中断了,直到19世纪90年代,文学才显露出"上帝唯心主义"的迹象,要求与不可知的事物实现新的、哲学或宗教的媾和。《论当代俄国文学衰落的原因及其新流派》是俄国象征主义的奠基作,在此书中,作者提出了一套彻底革新俄罗斯文学的纲领,即象征主义三要素——神秘的内容、象征、扩大艺术感染力。按梅列日科夫斯基的解释,神秘的内容是俄罗斯文学的隐蔽精神,在过去有其伟大典范为代表,将来应该予以继承;象征则是艺术中诗意表达的主导因素。换句话来说,这是"先验"诗

---

① 周启超:《俄国象征派文学理论建树》,安徽教育出版社,1998,第37页。

歌的要求,即透过物质可见的外壳洞悉其隐秘和永恒的本质。①

梅列日科夫斯基注重神秘的内容,认为诗歌的目的是追求神灵,最终达到人神合一的境界;吉皮乌斯与梅氏庶几近之,她坚持诗歌是对神灵的祷告,"只有一种艺术是有生命力的,且可以称作真正的艺术——这就是祷告,理解神,同神融为一体"。②

在《革命与宗教》(Революция и религия,1907)一文中,梅列日科夫斯基写道:"颓废派在俄罗斯的意义未必没有在西欧大。"③用他的话来说,颓废派在西方主要是美学现象,而在俄罗斯则是一种深刻的生活现象。颓废派诗人是摆脱了斯拉夫派和西欧派"奴役"的"第一批欧洲人",在俄罗斯社会创造文化环境的功劳应属于他们。他们善于摆脱两种检查——不光是政府的检查,还有根据植根在俄罗斯知识分子意识中的传统——以革命的名义出现的社会检查。结果新诗人"从社会中出走",全身心投入最后孤独的"地下"。经过了这样的考验,他们获得了"自动产生的神秘感",尔后又从"无意识的神秘"转向探索"新宗教意识"。④ 梅列日科夫斯基在《未来的流氓》(Грядущий Хам,1906)中认为,世间只有一样东西可怕,这就是奴性,所有奴性中最坏的是市侩习气,所有市侩习气中最坏的是流氓习气,因为奴隶一旦掌权就成了流氓,而掌权的流氓就成了魔鬼——一个新的(不是旧的)、现实的(不是幻想的)可怕魔鬼,而比人们描绘的更可怕的是"这个世界未来的主宰,未来的流氓"。

---

① *Трифонов Н. А. Русская литература XX века. Дооктябрьский период. Хрестоматия.* М.,1987,С.368.
② *Русская литература XX века. Дооктябрьский период. Под редакцией И. Т. Крука и Н.Е. Крутиковой.* Л.,1985,С.253.
③ *Мережковский Д.С. Павел I. Александр I. Больная Россия.* М.,1989,С.687.
④ Там же. С.688.

"要让精神的高贵与自由战胜精神的奴役与流氓气,需要一个能将知识分子、教会和人民联合起来的共同思想,而能提供这一共同思想的只有宗教复兴,与社会复兴一道。无社会的宗教也好,无宗教的社会也罢,都不能拯救俄罗斯,能拯救俄罗斯的只有宗教社会"。[1]

老一辈象征派中唯美派的代表巴尔蒙特强调捕捉瞬间的印象,要求把"隐蔽的抽象性同鲜明的美感"[2]有机地结合起来。巴尔蒙特认为,"诗乃是一种内在的音乐,用井然有序的和谐的词语表现出来的音乐"。[3] "诗人在创作自己的象征主义作品时,是从抽象走向具体,是从思想走向形象,——而正在阅读诗人作品的那一位,则是从湖面走向画面的灵魂,从那些在其独立自主的存在中显得优美的、直观的形象,走向那隐蔽在其中的精神性灵,后者向他提供双倍的力量。"[4]巴尔蒙特认为:"象征主义、印象主义和颓废主义其本质并不是什么别的东西,而是心理抒情,这种抒情不断地变更其构成,但在其本质上一向是统一的。事实上,这三个流派忽而并行不悖,忽而各行其道,忽而汇入一个流脉,但在任何情形下它们都是在一个方向上的追求,在它们之间并没有河水与海水之间的那种区别。"[5]为了更清楚地阐释象征主义的特点,巴尔蒙特将象征主义与现实主义进行比较:"现实主义者始终是简单的观察者,而象征主义者则永远是思想家。现实主义淹没于波涛汹涌的具体生活,看不见具体生活后面的东西,而象征主义者能摆脱现

---

[1] Мережковский Д.С. 14 декабря. Николай Первый. М.,1994,С.524.
[2] Трифонов Н. А. Русская литература XX века. Дооктябрьский период. Хрестоматия. М.,1987,С.368.
[3] 周启超:《俄国象征派文学理论建树》,安徽教育出版社,1998,第86页。
[4] 同上,第87—88页。
[5] 同上,第86页。

实生活的羁绊,在现实看到的只是自己的理想,他们是透过窗户看取生活。因此可以说,即便是最小的象征主义者,也比最大的现实主义者大。一个还处于物质的奴役中,另一个则已进入理想领域。"①

巴尔蒙特的美学取向跟勃留索夫一样,都带有鲜明的唯美主义色彩。

勃留索夫在给《俄国象征派》诗丛撰写的前言中,阐述自己的象征主义理论。勃留索夫首先提出,象征主义有三个特点:一是"表达细腻的、隐约可以捕捉到的情绪",二是善于"感染读者,唤起他的一定情绪",三是使用"奇特的、非同寻常的修辞格和比喻"。②随后勃留索夫又对自己的观点做了进一步的阐释。他补充道:所有象征主义作品都可分成三类:1)"提供完整的、但又没有画完的图画"的作品;2)具有"用于创造印象的个别场景或段落"的作品;3)由"形象的无联系堆积"构成的作品。但是,勃留索夫认为,艺术作品的主要力量在于形象,这形象应该在以上任何一种情况下都能唤起读者一定的情绪,从而帮助读者领会到作品的一般含义。诸多形象应该构成一个共同的、逻辑严整的画面。③ 勃留索夫认为,象征主义诗歌可以称作"暗示的诗","象征主义采取的是思想的最初火花,并不展示全貌的胚芽。我们可随便以某人的幻想为例。请试试表达它最初的火花,这就是象征主义"。勃留索夫还认为,诗歌不反映现实生活,它只是"给思想穿上形象的外衣";一切

---

① Трифонов Н. А. Русская литература XX века. Дооктябрьский период. Хрестоматия. М., 1987, C.368.
② Брюсов В.Я. Собрание сочинений в 7 томах. М., 1973 - 1975, Т.6, C.27.
③ Там же. C.29.

文学流派的区别仅仅在于思想是在哪一发展阶段被化为形象的。谈到象征主义与现实主义的区别,勃留索夫认为,前者表现的是思想的最初的开始阶段,但通过这最初的火花,读者可以揣摩到整个思想;而后者表现的是思想的最后的完成阶段。① 这与巴尔蒙特的一段话恰好彼此呼应,互为补充:"现实主义者永远是简单的观察者,象征主义者则永远是思想家。现实主义者只热衷于表现具体的生活,而对生活后面的东西却视而不见;象征主义者远离现实的存在,只在其中看到自己的理想,他们仿佛是透过窗户看取生活。"②

在《开启秘密的钥匙》(1904)一文中,勃留索夫对自己在世纪之交的美学探索做了总结。在这篇文章里,他驳斥了功利主义的艺术理论,也驳斥了"为艺术而艺术"的理论。勃留索夫认为,任何美学理论都无法解决文艺创作的性质问题。世界的本质是不可知的。对世界的科学认识受到我们的心理和生理条件的制约。世界一开始就被我们理解为现象,即它有着我们的意识所接受的形式和范畴。但意识永远是在欺骗我们,把自己的属性和规律转移到外部世界。思维、理性和科学无力克服这个障碍,因为人关于世界的表象是不真实的。不过,世界的本质倒是可以通过另一个途径被认知,这便是直觉。勃留索夫接受了叔本华的思想,把理性认识同直觉认识对立起来,认为摆脱科学认识的"虚假性"的出路在于艺术。勃留索夫写道:"这些光芒就是那些神魂颠倒的瞬间,超感觉的直觉的瞬间,它们提供了对世界现象的另外一种认识:透过

---

① *Брюсов В.Я.* Собрание сочинений в 7 томах. М., 1973-1975, Т.6, С.30.
② Там же. С.368.

表面,深入内核。艺术的根本任务即在于再现这些彻悟和感悟的瞬间。"①勃留索夫赞成梅列日科夫斯基对艺术的使命的看法,要求诗人对事物具有神秘的感受,断言"没有神秘感,就没有创作",②但他不同意把神秘作为艺术的唯一内容,认为诗歌的目的是表达诗人"灵魂的波动"、人的灵魂的秘密以及艺术家的个性。

勃留索夫在此提出了三个原则性观点:1) 认识世界是通过主体的内省和自我认识实现的;2) 在这种情况下,极度兴奋时刻是具有决定性意义的;3) 对艺术家来说,"模糊的神秘感觉",也就是人的潜意识更有吸引力。

如果我们把勃留索夫等人对象征的理解同梅列日科夫斯基、伊万诺夫、别雷等人的象征理论加以对比,我们会发现实质性的区别。这些人是如何理解象征的?应该说,象征的定义在俄国象征派的批评著作中缺乏精确性,首先,是由于象征的多义性,其次,是因为美学评价有分歧。例如,罗扎诺夫是从宗教革新的理论立场来看待象征的,将象征视为宗教情感和神秘情感的表现。因此,在他的定义里,象征是抽象的幻象,"跟任何真实现实都没关联"。对罗扎诺夫而言,象征是神秘事物的回声,而神秘事物则是"酝酿着折射进来的神界之光的环境"。③

也就是说,象征等于神秘情绪。这一点即便是对象征派理论来说,也很难说是正确的,因为对象征派来说,象征是神秘事物的符号。

---

① *Трифонов Н. А.* Русская литература XX века. Дооктябрьский период. Хрестоматия. М., 1987, C.370 - 371.
② Там же.
③ *Розанов В.В.* Религия и культура. СПб., 2001, C.137, 241.

老一辈象征主义者的美学基础是把世界看作审美对象的表象,这种表象据别雷说,早在叔本华的著作中就有阐述。不过象征主义的出发点是美,其广度是超越所有其他价值标准——道德、善、义务、利益之类之上的:在美中,人类所有习惯的局限和界限黯然失色,美能兼容世界现象的所有丰富性和多样性,从而促使人与存在达成妥协。跟德国浪漫主义诗人一样,他们要把美看成上天、神性的反光。

在追求梅列日科夫斯基19世纪90年代初倡导的扩大艺术感染力的同时,诗人们通过自己的文学论著和诗歌实践拉开了美与诗性概念本身的界线。例如,巴尔蒙特在《恐怖之诗》(*Поэзия ужаса*)、《卡尔德隆的个性戏剧》(*Кальдероновская драма личности*)等文中将"恐怖之诗"和"恐怖之美"纳入美的范畴。在分析戈雅的绘画时,他提出一个想法:"宇宙范畴的和谐与恐怖之诗是美的两个极端。"①

秉承波德莱尔"恶之花"的精神,巴尔蒙特力图"以抒情的方式",也就是说经过个人体验"撷取"和表现"反面"乃至"丑"的领域,并认为这是一种不可或缺的审美必要性。从根本上说,在象征派的观念中,审美的范畴有时显得过于宽泛,里面容纳了太多的东西——道德标准,善与恶、真与假之间的界限被取消("人是好是坏对我来说/反正一样/人说真话还是假话/对我来说反正一样"——巴尔蒙特宣称)。为了追求艺术的绝对自由,将艺术从服务于认知、服务于社会和道德的正统观念中解放出来,象征派,特别是老一辈象征派鼓吹道德折中主义,刻意将"艺术"与"人"割离开来。

---

① *Бальмонт К.Д.* Горные вершины. М., 1904, С.2.

他们确信,"艺术家"始终"不是人",正如象征派诗人和批评家艾利斯后来说的。①

俄罗斯象征主义一开始就是理论和实践并驾齐驱的。这里的实践包括两个层次:生活实践和审美实践或者说是创作实践。作为一种大于文学的东西,俄国象征主义以某种方式契合了民族文化传统,同时又拉近了象征主义不同阶段,即"老一辈"和"新一代"的创作之间的距离。例如,梅列日科夫斯基断言,勃留索夫、索洛古勃、吉皮乌斯——"从普希金到丘特切夫的伟大俄罗斯诗歌的继承者"的艺术"大于艺术:这是宗教考验;他们的诗是最顽强和最危险的宗教探索的日记"。② 对此,新一代象征派在理论上有着明确的认识,但在实践上身体力行还是某些"老一辈"。诗人们不光要对诗歌,还要对自己的生活提出审美要求,企图以艺术手段创造生活。

有必要在此提一下亚历山大·杜勃罗留波夫(1876—1944?),他的生活与创作经历着实令人唏嘘不已。不少同时代人在他身上看到了天才的影子。他是作为一个流浪汉结束自己的一生的,至今不知死于何时何地。据勃留索夫回忆,杜勃罗留波夫"思想偏激",完全拒绝现存生活方式,强烈渴望彻底改变生活。他异常"颓废"的日常生活也能证明这一点:房间里蒙着黑布,墙上画满神秘的象征人物和象形文字,做黑色弥撒,吸食大烟,因鼓吹自杀而被彼得堡大学开除,因拒绝服兵役而入狱,最终完全转向另一个极端——彻底放弃对诗歌创作的崇拜,与文明一刀两断,用梅列日科

---

① Эллис (Кобылинский Л.Л.) Русские символисты. СПб., 1910, С.110.
② Мережковский Д.С. Павел I. Александр I. Больная Россия. М., 1989, С.688.

夫斯基的话来说,就是怀抱着获得新宗教的希望,从文化的顶峰坠入"民间的自发力"。①

杜勃罗留波夫的处世态度和生活方式不是偶然的、孤立的,而是一种在颓废派中带有普遍性的现象。例如巴尔蒙特在行为上就是个典型的颓废派。他的创造生活就是经常扮演魔鬼诗人的角色,不相信善与恶,只相信美和一切不寻常的东西。勃留索夫给自己选择的角色是"黑衣魔法师",象征主义领袖。他喜欢穿一套黑色礼服,双手抱臂,目不转睛地盯着别人,似乎是要极力给他们施魔法。初次见面的人向他伸出手来,他也会向对方迅速伸出手去,但会在最后关头突然把手抽回来,让人尴尬不已。勃留索夫在待人接物、行为举止方面的正襟危坐、居高临下、唯我独尊态度引起了很多圈内同行的不满。②

象征主义诗学研究家明茨指出:"从德国浪漫主义时代(19世纪初)起,一个新的概念就进入了艺术领域——'创造生活'。在生活中,浪漫主义作家最看重艺术,最看重的人是艺术家。浪漫主义作家认为,艺术家与众不同。艺术家是创造者。艺术家创造的不光是一些新的出色的艺术作品,他创造的还有一部作品——自己的生活。并且这是他能创造的最好的东西。"③

浪漫主义作家确信,艺术家不同于常人。艺术家是流浪汉,过着自由自在、无拘无束的生活。艺术家要么是和尚,为了悟道而甘愿"出世";要么是疯子,在幻想中创造着别人无法理解的美好世界;要么是怪人,是无法无天的"魔鬼"。

---

① *Мережковский Д.С.* Павел I. Александр I. Больная Россия. М., 1989, С.692.
② *Минц З.Г.* Поэтика русского символизма. СПб., 2004, С.398 - 401.
③ Там же. С.397.

创造生活的思想在俄国象征主义历史上起过特殊的作用。如果说浪漫主义者关于艺术家只是纸上谈兵,那么象征主义者则确实是在创造自己非同寻常的人生,确实是想让自己的生活服从艺术的法则,而不是道德伦理的法则。

创造生活思想"大概是象征主义的一个最冒险、最危险的思想"[1],因为完全有可能弄假成真、事与愿违,甚至酿成悲剧。这样的事情在俄国象征派诗人中间确实也发生过。

第三节 新一代象征派的象征观

新一代象征主义诗人的崛起,把俄国象征主义运动推向新的发展阶段。正是这一代诗人的努力,使俄国象征主义达到了成就的顶峰。在他们的理论著作和创作实践里,俄国象征主义的哲学和美学得到最完美和最充分的表达。

在新一代象征主义诗人的作品中,老一辈象征主义诗人固有的郁郁寡欢和悲观厌世荡然无存,取而代之的是一种对新的历史时代的期待和预感。只是这预感带有浓厚的神秘主义色彩。创作中神秘主义因素的加深,是这一阶段俄国象征主义的一个显著特征。

---

① *Минц З.Г.* Поэтика русского символизма. СПб., 2004, С.398.

新一代象征派的象征观深受弗拉基米尔·索洛维约夫哲学思想的熏陶,后者的神秘主义情绪和社会乌托邦思想对新一代象征派哲学美学理想的形成产生了强烈影响,决定了别雷和勃洛克一系列早期诗歌作品的形象体系。

索洛维约夫的哲学根基是关于索菲亚,即最高神智的学说。"索菲亚"是一个具有多层结构概念,里面包含了谢林的"宇宙灵魂"、歌德的"永恒女性"、但丁的"天国恋人"。"索菲亚"形象的诸多变体可以视为一种特殊的神话代码。洛谢夫归纳出"索菲亚"内涵的十个层面:绝对的、神人的、宇宙学的、人类学的、普世主义—女性主义的、美学—理论的、隐私—浪漫主义的、巫术的、俄罗斯民族的、末世论的。洛谢夫总结道:"索洛维约夫的索菲亚学说,如果一方面指的是普世主义,另一方面指的是所有最重要哲学对立面的融合,那么,这不是别的,正是统一哲学的艺术表达。"[1]天国的索菲亚对象征派来说乃是崇高的另一世界的化身,这个世界有别于现实世界——残酷而又庸俗的尘世。

在常被象征主义诗人津津乐道的长诗《三次约会》中,索洛维约夫认为,宇宙具有神性的统一,它的灵魂就是接受了神的力量和美的光芒的永恒女性。这永恒女性就是索菲亚,是最高神智。索洛维约夫哲学体系将索菲亚定义为理想的人神合一。上帝创造的这个陷入时间洪流、看似独立存在的世界,其实只不过是最高世界的反射,正如索洛维约夫在《可爱的朋友,也许你看不见》(Милый друг, или ты не видишь):

---

[1] *Лосев А.Ф.* Владимир Соловьёв и его время. М., 1990, C.259.

> 可爱的朋友,或许你看不见
> 我们所能看见的一切
> 只不过是视力所不及的
> 事物的影子和反射?

> 可爱的朋友,或许你听不出
> 人世间的刺耳的噪音
> 只不过是和谐的欢呼的
> 被扭曲了的回声?

现实世界服从于虚幻和死亡,但恶与死对我们这个世界的永恒理想——索菲亚却无能为力。她保佑宇宙和人类免于毁灭和堕落。索洛维约夫断言,对索菲亚的理解建立在俄罗斯人固有的神秘主义世界观上。将威严与温柔集于一身的圣母玛利亚,就是最高神智或人神合一。

索洛维约夫在《艺术的一般含义》(*Общий смысл искусства*)一文中写道:诗人的任务第一是要"将大自然不能表达的活的理念的那些品质客观化",第二是要"赋予自然美以灵性",第三是要将大自然及其个别现象化为永恒。索洛维约夫认为,艺术的最高任务是"在现实中确立体现绝对美的秩序或创造宇宙精神肌体"。[①] 这一进程的完结与世界进程的完结是相吻合的。在现时,索洛维约夫看到的只是走向这一理想的先兆。艺术作为人类的一种精神创作形式自始至终与宗教结合在一起。"至于当今宗教与

---

① *Соловьев В.С.* Сочинения в 2 томах. М., 1990, Т.2, С.398.

艺术之间的隔阂,我们则将之视为从古代混合向自由融合的一次过渡"。①

对社会生活问题,索洛维约夫阐发了一种神权宇宙学说。他认为,未来的社会将建立在宗教基础上,而实现这一社会理想,只有俄罗斯能独当此任。因为,按索洛维约夫的想法,俄罗斯不同于西方,她没有走西方式的资本主义发展道路,而是保留了自己的宗教道德根基。但这一社会历史进程只会与宇宙历史中发生的物质外的进步相伴而行,实现的只是绝对的理想。后来,俄国现实的发展迫使索洛维约夫又提出一种新的思想:世界历史行将结束,历史的最后一个阶段正在到来,基督与反基督徒之间的斗争已近尾声。这种世界末日情绪,作为索洛维约夫信徒的新一代象征主义诗人有着深切的体验。对新的启示的期待,对永恒女性的崇拜,对末日将至的感受,成为新一代象征主义诗人的诗歌主题和独特而又神秘的诗歌语汇。

勃洛克、别雷、谢尔盖·索洛维约夫、伊万诺夫同样对纯洁之美及其天国化身索菲亚顶礼膜拜。他们相信,永恒之美将战胜混沌、邪恶和黑暗。在他们看来,索洛维约夫打破了令思想和感情的贵族极不舒服的旧宇宙的桎梏,让真善美获得了应有的尊重。勃洛克在日记中谈及他正在构思的一篇有关俄罗斯诗歌的文章时写道:"在伟大的哲学斗争中巨人索洛维约夫出场了……实证主义的空洞之花凋谢了,牢骚不断的思想的老树抽绿了,开出了形而上学和神秘主义的新花。不可阻挡的爱的光辉照亮了新学说的篇

---

① Соловьев В.С. Сочинения в 2 томах. М., 1990, Т.2, С.399.

章,——在它面前,所有的恶魔落荒而逃,不知所终。"①

新一代象征派的象征观,在别雷的《象征主义》(*Символизм*,1910)、《绿草地》(*Луг зеленый*,1910)、《短论集》(*Арабески*,1911),伊万诺夫的《星空漫步》(*По звездам*,1909)、《田沟与地界》(*Борозды и межи*,1916),艾利斯的《俄国象征派》(*Русские символисты*,1910),丘尔科夫(*Чулков Г.И.*)的《论神秘无政府主义》(*О мистическом анархизме*,1906)等论著中得到充分展开和阐述。

从整体来说,在20世纪初,俄国象征主义的世界观发生了由主观唯心主义向客观唯心主义的转变。然而,在力图克服早期象征主义的极端个人主义和主观主义同时,新一代象征主义者又认为艺术的对象不是现实生活,而是抽象的"彼岸"世界。理念世界与现实世界、理性认识与直觉认识的二元对立原则决定了他们的创作方法。

物质世界的现象对象征主义者来说,只是理念的象征。因此,世界的双重性、人格的双重性,成为象征创作方法的一个基本风格表现。形象永远有双重意义,自身永远包含两个层面。

应该指出的是,这两个层面之间的联系远比初看上去复杂得多。象征主义理论家对"最高含义"的认识与对经验世界的认识有关。在他们眼里,现实生活中每一现象的后面,都隐藏着最高含义。根据索洛维约夫的想法,艺术家应该在个别现象中发现抽象的东西,与此同时,不光保持,还要"加深现象的个性"。伊万诺夫认为,这种"忠实于事物"的原则是真正象征主义的一个特征。不

---

① *Блок А.А. Собрание сочинений в 6 томах. СПб.*,1980-1983,Т.5,С.81-82.

过,对现象的个性忠实并不排斥艺术的法术使命,也与现实主义的个性化和概括化原则背道而驰。

象征主义诗学的基础是象征。然而对象征的理解,每个象征主义者却不尽相同。在象征主义内部,围绕象征和象征化进行过多次争论。

艾利斯给出的定义也是基于这个层面。在《阿耳戈:忘却的誓言》(*Арго — забытые обеты*)的序言中艾利斯写道:象征是"关于另一天堂的另一消息",是进入"秘密王国"的钥匙,也就是说,是不可知的、神秘事物的符号。我们在梅列日科夫斯基、吉皮乌斯、罗扎诺夫笔下会找到对象征的第一理解——象征是"另一世界"的符号,与真实现实无关。

俄国象征理论家和诗人对象征的理解是多层次的。象征主义既是艺术中精神世界的象征表达,是进入这一精神世界、最终走向初始象征(Первосимвол)的途径,也是物质世界与精神世界的某种中间存在。

根据艾利斯的想法,艺术的象征主义能完美掌握"直观认知"方法,拥有激发渴望最后秘密的才能,是对无穷无尽的世间万物无以复加的痴迷,是对人的灵魂尤其是象征主义灵魂无限奥秘的永不休止的探究。[①] 象征精神在沿着认识的台阶拾级而上的同时,"必然会在自身中酝酿出对认识最后象征——那个作为一切象征之象征的伟大象征(Великий символ)的渴望。这个伟大象征能将所有象征联系起来和分别开来,能对所有的象征做出限定和预判。伟大象征自身持有一切象征,并能以神秘方式自己对自

---

① Эллис (*Кобылинский Л.Л.*) Русские символисты. Томск, 1996, С.94.

己做出限定。任何一个象征派诗人都渴望认识伟大象征,或许,恰是伟大象征的这种扑朔迷离,才是建构所有其他象征的半自觉的动机"。①

基督教意义上的精神文化历史是"沿着自己的圆圈"循环往复的。经过数百年的世俗化和对自然科学、实证主义和唯物主义的爱好,到了世纪之交,文化已经根据自己的世俗化部分(在教会掌控之外"自由"发展的)——世俗艺术得出结论:绝对的精神因素,世界的始因是存在的,简言之,那个旧的、善的上帝是存在的,通过新的艺术表现,经过德国古典哲学的中介,如今被称为初始象征、伟大象征或大写的象征。这并没有改变精神的深层内涵。无论在西方还是在俄罗斯,象征主义都清楚而有意识地通过其杰出代表表达了对回归传统宗教怀抱的渴望,虽然由于当时的历史文化状况,它很想为之注入一些自己的象征,确切地说,是重新解释传统象征的含义。

在这种情况下,艺术(作为一种象征现象)便被赋予一种重要角色,成为一条具有原始物质基础的通向象征的途径。在艾利斯看来,艺术是一种精神—物质现象,里面有物的、物质的成分,所占比重并非无关紧要,而是可以成为真正的艺术作品存在的基础。象征主义意识到,艺术的主要目的是把人提升到精神宇宙的最大限度,在这个限度上,象征主义应该要么完全脱离物质,也就是不再成为艺术(比如变成宗教或纯粹的神秘主义),要么有意识地在中途停下来,只是仍旧通过具体—感性的艺术形式,暗示出这一点(由此也不难看出象征主义内部对其缺点和危机的一些认识)。

---

① Эллис (*Кобылинский Л.Л.*) Русские символисты. Томск, 1996, С.194.

从象征派立场来对象征主义理论做出较为充分阐释的是别雷。在他眼里，象征并不完全脱离具体生活，而是将具体生活的作用限定为一种原初的、起始的推动力（这一观点同索洛古勃对象征的定义不谋而合）："用可知世界的元素建造另一世界。"别雷把具体形象和体验的概括和成形过程看作象征诞生的初始瞬间。他称象征为"对变动不居的现实的瞬间之一进行典型化"，[①]或者功能更确切些说，是"象征形象——具体综合、正题——自然物体、反题——情节含义所构成的三位一体"。在我们看来，别雷的这一定义重要的是以下一点：象征来源于具体形象，这种形象经过了变形——概括、抽象，也就是从"瞬间"到"永恒"的抽象。因此，别雷称象征化为"于瞬间中认识永恒"。可以产生象征的范畴，对别雷来说相当之广：这是情感、爱好、感受等"精神活动不可分割的整体"，也就是说，是在与现实的接触过程中产生的形象和情感。别雷认为，象征由三个成分构成：1) 作为可见事物（也就是其具体来源，现实的形象）形象的象征；2) 作为表达形象具体含义的——哲学的、宗教的、社会的，也就是讽喻的象征，也就是摆脱了个体性和具体性的概括形象；3) 作为一种生活创作的呼吁的象征，已经是抽象化的"永恒形象"。[②] 在这样的定义中，象征是具体与抽象的统一体。

别雷认为，象征化是象征主义的最本质特点。这是在瞬间中认识永恒，是用形象表达思想。然而，象征并不是简单的符号，从后面能直接读出"另一世界"、"另一层面"，而是形式层面与本质层

---

① *Белый А.Н.* Начало века. 1990, С.130.
② *Белый А.Н.* На рубеже двух столетий. М.-Л., ЗИФ, 1931, С.407.

面的复杂统一体。这个统一体的边界极其模糊,别雷的论证是复杂和矛盾的。

象征形象在潜质上始终要求变成带有神秘思想的形象符号。别雷所理解的象征由三种成分构成:首先,象征是一种可见的形象,具体的生活印象;其次,象征是一种寓意,对个别印象的抽象;最后,象征是一种永恒形象,"另一世界"的符号。① 也就是说,在别雷看来,象征化过程就是将具体抽象为超现实。伊万诺夫对别雷做了补充,他认为,象征是无穷无尽的,其意义也是无边无际的。艾利斯言简意赅地概括了象征和象征主义的本质,认为勃留索夫一直反对的艺术与神智学的联系是不容抹杀的。他认为,象征主义就是要"揭示两个世界之间的神秘对应",也就是可见的世界与不可见的世界、此岸世界与彼岸世界之间的神秘对应。②

别雷在《意义的标志》(Эмблематика смысла)一文中,归纳了象征的23条属性,其中主要有:第三条的"象征是创作与认识徽记的统一体";第十二条的"象征是形式与内容的统一体";第十五条的"象征通过标志(形象象征)被认识";第十六条的"在认识与创作的象征化过程中现实接近象征";第十八条的"认识与创作的内涵在象征中";第二十三条的"象征在象征化过程中敞开;在象征化过程中,象征被创造,也被认识。"③

别雷将创作等同于象征主义,将象征既视为创作的目的(第十六条),也视为创作的结果(第二十三条),象征的能量赋予生活和认识以意义。在此别雷与伊万诺夫观点一致,他们都承认象征是

---

① Белый А.Н. Символизм как миропонимание. М.: Республика, 1994, С.123.
② Эллис (Кобылинский Л.Л.) Русские символисты. Томск, 1996, С.194.
③ Белый А.Н. Символизм как миропонимание. М., Республика, 1994, С.75.

一个有机的统一体,象征与世界是一个有机的统一体,尽管他们对这些观点并没有展开论述。

　　艺术地体现世界的整体性,可以有不同的途径——通过内省、感悟对世界进行直观,或通过波德莱尔早就尝试过的"感应规律"发现颜色与声音、声音与气味、线条与声音等不同属性之间的联系,最后还有借助记忆和想象恢复形象和隐喻的古代、神话根本。比如别雷就阐述过诗歌话语中隐喻形象、象征形象和神话形象的关系:"当我说'月亮是一只白色的角'时,当然,我的意识不是在肯定一种我在天上见到的角像月亮的神话动物的存在,但就我的创作的自我认定的深刻本质而言,我不能不相信存在某种真实,我创造的隐喻形象就是其象征或表象。诗歌话语直接与神话创作相关联……"[①]

　　别雷大大推进了象征理论,他认为,完整体验是象征乃至形象的基础。与此同时,他又断然否定艺术是形象思维的观念。在《艺术的含义》(Смысл искусства)一文中,他断言"只能在最低程度上说艺术是形象思维","艺术用整个完整的不可分割的内心过程对我们说话,在这些进程中,我们能发现思想、感情、对行动的呼吁……"[②]他认为象征的基础是"不可分割的统一"、"体验的不可分割的完整性":"我们说的体验的本质是指感觉、意愿、思维的过程的不可分割的统一……我们将体验的个人本质称为象征……"。[③] 作家同时强调:体验从本质上说是非理性的,而神秘"与所有体验都

[①] Белый А.Н. Символизм как миропонимание. М., Республика, 1994, C.141.
[②] Там же. C.112.
[③] Там же. C.76.

是对等的"。①

随着自身的发展,象征主义在20世纪初越来越执着地宣称自己是一种新的世界观,一种试图从整体上、从其无限广度和深度认识世界的世界观。跟前辈相比,俄罗斯象征派有一种异常的、挥之不去的感觉:世界是无穷无尽的,一如人的内心生活是无穷无尽的。灵魂的深渊和世界的深渊在他们面前重新敞开。从这种世界观出发,人类生活的日常和社会因素都不过是"假面具"、个性的表层表现,而这对真正的艺术是不够的。新艺术应该成为综合艺术,成为象征艺术,而象征,虽然它只是暗示、"反光",是另一事物的标记,却是一种深层的、本质的、隐蔽的、无穷的存在之标志。

在20世纪初,也就是在自我意识的成熟期,俄国象征主义借鉴索洛维约夫的思想,抛出了法术理论,也就是带有宗教关怀的创作理论。别雷在早期的部分理论文章中,对索洛维约夫的思想进行了移植。在《一封信》(Письмо)里,他谈到世界末日的预兆和未来对世界的宗教改造。当基督与反基督徒的斗争转移到历史土壤,这末日即意味着更完美的新生。在《论法术》(О теургии,1903)一文中,别雷试图为新一代象征主义者的美学观点寻找根据。他认为,真正的艺术永远同法术联系在一起,当代艺术家的责任就是从"艺术性"回归宗教神秘主义"制作",亦即"法术"。在《意识危机与亨利克·易卜生》一文中,他总结了自己对艺术的思考,指出了人类正在经受的危机,呼吁对世界进行宗教改造。这篇文章反映了新一代象征主义的基本哲学美学倾向:对历史与文化末日的预言,对精神王国的期待,阐发了对世界进行宗教改造和建立

---

① *Белый А.Н.* Символизм как миропонимание. М., Республика, 1994, C.221.

在新宗教基础上的人类大同思想。

伊万诺夫也是一位法术艺术的理论家。他认为,艺术家绝对不应该宣传宗教,这是没有意义的,但应以"唤醒人的神秘生命"为己任,"用轻轻的触摸减轻别人内心经验的花朵的生长"。[1] 伊万诺夫在这个层面上这样看待诗歌的目的:"真正的象征主义自身已经含有内省和意愿的宗教肯定——在相对存在中隐蔽地肯定真实存在。"[2]在《当代象征主义的两个流向》(*Две стихии в современном символизме*, 1908)一文中,伊万诺夫断言:诗人应该成为法术家,索洛维约夫意义上的法术家。法术家是"艺术家,是世界灵魂的创造努力的自觉继承者",他要揭示"本质的隐秘意愿"、隐蔽的"现象的理智","只有这精神的开放能把艺术家造就成神启的体现者"。[3] 伊万诺夫对索洛维约夫的基本思想做了发挥。他认为,象征主义是艺术中唯一真正的现实主义,它探寻的不是变幻不定的现实,而是世界的本质。他号召艺术家永远要透过表面看到"被神秘地洞察着的实质"。伊万诺夫把法术定为艺术发展的最高阶段和包罗万象的世界观。在新一代象征主义者的文章中传播甚广的"行为仪式艺术"思想,其实是用"精神革命"的概念偷换"社会革命"的概念。

象征主义是在宽阔的视野中思考艺术与宗教的联系的。在伊万诺夫和别雷看来,二者的联系在于目的的一致性:"在艺术提出的目的之深处,隐藏着宗教目的:这便是改造人类的目的。"[4]

---

[1] *Иванов В.И. Собрание сочинений в 6 томах. Брюссель*, 1971 - 1987, Т.2, С.570.
[2] Там же. С.567.
[3] *Иванов В.И. Родное и вселенское.* М., 1994, С.144.
[4] *Белый А.Н. Символизм как миропонимание.* М., Республика, 1994, С.115.

关于象征,伊万诺夫认为:"象征,只有当它在自己的意义中是无穷无尽、无边无际的时候,当它用自己深藏在内心的(祭司的和法术的)暗示性语言说出某种外在语言不可言传的东西的时候,它才是真正的象征。它是多面的、多义的,而在最深处则永远是朦胧的。"①这与梅列日科夫斯基所说的象征主义是"意义的无限性的表现"②相互呼应。

象征的第二层含义是抽象的,因为象征中表达的是"巫术秘密的象征","与绿色山谷的白色断裂"。因此,作为现实形象的美,根据伊万诺夫的定义,"在变成艺术形象之前要做一些改造。一种情况是,它走一条'上升'之路,也就是说,现实的美'生出了翅膀',被赋予神秘的内涵,成为象征"。伊万诺夫称这种改造为"精神与世界灵魂的永恒婚约"。另一种情况是,现实的美经历一个下降的过程(尼采狄奥尼索斯意义上的),也就是堕入低级欲望的深渊,以便在神秘的色欲中经受净化的考验。③

看得出,这个象征定义跟梅列日科夫斯基的象征定义不完全一致。后者将象征理解为宗教思想的表达。

与别雷和伊万诺夫相近的一些象征派理论家,他们的象征的基础是现实的形式化。观念与形象的形式游戏,就同一主题所做的"头脑游戏",在这些诗人的作品创造出了"头脑游戏"光怪陆离的景象,这是以无法把捉的抽象形式、数学形式理解生活的方法的基础。

---

① *Иванов В.И.* Родное и вселенское. М., 1994, С.141.
②《象征主义、意象派》,黄晋凯、张秉真、杨恒达主编,中国人民大学出版社,1989,第744页。
③ *Иванов Вяч.* По звездам. Борозды и межи. СПб., 2007, С.43-45.

新一代象征主义的美学体系有着明显的折衷性和矛盾性。关于艺术的目的、特性和使命等问题,在象征主义内部时常发生争论。索洛维约夫的信徒认为艺术有宗教意义。勃留索夫一派则坚持艺术自由,独立于神秘主义目的。

象征主义者普遍认为,创作、艺术、诗歌的伟大优势首先在于它们中占据主导地位的是超理性因素、"超感觉的"直觉,也就是说,世界的神秘本质是可以感悟的。感悟的方法首先是要诗人潜入自我、审视自我,进行神秘主义的"内省"。按伊万诺夫的想法,诗歌是联结心中的上帝与天国的上帝的轴心,是联系天与地、理想与现实的纽带。①

但与富于幻想的浪漫主义不同,按伊万诺夫的说法,象征主义诗人是用宗教仪式上的极度兴奋、"神秘主义的自我肯定行为"与浪漫主义的苦恼对立起来,象征主义诗人义无反顾地从一切外在的事物走向内在的自我,走向神秘的灵魂深处。②

无须赘言,对潜意识的关注是白银时代整个文学的普遍兴趣和时代标志,象征主义在此起了推波助澜的作用。在象征主义美学中,无意识领域作为一种特殊的范畴,以神秘的方式汇集了两个世界——现象世界和本体世界的光。"在无意识中我们将形而上学的意志与现象世界融合起来。"③

象征是一种符号性的形象、假定性形象。具体可见的、情节性的东西只是作为某种象形文字,作为"另一事物"的符号出现,其背后隐藏着秘密文字。别雷说:"吸引人的不是事件,而是另一事物

---

① Иванов В.И. Стихотворения и поэмы. Л., 1976, С.275.
② Иванов В.И. Родное и вселенское. М., 1994. С.38.
③ Белый А.Н. Символизм как миропонимание. М., Республика, 1994, С.245.

的象征。"①伊万诺夫说:"象征是另一现实的标志。"②而捕捉这一世界和另一世界的联系和关系,应该是象征极其重要的创作意义,是创造象征形象的目的所在。别雷和伊万诺夫的论著以多种方式阐述了这样的思想:象征其实首先就是统一体的化身,统一体就是象征。

归根结底,体现在象征中的统一不但是形式和内容的统一,也是某种最高意义上的神性的统一,是通过象征看取的真、善、美的统一。这就是新一代象征派的崇高浪漫主义主张。有别于老一辈,也在相当程度上有别于西欧前辈法国象征派,他们在创作中走向对世界的形而上学接受。伊万诺夫宣称,艺术家的使命是要"传达世界本质的隐秘意愿"。③

俄国象征派对世界统一性的信念无疑是受了索洛维约夫"万物统一"学说的启发,用伊万诺夫的话来说,是受了"存在的神性完全统一"学说的启发。由此产生了新一代象征派提出的象征的客观性思想,因为在他们的理解中大自然本身就是象征性的。关于"大自然是象征"的想法在伊万诺夫的《关于象征主义的一些想法》(Мысли о символизме)中得到发展。

如何认识象征派诗人创作中的象征的多义性,是象征理论一个关键的且至今没有完全弄清楚的一个问题。研究者一般都重复指出:象征有别于寓意,它是多义形象。不错,但还不够。要知道,不仅象征形象,任何深刻的艺术形象其实都是多义的,它可以也能够激发大量的不同阐释。

---

① *Белый А.Н.* Символизм как миропонимание. М., Республика, 1994, С.246.
② *Иванов В.И.* Родное и вселенское. М., 1994, С.143.
③ Там же. С.144.

对象征的不同理解影响到诗人具体的诗歌创作。在别雷、弗·索洛维约夫、早期勃洛克的诗里,象征从原始意义概括和抽象出来之后,获得了相对的独立性,变成譬喻。这种譬喻建立在反映诗人艺术思维双重性的对比上,建立在理想与现实、毁灭与新生、信仰与失望的对立上。艺术思维的双重性决定了象征主义诗歌和小说具有鲜明的讽刺怪诞色彩,这更加强了对比效果。不过象征主义的怪诞显然不同于现实主义的怪诞。

象征主义的创作方法和风格特点在象征主义戏剧中表现日益明显。在象征主义戏剧里,舞台动作成为幽灵幻象,情境如梦一般扑朔迷离,而演员则是作者的玩偶和传声筒。

象征派笔下的象征的特性应该在其原则上的两面性、双重性里寻找,应该在象征通常包含的那些不同甚至相反的含义中寻找。这是千变万化的形象,自身同时含有两个可能的极端意义,其细微意义的游移造就了象征的无穷性和神秘性、象征挥之不去的"欺骗"和无法驱散的"迷雾"。

伊万诺夫在《当代象征主义中的两个流向》一文中提出这样一个深刻思想:象征代表的不只是一个,而是若干个不同的本质。①别雷也表达过类似的观点,他把象征定义为不同种类的事物的结合或"两种事物的合二为一",并指出这不是机械的堆积、生硬的合成,而是"有机的联合"。②

这种观点来源于"两重世界"、两个存在层次既互相分离又相互作用的观念,不管这两个世界两个层次怎样定义,现象的和本体

---

① *Иванов В.И.* Родное и вселенское. М., 1994, С.143.
② *Белый А.Н.* Символизм как миропонимание. М., Республика, 1994, С.141.

的也好,尘世的和天国的、物质的和精神的也罢。这个观点也来源于德国浪漫派哲学家的美学和辩证思想。德国浪漫派强烈地感觉到了生活中存在的普遍不和谐,并对那些缺乏整体观的人给予了无情嘲弄。

象征内核中含有的"不同种类性"为诗人表达世界的不和谐和悲剧性矛盾提供了可能性。在他们的头脑中,世界的不和谐和悲剧性矛盾已跃居头等重要的地位,并在很大程度上决定了他们的形象体系的悖论性质、不和谐性质。别雷提出的象征不光是"可见事物"的形象,还是"意识"的形象,确切地说,是"被体验的意识内容的模型",同时也是相当程度上的"虚构形象",幻想形象。这一观点也值得重视。①

不过,作为象征根基的体验的完整性自身还不能保证艺术家能将世界的完整性转化为形象。完整性是最重要的,可以通过审视自己灵魂深处和在外部世界寻找隐蔽联系、各种现象的"共同属性",澄清它们之间的对应这样的方式获得。当代西欧文学研究家在波德莱尔的诗歌中找到了三种类型的对应,我们在俄罗斯象征派诗人的笔下也能见到:1)在形象中兼容了属于不相容的感觉层次的特征,如颜色与声音(如勃洛克的"黑色的笑"),绘画的、线条的与音乐的属性的兼容(勃洛克的"所有线条的融化和歌唱");2)感官印象与回忆的对应;3)物质世界与"超自然"的精神世界的对应。② 俄罗斯诗人用新的对应——例如形象联系——全然不同的精神现象(指美与善的"共同属性"或时间空间的"同一本质")的

---

① *Белый А.Н.* Символизм как миропонимание. М., Республика, 1994, С.112.
② *Косиков Г.К.* Шарль Бодлер между «восторгом жизни» и «ужасом жизни»// Шарль Бодлер. Цветы зла. М., 1993, С.35.

相似形——丰富了上述三种对应类型。

还有一点值得注意。在象征派诗歌中,想象和幻想的作用被异乎寻常地扩大。而这对俄罗斯文学传统来说无疑是相当不习惯的,因为幻想体裁从来并非俄罗斯文学的主流,确切地说,是俄罗斯文学的边缘。世纪交替、生活全面转折时期往往会使诗人面临巨大的未知世界,以致诗人觉得仅仅通过理智和逻辑是无法对时代做出概括的。这时通常会特别需要想象形式,更宽泛一些说,是无意识形式。这与象征形象的结构特性有关系。在象征形象中,非现实与现实——梦与醒、幻想与真实、意识与无意识乃至"疯狂"是平起平坐的。考察一下象征派诗人的作品,不难发现梦的地位与作用已经由经典现实主义作家的辅助手段上升到了艺术思维和风格的构成要素。

疯狂、幻觉和梦呓可以成为象征形象的另一个侧面。例如,在别雷"交响乐"《回归》(*Возврат*,1905)的结构中,三个部分只有一个部分是由漫画化了的日常生活和实物构成的,而另外两个部分则是由无意识的象征形象体系构成的。

意识的跳跃和疯狂能够为观察事物提供一个全新的视角,透视隐藏在风俗习惯表象后面的本质。"要变得聪明些就得发疯"——这是列米佐夫说过的一句名言。[①] 注意,在象征主义者看来,这样的格言本身就是处于萌芽状态的象征。别雷就说过:"格言……是通向象征的桥梁。从外部定义的象征就是极有张力的格言。"[②]因此可以说,格言也是接近象征派阵营的作家的一个特点。

---

① *Кодрянская Н.* Алексей Ремизов. Париж,1959,С.289.
② *Белый А.Н.* Символизм как миропонимание. М.,Республика,1994,С.249-250.

例如充满格言警句的尼采作品,被俄罗斯诗人誉为不但是哲学散文的典范也是象征主义艺术散文的典范。舍斯托夫的哲学散文也有这样的特点。

所有这一切为象征形象制造出一种神秘效果,给人的印象是形象的后面隐藏着人与世界的秘密。诗人也根本不希望扯下这层神秘的面纱,不仅如此,他还要把它保留在形象里,因为在诗人看来,潜入秘密就是接近崇高,接近上帝。

吉皮乌斯在文学日记中写道:秘密不能被最终破解,"不可能也不应该被找到(变成非秘密)","秘密将永远被破解下去,但归根结底还是秘密"。[①]

---

① *Гиппиус З.Н.* Литературный дневник (1889 - 1907). СПб., 1908, С.208, 211.

第五章 俄国象征派诗歌中的象征形象

象征作为一种认知方式和修辞手段,在漫长的文化历史长河中,始终与人相伴相随。然而,象征发展到象征主义的象征,则其意义非同小可,二者不可等量齐观。"象征主义作为 19 世纪下叶前半期至 20 世纪初欧洲文化最重要的现象之一,不可能具有多少严肃和独立意义,其内涵可以归结为对象征司空见惯、平淡无奇的使用。"①

勃留索夫在《开启秘密的钥匙》一文中说:"没有神秘感的地方,就没有艺术可言。谁若是以为世界上的一切都简单明了,可以认知,谁就成不了艺术家。"② 而能够开启神秘之门的钥匙就是

---
① *Воскресенсая М.А.* Символизм как миропонимание Серебряного века. М.,2005,С.30.
② *Брюсов В.Я.* Собрание сочинений в 7 томах. М.,1973－1975,Т.6,С.92.

象征。

象征派诗人跟他们的前辈现实主义作家不同,他们拒绝词语的直接意义,用吉皮乌斯的话来说,就是拒绝"此在的"词汇,而使用抽象词汇、"非此在的"词汇——象征。对词语的神秘内涵具有浓厚的兴趣,这是象征派诗歌的特点之一。"象征用充满暗示和欲言又止的方式,用塞壬的歌喉或西比拉能够激发预感的嗓音说话。"①

穆木天从象征主义的基本特征,得出象征主义走向象征诗学的必然性与合理性:"那些象征主义者的作品的基本的特征,可以说,就是对于神秘的非现实的东西的信仰,即宗教的神秘的见解和气氛。否定以现实为使命的艺术的那些象征主义的诗人们,认为在自身是没有意义的现实的世界之背后,有一种更重要的、非现实的、理想的世界,而那种世界并不是由于理智的实证可以达到的,那是不能明示的,而是仅仅可以朦胧地暗示出来,感染出来的。在象征主义者看来,人生的主要的内容,不是用普通的姿态得以传达出来的,而是必须使用象征才可以把人生的意义暗示出来的。在象征主义者认为,宇宙是充满着象征,诗人是要沉观凝视大的宇宙,捉住宇宙中的象征以暗示出人生的基本的意义也就是玄学的宗教的境界了。"②

不理解象征理论就不可能理解作为艺术思维的一种特殊类型的象征主义。象征化的基础是对生活印象的概括化和抽象化过程。象征派理论家笔下的象征是多义的,可以对之做出多种阐释,

---

① Соколов А. Г. Русская литературная критика конца ⅩⅨ-начала ⅩⅩ века. Хрестоматия. М.,1982, С.327.
② 转引自贺昌盛:《象征:符号与隐喻》,南京大学出版社,2007,第95页。

"其意义是不可穷尽、无边无际的"。所有这一切使得象征的内涵缺乏明确和清晰。

向往和沉湎于不可知的世界,通过象征、暗示、隐喻、"另一世界"的符号来表达印象,是俄国象征派诗歌的主导原则。这一诗歌的主导思想是群体性(至今没有合适的汉语对应)思想,通过宗教和神秘体验的交相混合回归世界。在俄国象征派诗学中,这些思想是通过象征体系、通过对未被言说的东西的探寻、通过类型的印象主义手法反映出来的——通过瞬间的领悟认识"另一世界"。这种诗歌的色彩难以捕捉和清澈透明,在朦胧的语词后面隐藏着另外的东西——第二层含义。象征派诗人的形象始终是具有双重含义的:具体世界与非理性世界结合在一起,日常生活的怪诞与神秘主义交相混合。个别形象的真实性如幽灵幻象,因为真实细节过于肥大,膨胀成为怪诞并与非理性的神秘主义或抽象形式形象相伴而行。在此情况下,象征派诗人的诗歌意识会将这两个层面理解为一个整体,一个不可分割的融合(这是别雷形象结构与勃留索夫和巴尔蒙特的一种深刻区别)。

第一节　象征派诗歌中的象征形象

在 20 世纪批评中,勃留索夫圈内诗人有别于"象征派",即所谓"正宗"现代派,一度被称为颓废派。这是个贬义词。显然,这个术语只能用于区分两个流派。勃留索夫本人就有时自称颓废派，有时自称象征派，而1903—1905年间他的探索已经无法框定在现代主义之内，尽管这个流派没有这位大师的情况下仍旧存在。

勃留索夫和巴尔蒙特流派的主观印象主义诗歌（这个圈子的诗歌影响范围相当之广）的现代性并不比索洛维约夫派的诗歌逊色，但这种现代性在他们笔下的表达方式不同。这路诗歌的基本思想是个性的独立价值和个性的自在自为，将孤独视为诗人的生活立场，在过程中理解人的位置。所有这一切促进了主观艺术的生成。这种主观艺术强调通过绚丽多彩的光谱，通过主观情绪和诗歌感受的细腻表达，把世界作为一个个不可重复的瞬间记录下来。

象征派诗人对象征形象的处理不尽相同，或者说各具特色。这里对老一辈象征派中的唯美派（勃留索夫、巴尔蒙特），寻神派（梅列日科夫斯基、吉皮乌斯、明斯基）和新一代象征派（勃洛克、别雷、伊万诺夫、安年斯基）的诗歌象征及其特点做些考察和分析。

对勃留索夫圈子的诗人来说，象征是一种带有主观色彩的诗意概括。象征以生活观察为基础，诗人在概括时并不为之注入第二层面的、神秘的含义，但时常处于拉开的、具有主观意义的联系中。佩尔卓夫说："勃留索夫追求真实的、物理的体现。"不过在象征派诗歌的象征中具体性、真实形象只是艺术的初始阶段，因为在接下来的艺术加工中，象征会因主观联想而扩张，会被联想转移到主观印象的领域。例如，在象征派诗歌的隐喻和讽喻中间，我们会碰到"蛇"的形象，给人的感觉是复杂多样的。比如，作为狡诈、欲望强烈、残酷、智慧的化身："盘成一个个圆圈的蛇，狡诈和欺骗"，"蛇——智慧的狐猴，毁灭欲的狐猴"，"蛇是沉思"；作为不断更新的象征;"仿佛蛇看着蜕掉的皮,我看着我的前世"(杜勃罗留波夫),等等。

形象是通过诗歌意识主观折射出来的,但它们并未失去与现实的联系,也没有让人联想到"未言说"的世界。高山之巅、悬崖、信天翁、勇士、雄鹰等的讽喻表达的是夸张的个性象征。大自然与主人公在叛逆和斗争中融为一体。对勃留索夫圈子的诗人来说,与自然现象联系在一起的拟人很有代表性。天空、海神、风、水、汹涌的大海是个人写照,是个人与敌对世界作斗争的写照。如:天空——在沸腾的热气中,天空——为自己广阔的湛蓝而骄傲,天空——倾泻着火流,波涛——狂喜的野兽(作为被唤起的欲望的表现),风——作为孤独的象征,表达主人公的叛逆(巴尔蒙特笔下常见的形象),水——"火光闪耀的"大海、大洋。蓝色的天空——精神饱满、内心充实的象征。明亮的波涛——幸福的召唤,"太阳的铜镜"——生活圆满的象征,含有"声音和幻想"的"太阳的芬芳"——世界之美的象征,太阳——"长寿神水之杯",可与"泡沫四溢的勇敢"相比照。这些联想在"沉醉于阳光"的形象中有所回应。

巴尔蒙特通过"血一样鲜红的"太阳形象表达通向幸福之路。考虑到勃留索夫圈子诗人们的象征体系的这些特点,"太阳之子"可以破解为一个表达力量、精神充实、个性完整的讽喻。巴尔蒙特将这句话选为《美的弥撒》(*Литургия красоты*)的卷首语:"人们背离了太阳,要让他们回归太阳!"

我从前曾是一个火的崇拜者,
我永远都是一个火的崇拜者。
我印度式的思维充满了

丰富多彩的日出和日落,
我在必死者之间——是一颗星辰陨落。

巴尔蒙特的象征形象正是回旋在这些联想层面:"太阳之子,我是诗人,理智之子,我是君王"和"让我们像太阳一样"。巴尔蒙特写道:

我来到这个世界是为看见太阳
　　和蓝色的视野。
我来到这个世界是为看见太阳
　　和峰峦的层叠。

太阳、蓝色视野、高山的象征形象在这里表达的是抒情主人公胸襟的开阔、世界的博大。在科涅夫斯科伊的长诗《太阳之子》(Сын солнца)中,自然现象的象征、对太阳形象的联想具有同样的风格色彩,可以理解为完整个性的恢复,精神世界的复原。诗中的天鹅与列达、埃德尔维斯(火绒草)、纳奇索斯(水仙)等形象是追求美、寻找美的象征。不难看出,这些象征都有具体性,不存在对"另一世界"的暗示。

前面说过,象征与现实隐喻的区别在于第二层意思——抽象神秘含义,也就是在形象中获得的主要含义。例如"杯(杯盏、碗盏)"(чаша)形象,在象征派笔下有一系列含义:生活之杯(伊万诺夫),孤独之杯(梅列日科夫斯基),怀疑之杯(吉皮乌斯),血与酒的秘密之杯(伊万诺夫),世界——充盈之杯(丘尔科夫)。

如果将象征与普通隐喻(眼睛是天空看得见的杯盏,是蓝宝石的杯盏)做一比较,就很容易发现本质区别:在象征中,特征的对比是从具体走向抽象,象征将具体事务的品质抽象化(情感的充盈之杯、孤独之杯、怀疑之杯等),以此来揭示其神秘—抽象含义。如上所说,别雷曾指出象征的这个特性是其主要特征之一。

还有一种"杯"在象征派诗人笔下很常见,这就是"高脚杯"(кубок),如"暴风雨的高脚杯"(戈罗杰茨基),"暴风雪的高脚杯"、"沉重的、亮闪闪的高脚杯"(别雷):

沉重的、亮闪闪的高脚杯
我走到外面:大地溜走了——
一切都崩塌了:脚下
是一片寒冷的空间,空气。
旧的空间里就剩下了
我的亮闪闪的高脚杯——太阳……
——别雷《崇高的死亡》(Светлая смерть)

象征派诗人的象征,就其性质而言,有以下几种表现形式:

其一,生活的象征,蜘蛛网(паутина)的象征,在象征派诗歌中极为常见:城市是一个恶浊的污水坑,毛茸茸的蜘蛛在里边结网(别雷);有着蜘蛛般毛茸茸爪子、编织着生活巨网的铁线虫、"深渊之鬼魂"形象(别雷)。

索洛古勃的"涅多蒂科姆卡"大体上也应该属于这类象征:

灰色的涅多蒂科姆卡
总是围在我周围打转,——

莫不是恶灵在与我描画

同一个毁灭的圆圈?

——索洛古勃《灰色的涅多蒂姆卡》(*Недотыкомка серая*)

在索洛古勃笔下,这是一个引人注目的形象,也是一个至今仍存争议的形象。除了上面这首诗《灰色的涅多蒂科姆卡》以外,它还出现在长篇小说《卑劣的魔鬼》(*Мелкий бес*)中。随着小说发表后迅速轰动文坛,涅多蒂科姆卡这个奇怪的形象也不胫而走,并引起批评界的注意。据勃洛克证实,"批评界对之讨论颇多,且很有见地;哥伦菲尔德说这是个外省词语,在词典中的释义是某种类似'碰不得'、'抓不到'的东西。但在索洛古勃笔下,正如哥伦菲尔德指出的,含义完全不同"。当然,勃洛克感兴趣的不是其词汇学意义,而是其象征意义——"这个涅多蒂科姆卡到底是谁"?[①]

确实,一般词典里没有这个词,但在民间用语词典里可以查到,意思是心胸狭窄、因循守旧、容不得别人拿自己开玩笑的人。在作品中,索洛古勃扩大了这个词的语义结构,为之注入了新的内涵,以象征派诗人的创作技巧和经验将之变成了一个象征。涅多蒂科姆卡是一个幻想之物,与传说中的妖怪有些类似。它形貌模糊。在索洛古勃的诗里,只有一个形容词修饰它——"灰色的"。而在索洛古勃的小说里,它的形象特征要具体、清晰得多:它既面目不清,又有多副面孔——灵活、肮脏、恶臭、讨厌、可怕、狠毒、无耻、阴险、神奇,等等。不难看出,这些特征都是负面的,而所谓"神

[①] Блок А.А. Собрание сочинений в 8 т. М.; Л., 1960-1963, Т.5, С.128.

奇"(意为"奇幻")只是强化了形象的怪诞色彩。随着用于涅多蒂科姆卡的修饰语不但增加,词语的内在语义结构趋向复杂,该形象的内涵也变得复杂、多义,从而成为一个具有多个层次、多重含义的象征。在俄罗斯文学中,还找不出一个与之相当或相似的象征形象。

勃洛克认为,这是世俗与庸常的恐怖,是恐惧、颓靡、绝望、无力的危险信号。[1] 也有说这是守旧、残忍、贪欲、侵略性的象征,是难以捕捉到的卑鄙与圆滑的象征,是《卑劣的魔鬼》主人公别列多诺夫性格的实质和象征,是荒诞的象征。叶罗菲耶夫写道:"涅多蒂科姆卡是一个相当可观的形象,别列多诺夫更像是一个媒介,能够因为自己的病态而看见它,但这不等于说是别列多诺夫滋生出了涅多蒂科姆卡。涅多蒂科姆卡见证的与其说是别列多诺夫的疯狂,毋宁说是物的世界的混沌属性。它是这种混沌的象征且自身属于世界,而非别列多诺夫。"[2]

吉皮乌斯的"蜘蛛"与索洛古勃的涅多蒂科姆卡有异曲同工之处。在《蜘蛛》(*Пауки*)诗人以四个蜘蛛的象征形象,来表达生活的恐怖:

而在四角——四只
不知疲倦的蜘蛛拉开阵仗……
它们敏捷、肥硕又肮脏,
不停地编织,编织着蛛网。

---

[1] *Блок А.А.* Собрание сочинений в 8 т. М.; Л., 1960-1963, Т.5, С.156.
[2] *Ерофеев В.В.* На грани разрыва. Вопросы литературы. 1985, №2.

蜘蛛和蜘蛛网的形象令人联想到生活的没有出路,人对世界之恶的无能为力:"灰色的蜘蛛网漂浮着,自天而降。"

如果我们将索洛古勃、吉皮乌斯、伊万诺夫的象征与勃洛克和别雷的象征做一对比,我们会发现,前者的象征在时间上是抽象的,表达的是人面对生活的永恒恐惧,而在后者笔下,形象令人联想到时间,具有具体的历史内涵。

其二,"深渊"(бездна)的象征。勃留索夫的唯美派象征派诗人的笔下,这个象征令人联想到生命的悲剧,而在寻神派象征派诗人的作品中则是一种不可知的神秘力量,是"另一世界"范畴。因此,在不同流派、不同诗人的作品中,这个象征的含义也不尽相同,甚至会出现很大的反差,如:走在深渊边上(别雷),站在天空下面、深渊旁边(吉皮乌斯),最后的黑暗之井——呼吸着灿烂星光的深渊(伊万诺夫),苍穹——呼吸着璀璨星光的深渊,深渊——生与死的存在(梅列日科夫斯基),等等。再如勃洛克的"深渊":

轻盈的心中是热情和无忧,
仿佛从海上为我发出的信号。
在坠入永恒的无底深渊上方
一匹骏马在气喘吁吁地奔跑。
　　　　——《朦胧的雪幕中一只黑色寒鸦》(Черный ворон
　　в сумраке снежном)

别雷的"深渊"在其"蓝天"象征体系中,也很引人注目:

到了令人厌烦的地步,

我仍在回味
深渊——
古老的蓝天的深渊
以及火红的太阳的
圆圈
发出的哀怨。

——《自我意识》(*Самосознание*)

如果我们把"深渊"这一象征形象同勃留索夫流派的隐喻(深渊、边缘、极限)加以对比,我们会发现,后者的"深渊"象征中没有附加非理性——神秘主义意义,深渊(邪恶)、深坑(放纵,堕落)都是些具体形象。

试比较勃留索夫的《致一位女性》(*Женщине*)和《在双重深渊之间》(*Между двойной бездной*):

你是女人,所以你是对的,
自古以来就佩戴着星星的王冠,
你在我们的深渊中就是神的形象!

或者:

眼睛的深渊,天空的深渊,
我,犹如天鹅,在波涛之上,
在双重深渊之间翱翔,
在幻想中映现出自己的影像。

其三，半人半马（кентавр）的象征。这是别雷《北方交响乐》（Северная симфония）的核心象征形象之一，后来在其他象征派诗人的作品中得到呼应。

象征派诗人的半人半马形象与艺术中的狄奥尼索斯因素思想有关，表达的是以神秘形象出现的隐秘欲望。伊万诺夫的著作中就阐述过这一思想，他的《厄洛斯》也是在这一思想标记下写成的。诗集中的半人半马基托福拉斯形象是诗人"我"的表达，是其灵魂的感性、肉体因素。

在别雷的《北方交响乐》中，半人半马形象具有自己的等级阶梯：半人半马首领——劣等半人半马——随从——地位较为卑微的半人半马——与狄奥尼索斯主义思想有关，他们出场的背景是红色篝火旁的酒神祭祀仪式，在穿着红色法衣的撒旦及其骑士旁边，狄奥尼索斯式的癫狂、教派的娱神活动与神秘的恋爱交织在一起。

后来在第二部"交响乐"中，别雷对半人半马的形象又做了些重新思考，尽管仍然保留着这些形象与隐秘欲望世界的联系。第二部"交响乐"中的半人半马，是感性本原的化身，并被推到了前台，且具有不乏讽刺色彩的具体生活特征。从前的象征被日常生活的、打破了抽象化的细节包围：穿着燕尾服的海上半人半马，读康德的半人半马，"狂笑着"走在阿尔巴特街上的半人半马，"年高望重到了极点"、论文像"砖头"一样的教授半人半马。象征形象在此获得了怪诞色彩，使得它的神秘意义退居次要地位。

在俄国象征派诗歌当中，勃洛克的象征形象体系始终具有引人入胜的魅力，值得特别关注。诚然，象征化远不能涵盖勃洛克诗歌创作的所有方面，勃洛克的艺术方法是丰富多样的，并具有不同的创作属性。法丘先科（Фатющенко В.И.）将勃洛克的象征分为三类:"简单地说,勃洛克的象征的多样化和象征化原则可以归结为三个种类:建立在象征主义理论基础上的象征和象征化原则;就其属性和实质而言不是象征的象征;起次要艺术内涵作用的象征。"①不同象征化原则的相互作用、不同诗作之间的呼应、一篇作品在另一篇作品中的回响创造出一幅复杂的象征图画。

第一卷抒情诗的核心象征——"美妇人"的象征是与勃洛克整个象征体系相联系的初始问题。如何理解这个象征形象,在很多方面制约着对勃洛克象征体系后来演变的理解。别雷以非常清楚的形式概括了勃洛克象征体系的一些关键问题:1)勃洛克的全部创作就是一个宏大的象征——美妇人神话的发展;2)所有后来的象征只是美妇人这个初始象征的辩证发展阶段。在这种情况下,运用"遗传解码"方法,美妇人象征可以完全通过弗拉基米尔·索洛维约夫宗教哲学体系予以破解。美妇人就是那个在另外的灵魂中,在另外的条件下得到体现的世界灵魂。可见,勃洛克象征体系演变的全部丰富性及其整个创作被归结为对美妇人变形的思辨性阐释。

勃洛克既发展了浪漫主义的两重世界思想,同时又努力克服之。对世界的完整性感知是成熟期勃洛克的主要诗歌原则之一。两个世界的交接、融合以及相互作用(实然与应然、现在与未来、恐怖与美好)在勃洛克笔下具有高度的戏剧性。

在这些边界的交接处出现一个地带,似乎同时属于两个世界。这个"散发着圣灵气息"的狭长地带,在勃洛克笔下具有特殊意义。在《美妇人集》中,这不是一个地带,而是一条界线,且有一系列的词语象征着这两个世界的边界,而跨越这个边界显然是不可能的,

---

① Вестник Московского университета. Серия 9. Филология. 1980, №6.

因为这后面是秘密。边缘、门槛、门、大门、窗、岸对勃洛克来说是认识真理、获得智慧、领略伟大与美的希望的象征。

无论这是以怎样的假定形式表达的,只要诗的世界里有"门"在,只要"门"后有真和美在,只要两个世界"闪耀的"、"燃烧的"的边缘在,这个世界就会有"理想"、"灯塔"、"篝火"、"路途中的灯火"、"道路"和伟大的目标。在《陌生女郎》(*Незнакомка*)阶段的抒情诗中,这是"沼泽地的火光"、不可靠的灯塔、无目的地招引人的"钟情的火炬"和不可靠的符号。在第三卷《可怕的世界》组诗中,既没有燃烧的界线,也没有灯塔。但在《抑扬格》(*Ямбы*)、《祖国》(*Родина*)组诗以及此前的作品《秋天的意志》(*Осенняя воля*)、《罗斯》(*Русь*)和长诗《报应》(*Возмездие*)中,"散发着圣灵气息"的地带发生了移动,出现了时间和空间上的"火红的远方"。而"目前还不是才华横溢,但未来无可限量"的俄罗斯本身就站在这个地带。与俄罗斯的历史命运、俄罗斯的面貌与灵魂联系在一起的那些象征,包含了勃洛克在散文中也揭示过的那个内涵:俄罗斯是各种自发力的交叉路口,是潜在的巨大能量的浓缩。关于俄罗斯就处于狭长的边缘地带,勃洛克表达这一想法的诗作虽不算多,主要见于《在库里科沃原野》(*На поле Кульковом*)、《俄罗斯》(*Россия*)、《我的罗斯啊,我的生命》(*Русь моя, жизнь моя*)、《新美洲》(*Новая Америка*)等诗,但在诗人成熟期的创作中意义却是巨大的。

在勃洛克的很多诗集中,"地带"都是极其重要的象征形象。对勃洛克而言,这不是观念象征——常见的("世界观的")意义在这些象征中被弱化了,仿佛成了"半象征"。穿越许多首诗作后,他们彼此之间联系成为一个主干象征,强化象征之间互相转化时意义的变化和"流动"。这些"地带"的半象征,表达了一种预感、预言、自发的惶恐、困惑以及对俄罗斯命运的忧虑。

火、火焰、篝火形象是勃洛克诗歌的贯穿性象征形象之一。在这里,勃洛克将俄罗斯和欧洲诗歌传统与象征派诗人的创新熔于一炉。火的象征在圣经—福音书文本、神话和民间文学中具有重要意义。在俄罗斯诗歌中,"火焰"、"大火"有未来民众报复、暴动、革命等含义。在世纪之交的宗教哲学和诗歌中,启示录的大火警告重新拉响。在索洛维约夫的诗中,火焰的象征与永恒女性有关系——随着她的临近,将会出现霞光万道、火光四起的景象。在她的烈焰中,历史世界将化为灰烬,"神的王国"将会再生。值得注意的是,索洛维约夫反复使用"爱的火焰"这个稳定的隐喻并将之纳入诗歌象征体系。爱的火焰——这确实是火焰,是她的火焰的一部分;心中有爱的人会比别人更能感觉到她的临近和末日的临近。这是用火的颜色——从粉红到紫红来象征的。索洛维约夫把火看成毁灭,也看成复活。

在勃洛克笔下,火以及火的颜色(红色)的象征意义体系具有两个分支。这里既有索洛维约夫意义上的象征,即象征"她"或"她"的化身(一缕白光穿过灰色的灰尘、世界末日)的出现,也有纯启示录意义上的象征——吞噬大地的烈焰、来自地狱并烧灼着灵魂和面孔的魔鬼之火,如《地狱之歌》(*Песнь ада*)、《这是怎么发生的……》(*Как это случилось …*)等诗。

但在勃洛克创作中,火的象征是民众怒火的象征,自发性的报复和未来革命的象征:"革命喷发出奇幻的火焰",[1]"血与火能开口说话,当没人等待它们的时候"。[2] 这是在散文里说的。而在诗中,燃烧的云霞、在火的云彩中飞翔的我、火焰中的夕阳、血中的夕

---

[1] *Блок А. А. Собрание сочинений в 8 т.* М.; Л.: Советский писатель, 1960 – 1963, Т.5, С.437.
[2] Там же. С.486.

阳、远方起义的烈焰以及火的许多其他形象仿佛在酝酿着在长诗《十二个》中爆发出来的那场摧枯拉朽的"世界性大火"。

象征的发展,象征在勃洛克三部曲诗歌语境中的作用,证明勃洛克象征体系经历了复杂的改造过程。在第三卷中,借助对以往象征形象的"去象征化"和新的形象创造原则,一部分象征完全消失不见了,还有一部分似乎在清除自身以往的意义得到深化、改造。这个复杂问题可惜至今仍未得到很好研究。象征、固定词组和诗歌成语的"清理"过程在成熟期的勃洛克的创作中是个积极过程。"黑夜"、"白昼"、"黄昏"、"朝霞"、"夕阳"、"阳光"、"火"、"大火"、"烈焰"、"火炬"、"蜡烛"、"门廊"、"大门"、"门槛"、"门"、"花卉的名称"以及许多其他词语和词组在勃洛克20世纪初的抒情诗中几乎丧失了字面意思,而首先具有了象征的(经常是象征主义的)意义。

然而在第三卷中,这类词语当中有一些丧失了稳定的象征含义。勃洛克有时甚至有意强调现象和表达现象的词语的非象征性,强调对应的缺席("黑夜就是黑夜","白昼就是白昼")。

象征与讽喻、象征与象征性隐喻的边界有时很难把握:象征接近讽喻,而象征性隐喻又可概括为象征。

对生活现象的象征化导致象征派诗歌倾向于隐喻手法。隐喻性是象征主义诗学的主要特征之一。在象征派诗歌中,隐喻通常是超出个别形象的狭窄意义范围并得到继续独立的发展,甚或成为这个诗歌作品的基础。例如勃留索夫的《去大马士革》(*В Дамаск*)一诗就是建立在一个展开隐喻基础上的。

象征派的隐喻基础是具体形象,但经过了诗歌改造而变得面目全非了。同勃留索夫的唯美派相比,其他象征派修辞格中的对比和反衬,相比较的两个事物距离还要遥远,还要主观。为了表达无法通过形象来体现的感受,象征派诗人通过无法捕捉的联想联系将同一含义的一些形象串联起来。例如,伊万诺夫在《一贫如洗却不失豁达》(Нищ и светел)所苦苦寻找的"她",就可以理解为世界灵魂:

惨淡的白昼在黄昏的怠惰中发愣,
给世界留下慵懒的光明,夺走了阴影。

不知为何燃起了点点灯火,
河上的光点不知流向哪里。

人们朝我游来,迎面游来……
我在近处找你,在远方寻你。

我想起:你在施了魔法的花园里……
但你的面容和我在一起,在我的梦呓里。

但你的声音响起,诱惑着我……
迎面而来的人们注视着我。

我也不知道:是丢失了还是送人了?
像是光天化日之下溶化了自己的宝物。

溶化了自己的爱情的珍珠……

尽管嘲笑我吧,我的非亲非故!

一贫如洗却不失豁达,我走过并歌唱,——
我要把我慷慨的豁达奉送给你们。

这里的"灯火"、"河上的光点"、"声音"都是符号,是对她的回忆。

安年斯基的诗歌不止一次用心痛来隐喻精神之痛。在《天然气的蝴蝶》(*Бабочка газа*)中,心是天然气的街灯燃烧的火焰,是准备挣脱"存在的闪烁的字里行间"的蝴蝶。这里的诗歌形象是具体的,同时,由于得到隐喻发展,从而也进入了象征层面。被丢进瀑布取乐的玩偶的隐喻性委屈,在安年斯基笔下象征孤独和人们在世界上的彼此隔绝,《那是在瓦伦—科斯基》(*То было в Вален-Коски*)一诗就鲜明地表达了这一主题。

别雷在回忆录《世纪之初》(*Начало века*)中说,收集隐喻对他而言就如同一种独特的运动。在别雷笔下,进入神秘预感的领域与酒、落日、森林之歌、傍晚的钟声、白胸脯的燕子的啁啾、光闪闪的汹涌波涛等一系列象征有关系。索洛古勃的神秘预感是通过白色窗帘的摆动、某个人的脚步声、灵魂的苦恼等形象来体现的。谢尔盖·索洛维约夫的这种状态是通过树叶的颤抖、夜晚的叹息、远方的钟声来表达的。这样的传达方式也是早期勃洛克的特点。在勃洛克笔下,同生活的邪恶本原的斗争表现为白与黑的斗争,并且是通过一系列具有象征含义的形象体现的:大海、灯塔、黑夜、轮船……

> 忧伤的人们，疲惫不堪的人们，
> 奋起吧，去摸索，欢乐将要到来！
> 去到那大海歌唱奇迹的地方，
> 去寻找照耀着灯塔的所在！
>
> 灯塔在探求和寻觅快乐的发现，
> 用明亮的光监视暗礁和险滩。
> 它们无时无刻不在焦急等待
> 来自遥远国度的巨大的轮船……
> ——《乌云里的声音》(Голос в тучах)

象征派诗歌的隐喻性是如此突出，以至诗中的词语时常会丧失其具体意义。在勃洛克的组诗《白雪假面》中，爱欲的诗歌形象是通过"暴风雪"、"火"、"酒"、"篝火"来表达的，它们如此紧密地联系成一个整体，以至与它们的直接意义完全背道而驰、南辕北辙。它们创造出新的表象（"她是一堆活生生的//由雪与酒造就的篝火"）。勃洛克创作的研究者们称勃洛克为隐喻诗人："勃洛克是一位隐喻诗人，他认为，对世界的隐喻性感知是真正诗人的基本素质，对他而言，借助隐喻对世界进行浪漫主义改造——不是随心所欲的诗歌游戏，而是对生活神秘本质的真正洞悉。"[①]

奥尔洛夫谈勃洛克1902—1905年间语言的隐喻性时说："勃洛克的隐喻风格这段时间朝更为复杂的手法发展，展开的隐喻能成为一个独立形象，从而导致意义联系的弱化，催生出一种音乐性

---

① Жирмунский В.М. Теория литературы. Поэтика. Стилистика. Л., 1977, С.206.

的反逻辑的语流构成的形象语言。"①这一点不只适用于勃洛克,也适用于这段时间与其风格有关系的其他象征派诗人。后来这些联系逐渐减弱了。勃洛克反对象征主义"抒情毒药"的斗争也可以从诗人形象体系的渐趋清晰和简单中得到解释。

隐喻的复杂化导致隐喻的堆积,日尔蒙斯基称这一方法为"隐喻赋格曲"。隐喻赋格曲是隐喻联系的一种特殊类型,在这里,表示同一意义的隐喻出现的方式不同。在《蓝天里的金子》中,别雷通过赋格曲,通过金币的闪光、金色的号角、太阳球、红宝石中的天空、玫瑰的火焰、紫红的火光、奇妙的烈焰之酒、金色的金币般的露珠、太阳的饮料等一系列形象来联想寻找神秘真理的主题。这个太阳系列的红色联想盛宴具有第二层含义,即象征含义——那种接近世界秘密时的快乐期待感。

伊万诺夫的《厄洛斯》也是根据同样的联想原则将隐喻的赋格曲连接起来的,"令人烦恼的芦笛"、"令人迷醉"的气味、正午贪婪的酷热、蒿草的气息、分叉的蛇信、烈马的嘶鸣、星星的流动等,这些形象全都围绕一个音调、爱的烦恼。

别雷"第四交响乐"《暴风雪的高脚杯》(Кубок метелей)中的暴风雪形象也是隐喻的赋格曲,在这里,暴风雪象征能焚烧和控制灵魂的欲望,只有通过神秘的净化克服它,灵魂才能得到拯救:雪的乌云——噼啪作响,像书页一样;雪的魔掌,白色的蜂巢,暴风雪——成团的锦线;路灯下白色的雄蜂,成群的白色小蚊子,雪花——易碎的花边,雪的叶子,成团的绒毛——也就是整个一片雪的光怪陆离的幻象。

---

① *Орлов В.Н.* Александр Блок. Очерк творчества. Л.,1957,С.88,89。

勃洛克《白雪假面》中的隐喻赋格曲也与这些修辞格的并用有关联。在这部诗集中,"雪"的意象(寒冷、冰)代表破坏性和毁灭性的欲望,这种欲望从根本上说是符合历史真实的,却是作为情感和情绪形象出现的。在这一时期,还看不到与时代直接对比。《白雪假面》的主导因素还是以暴风雪形象呈现的"抒情元素"、欲望、具有净化作用的磨难、绝望和毁灭主题。暴风雪在这里起到决定性作用。具体历史在此不是通过细节,而是通过诗人的情绪、情感、思维以及生活态度的历史真实性来传达的。

结构的多层次和复调性是赋格曲的特点之一。这一特点与象征派诗歌追求交响乐效果有关,也跟语言形象与音乐形象的互相渗透有关。

象征在走向概括和抽象,摆脱初始意义时,会转变为讽喻。讽喻性是象征派诗歌风格的一个重要特点,其目的同样是要对生活印象加以象征化。

象征主义讽喻的特点之一是鲜明的对比、反衬,这一方面来源于象征派诗人艺术印象的特性,另一方面是受到浪漫主义世界观的影响。在浪漫主义作家的眼里,世界是多层次的,有日常现实层面、怪诞夸张层面,也有难以把捉的神秘层面。因此,象征主义的讽喻都有意义上的对偶,代表相反相成的两个极端,两种势力——现实世界与理想世界,毁灭与诞生,美与丑,宁静与风暴,信仰与对信仰的讽刺。作为理想与现实的互相渗透。或者吉皮乌斯说的:"我把你当魔鬼来恳求,主啊!"

象征派诗歌中有着一系列典型讽喻。

其一,死亡的讽喻形象,这个形象在象征派诗歌中频繁出现,永远不知疲倦、与人为敌。死亡形象在象征派诗人笔下代表存在法则的不可动摇和残酷无情,代表对生活及其残酷法则的恐惧。这一讽喻(象征)是多义的。例如,白色的死亡、金色的死亡——代表神秘主义的非理性力量(丘尔科夫);死亡——新娘,死亡——骑士的美妇人:"要像宫殿骑士迎接美妇人一样,迎接死亡"(艾利斯);死亡——无言的,盲目的(瞎眼老太婆),死亡——得意而又残忍的黑衣骑士,死亡——给人带来拯救的甜蜜的"永恒情人",死亡——骑着白马的信使(来自启示录的形象),还有一种——死亡骑士,在巫婆狂欢夜会上,披着"极其血红的披风"。

骑士的死亡讽喻有时跟青铜骑士的形象纠缠在一起,用来比拟进步的压迫力量,有时也比拟云雾弥漫的首都所具有的毁灭性诱惑力。

其二,"世界之恶"的讽喻。在象征派诗人笔下,这是一种由来已久的道德范畴,与弱小的人相对立。"世界之恶"的象征大多数时候是由魔鬼(撒旦、恶魔、柳齐菲尔)以及圣经中的蛇的形象来充当。说明一下,蛇的讽喻形象与巴尔蒙特和勃留索夫早期相比具有完全不同的内涵,因为蛇的讽喻在象征派诗人笔下具有第二层意思,即神秘的非理性含义。例如伊万诺夫的"不死之蛇"——凶残的邪恶势力的化身;索洛古勃的控制着驳船(生命)的撒旦、摇晃着秋千(生命)的魔鬼、极具破坏力的讽刺之蛇、熊熊燃烧的主宰、恶魔之父,地狱主宰等;别雷《第三交响乐——回归》(*Третья симфония. Возвращение*)长着"牛头"的蛇——世界性庸俗的化身,等等。蛇的讽喻还有一些变体,如谢尔盖·索洛维约夫笔下的"快乐沙皇"(青铜骑士)的蛇,伊万诺夫用以比拟进步的无情脚步,长着三只芯子的蛇——感官欲望的化身;索洛古勃笔下神秘的恶龙——生命等等。

勃洛克笔下的恶魔形象来源于莱蒙托夫，但与莱蒙托夫富于悲剧色彩的恶魔形象有着明显的不同，这已不是一个躁动叛逆的形象，而是一个个人主义的象征。勃洛克的恶魔象征是由情感和情绪锻造而成，里面隐约可以察觉到若干不同的层次，包括对象征派诗人的象征体系的反思，以及后来的讽刺。勃洛克的象征是动态的、多层次的，只有放在当下语境中、在诗人将之组织成当下诗歌主题的反映的时候才能彻底理解。因此，勃洛克的恶魔象征既是精神叛逆的象征，也是"人子"孤独的象征，作为"世纪病"的空虚的象征。显然，此类象征对象征派诗人来说是格格不入的，因为后者长于对恶魔作非理性的理解，将恶魔视为世界之恶的永恒范畴。在勃留索夫、巴尔蒙特、康科涅夫斯科伊的诗中，这个形象失去了第二个层面的神秘概括内涵。例如科涅夫斯科伊的：

> 你在恶臭冰冷的恶魔世界中，
> 在他们手上——命运的缰绳越收越紧。

如果把这一形象与首都、贫困、生活中的丑陋等形象放在一起，其内涵便会倾向具体，成为人在这个世界上的悲惨命运的写照。勃留索夫圈内的诗人也是这样理解这个形象的。例如，恶魔——"不幸的盲人的主宰"——是米罗波尔斯基的讽喻。巴尔蒙特用"翡翠般天庭的柳齐菲尔"比喻主人公—叛逆者的大胆无畏，但与"另一世界"无关。

综上所述，勃留索夫圈内诗人的象征结构与别雷、伊万诺夫、吉皮乌斯、梅列日科夫斯基、艾利斯等人的象征结构是不同的。如果说前者的象征与讽喻是经过主观过滤的真实印象的反映，那么，后者的象征则经过了脱离现实、进入形式—抽象或神秘—非理性领域的复杂过程。

第二节 象征派诗歌中的颜色象征

除了挖掘诗歌语言的音乐性手段以外,象征派诗人还积极探索诗歌语言的绘画效果。在早期象征派诗歌中,颜色具有表达情感和心理状态的功能。如巴尔蒙特"宇宙之诗"的绚丽色彩强烈地表达了诗人要与整个大自然融为一体的喜悦——尼采式人物踌躇满志的自我感觉。

有一种错误观念,即认为颜色象征是次要特征,只跟诗歌技巧有关。其实并非如此。对新一代象征派来说,颜色理论是生活与艺术观念的重要组成部分。

世纪之交的俄罗斯文化异常活跃,所有创作领域都在治理、探索和创新。这是对时代提出的宏大历史命题,即对过去、现在与未来关系问题的回应。成为表达迫切精神需要的手段,这是艺术的使命。于是艺术家对词语、音响、颜色所拥有的潜力,给予了特殊的关注和开发。"需要新形式",契诃夫的这句话可以说是为我们理解形形色色的艺术实验提供了一把钥匙。

在文学创作中,作者的个性具有特殊意义。在象征派诗人的实践中,出现了这样一个概念——"形式即内容"(форма-содержание),

用来表达内容和形式领域发生的复杂变化以及所谓的联觉(牵连感觉)概念。与此相对应,诗歌应该包含音乐和绘画因素,音乐应该含有美术因素,绘画应该含有诗歌或音乐因素。打破不同感官之间的界限,实现不同艺术门类之间的渗透,这一思想曾令法国象征派诗人马拉美、德国象征派诗人格奥尔格、俄国象征派诗人巴尔蒙特、别雷、谢尔盖·索洛维约夫等,世纪之交的法国音乐家,俄罗斯音乐家如斯克里亚宾、画家如康定斯基、丘尔利亚尼斯等兴奋不已。

"世界充满交感。大自然是一个不可分割的整体。"巴尔蒙特在《自然界的声光与斯克里亚宾的光交响乐》(*Светозвук в природе и световая симфония Скрябина*)一文中说,"画家、雕刻家、诗人、音乐家,被创作所围……自然而然会打破局部的限制,将开启新生命的颜色与声音结合起来。"[1]

新一代象征派实质性地改变了色彩的功能,使之趋向复杂化。在不排除色彩运用的直接功能、装饰功能的同时,他们更赋予色彩以神秘含义,用先验的符号制造"神圣的颜色"。对此,别雷在《神圣的颜色》(*Священные цвета*)一文中有所阐述。在这个意义上,别雷("别雷"在俄语中意为"白色的",这个笔名本身就带有神秘色彩)的抒情诗特别突出。早在别雷的第一本诗集中,丰富多样的色彩就具有多种多样的功能。一方面,这里的色彩是装饰性的,另一方面,这又是心理符号,表达世纪初俄罗斯社会高涨的情绪和一个青年神秘主义者对"高山"的向往。与此同时,这也是未来经过改

---

[1] *Бальмонт К.Д.* Светозвук в Природе и Световая симфония Скрябина. М., 1917, С.17.

造之后的澄明世界的象征。

别雷20世纪初的颜色象征鲜明地反映了他的艺术态度、他的生命哲学和理论思考。当时别雷正处于弗拉基米尔·索洛维约夫哲学与诗歌的强烈影响下,后者诗中的颜色也注入了别雷的诗歌当中,成为永恒女性的标志:

在紫红的天光中
你用充满蓝色火焰的眼睛凝望
仿佛创世第一天的
第一缕曙光。
——《三次约会》(Три свидания)

对以女性面貌出现的神性本原的期待、世界末日的预感、宗教启示,这是青年诗人当时的典型状态。创作与宗教——应该是推动人追求理想的两条途径。

别雷与康定斯基笔下的颜色,其意义有很多共同之处。别雷与康定斯基都是从"黑与白"(光明与黑暗的另一种表达方式)开始研究颜色的。康定斯基认为,"白色永远是对抗,但也是一种可能性(诞生);黑色相反,是死亡。""白色代表纯洁无瑕,黑色是极度悲伤和死亡的象征。""白色似乎是宇宙的象征,所有的颜色,一如物质属性和实体,都从这宇宙中消失了。这个世界在我们上方如此之高,以致任何声音都无法从那里传送过来。那里是伟大静默的源头,这种静默有着物质的表象,给我们的感觉是一道冰冷的、无法跨越、无法摧毁、通向无限的墙。因此白色作用于我们的心理,就像伟大的静默,对我们而言是绝对的。这种静默不是死的,它充满了可能性。白色能发出声音,就像沉默,会突然变得明白。白色的——这是年轻的无,或者更确切地说,是开始前的无。是诞生前的存在。"①"黑色的内在声响,是没有可能性的无,是死的、太阳熄灭后的无,是没有未来没有希望的永恒静默。"

别雷的颜色含义相仿:"如果说白色是体现存在之充盈的象征,黑色就是虚无、混沌的象征。……黑色在现象上是恶的定义,是一种破坏存在之充盈、赋予存在以虚幻性的因素。"②

但康定斯基与别雷对待颜色象征问题的态度和方式还是有一定区别的。康定斯基更关注的是心理和审美方面,别雷重视的则是其哲学和方法论层面。

康定斯基拿积极—消极、向心—离心原则将颜色对立起来,于是就产生了成对的颜色范畴——"蓝—黄"、"红—绿"。蓝色在他笔下是典型的天空颜色,"超尘世的深邃"、精神性的颜色。③

别雷的"蓝色"是用"湛蓝"来表示的:"白色的光芒在世界深渊的超颜色背景上透出湛蓝的颜色……将处于没有时间没有条件之所在的世界深渊与作为理想人类象征的透明的白色天空连接起来——这种连接是通过天空的连接颜色——神人类的象征、统一——向我们打开的。"④可见,两位艺术家的蓝色中都包含着精神因素,亦即非肉体的、非尘世的因素。康定斯基的"蓝"与典型的尘世颜色"黄"相对立,黄是暴力、疯狂,是肉体本原的化身。

别雷的文章中没有黄色的对应语和代用语,这是引人注意的。

---

① *Кандинский В.* О духовном в искусстве. Ленинград, 1989, C.37-39, 43-44.
② *Белый А.Н.* Символизм как миропонимание. М.: Республика, 1994, C.201.
③ *Кандинский В.* О духовном в искусстве. Ленинград, 1989, C.41.
④ *Белый А.Н.* Символизм как миропонимание. М.: Республика, 1994, C.209.

文章标题是"神圣的颜色",不难理解,别雷之所以回避黄色,是因为诗人认为"黄色"不属此列。在别雷的诗中几乎见不到这样的颜色。因为"金色"及其派生出来的颜色具有完全不同的含义。勃洛克诗中的黄色也具有负面色彩,如组诗《歧路》(*Распутье*)中的《工厂》(*Фабрика*)、《城市》中的《饱食者》(*Сытые*)、《可怕的世界》中《屈辱》(*Унижение*)等。

根据康定斯基的分类,"红"——充满内在可能性,仿佛均匀燃烧的欲望,是内心沸腾的颜色。①

别雷对这个颜色的定义极富感情色彩:"红色集中了火的恐怖和苦难的考验。红色在神学上的两重性是明白无误的。"②解释这种两重性时,诗人对一个物理现象——阳光穿过挂满灰尘的玻璃(灰)时产生的红色做了思考:"由此可见,红色印象是通过白色的光对灰色的环境的关系产生的……红色的相对性、虚幻性,可以说是一种神学发现。在这里,敌人是通过我们能看见的最后本质——地狱之火的红色光芒显现出来的。"③当然,别雷没有将颜色象征意义限制在神学教条中。每一个颜色象征所能暗示的内涵都要多于其定义,对神圣颜色的描述还只是停留在初始意义上。

"灰色是虚无向存在转化的象征,赋予后者以虚幻色彩……由于灰色产生于黑色对白色的关系,由于对我们而言可能的对恶的定义处于相对中间地带,具有两重性"。魔鬼的颜色在梅列日科夫斯基笔下就是灰色的。④ 对康定斯基来说,灰色是没有希望的

---

① *Кандинский В. О духовном в искусстве.* Ленинград, 1989, С.46.
② *Белый А.Н. Символизм как миропонимание.* М.: Республика, 1994, С.205.
③ Там же. С.204.
④ Там же. С.201.

静止。

玫瑰色（粉红色）接近红色。两位艺术家都重视红色，这里简单介绍一下。康定斯基书中的"粉红色"是纯洁的身体的颜色（少女形象、少年的欢乐）。① 在别雷那里，"粉红色将红色与白色结合起来。如果说红色的神学定义是上帝与魔鬼的相对斗争，对比明显代表人神类白色明灯占上风的粉红色，那么，精神体验的下一阶段则被涂上了粉红颜色"。② 勃洛克的"粉红（玫瑰般的）少女"自身结合了两种特征。她在身体上是尘世的，但同时又是美妇人，亦即神性的女性本原的位格之一。

不知为什么，别雷的文章中没有提到绿色。不过，谈论索洛维约夫信徒们的颜色象征时，我们指的不只是理论表述。这个现象要复杂和多面得多。都知道一个事实：勃洛克、别雷、谢尔盖·索洛维约夫之所以运用颜色象征，目的还是要描绘人及其情感，描绘生活现象和艺术现象以及自己的内心状态。关于别雷及其周围的人对绿色象征的理解，我们可以在梅特纳的一句话中找到线索："老旧的——尘世的、绿色的……"③

在康定斯基看来，绿色是最为平静的、消极的颜色。难怪斯克里亚宾的"红色"和里姆斯基—科萨科夫的"绿色"原来是一样的。有内心活动与无内心活动总的来说是相互混同的。

康定斯基指出绿色具有"冷漠和安静"的特点。在别雷、勃洛克、索洛维约夫的诗中，这是平衡、和谐的颜色，是尘世的颜色。补充几句关于绿色的派生颜色。别雷笔下有由绿色和蓝色合成的

---

① *Кандинский В.* О духовном в искусстве. Ленинград, 1989，С.48.
② *Белый А.Н.* Символизм как миропонимание. М.，Республика，1994，С.205.
③ Литературное наследство. Т.92：А. Блок. Книга 3. М.，1982，С.197.

"碧绿"(青绿)。派生色(衍生色)能够将两种构成色的品质结合起来。碧绿颜色暗示着"尘世"与"天空"的结合是可能的(即别雷说的"大地与天空乃是一体"),这是一种鲜艳但又冰冷、冷漠的色彩。

别雷对颜色的论述到此为止,但有必要再分析一下在勃洛克和别雷诗中遇到的两种具有重要内涵的颜色,这就是紫色和褐色。紫色是由红色和蓝色结合生成的,"具有某种病态的、暗淡的性质……是一种忧伤的东西"。[1] 在新一代象征派诗人笔下这个颜色与弗鲁别利的创作有关系。因此,紫色象征要深刻得多:不光是忧伤、"缓慢的腐烂",还是悲剧性的蜕化、整个生命的崩溃,无声无息,地狱边缘。别雷、索洛维约夫对勃洛克抒情诗第二卷的"弗鲁别利主义"("恶魔主义")给予了抨击。诗人自己也认为第二卷的诗歌色调是"蓝—紫色"。[2]

最后说一下褐色。康定斯基认为这是愚钝的、坚硬的、不大好动的颜色。[3] 在别雷笔下这个颜色用来表示土壤的、大地的、木质的,同时又是隐蔽的、被遮挡的、伪装的东西。

别雷指出:"诗歌中的颜色、声音和形象不是偶然的;所有创作过程的第一个阶段——筛选;色彩、形象、音响在语言大师笔下都是准确无误的;因而他们才会成为至今仍未出现的精密研究的对象。""颜色与形象的生命须臾不可分离,跟倾向一样。"[4]对别雷来说,"形式即内容"一词不是轻率之语。

尽管对颜色象征的分类不乏公式化和抽象化之嫌,但我们也

---

[1] *Кандинский В.* О духовном в искусстве. Ленинград, 1989, С.109.
[2] *Белый А.Н.* Символизм как миропонимание. М.: Республика, 1994, С.206.
[3] *Кандинский В.* О духовном в искусстве. Ленинград, 1989, С.106.
[4] *Белый А.Н.* Мастерство Гоголя. М., 1934, С.117-119.

必须承认其客观性。

我们说过,对别雷而言,颜色象征的作用是不容置疑的、多种多样的。他认为,作家应具备"颜色听觉"。果戈理、托尔斯泰、法国象征派诗人都具备这种听觉。他还不知一次谈过颜色的神秘、深层内涵:"我永远不会拒绝颜色,因为颜色中含有我所需要的一切能够创造秘传风格和宗教形象价值的东西。这里有某种东西,对我是如此重要,无边无际,以致只能谈论我的拙于表达,而不是我想通过颜色暗示的东西。"①

从别雷第一部诗集的名称——《蓝天里的金子》即可看出书中的主要颜色是什么。这些颜色象征具有直接的天空指向:蓝色——天空,金子——太阳,红色——还是天空,但是霞光中的天空,令人惶恐或令人高兴,预示着神灵的降临。

书中是如何分配颜色的?首屈一指的是金色,这一颜色反复出现,极为频繁。除了直接称谓,还有同一谱系的金色,如金灿灿的、镀金的、琥珀般的。诗人还运用具有不同色调的修饰语来描绘天空、夕阳的图画,表达对光明的感知——金光的、泛着金色泡沫的、黄色—粉红的(黄红色)、红色—金色的(金红色)。作为永恒、永生和追求理想的无限可能性之象征,太阳的主题同金色连在一起:

> 太阳把人的心灵点燃。
> 太阳是对永恒的追求。

---

① Александр Блок и Андрей Белый. Переписка. Сост., вступ. ст., коммент. Орлова В.Н. М., 1940, С.59.

太阳是通向金色耀眼的

一扇永恒的窗口。

——《太阳》(Солнце)

  第二个常见的修饰语是"红色的",出现过 56 次。[①] 这里意思相近的表达形式明显扩大,这显然与对天空状态的仔细观察有关。举几个例子:苍白—粉红的、绛红的、火红的、火光闪闪的、紫红的、血红的、红宝石的,等等。

  有必要指出,这两个颜色(金色和红色)制造的是同一个颜色织布,在这里,金黄色经常转换为偏红或者相反,营造出一种颜色向另一种颜色(金—红、黄—红等)的"流动"、转化印象。所有带"火"的词根的修饰语都属于这一组颜色,这些颜色甚至很难明确归类。这里最重要的是,普遍用于描写对象——在直接意义上与太阳的概念相关,而在象征意义上与光明、神性、霞光相连。就连形象的选择(例如古希腊的金羊毛神话)都与上述太阳——光明、神灵的基本主题有关系。羊毛来自天国的(神奇的)羊;科尔希达,阿耳戈勇士前往的国度,赫里奥斯(太阳神)后代厄斯特通知的国家;高加索山——让英雄们能够接近天空、太阳的所在:

整个天空如红宝石,

太阳的圆球安睡。

整个天空如红宝石,

在我们头顶悬垂。

[①] *Белый А.Н.* Мастерство Гоголя. М., 1934, С.23.

> 在山巅之上
> 我们的阿耳戈，
> 我们的阿耳戈，
> 拍动金色的翅膀，
> 准备起飞。
>
> ——《金羊毛》

这是很明显的象征形象体系。《蓝天里的金子》中最著名也是最常被人引用的诗作《在山上》(В горах)是太阳—高山象征的鲜明范例。

这是别雷第一本诗集中金红色系象征的一个方面（我们可以称之为古希腊的），另一个方面同样重要，与弗拉基米尔·索洛维约夫的诗歌影响有关系，与其"身披太阳的妇人"形象，与期待基督二次降临、敌基督现身、启示录预言的其他现象的普遍情绪相联系。这些与制造霞光崇拜的癫狂情绪联结在一起的母题，诞生了别雷的调色板。天空的颜色、霞光的颜色、金红的颜色之间的转换可以与永恒女性的神性形象联系起来。在此，永恒女性代表了善与美的理想、世界与人未来复兴的可能性。

有意思的是，在别雷的书里（不同于创造了最高智慧索菲亚的索洛维约夫，也不同于将美妇人作为神性理想化身的勃洛克），没有神灵的女性原型，而且几乎听不到爱情、崇拜的主题。尽管诗人在回忆录中指出整个三雄联盟痴迷"神秘主义"诗歌的现实主义的、"尘世的"根源时说："我要强调，在1901年1月，我们身上植入了危险的神秘主义'炸药包'，它催生出如此之多的有关美妇人的歪理邪说，其根源就在于，1901年1月，迷恋上社交界名媛和阿尔谢尼耶夫中学女生的鲍利亚·布加耶夫和谢辽莎·索洛维约夫,再加上爱上了门捷列夫女儿的萨沙·勃洛克,记下了一些神秘主义的诗句并萌发了对歌德、莱蒙托夫、彼特拉克、但丁爱情诗的兴趣;用句文学—历史行话——遮羞。"①我想,恋爱只是加重了普遍的癫狂,加深了神秘感受和对启示的期待。

在别雷的书中,抒情主人公的爱情无处不在,它具有绚丽的色彩、特别高亢的音调、非同寻常的节奏,渗透在别的情节之中。

《蓝天里的金子》由四个大组诗构成:《蓝天里的金子》、《从前与现在》(*Прежде и теперь*)、《形象》(*Образы*)、《荆棘中的紫红袍》(*Багряница в терниях*)。凭标题很难判断,究竟是什么将这些性质各异的四个部分联系成一个整体,然而这样的联系确实存在,其中一个重要的联系手段就是联想性(关于颜色象征中的"形式即内容",我们在前文已经有所涉及)。

我们首先来勾勒一下作者的兴趣范围。全书的开篇组诗是《蓝天里的金子》。次组诗的标题中有第一个献词——"献给巴尔蒙特",随后在《太阳》(*Солнце*)一诗中又有一个更加明确的献词——"献给《让我们像太阳一样》的作者",其用意不难理解,这说明两位诗人有着共同的艺术追求。确实,两位诗人都痴迷于作为浩瀚宇宙组成部分的火、太阳、天空、大地、永恒和人的形象。别雷的某些诗句简直就是对巴尔蒙特的照搬,例如别雷的《太阳》中的诗句("我们的灵魂是面镜子,照射出来的是黄金")与巴尔蒙特《夕阳的声音》(*Голос заката*)如出一辙:

---

① *Белый А.Н. Начало века.* М.,1990,С.25.

> 我是华丽地熄灭的白昼
> 深不见底的镜子的闪光。

别雷反复说的"我们"和第二首诗《说吧》(*Говори*)结尾处的请求也证明了两位诗人思想上的一致。就这个组诗而言,别雷与巴尔蒙特的多神教世界观也很相近。确切地说,在对处于原始状态的一切存在的感知方面,两人庶几近之。因此,第二个次组诗《金羊毛》的转向也就是自然而然的了。金羊毛神话是多神教世界的一个独特象征。这个世界有其众神和英雄,有代表宇宙那些最伟大概念的泰坦神。阿耳戈勇士神话表达了一个永恒主题——对理想的追求,对"所有人的幸福"的幻想。这个次组诗跟前一个一样,充满丰富的神话典故和文化联想。作者将这个次组诗献给批评家、艺术理论家、"阿耳戈勇士朋友"梅特纳。巴尔蒙特的太阳主题得到进一步发展。诗人将目光投向黄金时代,将人类称为"太阳之子"。

"金色的、古老的幸福——金羊毛"。驾船驶向高加索山获取金羊毛的阿耳戈勇士们,在诗人的想象中不由自主地与扇动自制的翅膀飞向太阳的伊卡洛斯和悲惨死去的法厄同联系起来,别雷笔下的阿耳戈是有翅膀的,金羊毛和太阳形象在某个瞬间融合成为一体:

> 世界的
> 葡萄酒
> 又一次
> 燃起
> 熊熊烈焰:

那是

金羊毛

火星四溅

如一颗火球

浮起在水面。

　　　　——《金羊毛》

该书的第一个组诗可以说写的是形而上的存在,而非日常生活。我们来看一下这一点是怎样通过颜色象征来表达的。

在《蓝天里的金子》中,别雷对颜色的选择是这样的:占第一位的是金色,接下来依次是红色、蓝色、白色,还有为数不多的银色、绿色、灰色、黑色、褐色。应该说明的是,黑色不是作为特征使用的,它要么用动词"чернеет"(发黑),要么用复合修饰语"черно-пыльный"(灰黑的、土黑的),要么用描写性短语"грязью липкой"(黏泥)来表示,且不止一次出现由"光"(свет)、"霞光"(заря)、"光芒"(луч)和颜色修饰语合成的词语,如"златосветлый"(金光闪耀的)、"светозарный"(霞光万道的)、"лучезарный"(光芒万丈的):

霞光万道的波涛,闪着火花

映照着钟楼上的十字架。

　　　　——《诗三首之三》(Три стихотворения. III)

光芒万丈的十字架上

射出的金线抚慰着我。

　　　　——《永恒的呼唤之三》(Вечный зов. III)

以这样的色调来源于神秘的形象感受。在创作这组诗期间,别雷曾仔细观察日出和日落时的天空,这些感受对他的理论探索和哲学思考非常重要。"蓝天里的金子"就是天空中的太阳、阳光和空气,也就是说,这里写的是精神(神性)的光辉,写的是生命中须臾不可或缺的东西。值得注意的是,在第一个组诗中,处于优势地位的"金光"乃是黎明的曙光,而不是落日的余晖;是对存在之快乐的陶醉:

> 太阳古老的轮廓
> 如火焰,似黄金,
> 如柑橙,似美酒,
> 在河水上面摇映。
>
> 天空已酩酊大醉,
> 令大地保持沉默。
> 金色的空间,
> 金色的原野。
>
> ——《在田野》(B полях)

太阳有时也会改变颜色:纯净的、习以为常的金子;一切美好事物的尺度突然间变成了另外一种颜色,或者与其他颜色(主要是红色)结合起来形成金色与红色之间的调和色——金灿灿的酒红、金红、鲜红的金色等。这种变化也扩大了诗句的象征内涵。

红色是神的属性,但带有些微惶恐不安的色彩,通过这一颜色的转化,诗人巧妙地反映了神性因素的各种不同状态。红色具有很多"质的体现"——紫红、殷红、宝石红、火红（火焰）、玫瑰红、炭红、酒红、鲜红以及深红乃至淡红（红与白的结合）。"深红的石竹，淡红的三叶草"；"紫红的烟雾"。

在第一个组诗中，位列第三的是蓝色。这是天空的颜色——晴朗的天空的颜色，是永恒不变的神性存在的证明。

依旧是那片无边无际的蓝色苍穹
伸展在我们的头上，
依旧是那孤独的宴会上的喜悦
在我们的心头滋长。
————《诗三首之一》(Три стихотворения. I)

顺便提一下，组诗中出现过一次碧绿（蓝与绿的结合）——预示着融合，天与地的拉近（"碧绿的永恒"）。

前面说过，其他颜色在别雷笔下难得一见。这又一次证明，人最感兴趣的是天上的生活，也就是神界的生活，这一点在"蓝色的喜悦"、"向泛着金色的世界吹响号角"、"酒红色的理想"等词句中可略见一斑。

别雷的第二本诗集《灰烬》(Пепел)作于1904—1909年，作品的时间跨度较大，有时不免暴露出对世界观探索的矛盾，个人生活与命运的成功与失落、人与人之间和人与生活之间关系的重大转折，在这本诗集中都有明显的反映。我们知道，俄国历史第一次革命就发生在这一时期。革命爆发后知识分子的同情和参与，革命失败后在许多人心中引起的悲观、绝望和恐惧，都在《灰烬》中得到表达。

关于自己的立场和行动（别雷曾投身宣传鼓动工作，参与集会),诗人在回忆录《两次革命之间》(Между двух революций)讲述过。别雷这些年的精神状态异常紧张,有时甚至到了歇斯底里的地步,这与他的感情经历有关。与勃洛克妻子的情感纠葛,让别雷铤而走险,险些酿成悲剧。平静之后,别雷不得不以更加现实的眼光看待周围的一切,同时也更加清醒地认识到生活的悲剧性,俄罗斯社会状况的令人失望。别雷不止一次提及他前两本书之间的距离有多远,他的创作经历了怎样的演变——从神秘主义的迷狂,穿过癫狂导致的幻想,走向周围的现实;面对严峻的现实,由癫狂催生出的那些神像烧成了"灰烬"。①《灰烬》献给涅克拉索夫,第一个组诗名为《俄罗斯》。关于转向这一题材的原因以及该书的主导动机,别雷在前言中做了说明。②

《灰烬》是一本自焚和死亡之书。但死亡本身只是一道帷幕,遮蔽了远方的地平线,迫使诗人把目光放在近前。

《灰烬》中最常见的颜色有三种——红(在不同组诗中略有差异)、灰、白,接下来是黑、黄、金和黄、绿。银色、紫色、铁锈红比较少见。前三种颜色在各组诗中的分配较为均衡,也就是说,由这些颜色象征表示的内心主题的发展大体上是均匀的。

在第一个组诗《俄罗斯》中,数量最多的是红色,这是欲望与痛苦的主题(也可假定性地称之为抒情主人公主题)。稍少些是灰色——"死亡"的颜色。接下来是绿色——尘世的、大地的颜色,消极颜色。白、蓝、黄不分伯仲,也就是说,纯洁性与精神性和疯狂因素不相上下。再往下是黑色,金色更少,也就是说,太阳、光明在

---

① *Белый А. Стихотворения*. М., 1988, С.13.
② Там же. С.117.

《俄罗斯》组诗中几乎见不到。一句话,颜色的选择和使用是与内容相呼应的。在第二个组诗《乡村》(Деревня)中,最常见的是红色,组诗的主题是欲望的挣扎和痛苦的折磨。其次是蓝与黑,两者不分上下,暗示着精神因素与混沌滋生出的低级欲望两相对立。由此而产生了歹徒的忏悔主题(《乡村》)。再次是绿色,比白色稍多。这说明尘世因素超过了神性因素,但还没有达到否定神性的程度。黄色与金色一样,都是昙花一现,这两种颜色代表的主题几乎引不起作者的注意。无论光明还是疯狂都很少涉及大地之子。灰色完全没有,在别雷心目中,这是"进步"的垂死颜色,在《乡村》长诗中没有出现。

对比别雷《蓝天里的金子》和《灰烬》中的颜色象征,不难发现,诗人的创作经历了明显的演变。从《蓝天里的金子》带有明显象征内涵的亮丽、癫狂颜色转向了对现实世界带有感情色彩的浪漫主义理解。"天空"的金色、蓝色,神性的白色,被大地的颜色——绿色、黑色、灰色所取代。《灰烬》中大量的红色已经与《蓝天里的金子》中朝霞色彩无关,而是具有了另外的象征内涵。"红色"在这里是痛苦、欲望、躁动不安的象征,在《灰烬》中位列第二的灰色也在一定程度上改变了自己从前对现实生活的注解,这不仅仅是一种"黑暗势力"、"魔鬼",也代表现代城市,沉闷的俄罗斯现实,"进步"对生活造成的缺乏人性的、破坏性的冲击。这两个颜色(红与灰)在组诗之间的运动是一样的,都在最后结合在一起。很有可能,这是在暗示主人公的命运与俄罗斯的苦难、俄罗斯及其人民命运的不可分割、休戚与共。

当然,颜色象征意义的改变是逐渐发生的,就像别雷诗歌形象结构的改变也是逐渐发生的一样。

勃洛克笔下的颜色象征既有心理作用,又有神秘内涵。《我寻找那些怪人和新人》(*Странных и новых ищу на страницах*)一诗由四个诗节组成,每一节都有一个"白色的"修饰语:

我寻找那些怪人和新人,
在久经风霜的旧书里面。
我梦见那些消失的白鸟儿,
我感觉到一个断裂的瞬间。

喧闹的生活令我心绪难平,
絮语、叫喊令我感到羞惭,
我被白色的理想禁锢在
后来时光的海岸,无法动弹。

洁白的你,在深处从容淡定,
而在生活中——你易怒而严厉。
你秘密地惶恐,秘密地被爱,
啊圣女,啊朝霞,啊燃烧的荆棘。

金发少女的面颊终会黯淡,
朝霞不会恒久,仿佛梦幻。
烧不烂的荆棘会用白色火焰
给平和、智慧的人们戴上冠冕。

可以说,整首诗都涂上了一层白色。这一颜色来自一个基本形象。圣女正是一身白色出现在诗人的神秘目光之前的。这样的白色,或者与之相近的苍白,我们在勃洛克的大多数名篇中都能找到,如《向晚的天色,请相信》(*Вечереющий сумарак, поверь*)、《云雾遮蔽了你》(*Тебя скрывали туманы*)。

对勃洛克和别雷来说,颜色不光与经验感受有关,也与哲学—宗教意识有关:"基督教应该由粉红色变为白色,约翰的颜色('用羔羊的血漂白衣服'、'白衣骑士'、白色的衣服、白色的石头、白色的宝座、雪白的六翼天使、你是我们的白母亲,'——见季维耶夫天使修道院札记)。白色是七大教会的联合,是七个原则的联合,是从天堂流出并汇集成无尽生命的七条河流的联合,是七盏明灯的联合,是七种感觉:触觉、嗅觉、味觉、听觉、视觉、预见——正在开发的第六感、直觉的联合。将七声响雷的声音联合起来,扯下七个烙印,这就是我们的基督教。"①

勃洛克在颜色象征方面受到别雷的启发,但对颜色象征含义的理解还是独立的。对这个问题,他没有留下理论著作,但他诗中颜色用语的象征意义还是不难分辨的。例如《我走向极乐》(*Я шёл к блаженству*)一诗:

我走向极乐。道路闪烁着
傍晚的露水的红光,
而在心中,一个远方的声音
近乎窒息地唱着黎明之歌。

---

① Блок А.А. Собрание сочинений в 8 т. М.; Л.: Советский писатель, 1960 - 1963, Т.7, С.43.

> 黎明之歌,当霞光
> 试图熄灭,星星发红。
> 大海在燃烧,用傍晚殷红的火光
> 把高高的天空照亮!
> 灵魂在燃烧,声音在歌唱,
> 在傍晚时刻发出黎明之声。
> 我走向极乐。道路闪烁着
> 傍晚的露水的红光。

整首诗充满红色。这赋予全诗一种特殊的情感张力。红色有两个功能:仪式将主人公的向往与火红的晚霞、燃烧的天空连接起来,在这里,起连接作用的是两次重复使用的"燃烧"一词。

对勃洛克来说,最高神性就是他的"美妇人"。因此,在《美妇人集》中,白色占有主导地位。抒情主人公"我"对女主人公的态度,具有极其崇高的色彩,同时又具有含蓄的私人性质。

在人化三部曲中,作为抒情诗第一卷的《美妇人集》由六部分组成,六个部分彼此关联,由统一的抒情主人公和女主人公联系成一个有机的整体。抒情主人公与女主人公的关系、与世界(不是周围的现实,而是大宇宙、永恒生命)的关系及其内心体验,是贯穿全书的情节。除此之外,书中的颜色系列,也是将各个部分联系起来的重要因素。

勃洛克颜色象征与别雷颜色象征的最主要区别在于,勃洛克的颜色象征更确切地说是光色的,因为所有地方的形象都是通过半明半暗的转换塑造的。所以诗人经常使用这样的词语——"光"、"暗"、"昏暗"、"黑暗"、"黄昏"、"光芒"之类。"明亮"与"黑暗"相对,色彩有时是"苍白"的。

勃洛克在1902年6月2日的日记中写道:"……所有要素——光明与黑暗。由此来看:光明只能来自黑暗。非世界的东西——来自世界。光明来自黑暗。黑暗——是没有开端的'经过装饰'的混沌。光明——是没有开端的'经过净化'的混沌。"①这赋予勃洛克形象体系很大的灵活性。此外,勃洛克还不止一次使用象征派诗人公认的"颜色"修饰语,用来表示一些抽象概念或与颜色的内在本质而非外在特征相关的概念。例如,在第二部分的第一首诗《用头脑衡量不了天空》(Небесное умом не измеримо)中我们读到:"蓝色的对头脑关上大门",而在另一首诗《纠缠不休的人站在路上》(Неотвязный стоит на дороге)里则有这样的诗句:

白色在庆祝坟墓的胜利,
眼睛注视着霜冻的远方。

一些词组,如"白色的谎言","白色的暗示"意义与此相近,但这些词组的意思不是始终明晰的,其中有一种说法是:这些概念指的是女主人公形象。

下面我们以勃洛克第一版的《美妇人集》为例,考察一下男女主人公关系的发展及其在每一章乃至整部作品中与之相对应的颜色象征。

---

① *Блок А.А. Собрание сочинений в 8 т. М.*: Л.: Советский писатель, 1960 - 1963, Т.7, С.46 - 47.

第一个组诗。在缪萨革忒斯版本中名为《幻象》(Видение)，1901年春季作于彼得堡。关于这一段时间，勃洛克后来在日记中写道："1月底2月初(还有——军团街教堂附近蓝色的雪——也是傍晚时候)明显地'她'降临了。活着的竟然就是世界灵魂(正如后来定义的)，分离的、被俘的和苦恼的世界灵魂。"①

男女主人公的关系是扑朔迷离的。他——是积极因素，出发上路，去探寻秘密，倾听异地的神秘声音，试图理解"另一心灵的远方呼唤"。"灵魂在燃烧"，这一点决定了主人公的内心状态。然而一切都是梦，领悟力不足以洞察正在发生的一切。于是产生了痛苦、忧伤、绝望。主人公的状态跟光与暗、梦与醒的变化无常一样捉摸不定。她——遥远、陌生、严厉。她在梦中也在天上，但即便在天上她也并不孤独。她惶恐不安的歌声乃是一种呼吁，驱赶着"扑朔迷离的梦"。呼唤、笑声被寂静和遥不可及所取代。作为爱情、纯洁、忠诚的象征，两次出现在这一部分里的天鹅形象耐人寻味：

> 如此——海上那些白色的鸟儿
> 须臾不可分离的心
> 只有到最终才会理解
> 大雾后面发出的呼唤。
> ——《灵魂沉默不语。在寒冷的天空中》(Душа молчит. В холодном небе)

---

① Блок А.А. Собрание сочинений в 8 т. М.; Л.: Советский писатель, 1960 - 1963, т.7, С.343.

同其余的颜色相比,这个组诗数量最多的是蓝色(这个颜色占第一位)。它修饰的是主人公所做思索的天空性质,以及主人公的最终状态:

我横竖一样——宇宙在我心中。
我感觉,我信仰,我了解。
预言家的同情不能把我迷惑。
我把你身上燃烧的所有火焰
统统纳入了我自己的体内。
——《一切生活与存在皆协调于》(Все бытие и сущее согласно)

在《美妇人集》第一部分,他是主要人物,占据首要位置的是他的思考、他的体验、他的感悟。这些思考、体验、感悟与最高世界,即天上的世界联系在一起。与此同时,天空又是与另一种生活的传统观念结合在一起,具有神秘主义色彩:

一切生活与存在皆凝结于
一种伟大而不变的静默。

"另一世界"、"另一生活"的概念还有一个诗歌定语:"陌生国度"。诗人用天空的颜色描绘主人公感受的高度,对庸常的超越。女主人公在第一部分里是一个相当朦胧和神秘的形象。男主人公的爱情是鲜明的,爱的对象却是模糊的。

红色代表爱情。这个颜色出现的频率比代表美妇人的白色要多些。金色难得一见,说明美妇人的形象是模糊的。我们提到过,象征派诗人追随弗拉基米尔·索洛维约夫将蓝色和金色与永恒女性形象联系在一起。金色之所以少到了极限,恰好证明女主人公形象的不确定性。她只是爱的对象,有可能会对男主人公的感情给予回应,也有可能不然。其余的一切仿佛隔了一层神秘的面纱。

金色的第二个作用——用于形容与黑暗势力相抗衡的光明(太阳)力量。黑暗势力用黑色来表示。在第一个组诗中它们有一次交集(抒情三部曲第一卷),它们的斗争也由此开始。

蓝色、红色、白色、金色、黑色——这是勃洛克笔下出现最多的颜色。这些颜色对俄国象征派的索洛维约夫派诗人来说,是耳熟能详的寻常颜色。不寻常的是另外一些颜色的完全缺席。相近的颜色也几乎看不见。蓝色永远是天空的颜色——湛蓝或蓝色(如"尖顶向往着蓝色的高天")。红色只有一种——鲜红。这一颜色也有着非同寻常的词语组合——"鲜红的朦胧"。

> 你在鲜红的朦胧中狂喜,
> 略过了夜的影子。
> ——《我明白了你的追求的含义》(Я понял смысл твоих стремлений)

这说明,勃洛克在颜色的选择上,在确定颜色的象征作用上,态度是非常严格的。

> 红色的月亮在白夜
> 在蓝色的天空中浮现。

一个幽灵般俊美的人
影子倒映在涅瓦河面。
秘密的想法已经成真——
我在梦幻中得到见证。
啊红色的月亮,寂静的喧嚣,
良善可是藏在你们之中?
　　　　——《红色的月亮在白夜》(Белой ночью месяц красный)

彼得堡的真实存在(涅瓦河、白夜)与幻象(一个幽灵般俊美的人)朦胧地交织在一起,其含义正是通过颜色表达的:这里说的是爱情以及对回报的渴望(红色),怀疑与"她"、与她的精神结构(白夜、蓝天)的结合。

第二个组诗1901年秋作于沙赫马托沃。最初的名称是《占卜》。第一部分以乐观主义的音符宣告结束,第二部分又以乐观主义音符宣告开始。

纵使所有人对我的自由格格不入,
纵使在我的花园里所有人与我格格不入。
大自然在铿锵作响,狂放不羁,
在一切之中我都是它的同谋。
　　　　——《他们在发出声响,他们在狂欢》(Они звучат, они ликуют)

然而得到发展的是"所有人与我格格不入"主题,也就是孤独、与世隔绝主题。主人公的情绪中日益流露出失望、怀疑的音调。从前大步走在自己选择的道路上时所表现出的毅然决然全然不见了,取而代之的是越来越模糊、消极、静观的内心情绪。"我无声地离开,告别明亮的海岸"[《天晚了,天黑了。我无望地告别》(И поздно, и темно. Покину без желаний)],"无言地等待","占卜",最终是绝望:

我的道路无望。
我面前是另一种生活,另一种道路,
我的灵魂顾不上做梦。
　　——《别气恼,请原谅。你独自开放》(Не сердись и прости. Ты)

当然,怀疑和绝望时刻会被对最高存在的信仰所取代,主人公坚信即将与她相见,相信自己的星星:

我看不见你,与神久违了,
但我相信,你会升起,
鲜红的朦胧将会喷薄而出。
　　——《莫不是你,悦耳的,在我的幻想中走过》(Не ты ль в моих мечтах)

看得出,"鲜红的朦胧"应该是形容恋人不在时主人公的内心状态。

道路艰辛,很难完成命运的吩咐。在这一章里,第一次出现了同面人主题。主人公内心状态的悲剧性变化的原因不仅仅来自外部(其中包括女主人公的不可企及),也首先来自主人公自身。由于自己内心各种因素的纠缠,他有可能"永远不会与她相见"(《天晚了,天黑了。我无望地告别》)。他的爱,原来并非始终都是像从前那样纯洁、高尚,且这种感觉对主人公来说并不意外:

我认识你,我的双面亲信,
我亲爱的、敌对到底的朋友。
——《我记得不眠之夜的无声时刻》(Я помню час глухой бессонной ночи)

这种变化在颜色中的表现是红与蓝的接近,而且,蓝是保持不变的,而红(欲望)的数量在增加,接近了蓝。这一倾向强化了惶恐、苦闷因素("浅紫色的深渊"的威胁)。就这样,勃洛克的颜色象征变得越来越浓缩、多义。世界观得到深化——诗歌世界也趋向丰富和多面。

颜色象征的持续变化与女主人公有关。在这里,她已经变得足够清晰,尽管仍是多层次的。首先,这是一个女性形象,是一颗星,在诗人未来的创作里化身为彗星。是夜晚的星星,在远方发出召唤的星星,是像星星一样冷漠、无动于衷的女人。随着她面孔的神奇变化,她的占卜、她"被魅惑的黑暗爱情"也相应改变,[①]象征某种未能实现的事物的白色,其数量也因而减少。白色的另一个

[①] Блок А.А. Собрание сочинений в 8 т. М.; Л.: Советский писатель, 1960 - 1963, Т.1, С.93.

含义(神性)也因女主人公的巫师乃至恶魔表现而减少。

其次,她有明确的名字和身份,如永恒女性:

你,永远闪耀着
金色的湛蓝。
——《真正的奇迹的幽灵》(*Призрак истинного чуда*)

女神、新维纳斯,在形象上是弗拉基米尔·索洛维约夫式的,在色彩上是别雷式的:

啊神秘的夕阳女郎,
请平息你的愤怒,来到我身边,
并用熊熊烈焰连接起昨日与明天……
——《郊外的田野春意盎然》(*За городом в полях весною воздух дышит*)

与前一个组诗相比,金色的大幅增加,这明显与形象的此类意义有关系。尽管占首要位置的仍旧是主人公的情感和体验,女主人公的双重性、多面性还是吸引了诗人的想象:

地平线多明亮!光芒已临近。
——《我预感到你的来临》(*Предчуствую тебя. Года проходят мимо*)

黑色依旧只使用过一次。这与黑暗势力没有参与男女主人公的主要冲突有关,也与我们说过的黑暗势力已经有了明确的名称有关(黑暗、昏暗、黄昏诸如此类)。从总体上来看,这部分没让男女主人公身上以及二者关系中那些模糊不清、相互矛盾的东西变得清晰,而是更加复杂了。

《美妇人集》的下一章1901年秋冬作于彼得堡,正值勃洛克与门捷列娃感情最为紧张之时。欲望的力量、所有精神状态的崇高结构在诗中得到反映。主人公的自我感觉重新充满矛盾。等待是他生活中的最重要事情。快乐时刻("很久没有听到/如此欢乐的歌声"——《我在雾蒙蒙的早晨醒来》)、对幸福的憧憬被苦恼、绝望和嫉妒的侵袭取代。在这一部分里,主人公发生了变化,他生活中压倒一切、摆在首位的东西是激情。

一片红霞升起,
照耀着雪地。
艳丽和激情
涌出了大堤。
　　　　——《夜间的雪暴》(*Ночью вьюга снежная*)

我用激情的大雾
将平静黎明的梦遮蔽,
你的春天的第一日
将是一个燃烧的夏季。
　　　　——《旧的一年带走了……》(*Старый год уносит сны*)

这一点在颜色上的表现就是红色数量猛增、频繁出现。这种激情充满尘世愿望,紧张而躁动。红色成为主人公复杂的内心状态的写照,是主人公内心积极因素的反映,"战斗让我的心感到快乐"。

这部分蓝色的减少也不是单一的。主人公的复杂感受、矛盾状态、"同面人主题",导致"天空的"、超世界的、精神的因素下降(这部分的蓝色不是天空的蓝色、湛蓝,而是水和冰的蓝色)。

值得注意的是,在这一部分,女主人公与从前截然不同,她已经置身于苦难之中。尘世的特征日益明显:她会"走进沉睡的街道"、"我为你打开门"、"在岔路口等我",等等。她不再占卜,而是施行魔法。女主人公在此第一次具有了积极的特性。有一系列诗作都是通过她的感受写出的。她自行改变自己的面貌,不是通过男主人公的想象,而是遵循某些秘密法则,通过实施魔法实现的。对男主人公来说,她是"另一个,哑默无语,面孔模糊",或者是"恶毒的姑娘"。但这是在怀疑的时候,而在难忘的面影中她重又是那个星辰少女,是"裹着雪花的少女",从先前居住过的世界坠落到地球的星星。新的面孔——尘世妇女,有能力对爱情做出回报:

心中的女友携着歌儿
翩翩踏上我的门廊!

这一章里的女主人公跟男主人公一样,是一个举足轻重的多维形象。她的主要本质是难以理解、距离感。太阳少女、永恒女性之美的位格退居其次。这一特征通过颜色象征得到表现。"白色"作为美妇人的主要标志之一大幅增加,出现的频率仅次于占居首位的红色,这与该形象地位的提高有关系。白色象征的扩大还跟一个新主题——死亡主题的出现有关系。

金色遭遇了相反的变化。出现的次数有所减少。女主人公越来越富于勃洛克特色,失去了弗拉基米尔·索洛维约夫的"缪斯"固有的特点,例如:

你在白色的暴风雪中,在雪的叹息中,
又一次如女魔法师腾空而起……
　　　　——《我等了很久——你出来很晚》(Я долго ждал — ты вышла поздно)

我在梦醒时分
遇见裹着雪花的少女。
　　　　——《夜间的雪暴》

其余的颜色没有什么变化,数量保持在最低水平,仅出现一次。

综上所述,颜色象征反映了《美妇人集》的内在发展,也反映了勃洛克的创作演变。尽管弗拉基米尔·索洛维约夫的名字对勃洛克而言如泰山北斗,但诗人不满足于索洛维约夫式的象征体系。勃洛克扩大和深化了颜色象征的意义。白色——从抽象的神性到美妇人及其各种各样的化身,再加上作为最高意志表现的死亡主题、"无法言说"主题、存在的奥秘主题。蓝色——除了精神因素、天空的象征以外,还有"水"——肉欲(即便是崇高的)元素的意思。红色——从与夕阳相关的天空主题转向男主人公及其爱情、痛苦、期待等主题。金色象征体系仍旧保持着传统的索洛维约夫意义。

黑色也是静止的,但在全书结尾处其意义非同小可,因为这是诗人转向尘世生活、转向不完美和阴暗现实的信号。很快"巫师"将变成"诗人"。这个过程已经开始,并将在接下来的作品中继续下去。

谢尔盖·索洛维约夫没有专门著文论述过颜色的象征意义,但他所有的诗都充满丰富的色彩。尽管没有理论表述,毕竟别雷已经做过细致的分析,但索洛维约夫还是认为有必要在《花卉与神香》(*Цветы и ладан*)的前言中就形式与内容的统一说几句话:"我断定,关于内容大于形式或是形式大于内容的问题本身是不成立的,因为提出这一问题的人是在分解不可分解的东西,是企图将只能具体存在于统一体中的东西一分为二。因为艺术创作的基本规律在于思想、形象、色彩、音响的统一。只有这样的诗才有权利被称为艺术作品:在这里,没有丝毫外在的东西,在这里,一个极细微的声音偏差,一个极细微的色彩转换,都受到内在的精神必要性的制约。"①

《花卉与神香》的副标题是《第一本诗书》(*Первая книга стихов*),该书由 6 个组诗构成:《加利利的橄榄》(*Маслина Галилеи*)、《金色的死亡》(*Золотая смерть*)、《*Silvae*》、《皮埃里的玫瑰》(*Пиэрийския розы*)、《歌谣》(*Песни*)、《春歌》(*Веснянки*)。从标题可以看出题材和体裁的多样性,行文中这种多层次和多声部也是显而易见的(近一半的诗作具有叙事情节基础,而叙事是用抒情主人公或女主人公的口吻进行的),全书的 6 个部分之间具有明显的统一性。

诗人认为,大自然的生命是永恒生命的表现之一。因此,该书

---

① *Соловьев С.М. Цветы и ладан.* М., 1907, С.7.

第二个组诗献给秋天——一年中最美的季节不是偶然的。组诗由9首诗组成,每一首都为与大自然告别的母题加入了伤感的音符,同时,这种告别意涵要深刻得多,在简单有时并不迷人的外在图画后面,隐藏着另外的深层内涵——人的灵魂与世界灵魂、永恒女性的存在。例如《花楸树》(Рябина)一诗,主题是"天空",而"成熟的浆果的红流苏"在高高的、无边无际的蓝色天空映衬下表达的是惶恐不安感觉、人面对永恒和上帝的渺小感和无助感。应该说,谢尔盖·索洛维约夫描绘的"双层次"风景是成功的,例如《金色死亡》中的第七首《伤感》(Печаль):

我被持久的痛苦折磨得筋疲力尽,
但灵魂还没有被烧成灰烬。
摇吧,摇我入睡吧,
湛蓝的夜晚的寂静!

我沿着山谷悄然而行,
灵魂与蓝天息息相通。
我每走一步在我脚下
都会有树叶醒来,窸窣作声。

不,不需要春天的幸福!
心啊,恭顺地迎接这夜色深沉吧。
为了在凋零的花园的静默中
如晚霞死去,在朝霞到来时分。

诗人喜爱大自然，因为正是借助大自然，他才有机会体会"蓝天"，亦即灵魂获得提升，认识周围世界的神性本质。而"霞光"、"蓝天"这些象征对索洛维约夫派象征派诗人来说，是永恒女性的标志。在索洛维约夫笔下（特别是《花卉与神香》的第一个组诗），永恒女性是以童贞女形象出现的。在这一点上，索洛维约夫与俄罗斯民间的圣母崇拜比较接近。

在索洛维约夫的颜色象征在总体上，对新一代象征派而言是传统性的，不过也有一些自己的特色。首先，蓝色——不光是蔚蓝，还有湛蓝，偶尔还是紫色的。这些细微差别不是偶然的，表达了不同的精神状态：从天空的蔚蓝（永恒女性的颜色）到深蓝（表示内心状态、精神的专注与尘世自然的精神因素），如"蓝色的森林"、"在蓝色的湿润中"、"紫罗兰的地毯"。其次，大量的绿色。这个颜色遍布全书各个部分，结尾部分最多。有意思的是，蓝色与绿色在最后一个组诗中几乎是融合在一起的（也就是说，两者数量相同）。这种情况我们在别雷的《蓝天里的金子》里面已经见过。根据诗人的构思，这种融合象征着神灵崇拜中尘世追求与天国追求的结合。值得注意的是，在索洛维约夫的诗里，这种结合发生在高潮，也就是各种色彩和声音得到强化、达到极致之时。这为《花卉与神香》以金色、绿色、蓝色和白色为主色的尾声涂上一层乐观主义的色彩。

除了上述颜色，索洛维约夫还运用了红色、黑色、灰色、黄色以及银色、铜色、淡褐色——勃洛克、别雷等不大使用的颜色。

在颜色体验上，安年斯基有时与勃洛克不谋而合，如两人的诗中都经常出现给人以诸多否定性联想的"黄色"和具有正面意义的"玫瑰色"。不过勃洛克所看重的颜色的神秘语义，安年斯基却不感兴趣。索洛维约夫式的"蓝色"和"白色"在勃洛克的《美妇人集》中一再出现,但在安年斯基的《柏木雕花箱》中却要么缺席,如蓝色,要么给人以孤独和死亡的联想,如白色[《白色石头的苦闷》(Тоска белого камня)、《悼亡之后》(После поминок)]。安年斯基多彩的内心风景和装饰("但心儿不需要鲜红的,//心儿需要暗淡的玫瑰……")象征诗人的苦闷、诗人对存在悲剧的苦涩体验和一个知识分子对不幸者的愧疚感。与安年斯基全然不同,伊万诺夫的颜色象征是稳定的、形而上学性质的,用于表达他的宗教伦理观念。

第三节 象征派诗歌中的音乐形象

音乐精神(дух музыки),或者说音乐性(музыкальность),是俄国象征主义诗学的主要特征之一。有学者甚至主张将之与象征并称为俄国象征主义诗学的两大特征。[①] 音乐精神在象征主义诗歌中主要体现出这样几个层次:一是哲学美学(世界观)意义上的音乐精神,二是与这种世界观有关联的音乐形象,三是诗歌艺术技巧层面的音乐性和旋律感,四是体现艺术综合思想的体裁探索。
中国自古以来就有诗歌与音乐不分家的说法,所谓诗歌,其实

---

① 王彦秋:《音乐精神——俄国象征主义诗学研究》,北京大学出版社,2008,第17页。

就是诗与歌的结合。这与古希腊的诗歌观念不谋而合。古希腊有相同的看法。对古希腊来说,和谐是其世界观的决定性特征。毕达哥拉斯曾将音乐与数学相提并论,把音乐原则与自然规律相对照,确定星球、星座与元素之间的相互关系:"如此巨大的星体以自己的高速运动应该唤起声音,这些声音创造出一种根据音乐调性对应关系建立起来的和谐,所以说太阳系就像七弦琴(竖琴)。毕达哥拉斯没说这些运动能唤出音乐,但它们本身其实就是音乐。"①

由此可见,早在希腊时期就形成的对音乐的两个层次的看法:作为创造"宇宙音乐"的音乐和作为艺术门类之一的音乐。

根据神话,歌手和音乐家的保护者是金发的阿波罗。正是在克里特水手建造了阿波罗神殿的德尔菲,第一次响起了献给他的歌声——有竖琴和基法拉琴(кифара)伴奏的合唱。术语抒情诗(лирика)一词就是由竖琴(лира)来的,最初的意思是竖琴伴奏的歌。还有一点很重要,阿波罗形象发展到晚期时已经获得了主宰一切的至高神的特征,这在古希腊的颂歌中能找到证据。

作为阿波罗的对立面,狄奥尼索斯是自发音乐的化身。他的音乐能让听众如痴如狂。阿波罗的缪斯们(音乐 музыка 就是从这里来的,意思是缪斯的艺术)与狄奥尼索斯的巴克斯相对立,混沌与和谐相对立。这一反题,或曰对比、反衬,后来成为尼采《悲剧的诞生》的基础。《悲剧的诞生》全名是《悲剧从音乐精神中诞生》,是尼采的纲领性宣言性著作,对 20 世纪初的俄罗斯诗歌产生了巨

---

① Музыкальная эстетика Германии: В 2 - х тт./Сост. А. В. Михайлов, В. П. Шестаков. М.: Наука, 1981 - 1982, II, 119.

大影响。

还有一个古希腊的神话形象——为爱而战胜死亡的歌手奥尔弗斯。他身上结合了音乐与诗歌两种因素。别雷在《生活之歌》一文中重新思考奥尔弗斯形象并将它与歌的创生力联系起来:"我们知道一点,歌活着,人们靠歌活着,人们体验着歌。体验就是奥尔弗斯。歌唤起的奥尔弗斯形象是欧律狄刻的影子,——不,是复活的欧律狄刻本身。当奥尔弗斯奏响琴弦,石头都会跳起舞来。"[①]奥尔弗斯成为艺术的永恒和谐的象征。别雷分析了神话情节与诗歌创作之间的相似性:诗人就像奥尔弗斯,渴望将欧律狄刻从不为人知的深处拉出来,用自己的体验的力量复活之。这是象征主义艺术的隐喻,体现了诗人的信念:他有能力重写命运的法则,有能力根据美与和谐的原则再造世界。

对俄国象征派诗人关于诗歌与音乐的相互联系所做的理论思考以及创作体现影响最大的是浪漫主义,首先是德国浪漫主义。浪漫主义对音乐的崇拜在德国产生正是与耶拿浪漫派的理想主义思想发展有关,这一思想与柏拉图主义一道也复活了毕达哥拉斯的"纯宇宙的音乐"。

诺瓦利斯可以说是音乐理论的创始人之一。伊万诺夫说:"诺瓦利斯,神话创造者和夜颂创作者,诺瓦利斯,秘密传说的管风琴同时也是独立的思想者,诺瓦利斯,哲人—童话讲述者和孩子—导师,更主要和更首要的是,诺瓦利斯——个人,作为外在形象和内在形象的个人。"[②]诺瓦利斯的音乐理论"将理性的澄明和神秘的

[①] *Белый А.Н.* Символизм как миропонимание. М.: Республика, 1994, C.176.
[②] Лира Новалиса в переложении Вяч. Иванова. Гл. ред. Е. Кольчужкин, Томск, Водолей, 1997, C.7.

宏大，将严谨的思想和诗歌的创作，将精确与奇幻，数学与理想集于一身。"①

谢林运用自然哲学方法在毕达哥拉斯观点基础上发展了诺瓦利斯的观点，但他对和谐思想给予了特殊关注。对他来说，真正的音乐元素与对位法的发明有关。"和谐——这是一种将几个具有各自旋律的声音合为一个悦耳整体的技能。将几个声音融为一体，这显然是多样性中的统一，而几个声音同时还保持着自己的旋律，这又是统一中的多样性。"②

施莱格尔和蒂克也创造了自己的音乐学说；为音乐理论做出了贡献的还有让保尔和布伦塔诺。"结果音乐在德国获得了某种具有普遍性的象征意义并被视为某种宇宙力量。"③晚期浪漫派（瓦肯罗德尔、霍夫曼）摆脱了耶拿学派自然哲学对音乐的阐释，他们把音乐性放在首位。"音乐是所有艺术中最浪漫的，大概可以说，是唯一真正浪漫的，因为音乐的对象是无穷无尽的。音乐是纯粹的崇拜和纯粹的信奉上帝。"④

席勒在谈到诗歌创作过程时说："诗歌的音乐飞旋在心灵上方，要比对内容的清晰设想经常得多，内容对我本人来说经常是模糊的。"⑤勃洛克对此颇有共鸣："每当音乐的想法挥之不去，我就会痛苦地寻找可以承载它的音响。最终我会听到特定的旋律。只

---

① *Корнилова Е. Н.* Мифологическое сознание и мифопоэтика западноевропейского романтизма. М., ИМЛИ РАН, 2001, С.137.
② Там же. С.115.
③ Там же. С.275.
④ Там же. С.181–182.
⑤ *Горнфельд А.* Как работали Гёте, Шиллер и Гейне. М., Мир, 1933, С.47.

有这时语言才会到来。"①阿萨菲耶夫称之为"在音乐精神中看取世界"。这不光是个别诗人的特点,而是整个象征主义乃至白银时代的特点。

俄国象征派诗人接受了浪漫主义的音乐即世界精神的观念。瓦肯罗德尔称音乐表达的是存在本身的存在,生活本身的生活。②"音乐精神"的概念后来成为叔本华和尼采美学的基础。他们的著作对白银时代,尤其是新一代象征派影响极大。

不过应该指出,俄国象征派诗人同时也是俄国浪漫主义传统的继承者。

茹科夫斯基被视为俄罗斯意识发现西方的人之一。勃洛克称之为"自己的第一个启发者"。对奥陀耶夫斯基来说,对不可表达的东西的感知是"人的灵魂的最高境界","这种感觉的唯一语言就是音乐"。③

纯艺术派接受了奥陀耶夫斯基的论断,继承了浪漫主义的音乐思想,认为言语的音乐性是艺术作品的重要审美特征和形式与内容和谐统一的表现。费特确信:"诗歌与音乐不光同源,而且不可分割。所有传世的诗歌作品,从预言家到歌德和普希金,本质上都是音乐作品——是歌曲。"④费特认为,最主要的,音乐和诗歌都以和谐为本:"和谐也是真理。寻求创造和谐真理的同时,艺术家的灵魂本身会进入相应的音乐结构。"对费特来说,音乐与诗歌不

---

① *Блок А.А.* Записные книжки. М., Вагриус, 2000, С.39.
② Литературные манифесты западноевропейских романтиков/Под ред. *Дмитриева А.С.* М.: Изд-во Московского ун-та, 1980, С.109.
③ *Одоевский В.Ф.* Русские ночи, Л.: Наука, 1975, С.263.
④ *Фет А.А.* Собрание сочинений в 2 томах. М., 1982. Т.2. С.168.

可分割的基本表达手段就是音响效果和"具有某种意义不确定性的音乐结构手法"。① 这一切一方面使费特接近俄国诗歌传统中的旋律派,另一方面也预示了象征主义诗学,尤其是勃洛克诗学的诞生。

对象征派和浪漫派作家来说,音乐是一种特别重要的艺术门类。这一观念自然跟诗歌与音乐有着内在的联系有关,也与音乐艺术在世纪之交的蓬勃发展有关。到19世纪90年代音乐达到了很高的发展水平。形成了具有独创性的俄罗斯作曲流派,彼得堡和莫斯科两家颇具规模的音乐学院相当活跃,一批歌剧芭蕾舞剧院演出频繁,其中彼得堡的马利亚剧院和莫斯科的大剧院特别有名,来自欧洲不同国家的杰出指挥家和演奏家、著名院团在俄罗斯各地巡回演出;1907年加吉列夫在巴黎大歌剧院组织演出了5场俄罗斯音乐的"历史音乐会"。所有这一切证明了俄罗斯文化的普遍高涨。

俄罗斯白银时代的文化复兴从艺术家的多才多艺也可见一斑。库兹明是诗人兼音乐家,马雅可夫斯基是诗人兼画家,帕斯捷尔纳克是诗人、小说家、音乐家兼画家。这也是那个时代普遍追求艺术融合的一个体现。例如,音乐与其他艺术门类的内在联系在画家兼作曲家丘尔利亚尼斯,——具有绘画性的《奏鸣曲》(*Соната*)、《前奏曲》(*Прелюдия*)、《赋格曲》(*Фуга*)的作者的创作中有明显体现。被伊万诺夫誉为奥尔弗斯的斯克里亚宾消除了阿波罗与狄奥尼索斯之间的矛盾,追求音乐与光的结合。他的《狂喜之诗》(*Поэма экстаза*)、《普罗米修斯》(*Прометэй*)、《振奋之

---

① Бухштаб В.Я. А.А. Фет. Очерк жизни и творчества. Л.: Наука, 1990, С.106.

诗》(Поэма окрыленная)以及庞大的《宗教神秘剧》(Мистерия)的构思正是象征派所理解的音乐艺术的体现。巴尔蒙特的《自然界的声光与斯克里亚宾的光交响乐》、伊万诺夫的《斯克里亚宾与革命精神》(Скрябин и дух революции, 1917)对此多有论述。罗济涅耳说:"如果说肯定音乐在各种艺术中的平等地位是象征主义的主张之一,那么可以断言,象征主义总体上作为风格、作为理念、作为艺术中的一个时代,它的自我表达在斯克里亚宾的创作中体现得最为充分,也最为符合象征派的自我定位。"[1]

就这样,白银时代的音乐将世界主义(勃洛克的"世界感"、"世界意识")与主观情绪结合起来,体现出那个时代艺术思维的一些基本特征。不仅如此,音乐还变成一个特殊的能将文化与自然连接起来的哲学美学范畴。在此情况下,如何解决音乐与抒情诗的相互关系问题,对明确艺术意识具有很大意义,况且诗人们在努力回答这一问题时,常基于不同的传统。例如,有些诗人(安年斯基、勃留索夫、曼德尔施塔姆)感兴趣的是古希腊经验。他们在自己的作品中激活了古希腊文化的一些形式、形象和母题。对20世纪初的艺术家来说,古希腊神话具有特殊价值。其中有些神话体现了音乐与诗歌乃是一体的思想。

在象征主义艺术的宗教哲学理论中,在其神话诗学体系中,音乐性(音乐精神)原则首先影响到对美(音乐等于美)的本质和艺术创作的本质的看法。在象征主义看来,艺术创作与宇宙学意义上的创造行为相仿:"音乐创造世界。音乐是世界的精神肉身——世

---

[1] История русской литературы. XX век. Серебряный век/Под ред. Ж. Нива, И. Сермана, В. Страды, М. Эткинда. М., Прогресс, Литера, 1987, С.450.

界的(流动的)思想";音乐是"一切先决条件的前奏"。① 音乐从混沌中创造宇宙,②为它服务的是神话诗学的艺术家,将"世界灵魂"解救出来的"僧侣骑士"。艺术家像骑士一样同恶龙搏斗(也就是要战胜以动物为化身的色欲、本能),像僧侣一样同混沌斗争,拯救被混沌掌控的"公主";最后,他还要像"哲学家"那样,同幻想(疯狂)和生活的变化无常作斗争。③

音乐形象是俄国象征派诗歌的一个普遍特征。音乐形象可以分为两个类型:第一,明显带有象征性质、以浪漫主义的世界二元论为依托的音乐形象。勃洛克、别雷的音乐形象都属于此类。第二,以隐喻为基础的音乐形象。这类音乐形象与世界二元论没关系,但往往与抒情主人公的心理状态有关系。安年斯基的音乐形象就有这样的性质。

安年斯基的抒情诗中歌曲形象和纯音乐形象之间没有清晰界线。对抒情主人公来说,最亲近的是"无词歌"。这是他的稳定形象之一,在联想上与浪漫主义的不可表达母题有联系,作为结果,也与丘特切夫的《沉默》诗歌传统有关系。丘特切夫和安年斯基的抒情主人公都感觉到语言的局限性,语言无法充分表达人的内心状态("思想一经言语就会出错"),无法表达真正的诗歌的内涵。无词歌的形象与寂静之形象及其变体哑默和忘却的形象相毗连。安年斯基笔下经常出现寂静—哑默形象,也就是语言无法表达的形象:

---

① *Блок А.А.* Записные книжки. М.-Л., 1965, С.150.
② Там же. С.160.
③ *Блок А.А.* Собрание сочинений в 8 т.. М.; Л.: Советский писатель, 1960 - 1963, Т.5, С.451.

在这里低语两天了:始终还是
那个固执、哑默的客人,在家里。
　　　　——《葬礼之前》(Перед панихидой)

熄灭的灯火,哑默的嗓音。
　　　　——《音乐会之后》(После концерта)

哑默在安年斯基的诗中也是影子形象——世界的居民死亡的特征:

一长排哑默的影子
穿过北方的码头。
　　　　——《回归之渴念》(Тоска по возвращению)

安年斯基的"无词歌"形象具有哲学美学意味,这不仅仅是指旋律。人的"我"是借助歌喉表现自己的:"无言的水晶般的嗓音汇合在一起"。这种汇合塑造出一个概括性的抒情主人公"我"形象。这一点是由人的内心状态的人格化(拟人化)促成的。歌不需要词,如果演唱的是情感本身:

白色的镜子里只有恐怖……
在这里祈求和歌唱,
恐惧深鞠一躬,
向我们分送蜡烛。
　　　　——《葬礼之前》

这里的恐怖和恐惧原文均是大写,强化了人格化效果。勃洛克评论《寂静的歌》时说安年斯基善于"进入形形色色的体验的心灵",①以此强调诗人的艺术世界里出现此类形象的规律性。

安年斯基的歌曲与音乐形象之间的界线模糊,不光表现在含义层面,还表现在修辞层面。这两个形象都有两个稳定的修饰语:温柔的和寂静的:在《音乐会后》作者将女歌唱家的嗓音比作"温柔而热烈"的紫晶,"夜将会是歌声悠扬和温柔的"、"往事的寂静的音乐"。考虑到作者的第一本诗集,如果把"寂静的歌"形象与"无词歌"形象联系起来看,则"寂静的"修饰语在语境上可以说是"没有说完的"、"没有说透的"同义词。

安年斯基笔下的乐器形象初看上去没有什么象征意义,不像勃洛克和别雷。有意思的是,在乐器形象体系中,缺少乐队形象。安年斯基看重的是每个乐器的独特价值,乐队演奏会淹没单个乐器的声音特色。《琴弓与琴弦》(Смычок и струны)一诗里乐器的人格化形象相当鲜明,并得到展开:

谁需要我们呢?谁点燃
两张枯黄的颓靡的脸……
突然琴弓感觉到有什么人
抓住他们并将他们融为一体。
"啊,多久了啊!透过这黑暗
告诉我一件事:这可就是你,就是你?"

---

① Блок А.А. Собрание сочинений в 8 т. М.;Л.: Советский писатель, 1960 - 1963, Т.5, С.621.

于是琴弦温柔地贴近他,

发出吱呀声,但一边柔情似水,一边抖个不停。

这首诗里安年斯基在塑造音乐形象时运用了印象象征主义手法,赋予语言的声响既能唤起听觉,也能唤起视觉、嗅觉、触觉感受的能力。

这里的琴弓是男性形象,琴弦是女性形象。小提琴演奏好比崇高而又痛苦的爱情,"人们觉得那是音乐,对他们确实一种痛苦"。由于人称的改变(第一人称复数"我们"出人意外地变成第三人称——"突然琴弓感觉到")加强了人格化效果,而直接话语变成了不纯是直接话语("'莫非真的,我们再也、不会分开?够了?'……小提琴回答说是的、可小提琴的心却感到很痛")。这种视角的变化导致世界的艺术图画的重心的位移:乐器爱着并煎熬着,跟人一样,而人又像命运一样控制着它们的思想:"然而人没有熄灭蜡烛,在早晨到来之前……琴弦唱着……"

音乐家阿萨菲耶夫称勃洛克是"音乐家诗人"。勃洛克具有一种绝无仅有的才能,即善于"在音乐精神中看到世界",听到自己时代的旋律并用自己的歌予以回应。诗人相信,音乐精神是他那个时代的特征。音乐精神是勃洛克中后期美学的决定性标准。在诗人笔下,音乐精神与三个范畴有关——历史(过去)、当代现实(现在)和文化(永恒)。音乐精神通过这三个范畴得到体现并成为将世界推向和谐的因素。音乐精神是世界的生动脉搏,其节奏的改变会带动人类文明的发展:"丧失节奏的人文主义也会说丧失完整性。好比一股强大的潮流,中途撞上另一股潮流,分解成了千百条细流;在两股潮流相撞溅起的浪花中,飞升的音乐精神奏出了一道彩虹。"①

　　音乐精神是一种自发力。在历史上这表现为人民大众的革命运动:"用整个心灵倾听革命的音乐吧!"在这一冲动中,勃洛克看到的是宇宙的自然节奏图画、新老交替、"音乐"时代取代"非音乐"时代。这种自发力只有在人类世界范围里才会具有破坏性。勃洛克将浪漫主义关于宇宙的音乐精神的神秘思想移植到社会生活领域,并将俄罗斯和俄罗斯人民视为宇宙音乐精神的保护者。整个其余的世界都应该走向这种音乐:"音乐——是在俄罗斯上空扩散和回荡的轰鸣声……这是大战前夜盘旋在鞑靼人营地上空的轰鸣声。"②

　　对勃洛克而言,音乐精神是检验真假诗人的晴雨表。真正的诗人不可能听不见世界与时代的音乐。只有敞开胸襟接受音乐精神,诗人才能成为法术家(巫术师),只有与人民连成一体诗人才能找到平衡点,找到支撑在平衡点上的世界,找到自我:"只有倾听遥远乐队(也就是人民灵魂的'世界乐队')的音乐才可以允许自己轻松'演奏'。""既然节奏已经具备,那就意味着艺术家的创作是整个乐队的回声,也就是人民灵魂的回声……那些用音乐充实了自身的人,将听到普遍灵魂的叹息,即便不是今天,也是明天。"③

　　在诗歌意识中,歌谣传统上是民众灵魂的反映。诗人对民歌的特殊兴趣爆发于浪漫主义时代。诺瓦利斯、瓦肯罗德尔、赫尔德

---

① Блок А.А. Собрание сочинений в 8 т. М.; Л.: Советский писатель. 1960-1963, Т.5, С.172.
② Там же. С.215.
③ Там же. С.370-371.

和茹科夫斯基都对民歌的丰富赞叹不已。前辈的文学经验和丰厚的民族传统不可能不影响到俄国象征派的创作。

歌的形象在象征主义美学中占有特殊地位。别雷在《生命的歌》一文中说歌是艺术创造的开端和诗歌与音乐诞生的源泉。"歌将节奏(时间)与形象(空间)用词语(原因)结合起来"。① 勃洛克和别雷对歌的理解受到尼采传统的影响:"歌——是被音乐的波涛包围的毒地上的岛屿……查拉图斯特拉召唤我们去的地方;他号召我们要忠实于大地。"②忠实于大地——就是善于发现生命的奇迹,在天空的难以把捉的理想后面珍惜尘世的欢乐,为自己能够成为这个世界的一部分而心存感恩。这"尘世的"歌的元素在勃洛克笔下与其抒情主人公的形象联系在一起,在整个"人化三部曲"中这个形象贯穿始终,"从瞬间过于耀眼的光芒"一直到"一个社会的人、艺术家的人、顽强地直面世界的人的诞生"。③ 这一运动诗人早在1900年就预感到了。《黎明前》组诗中有一首诗:

哪怕生命的歌者一如既往,
戴着抒情诗的花冠,
唱着遥远的奇怪的歌,
用无人知晓的朦胧语言,——
可诗人在接近目标,在追求,
他无法遏制对真理的向往,

---

① *Белый А.Н.* Символизм как миропонимание. М.: Республика, 1994, С.176.
② Там же.
③ Андрей Белый и Александр Блок. Переписка. М., 2001, С.406.

> 突然间他目睹了新的光，
> 透过从来没有见过的远方。
> ——《哪怕生命的歌者一如既往》(*Хоть как прежде всё*)

这里第一节和第二节是独立关系，形式上借助连接词"但是"，歌手与诗人对立，幻想与现实对立，直觉与理智对立。为了成为生活的一部分，"歌手"理所当然地应该变成"诗人"，这是唯一有能力目睹新地平线的人。在改变自己的同时，抒情主人公也丧失了往日的纯洁和过去的幻想，但却认识了生命的真谛。然而意识到不等于接受，因此，抒情主人公的再生必然伴随着苦难折磨和对永恒问题答案的痛苦寻觅：

> 我沿一条阴沉的小路
> 连夜赶到乡间墓地，
> 我躺在一座坟上过夜，
> 久久地哼唱着歌曲。
>
> 自己也不明白，也没想过
> 我的歌究竟唱给什么人，
> 我曾爱过哪位姑娘，
> 我曾信奉过哪位神灵。
> ——《罗斯》

在这里，情节发生的地点，也就是墓地，本身已经在促使人们思索生与死的问题。另一方面,在墓地唱歌带有宗教仪式烙印,即为死者哭泣。此处则是为自己的命运哭泣。在勃洛克笔下,"歌唱"这一词素的使用有自己的特点,它经常与"哭泣"相伴出现,如《我在消磨自己的生命》(*Я жизнь свою коротаю*)一诗中的"今天——我清醒地感到得意,而明天——我将哭泣和歌唱"。一方面,歌与哭的结合植根于俄罗斯民间文学传统,证明抒情主人公在靠近民族生活,另一方面,应该说这两个现象与象征主义美学有关。勃洛克的抒情主人公,尽管历经磨难,但还是钟爱生命:

我愿,
我愿永远注视着世人的眼睛,
痛饮美酒,狂吻女人,
让愤怒的愿望充实夜晚,
当白昼的炎热扰乱歌唱和憧憬,
我愿在这世界上听那呼啸的风!
——《关于死》(*О смерти*)

在三部曲不同诗作中,抒情主人公形象的具体性程度也不同。借助借代手法,这一形象达到了最高程度的概括性,也因此而更加靠近了世界灵魂。女主人公的外表特征并不清晰,其整个神秘本质在唱歌的嗓音和衣着细节中得到体现:

她这样唱着,声音冲出尖顶,
阳光在她白皙的肩头拂动。
每个人都在暗处张望和倾听

阳光下洁白的衣裙的歌声。

　　——《一个少女在唱诗班中歌唱》(Девушка пела в церковном хоре)

　　世界灵魂形象的塑造同时还要借助于问句结构和不确定借代的使用。

　　女主人公的歌唱诞生于世界的歌唱:"这里春天沸腾着欢乐,河水在歌唱","仿佛远方暴风雪唱起了歌"。这是一种神话状态,表现了世界与人的统一。可能也正因如此《黎明前》、《美妇人集》、《歧路》等组诗中的歌没有乐器或自然现象的伴奏,而在《法伊娜》(Фаина)、《白雪假面》、《卡门》(Кармен)中,抒情主人公的感知似乎发生了世界音乐与恋人之歌之间的分离,因此,不是"什么人"而是"什么东西"在"燃烧和歌唱",卡门的侧影呈现在世界,其实也就是"音乐与光明"的背景上:

你自身就是自己的法典——你飞呀飞,倏忽而过,
飞向另外的星座,尽管看不见轨道,
而这个世界对你来说只不过是红色的烟云,
是什么东西在燃烧、歌唱、恫吓、闪耀!

在这个世界的折光中有你疯狂的青春……
既无幸福,也无背叛,一切是音乐和光明……
忧愁与欢乐唱着同一个音调……
可我爱你啊——我就是这样的,卡门!

　　——《不,你永远不会是我的》(Нет, никогда ты моей)

就这样,在女主人公的歌唱形象中显示出某种混合主义,同时还有两种对勃洛克同样重要的传统的对立:一方面是美妇人作为索洛维约夫索菲亚理想的化身,与热情的、"暴风雪的"法伊娜,白雪假面,卡门的对立,另一方面是将二者结合起来的神秘主义的不可企及性、"非此地性"。

有必要特别说一下勃洛克抒情诗中的吉普赛(茨冈)歌曲形象。唱歌的吉普赛女人形象一般会出现在"酒馆"语境中("抽搐的面孔和醉酒的胡言……纸牌……吉普赛女郎在歌唱"),对三个母题的形成很重要——表演、醉酒、舞蹈。例如,表演形象在勃洛克创作中占有重要地位,诗人曾对瓦格纳的音乐剧做过思考并试图创作象征戏剧。勃洛克抒情诗中还有戏剧(剧院)形象,确切地说,是剧院的变体——草台戏。由于自己世界观的特点,诗人听得见戏剧表演的音乐,如《滑稽草台戏》(*Балаганчик*)一诗中:"这地狱的音乐回响着,颓丧的琴弓在召唤。"这里"地狱的"一词,与其说是传达具体演出的气氛,不如说是艺术所模仿的"可怕的世界"的特征。表演宽泛一点可以理解为吞噬人类的虚伪、伪装。勃洛克笔下的吉普赛女郎形象与城市亚文化有关系。城市有辉煌的一面,也有富于侵略性和疯狂的一面:"我留下来,神秘地变得高洁,吸吮着闪光的音乐。"正如《在酒馆,在小巷,在街头……》(*В кабаках, в переулках, в извивах …*)和《火与暗的诅咒》(*Заклятье огнем и мраком*)等诗中描绘的,城市氛围的不和谐不可避免地导致人的灵魂的蜕化、解体,于是对美妇人的爱变成了"艾蒿一般的"情欲("无聊的气息充斥着定音鼓的轰鸣,心——充塞着狂暴的欲望的音乐",关于她的歌成了一种尖叫("项圈叮当作响,吉普赛女郎手舞足蹈,向霞光尖叫爱情"),人与人关系的和谐变成了争吵,"此时此刻,可是这争吵的音乐/把我从她身边推开?"

马戈梅多娃指出:"在第三卷的抒情诗中,存在一系列音乐形象,它们是'世界乐队'放荡的表征。对《可怕的世界》和《报应》(Возмездие)中的吉普赛餐厅乐队应作如是观。在第三卷抒情诗中,两个世界共存:创作的世界……以'世界乐队'为象征的个人存在与宇宙存在之和谐的世界,和道德沦丧的'可怕的世界'——也就是前者的扭曲。"①再具体些说,创作与和谐的世界在此对应的是过去的世界。从组诗《死亡之舞》(Пляски смерти)中不难看出,抒情主人公一旦放弃效忠自己的理想,就会感到生不如死。唯一能够让人产生得救幻想的是酒:

又是暴风雪,暴风雪
在翻卷,在歌唱,在飞旋……
一切都是幻觉,一切都是背叛……
在雪沫四溅的雪团中
酒
咝咝作响,发出呼唤……
——《啊,夕阳的红晕对我算个什么》(О, что мне закатный румянец)

醉酒的主题令人想起尼采的长诗《查拉图斯特拉如是说》,其

---

① Магомедова Д. М. Концепция музыки в раннем творчестве А. Блока// Филологические науки. 1975, №4.

中有一部分是《酩酊之歌》,讲的是酒神式的对生活的陶醉:

哦,人类! 注意!
真的,半夜的声音说些什么呢?
"我睡了,睡了。——
"我从最深沉的梦中醒来,
"世界是深沉了。
"深于白昼之所能知。
"它明白灾祸是深沉的。——
"快乐,——仍然更深沉于灾祸!
"灾祸说,'因此,去罢!'
"但快乐要求着永恒。
"——要求深沉的,深沉的永恒!"①

我们说过,这种生活态度是勃洛克抒情主人公的一个特点,但在诗人笔下,醉酒母题由于与音乐形象联系在一起,因而具有社会色彩并可归结酒馆主题(组诗《城市》、《可怕的世界》、《报应》),酒虽然能淹没生活草台戏的地狱音乐,但不会持久,这与其说是获救之路,不如说是绝望的极端表现。吉普赛歌曲形象包含舞蹈母题。这也是尼采《查拉图斯特拉如说是》的最重要母题之一。这里舞蹈是最高的、绝对价值的表征。"只有跳舞能让我说出最高贵之物的象征",②"我只能信仰一个会跳舞的上帝"。③ 勃洛克跟尼采一样,

---

① 尼采:《查拉图斯拉如是说》,尹溟译,文化艺术出版社,1987,第388—394页。
② 同上,第133页。
③ 同上,第41页。

也把舞蹈视为充盈的生命的化身,与自由的人最相契合的自我表达形式。① 对我们来说,重要的是,勃洛克的舞蹈不只是动作,还是有声的、音乐的动作。舞蹈是动作的音乐、动作的歌唱,因此,在组诗《卡门》中,卡门的吉普赛舞蹈要用"悠扬悦耳的"来修饰,而她的身体的线条则是"在歌唱":"望着她歌声悠扬的腰身……他沉醉在创作的梦想中","全身的线条在融化和歌唱……你温柔的肩膀的歌"。

勃洛克抒情诗中也有乐器形象,这些乐器形象在诗人创作中占有重要地位,且有助于揭示抒情主人公形象。乐器在承担伴奏功能的同时,还能为具体诗作创造一种特殊的情绪背景。勃洛克对具体乐器形象的选择不是偶然的,因为音色是揭示主人公内心状态或世界的手段。不同的乐器给人的感受不同。例如,在人的意识中,长笛的声音令人联想到忧伤,芦笛——联想到快乐,等等。在勃洛克笔下也是如此。在通向"社会的人"的路上,随着抒情主人公情绪的改变,"金色芦笛"的声音("在黑暗的白昼我只会//将嘴唇贴近你的金色芦笛")换成了惶恐不安的"尖叫",然后又变成小提琴凄惨的"哭诉":"颓丧的琴弓在哭嚎","小提琴在舞会高潮时的嚎叫"。

小提琴形象在勃洛克三部曲中是最常见的,在传统上与苦闷感、孤独感和爱情联系在一起。此外,小提琴也跟吉他一样,是女性本原和肉体之爱的化身。例如安年斯基的《琴弓与琴弦》或勃洛克的"小提琴,在融化和减弱,将自己交给疯狂的琴弓"。

小提琴形象中融合了崇高与低下两种因素,例如,餐厅的琴弓捕捉着"另一"旋律的回声:

---

① Лавров А.В. Этюды о Блоке. СПб.: Изд-во Ивана Лимбаха, 2000, С.182.

> 我在瞬间就能分辨出
> 小提琴后面的另一种歌唱,那低沉的胸音……
> ——《我看到被我遗忘的光芒》(Я вижу блеск, забытый мной)

人的灵魂兼容了光明与黑暗两种因素。勃洛克将艺术家的灵魂比作小提琴:"真正的人的灵魂是最复杂最动听的乐器。有调好弦的小提琴和未调好弦的小提琴。未调好弦的小提琴总是破坏整体的和谐,它的刺耳的尖叫会作为讨厌的音符闯进世界乐队匀称的音乐之中……艺术家就是倾听世界乐队并且能不走样地重复它的人。"①

> 为何在胜利的清晰时刻
> 你要发作,我刺耳的琴弓,
> 要以急迫而单独的歌
> 闯进世界的乐队之中?
> ——《小提琴的声音》(Голос скрипки)

抒情主人公将自己的灵魂比作破坏和谐的小提琴,而将自己的才华、自己急迫的歌"比作代表混沌的酒神因素"。

这种自我感觉在勃洛克艺术体系中催生出一组对立形象:"小提琴与竖琴"。竖琴是可与天籁相提并论的音乐象征。

---

① Блок А.А. Собрание сочинений в 8 т. М.; Л.: Советский писатель, 1960-1963, Т.5, С.417.

喑哑而又年轻的歌唱
在隐秘的寂静中
触碰了竖琴一般紧张的灵魂
被生活催眠的琴弦。
　　　　——《有这样的时刻，那时，生活的》（Есть такие минуты，когда）

这种反衬在《竖琴与小提琴》的标题中已可见一斑：阿波罗与狄奥尼索斯，和谐与混沌，象征现实生活的"恶毒的"刺耳的琴弓和被生活催眠、远离生活的竖琴的琴弦。这两种对立势力的斗争诞生了世界的平衡。

总体上来说，勃洛克并不特别在意乐器的民族特点，尽管有些形象自身已经很说明问题，如《手风琴啊手风琴》（Гармоника，гармоника）中的俄罗斯手风琴形象："手风琴啊手风琴！你唱吧……"

第二句"你唱吧、叫吧、燃烧吧"刻画出手风琴在抒情主人公心目中的声音特点——情感表达的极端性。这种极端性是勃洛克抒情主人公的俄罗斯灵魂特征。在恋人的舞蹈背后，依稀看得见罗斯的面影，听得见故乡的手风琴声音：

这是怎样的舞蹈？你这是
在用怎样的光撩拨和诱惑？
在这旋转之中
你何时会疲倦？
谁人的歌曲？还有这声音？

我还惧怕什么?
令人惆怅的声音,
以及——自由自在的罗斯?……
……

啊歌曲!啊彪悍!啊毁灭!啊面具!……
手风琴——就是你?
　　　——《啊,夕阳的红晕对我算个什么……》

结尾一句非常个人化的呼吁中,含有从白日梦中突然醒来的抒情主人公的惊讶,面对不可知("啊毁灭")和可能化为泡影("啊面具")的一切而产生的恐惧,对摆脱令人惆怅的无端苦闷的期待。在各种感觉的漩涡中间,仿佛独特的"过于明亮的光芒的瞬间"——是手风琴,如此亲切、单纯而又如此难以企及的手风琴。众生形象也具有鲜明民族特色。钟声跟教堂仪式联系在一起,是俄罗斯人日常生活不可分割的一部分。每一种钟声都有自己的音色,自己的调性。渐渐地,它们成为特定情绪状态的象征。对现在和未来的忧虑感,对即将到来的启示录的预感,是世纪之交艺术思维的一个特点。因此,勃洛克的钟声如同警报:

在钟楼上
有节奏的钟声
把血淋淋的舌头伸进
嘹亮的舞蹈和青铜的轰鸣。
　　　——《城市将死气沉沉的脸》(*Город в красные пределы*)

勃洛克的钟声是可见的。钟声的舌头伸进舞蹈,而且,这舞蹈还是血淋淋的。音响形象和视觉形象的结合表达了抒情主人公感受的完整、饱满及其世界观的悲剧性。

号角的形象也与启示录母题有联系:"当主日我被圣灵感动,听见在我后面有大声音如吹号……""我在阿拉法,我是俄梅戛。""我是首先的,我是末后的。"①"我看见那站在神面前的七位天使,有七只号赐给他们。"②在狂风暴雪之中,抒情主人公听到了这些号声的回音:

为何你垂下脸
垂得这么低?
放心吧:窗外的风
那是死亡逼近的号声!
——《你在房间里独自坐着》(Ты в комнате один сидишь)

他仿佛一个豁然开朗的罪人,被预言末日审判的号角之声唤醒,并意识到自己的堕落。这首诗被收进《报应》组诗看来并非偶然。

除宗教内涵,号角形象还具有另外一个内涵,也就是历史内涵。在《祖国》组诗中的《又一次,怀着百年苦闷》(Опять, с вековой тоскою)一诗里,我们可以读到"鞑靼人号角的吼叫"。号角是战

---

① 《圣经·启示录》1:8—18。
② 《圣经·启示录》8:2。

争、战斗的象征,不论是鞑靼人与俄罗斯人的鏖战,还是宇宙灾难边缘的自救企图,始终都是为了争取生存权利而进行的战斗。重要的是不能丧失生活目标。对勃洛克的抒情主人公而言,生命的目的在于效忠美妇人、索尔维格、卡门、世界灵魂。号角形象就是骑士英雄主义献身精神的象征。恋人犹如灯塔,引导着他。抒情主人公无法不服从她的号角的召唤:"我知道——号角在山中高唱,草地因你的意志而姹紫嫣红。"(《索尔维格,啊索尔维格,啊阳光普照的路!》)不可能追上她,但生命的意义在于寻觅,在于人用生命化成的旋律,在于生命与世界乐队的音乐的水乳交融或者背道而驰。勃洛克的抒情主人公梦想这种和谐,但实际上和谐往往只是一种幻想,而心上人也不过是一个冰冷的幻影。大概只有她的一种位格是抒情主人公至死忠诚不渝的,这就是俄罗斯:对他来说,她"风儿的歌唱","如初恋的第一缕泪珠"。

综上所述,勃洛克的音乐形象与抒情三部曲的情节紧密联系在一起,而"音乐"的内涵结构则反映了三部曲主题—题材的基本层面。

就这样,勃洛克抒情主人公形象从理想主义和个人主义者到"社会的人"这一发展趋势在音乐形象体系中有所反映。勃洛克几乎不涉及情感的歌曲、音乐,这证明抒情主人公的取向在于外部世界。但诗人创造了形形色色的歌唱的世界形象(鸟儿的歌唱、春天的歌唱、河水的歌唱、白天和黑夜的歌唱、寂静的歌)。风和暴风雪的歌作为狂放不羁的自发力的象征形象为数特别多。在勃洛克美学语境中,它们与俄罗斯的歌和民歌形象有着联想上的关联,在勃洛克笔下,唱歌的风的自发力既象征热情奔放却又不可企及的女主人公,也象征革命。

勃洛克的音乐形象具有象征性质,同时,勃洛克的象征主义又是变化的、演进的。在创作道路进程中,他努力克服象征主义的假定性(但又始终未能彻底放弃):渐渐地,在抒情诗第一卷还很明显的精神世界与尘世现实的界线变得模糊,成为抒情主人公心理状态的要素,与其对时代的内心感受联系起来。他开始更切近地理解现实世界,外部生活最终变得具有独立价值。但这一现实在勃洛克笔下仍是具有普遍意义的,也就是说,他的抒情主人公的道路一开始就是它所有同时代人的道路,宽泛些说,就是由时代的音乐确定的全体人类的道路。

别雷的诗发展了他的音乐理论。别雷诗中音乐形象数量并不多,诗人更关注视觉形象。与勃洛克不同,在别雷笔下,不是"光发出声音",而是"声音放出光"。相比"在音乐精神中看见世界",这是一种全然不同的感知世界的方式。别雷试图赋予每一种乐器特定的颜色,这可以说也是一个证据。例如,别雷说定音鼓是"带鬃毛的,黑色的,蓬松的",长笛是紫色的,竖琴"如银色的小溪从双手涌出"。别雷在1903年,也就是创作《蓝天里的金子》的同时,写了《圣洁的颜色》一文。别雷诗中,特别是晚期诗中音乐形象偏少还有一个原因,就是别雷全身心投入了新诗歌流派的创立——"旋律主义"。别雷在诗集《分别之后》(*После разлуки*)前言中写道:"旋律主义是诗歌中的流派,它意欲摒弃多余的偏激和没有协调在抒情诗的歌唱灵魂——旋律周围的形象、色彩、节奏的花哨……只有在被置于抒情作品中心并能将诗作化为真正被传唱的歌曲的旋律中,形象、声音序列、格律、节奏才能各就其位。"[1]也就是说,避免

---

[1] *Белый А.Н. Символизм как миропонимание.* М.:Республика,1994,C.547.

使用花哨形象的意图符合作者的美学主张。不过在别雷的诗歌中,我们还是能找到一系列值得品味的音乐形象。

在别雷笔下这类形象中,较为常见的是歌曲形象。别雷的抒情主人公听得见世界的歌。除了传统的鸟儿的歌唱形象("寒鸦在那里盘旋,把歌儿洒向天空"),在别雷的抒情诗中还有朝霞、太阳、月亮的歌,也就是光明的歌儿形象,如《羯摩》(Karma)中的"月亮的光芒在唱歌,朝我大大张开的耳朵",《召唤》(Зов)中的"我们的歌儿是火焰,云彩是神香"。

别雷的音乐是与水、波涛联系在一起的。在《初次约会》(Первое свидание)中,诗人这样写道:"是生活的自发力把音乐的波涛喷溅在我的身上。"音乐的波涛形象早在瓦肯罗德尔的美学著作中就出现过:"何处有比音乐更清晰的界线?何处有比音乐更高的波涛?这波涛具有纯粹的、非物质的本质,流淌和色彩,尤其是千变万化的感觉转换。"①如果说,瓦肯罗德尔思考的是作为音乐本质的音乐和情绪的波涛,那么勃洛克则通过音响的、音乐的形象揭示了"世界音乐"的概念内涵,并指出了大宇宙和小宇宙的相互联系:"在精神的无底深处,人停止为人……印象的波涛仿佛环绕宇宙的太空的波涛,滚动着……只有在那里(在海边和林中)可以在孤独中……了解'亲爱的混沌',推动音响波涛的没有开端的自发力。"②

别雷的音响波涛形象可以有两种解读:生命来源于水,世界

---

① Литературные манифесты западноевропейских романтиков/Под ред. Дмитриева А.С. М.: Изд — во Московского ун-та, 1980, С.86.
② Блок А.А. Собрание сочинений в 8 т. М.; Л.: Советский писатель, 1960 - 1963, Т.6, С.163.

来源于音乐——水是生命存在的条件,音乐是世界的精神存在和人的改造的条件。

别雷笔下也有乐器形象,如小号和号角。别雷笔下的这两个形象含义相近,有时诗人甚至会将号角和牧笛不加区别。小号或号角有时指人的声音特点,如《晚祷》(*Вечерняя молитва*)中的"她发出小号般的声音",有时直接指人所使用的乐器,如《道路》中的"牧人的号角在哭泣"。这个形象的"世界"层面与两个方面有关。其一,这是神话人物的号角,如《金羊毛》中的"金羊毛勇士为我们吹响起飞的号角"、《半人半马的游戏》(*Игра кентавров*)中的"年轻的半人半马们/玩笑似的在喧嚣的溪流上方/吹响号角"。别雷的号角声永远是一种召唤,因而具有某种英雄主义色彩。此外,还能感觉得到它与道路母题的联系。其二,跟勃洛克一样,别雷的号角形象是即将到来的启示录和死亡的象征:

> 在那里,在远方,死亡
> 朝森林、城市和乡村,
> 朝我贫瘠的大地的原野,
> 朝广阔的饥饿的外省吹响了号角。
> ——《罗斯》(*Русь*)

鼓和钹的声音也能制造不祥的生活气氛。在别雷笔下,这些乐器是小丑、阿尔列金、侏儒的标志,如《宴会》(*Пир*)中有这样的诗句:"宴会邀请了驼背的乐师。他用发黄的骨头击鼓。"鼓的声音很难跟音乐联系起来,它们都来源于古代世界,那时,动作、声音和语言在仪式中形成一个整体,显示了生活的原始状态。钹在更大程度上契合了草台戏和狂欢节美学。它的击打声仿佛掀开了生活表面太平的盖子,从而暴露了生活的不完美和恐怖,并对之予以肆意嘲笑,向人们展示生命不过是死亡的颠倒。《小丑阿尔列金的故事》(Арлекинада)的命意即在于此:"我们去安葬他,我们这群睡眼惺忪的人。突然人们开始挑起葬礼的舞蹈,并拍响葬礼的钹……"

由此可见,别雷的乐器各有其功能。管乐器对应神话英雄形象,打击乐器对应表演母题、小丑母题。弦乐器(竖琴、七弦琴、吉他)对应的是灵魂,抒情主人公的灵魂或者世界灵魂。例如竖琴成为女性灵魂的象征:

它抖动着闪电的眼睛,
如竖琴的声声叹息,
如灵魂的琴弦——马大
从澄澈的深处注视着玛利亚——
她灵魂的悄声细语!
——《初次约会》

在别雷笔下的乐器形象体系中,键盘乐器(管风琴、钢琴)与弦乐器两相对立。弦乐器象征存在的精神本质,键盘乐器几乎永远表示物质含义。管风琴似乎还对人类悲剧具有恻隐之心,尽管动作地点餐厅扼杀了事件的精神高度["天快亮时餐厅冷清下来。仙女用自己的丝绸衣服、窃窃私语。管风琴在嚎叫。仆人们端着的盘子叮当作响"——《忧郁病》(Меланхолия)],作者明显是带着讽刺口吻用钢琴声来形容 19 和 20 世纪初俄罗斯地方贵族的为感伤主义风习的：

> 一位中年处女
> 在钢琴上
> 弹了一段伤感的曲子。
> ——《电报员》(Телеграфист)

别雷音乐形象大多与"创造"（法术）有关。这些形象在两个基本方向上发展：一部分与创世或世界存在有关。但重要的是，别雷笔下几乎没有宇宙的音乐形象。发出声响的世界形象时通过两个音乐形象的相互作用间接地塑造出来的。另一部分与水元素——物质生命和精神生命的原始开端有关。别雷通过音乐（钢琴）的波涛表达的正是精神的生命、人类灵魂世界的复兴。

沃洛申完全是在毕达哥拉斯意义上谈论"星星的语言"，这种语言的含义只有在未来赫列勃尼科夫的"星空语言"中才能破解：

> 在那里，意识的蜘蛛在烟霭的梦中编织
> 身体活的织布，可身体却是——声响。
> 在那里，造物的数字与意志的闪光河流
> 流淌着听觉无法认知的音乐，
> 在那里，星星的果汁在苦涩的黑暗之心中浓缩，
> 用含混的语言在静脉中无声地诉说。
> ——《萨图恩》(Сатурн)

毕达哥拉斯的黄金数字
带着寂静的响声,匀称而又平缓地
在敏感的水面上升起,
又有节奏地渐次落下。
　　　　——《世界的心脏,阿尔库俄涅的太阳》(Сердце
　　　　　　мира, солнце Алкиана)

伊万诺夫笔下的天籁(宇宙音乐)或宇宙和谐的神话元素要比其他象征派诗人更加丰富多彩。诗人试图将音响、"共鸣"的象征与光(灵光、幻象、想象)的象征融为一体。

在尘世的瞳孔中点燃上帝显灵的阳光,
于是我们看见白昼的荣耀和黑夜星星的合唱……
燃烧的太空之子,他是它们的光芒的回声。
在理智的呐喊中与红色的缪斯结为朋友,——
我们会让生活变得协调与和谐。
　　　　——《仿柏拉图》(Подражания Платону)

显而易见,在上述诗句中,光与声是互相应和的。
但是,如果说,在伊万诺夫笔下,视觉影像和感受通常是"自上而下"的,那么类比宇宙和关联灵魂的大自然音乐则是"自下而上"的,从洞窟和深渊传出来的:

从洞窟敏感的黑暗中,打破桎梏的青铜,
音乐翩然而起,身上缠绕着风暴的乌云……

她的身后——旋风在追赶,深渊的轰鸣,马蹄铁的铿锵,
燃烧的明灯,仿佛飞驰的流星……
你啊,先知先觉的缪斯！可是飞马寻着和谐的雷声,
在催赶你？循着片片的云彩……
请让歌手分辨得出你的超时间的奔跑！
那是普罗米修斯的呐喊,抑或空中营垒的鏖战？

——《飞翔》(*Полет*)

星星在揣摩。枝杈安静;星星
为它们歌唱。大山
像天空发出和谐的声响……
——树枝又在窃窃私语……
星光暗淡了。天际泛出微光。
大海的后面一轮朝阳喷薄而出……

——《客人》(*Гость*)

间或自然—宇宙"和谐"会在黑夜和低级世界领域占据太阳在白昼世界占有的地位。这时,太阳的可见形象会被音响所取代。有鉴于此,下面的诗句可以从借代的角度予以阐释:

夜里有很多太阳,
白天有很多梦想,
太空有很多融化的和谐声响……

——《创作》(*Творчество*)

在伊万诺夫笔下,音乐的和谐是一种能起到连接作用的宇宙泛心论原则:①

合二为一的胸膛充满了音乐……
我们飞——我们是同一波涛,同一悠扬的声响。
　　　　——《清流之三》(Струи III)

伊万诺夫的《天在上,天在下》(Небо — вверху, небо — внизу)一诗,里面集中了所有类似小宇宙—大宇宙这样极其重要的元素。在这里,"大宇宙"——领着星空跳舞的"各元素"和"小宇宙"——"在我们体内翻腾轰鸣"的"各元素","从临近的恒星到暗淡的微尘",从神的"他"到人的"我",都处于一种和谐共生状态:

灵魂和天上都有一条银河;
这两个宇宙中存在着杂多;
两本书说着同一种语言。——

两个天平称出同一个重量。
显灵的光焰深处有个"他";
深邃的奇迹中有个"我"。

应该指出的是,这种和谐较为容易觉察,但另外一种和谐,或

---

① Ханзен-Лёве А. Русский символизм. Система поэтических мотивов. Ранний символизм. СПб., 1999, С.95.

者说是那种名副其实的和谐,则很容易被人忽略。这便是与处于和谐状态的太空息息相通的宇宙"和谐"与其尘世的"回声"之间的区别。这一点从下面这首《高山号角》(Альпийский рог)中不难体会:

> 在荒凉的山间我遇到一个牧人,
> 他吹着一支长长的高山号角,
> 悦耳的歌声汩汩流淌,然而
> 高亢的号角只是一个工具,为的是
> 在群山之间激荡出迷人的回音。
> 每一次,当牧人如愿以偿,
> 吹奏出为数不多的音响,
> 这回声便在峡谷间回荡,
> 无法言喻的甜美和谐之声,
> 让人误以为:这是看不见的精灵们的合唱,
> 借助非尘世的工具,
> 把地上的言语翻译成天上的语言。
>
> 于是我想:"啊天才!你应该如这号角
> 歌唱尘世之歌,为了在人们心中
> 唤起另一首歌。有福了,谁若听得见这歌。"
> 大山后面传来回应之声:
> "大自然是一个象征,就像这号角。它
> 为回声而鸣;回声就是神。
> 有福了,谁若听得见歌声,也听得见回声。"

伊万诺夫笔下可以找到许多含有"声"("呼唤")和"光"("火")以及"回音"与"反光"的作品,有时它们平行使用,有时融合在一起,成为表现感官互通的联觉结构。

竖琴的轰鸣,
和谐的调色板,
在赞美你们,
应答的、火光激越的
世界的琴弦,
赞美你们,七彩的
太空的拱门,
明亮透明的拱门!
　　　　——《彩虹》(Padyea)

伊万诺夫所追求的光的神话与声的神话的结合,在《致诗人》一诗中也能找到佐证。

第六章　俄国象征派诗歌的神话思维

俄罗斯学者沃斯克列先斯卡娅指出:"思维的象征化风格首先是古代和传统社会,也就是在神话意识占主导地位条件下形成和发展的文化所固有的特点。"①这一点决定了象征主义在追求象征化的同时,必然转向神话创作。

神话创作(或者说神话主义)是象征主义文学的决定性特征。近来越来越引起学术界的关注。俄罗斯学者科萨列夫说:"在旧文化解体时代,特别是在旧文化废墟上诞生新文化时期,会确立神话思维类型的统治地位。而且在文化的范围内这一进程进行得很快

---

① *Воскресенская* М.А. Символизм как миропонимание серебряного века. М., 2005, C.31.

并具有爆炸性……"①虽然远非所有的象征派诗人都要求将内心体验的事件变成神话,但他们中大多数人的思维确实都具有"神话思维"的特质。

在20世纪初,痴迷神话不光是俄罗斯的特点,也是欧洲的特点。同样的倾向或多或少在格奥尔格、里尔克、叶芝等人的创作中都能找到痕迹。但只有在俄罗斯,诗人们才试图体验神话,将现实生活化为神话。

作者对自己文本的建构,表现了创作与生活的神话化倾向:"将自引语和自我神话元素引入长篇小说开始了对象征派而言及其重要的路线:将自己的创作看成一个统一文本——一种特殊类别的神话。"②

俄国象征派不满足于神话创作,他们还努力将艺术原则贯彻到生活中去,按照艺术原则来创造生活,也就是说,神话创作与生活创作是俄国象征派神话思维的一体两面,两者同样重要。

俄国象征派诗人的神话创作在诗学表现上与抒情诗的组诗化特征有着密切联系,可以说,神话创作离不开组诗化创作手段的支持,因为组诗本身最初都具有神话特性,同时,也正是借助神话创作,抒情组诗作为一种体裁在20世纪初才获得了崭新的意义。

---

① *Косарев А.Ф.* Философия мифа: Мифология и её эвристическая значимость. М., ПЭР СЭ; СПб.: Универ. книга, 2000, С.193.
② *Богомолов Н. А.* "Любовь — всегдашняя моя вера"//*Кузмин М. Н.* Стихотворения. М., СПб.: Академич. проект, 2000, С.114.

第一节　象征派的神话创作

象征派关于世界的神话——文本，或用明茨的定义——宏观文本，是在象征派诗人相似的世界观基础上创造的，尤其是在早期。这种世界观从个人生活和社会生活、从过去与现在、从大自然、宗教体验和此前的整个文化——所有能够引起他们共鸣的哲学传统、神话传统、宗教神秘主义传统和文学传统中汲取鲜活的印象。象征主义的世界神话学界研究已经不少，在此只提一下这一神话最重要和最关键的几个方面：创世神话、混沌与宇宙、光与暗、天与地（它们彼此间有着神秘的联系）、索洛维约夫的"万物统一"、神光的化身世界灵魂、世界灵魂与混沌的联系、降临大地的永恒女性、索菲亚、神话、世界末日的预感、对新事物和新天地的期待、梅列日科夫斯基的第三约、精神王国、自我认识之路、神秘宗教仪式、上升与下降、地狱与天国城市耶路撒冷、酒神主题与日神主题、死而复活的上帝、基督与敌基督、启示录、自然神话与季节神话、作为巫师的诗人，等等。

象征主义整体神话的各个环节来源不一而足，涵盖了整个世界文化，从西方到东方，从远古到当代：波斯的拜火教、犹太的神秘主义和古埃及、希腊、罗马、北欧与斯拉夫宗教神话、民间文学遗产、古代哲学和宗教学说、柏拉图、毕达哥拉斯学派、新柏拉图主义、诺斯替学派、圣经、埃及和希腊的宗教仪式、中世纪神学和骑士文化、中世纪的异端（如"秘密学说"，其体现是玫瑰十字会和晚些时候的共济会组织)、但丁、文艺复兴和巴洛克的个别形象和思想、17世纪的神秘论者伯麦和斯威登堡、康德和整个德国唯心主义哲学、歌德、德国浪漫主义、叔本华、尼采、瓦格纳、欧洲象征主义、当代西方文学、俄罗斯文学传统和索洛维约夫。①

在借鉴世界文化方面,俄国象征派诗人发现了本流派的巨大优势,正是凭借这一点,俄国象征主义才进入了欧洲文化空间。它们不认为自己的创作是第二性的。伊万诺夫—拉祖母尼克就此引用别雷的话说:"象征主义本质上与永恒艺术的手法没有任何区别。……正是通过极为丰富的旧的东西才成就了所谓象征主义的创新。"②勃洛克在日记中借他人之口表达了必须借鉴先前文化的思想:"即便是超凡的才智也不能画地为牢。凡是固步自封、拒不借鉴别人者很快将进入穷途末路,沦为所有模仿中的最低级者。他将被迫模仿自己,重复自己已经重复了不止一遍的东西。"③

值得注意的是,象征派统一的世界神话(宏观文本)在象征派诗人的文学创作中并不具有文学情节的意义,却被他们视为生活上不可或缺的有关世界与人的启示、顿悟,"神话是关于存在的客观真理"。④

与宏观文本相对应,象征派诗人建构的"生活文本"和"创作文本"构成一个统一体。象征派诗人的个人神话依托宏观世界,或者

---

① *Приходько И.С.* Александр Блок и русский символизм: мифопоэтический аспект, Владимир, 1999, С.18.
② *Иванов — Разумник.* Александр Блок. Андрей Белый. М., 1919, С.113.
③ *Блок А.А.* Собрание сочинений в 8 т. М.; Л.: Советский писатель, 1960 - 1963, Т.7, С.407.
④ *Блок А.А.* Записные книжки. М., -Л., 1965, С.104.

说是"与基本神话同质"。① "神话"仿佛衍生到了诗人的命运中并在创作中得到表达。这种神话创作的实质在于,象征派诗人所使用的神话元素—形象不但协同进入了文本,还作为最真实的现实本身被体验着。

白银时代的几乎每一位重要艺术家都有自己的神话和自己对某一神话传统的阐释。伊万诺夫断言,"我是诗人并创造神话,并且凭着诗人的权利写出了诺斯替长诗……"②别雷也在自己的日记中写过对神秘剧的期待。索洛古勃的创作也被纳入创世神话的轨道予以阐释(阐释者包括诗人自己)——善于包装已经成为艺术材料的"生活的混沌"的才能是《沉重的梦》的作者风格的基本特征之一:"这种扭曲了和谐的混沌,要求迅速成形,犹如炽热的液体金属,随时有溢出的危险。有经验的师傅会立即动手为这混沌打造出形制来。"③"诗人说,只有'我',唯一的现实,创造世界。"④神话性自传的特征甚至隐藏在对库兹明外表的简单描写中:"当你第一次见到库兹明时,你会不由自主地想问他:'请坦率告诉我,您多大年纪?'但你会犹豫不决,生怕得到这样的回答:'两千岁。'……我想要复原库兹明生平中的一些细节——在那里,在亚历山大,当他在仿佛18世纪的意大利一样的衰落时期的快乐的希腊过着自己真正的生活。"⑤

---

① *Лавров А. В.* Мифотворчество «аргонавтов»//Миф — фольклор — литература. Л., 1978, С.140.
② *Иванов Вяч.* Архивные материалы и исследования. М., 1999, С.488.
③ *Блок А. А.* Собрание сочинений в 6 томах. 1980 - 1983, Т.5, С.161.
④ *Гумилев Н. С.* Письма о русской поэзии. М.: Современник, 1990, С.104.
⑤ *Богомолов Н. А.* "Любовь — всегдашняя моя вера"//Кузмин М. Н. Стихотворения. М.,- СПб.: Академич. проект, 2000, С.28.

神话就其普遍性而言首先是一种原型,是一种文化传统现实。对俄罗斯作家来说,基督教传统就是一种活的文化传统。意欲革新基督教传统的渴求,催生出20世纪初的新宗教意识。勃洛克的诗歌加入了俄罗斯的这场思想运动,这场运动就其主导倾向而言也可以说是一个新浪漫主义现象。19世纪的俄罗斯文学,超越了文艺复兴的人本主义和启蒙运动的理性主义,融进了人类和世界生活非理性的、二律背反的因素,也就是悲剧性的酒神因素,并通过开放的精神和宇宙的混沌,通过广泛的神话回归宗教标准,回归基督宗教无与伦比的道德顿悟,回归福音书的圣约。正如别尔嘉耶夫所说:"在新人的灵魂中,不同的伟大时代的沉积层交织在一起:多神教与基督教,古代的(太阳)神潘和死在十字架上的新神,希腊的美与中世纪的浪漫主义……灵魂一分为二,复杂到了极点,走向某个既期待又可怕的危机。"①

象征派诗人自称是世界文化的继承者,感觉自己是处在人类历史发展两个大阶段的交接点上,新的灾难时代正在到来,从而创造了酒神和末世论式的艺术神话思维。从弗拉基米尔·索洛维约夫经梅列日科夫斯基和别雷到别尔嘉耶夫,这是一条线,代表历史基督教转向启示录的基督教,转向积极创造的自由精神的末世论哲学;从陀思妥耶夫斯基经罗扎诺夫到维亚切斯拉夫·伊万诺夫,这又是一条线,代表转向神秘主义的、福音书的基督教,转向基督教的酒神根源以及酒神精神本身。

在俄国象征派诗人中,别雷是末世论情绪最鲜明的表达者。他的创作充满了世界末日的感觉和对新生活、新世界、新创造的渴

---

① Бердяев Н.А. О новом религиозном сознаниии.//Вопросы жизни, 1905.

望。在他看来,文化就是创造的理论,就是创造新生活。象征主义神话思维的另一个极端是伊万诺夫的酒神精神。伊万诺夫认为,文化就是记忆崇拜,一切被遗忘的、有生命价值的东西的不断再生。伊万诺夫强调,文化中有一种"隐秘的运动,把我们引向生命的初始源泉"。① 伊万诺夫在其象征与神话美学中,提出了这样一个课题:必须克服个性与整体存在之间在个人主义和理想主义意义上的游离,克服抽象的个性与大地母亲之间的游离,因为这种游离会导致个性的不和谐。而揭示个性中的"超个性内涵,内在的、实际上是宇宙的'我'"是解决这一课题的有效途径。② 伊万诺夫的象征与神话美学,昭示了荣格的集体无意识理论,把目光投向了创作的无意识源泉,也就是集体的、神话的本原,象征派诗人的原型记忆。伊万诺夫象征与神话美学的重点在于象征—神话的酒神层面:他追求的是创作个性超个人的、普遍的自决权("大艺术都是神话创作的艺术"),③追求的是二律背反、矛盾的张力、一切事物的基本双重性。伊万诺夫认为,神话就其对生活所做的象征描绘而言,就其内在的二律背反性而言,是悲剧的。④ 酒神神话包含了对世界的癫狂式的全面接受和对大自然基础的二元感觉:光明与黑暗、创造与破坏、上升与下降。二元对立统一观念是神话的固有特点,有了这样的观念,光明与黑暗、善与恶才能共生共处,才能互相转化。俄国象征主义神话思维的内核比宗教思维更宽泛。正如洛谢夫所说,"神话比宗教宽泛。宗教是特殊的神话",或者说是

---

① *Иванов В.И.* Родное и вселенское. М., 1994, C.133.
② *Иванов В.И.* Собрание сочинений в 6 томах. Брюссель, 1971-1987, Т.4, С.615.
③ *Иванов В.И.* Родное и вселенское. М., 1994, C.142.
④ Там же. С.306-307.

"神话的一个种类",它靠"原罪堕落、诱惑、救赎、罪孽、自新等神话维系"。① 新神话的双重基础——宇宙中心论和末世论。前者是一种宇宙意识,是对存在的非理性和事物的双重性的强烈感知,后者是对生活的灾难感,对创作的新超越。

伊万诺夫和别雷以自己的纲领决定了俄国"法术"象征主义内部的两个流派,体现了浪漫主义—象征主义神话思维的两面性,即酒神精神和末世论情调。别雷将自己的末世论象征主义与伊万诺夫的神话象征主义对立起来。② 神话象征主义的价值在于普遍主义,宇宙中心主义,回归存在,存在感及其悲剧性的二律背反,诗人—神话创造者即"世界灵魂之器官"的自发性记忆,③对事物本质的洞悉,创作的无意识源泉——作为集体的神话创作因素。末世论象征主义的价值在于,对生活的灾难感,对新存在的渴望,对现实的创造性改造,创作,自由,精神,与厄运、周围现实和时间搏斗的人—创造者。

如果说神话是伊万诺夫的主要范畴,那么创造(创作)就是别雷的主要范畴:"我们重新面对宗教问题……只有证明生活就是创作过程这一观点才有意义:只有这样的超越才是可能的。"④

与创作有联系的是寻找绝对现实和绝对价值。对伊万诺夫来说,诗人是预言家,能洞悉事物的本质,怀有世界意识。别雷谈论的是通过创作实现对世界的再造、改造。别雷将艺术与人—创造者的末世论斗争联系起来,以此将自己最初宗教期待

---

① *Лосев А.Ф.* Диалектика мифа. М., 1930, С.117, 124, 127.
② *Белый А.Н.* Символизм как миропонимание. М., Республика, 1994, С.163.
③ *Иванов В.И.* Родное и вселенское. М., 1994, С.185.
④ *Белый А.Н.* Символизм как миропонимание. М., Республика, 1994, С.222.

的和乌托邦式的"阿耳戈主义"改造成新的创作的末世论,并确定自己对艺术的新理解:"生活在创作中战胜命运……沉重的命运用时间和空间压抑了我们。但在精神上我们战胜了所有的空间,在精神上我们战胜了所有的时间……","艺术应该教人学会看见永恒的东西"①。

俄国象征主义的这种两重性将初始浪漫主义的普遍主义和先验主义在紧张的精神探索氛围中推向了极致。勃洛克的诗歌综合了象征主义神话思维对立的两极,实现了深入事物的内在现实、揭示生活内在的二律背反属性并改造现实、战胜命运以及周围的现实和时间这一艺术理想。他的主人公是整个世界的一部分,是宇宙意识的代表。这种世界的、"大历史"的规模,在这里成为衡量个人与民族命运的尺度。

浪漫主义和象征主义都致力于认识不可知的世界,实现"没有实现的白日梦想",道不可道之道,名不可名之名,这就不可避免地要用象征,亦即符号、暗示、神话语言。神话诗歌是非理性的一切(事物潜在的可能性与本质)的体现,并在结构上渴望将隐喻扩展为象征、象征扩展为神话。日尔蒙斯基对勃洛克的神话诗学风格,也就是诗人"艺术形象中出现的某种新维度"问题,在其《勃洛克诗学》(1921)那篇名文中做了分析。他将勃洛克风格的主要特点定义为"隐喻的发展和展现过程"、"象征的展开过程"。② 在浪漫主义—象征主义诗人的作品中,隐喻—象征扩展为神话(伊万诺夫以丘特切夫为例,也对此做过论证)。

---

① Белый А.Н. Символизм как миропонимание. М., Республика, 1994, С.154, 157.
② Жирмунский В.М. Поэтика Блока//Жирмунский В.М. Теория литературы. Поэтика. Стилистика. Л., 1977, С.220.

日尔蒙斯基这样明确神话诗学风格的双重任务:"洞悉生活的神秘本质"和"改造尘世现实"。① 同时也发现了神话诗学风格的典型特征——非理性。渴望捕捉到非理性的、超现实的、超出平常意识范围的东西,这一点造就了勃洛克的矛盾与不和谐的诗学,或叫"矛盾搭配"诗学。在这里神话诗学原则是在诗歌话语的所有层次上贯彻的:这是神话形象、神话象征、神话文本乃至神话结构的诗。这种诗是按伊万诺夫描述的酒神的二元结构规律建构的:双主题的诗作试图表达感受的二元性——"断裂、矛盾和深坑……这样的诗追求的是……抒情诗的酒神极端"。② 跟伊万诺夫一样,在勃洛克看来,神话不等于"枯燥的书卷气",而是"对那个重新被体验的、春天和死亡主宰的多神教领域"的探究。③

在神话创作方面,勃洛克是象征派最有意思和最有分量的人物之一。在所有同时代人之中,他对"古代的记忆"最为敏感。④ 他有着"伟大的自发性记忆",⑤ 在自己的创作中有机地体现了象征主义与浪漫主义传统的新神话内核。在所有俄国象征派诗人中,勃洛克对神话创作的兴趣是最为一贯的,他创造了一个非常完整的、有着明确发展方向并将各种不同要素有力地融为一体的系统。

马克西莫夫分析了勃洛克神话态度的特点。他认为,勃洛克的神话主义不是艺术家对一些事先知道的命题所做的智力游戏,

---

① *Жирмунский В. М.* Поэтика Блока.//*Жирмунский В. М.* Теория литературы. Поэтика. Стилистика. Л., 1977, С.206, 208.
② *Иванов Вяч.* Борозды и межи. М., 1916, С.257-258.
③ *Блок А.А.* Собрание сочинений в 8 т. М.; Л.: Советский писатель, 1960-1963, Т.5, С.589.
④ *Блок А.А.* Собрание сочинений в 6 томах. Т.6, С.109.
⑤ Там же. С.114.

也不是对传统神话情节的即兴创作,而是浪漫主义—象征主义诗人对新神话创作、对神话创作的向往。勃洛克的神话主义表明"他的诗歌意识中含有深邃的、来源于神话的因素",这些因素的表现形式主要不是直接引用或改写,而是概括性地扩散在勃洛克的诗歌当中,从而显示出现代意识与其初始源头的活生生联系。这种联系决定了勃洛克创作的"大历史"属性。[①] 明茨指出:对勃洛克来说,重要的"不是神话的历史精确度,而是神话原则上的开放性……对他来说神话创作是个永远持续的过程"。[②]

勃洛克的神话创作从希腊神话、圣经神话、俄罗斯民间传说乃至多神教神话中取材甚多。他一度对东正教分离派也就是旧礼仪派产生过强烈兴趣,一系列以俄罗斯为主题的诗作中都有旧礼仪派影响的痕迹。旧礼仪派的一个分支各各他派号召自我牺牲、与耶稣基督一同受难的思想更是引发了勃洛克的强烈共鸣,这方面最突出的例子就是组诗《秋天的爱》(Осенняя любовь,1907):

> 当串串花楸果透过
> 潮湿霉腐的树叶开始泛红,
> 当瘦骨嶙峋的刽子手
> 把最后一根铁钉钉进我的掌心,
>
> 当河水泛着清波,而我在岸边,
> 在潮湿而灰暗的高处,

---

① *Максимов Д.Е. Русские поэты начала XX века.* Л.,1986,С.222-223.
② *Лотман М.Ю. Минц З.Г. Статьи о русской и советской поэзии.* Таллин,1989,С.59.

面对故国冷峻的面孔,
在十字架上痛苦地抽搐,

这时——宽阔而又遥远,
透过临死前的血和泪,
我看见基督驾一叶孤舟
沿一条大河朝我游来。

他的眼中闪着同样的希望,
他的身上有着同样的伤痕,
他钉着铁钉的手掌透过衣袖
凝望着我,充满了怜悯。

基督啊!故国在忧伤!
我已奄奄一息,在十字架上!
而你的一叶孤舟是否会
停靠在我受难的地方?

勃洛克建构自传神话时,借鉴了相当丰富的欧洲传统,首先是但丁的《神曲》和《新生》。勃洛克在1918年8月28日的札记中写道:"我跟当年的但丁一样,开始思考用对事件简单的解释来填补《美妇人集》诗句之间的空白。"①这个构思没有实现,但重要的是,

---

① *Блок А.А. Собрание сочинений в 8 т. М.; Л.: Советский писатель, 1960 – 1963*, Т.5, С.251.

勃洛克直接提示我们，诗歌史上存在诗歌的神秘自传传统。普里霍季科说："《神曲》对勃洛克道路神话的影响不可低估。这种影响不光体现在送行者的形象和道路的整体走向上，也更深刻地体现在勃洛克意识的神秘性本身上。勃洛克在自己的'创作文本'中创造的实际上是诗人在'生活文本'中真实体验到的道路的神秘仪式，跟但丁的长诗一样，这出神秘仪式是从关于古代成年仪式的记忆中获取滋养。"①

严格地说，勃洛克意识中的"神秘宗教仪式"在很多地方未必是直接从古代成人仪式的观念中获得滋养的。如果说别雷和伊万诺夫是直接接受具体的诺斯替传统（准备加入蔷薇十字会），那么勃洛克主要是接受了索洛维约夫的观点，再确切些说，是受到追求"秘密知识"——时代的普遍情绪感染。从勃洛克那里寻找具体的诺斯替传统可能是徒劳无功的。在勃洛克笔下，同一神话的不同版本很容易相互混淆，几个神话也很容易彼此融合。例如，关于《美妇人集》的收官之作，匈牙利学者希拉尔德指出，"该诗并不关心对源神话的忠实：它毫无顾忌地将有关奥尔弗斯的两类故事混为一谈，而且将诗中没有点名的欧律狄刻称为未婚妻；于是这一'口误'便拉郎配式地将奥尔弗斯和奥菲利亚扯在一起了……而他们俩进而又以雌雄同体的方式跟抒情主人公'我'的形象混淆了……"②类似的结合在勃洛克的抒情诗中完全是自然而然的，这是因为他不但是在创作，而且还在体验神话的新版本。在此，勃洛

---

① *Приходько И.С.* Александр Блок и русский символизм: мифопоэтический аспект. Владимир, 1999, С.54.
② *Лена Силард.* Герметизм и герменевтика. СПб.: Издательство Ивана Лимбаха. 2002, С.87.

克部分地借鉴了索洛维约夫和别雷,但主要还是依靠自己的诗歌嗅觉。对他而言,神话是生活,是生平。勃洛克自始至终具有自传性,他是把个人经历当做神话来体验的。

要承认勃洛克的诺斯替神话是他个人化的,有一个引人注意的现象可以做出解释:他本人说过,透过第一卷的魔幻水晶,他已经看清了整个三部曲。"索菲亚在邪恶的世界上停留的母题,在索洛维约夫随后是勃洛克的笔下,被改造成了索菲亚在当代世界中的尘世体现这一神话。不仅如此,在勃洛克笔下,这一母题是与个人发誓要将被俘的索菲亚解救出来的雄心壮志结合在一起的。这是作为'人化三部曲'基础的勃洛克自传神话形成的起点。这个神话就本质而言,是诺斯替的。"①

普里霍季科和弗拉芒先后梳理过勃洛克诺斯替神话的关键词。首屈一指的自然是"道路"一词,勃洛克本人就曾用这个词来定义自己生平与创作的整个神话。"道路",也就是通过对上帝的认知和对自我的认知,上升到光明的充盈,这是诺斯替观念的关键。这个词在此具有特殊内涵,明显超出了词典给出的通常意义。这些内涵只表现在诺斯替主义的语境之下,与其他诺斯替神话的关键词语和形象一同出现的时候,如:"寻觅(поиск)"、"上升(восхождение)"、"改造或变容(преображение)"、"面貌交替(смена обликов)"、"可见事物的多变与隐蔽事物、精神现象的恒常(изменчивость видимого и незыблемость скрытого, духовного)"、"二重分裂(раздвоенность)"、"双重人格(двойничество)"、"遗忘

---

① *Магомедова Д.М.* Автобиографический миф в творчестве А. Блока. М., Мартин, 1997, С.75.

（забвение）"、"苏醒（пробуждение）"、"无序运动（беспорядочное движение）"、"旋转（кружение）"、"静止（неподвижность）"、"寂静（тишина）"、"天赋使命（избранничество）"等等。不言而喻，这些关键词语和概念决定了勃洛克抒情主人公与"道路"神话有关系的心理倾向与特征。此外，一些相对立的词语和概念也具有诺斯替性质，如：生与死、光明与黑暗、昼与夜、白与黑、热与冷、梦与醒、记忆与遗忘，下降与上升等等，诸如此类。①

勃洛克"道路"的总体神话，在整体上体现了上升到光明和完美爱情的思想，以及通过认识世界和自我，通过对人所具有的全部潜力的考验，通过下降到罪孽深重的世界、对神性的疏离和恶魔主义，实现"人化"或曰"追求人性（вочеловечение）"的思想。这一神话本身基督教和诺斯替教元素兼而有之。

如果承认柳鲍芙·德米特里耶夫娜在勃洛克及其周围人的心目中就是真理索菲亚—阿哈莫特，那么她将面临怎样的道路，与她相伴而行的是怎样的人，其实是早就知道的。开始时预设的美妇人"下凡"非常和谐地与勃洛克的具体生平相结合，拜伦的名言"假如劳拉成为了彼特拉克的妻子，他就再也不会写十四行诗给她了"在诗人勃洛克的生活道路中得到了印证。崇拜只能是远远地，最理想的是对死去的人，但不是对自己的，通常是令人烦恼的妻子。

沉湎于神话，包括诺斯替神话，这不光是勃洛克的特点，在20世纪初神秘主义情绪是大多数艺术家的特点。普里霍季科指出："表演的本能主宰了艺术界的很多人，并在他们的创作、他们的生

---

① *Приходько И.С.* Александр Блок и русский символизм: мифопоэтический аспект. Владимир, 1999. С. 54–55.

活、他们的'生活即演剧、演剧即生活'的思想中找到了出口。这种总体戏剧化的基础是象征主义标榜的创造生活思想,关于法术艺术家的观念。这种艺术家是宇宙创作者,不光有权在艺术中创作,还有权在生活中创作。"①诗人不光试图描写,还要体验神话、神秘剧,对每一个事件都要制作布景,分配"角色",提炼出特殊的语言。

广泛运用神话加强了艺术形象的多义性。生活现象的神话化,是象征主义诗学的重要特点之一。象征派诗人将神话视为最高文学价值,甚至是超级美学价值。伊万诺夫断言,"我们是通过象征走向神话。"根据他的艺术乌托邦思想,神话创作应该成为能够改造世界的全民艺术。②

第二节　象征派的生活创作

象征主义诗学研究家明茨指出:"从德国浪漫主义时代(19世纪初)起,一个新的概念就进入了艺术领域——'生活创作'。在生活中,浪漫主义作家最看重艺术。最看重的人是艺术家。浪漫主义作家认为,艺术家与众不同,艺术家是创造者。艺术家创造的不光是一些出色的新的艺术作品,他创造的还有一部作品——自己

---

① *Приходько И.С.* Александр Блок и русский символизм: мифопоэтический аспект. Владимир, 1999, С.22.
② *Иванов В.И.* Родное и вселенское. М., 1994, С.157.

的生活,并且这是他能创造的最好的东西。"①

浪漫主义作家确信,艺术家不同于常人。艺术家是流浪汉,过着自由自在、无拘无束的生活。艺术家要么是僧人,为了悟道而甘愿"出世";要么是疯子,在幻想中创造着别人无法理解的美好世界;要么是怪人,是无法无天的"魔鬼"。

对于俄国象征派诗人来说,"仅仅当个作家,他们觉得是不够的,还必须在日常的现实生活中显得与众不同,引人注目。特别是那些要求充当'新艺术'领导角色的人,这一点表现尤其突出。季娜伊达·吉皮乌斯惊世骇俗的出格举止,让当年认识她的那些人久久不能忘怀;亚历山大·杜勃罗留波夫特殊的外在生活状态,为许多后来人所津津乐道;还有巴尔蒙特的纵酒狂欢和风流浪漫……难怪想要加入'颓废派'(或者按另一种说法,是要对他们极尽讽刺挖苦)的阿·尼·叶米尔扬诺夫—科汉斯基在自己的《裸露的神经》一书后面附了一张自己穿着鲁宾斯坦歌剧中魔鬼服装的照片。这表明,创作逐渐开始与生活融为一体,成为生活的组成部分。"②

"生活创作"(жизнетворчество)也可翻译成"创造生活",这一思想在俄国象征主义历史上起过特殊的作用。如果说浪漫主义者关于艺术家只是纸上谈兵,那么象征主义者则确实是在创造自己非同寻常的人生,确实是想让自己的生活服从艺术的法则,而不是道德伦理的法则。

跟象征派过从甚密的霍达谢维奇证实:"根据依我所见乃是

---

① Минц З.Г. Поэтика русского символизма. СПб., 2004, С.397.
② Богомолов Н.А. Вокруг Серебряного века. С.119.

'分类'最本质特征的基本和主导动因来看——凡是写出来的东西,对象征主义诗人而言,就是或者会变成真实的生活事件。……各种生活事件在人们的认识和感受上从来就不仅仅是单纯的生活事件,这些事件会立刻变成内心世界和创作的一部分。"①"象征主义作为一种创作态度,也作为一种生活方式,两者是紧密相融的。"②格罗斯曼曾对勃留索夫的情爱史,尤其是勃留索夫、别雷、女作家尼娜·彼得罗夫斯卡娅的"三角关系"与创作的关系做过较为令人信服的分析。③

创造生活思想"大概是象征主义的一个最冒险、最危险的思想",④因为完全有可能"弄假成真"、事与愿违,甚至酿成悲剧。这样的事情在俄国象征派诗人中间确实也发生过。

象征主义的生活创作在亚历山大·杜勃罗留波夫(1876—1944?)身上可见一斑,他的生活与创作经历着实令人唏嘘不已。

杜勃罗留波夫是彼得堡象征派早期最激进和鲜明的代表。他以学生时代的"颓废生活方式"成就了白银时代极其重要的一段生平神话。不少同时代人在他身上看到了天才的影子。他是作为一个流浪汉结束自己的一生的,至今不知死于何时何地。据勃留索夫回忆,杜勃罗留波夫"思想偏激",完全拒绝现存生活方式,强烈渴望彻底改变生活。他异常"颓废"的日常生活也能证明这一点:房间里蒙着黑布,墙上画满神秘的象征人物和象形

---

① 霍达谢维奇:《摇晃的三脚架》,隋然、赵华译,东方出版社,2000,第358页。译文略有改动。
② 勃留索夫:《勃留索夫日记钞》英译者《导言》,任一鸣译,贾植芳校。百花文艺出版社,1992年,第29页。
③ 同上,第29—40页。
④ Минц З.Г. Поэтика русского символизма. СПб., 2004, С.398.

文字,做黑色弥撒,吸食大烟,因鼓吹自杀而被彼得堡大学开除,因拒绝服兵役而入狱,最终完全转向另一个极端——彻底放弃对诗歌创作的崇拜,与文明世界一刀两断,用梅列日科夫斯基的话来说,就是怀抱着获得新宗教的希望,从文化的顶峰坠入"民间的自发力"。①

杜勃罗留波夫神话(有称之为恶魔神话的,也有称之为颓废神话的,这些并不重要)早在象征主义早期发展阶段就初露端倪了,到 20 世纪初,也就是杜勃罗留波夫本人放弃文学创作、告别习以为常的文学艺术圈子时,已经彻底定形。当然,不只杜勃罗留波夫一个人认为文学创作同生活相比是残缺的,梅列日科夫斯基就曾在自传中坦承,年轻时曾"徒步游走乡村,同农民谈话",并打算大学毕业后"到民间去",做一名乡村教师。但只有杜勃罗留波夫(还有追随他的诗人列昂尼德·谢苗诺夫)做到了知行合一,克服了创作的局限性。这一神话的第二个方面会感觉到诗人还在,经常参与日复一日的文学生活。格奥尔基·伊万诺夫回忆说:每当文学家们走向有轨电车站,去《极北方》杂志编辑部上班,就会碰到一个头戴便帽、脚着毡靴、身穿皮毛短大衣的男人,见人就问:"请问先生们,《阿波罗》在哪里?"他的问题令人惊讶,也令人回忆起亚历山大·杜勃罗留波夫的形象。"这个神秘的、半神话的人物,据传在俄罗斯的什么地方游荡,从乌拉尔到高加索,从阿斯特拉罕到彼得堡,游来荡去,裹着一件皮袄,拄着手杖——就像我们见过的那样,或是他在彼得堡昏暗的街头一闪而过的那样……不知他在什么地方游荡,为什么游荡,——已经很久了,从世纪初的几年开始,在俄

---

① Мережковский Д.С. Павел I. Александр I. Больная Россия. М., 1989, C.692.

罗斯各地……奇怪的、非同寻常的生活:有来自诗人的什么东西,有来自阿廖沙卡拉马卓夫的什么东西,还有许多完全不同的什么东西,神秘地混合在这个据说魅力不可抗拒的人身上。"(参见亚历山大·科布林斯基《穿过死亡空间的谈话》)。①

杜勃罗留波夫的处世态度和生活方式不是偶然的、孤立的,而是一种在颓废派中带有普遍性的现象。例如巴尔蒙特在行为上就是个典型的颓废派。他的创造生活就是经常扮演魔鬼诗人的角色,不相信善与恶,只相信美和一切不寻常的东西。勃留索夫给自己选择的角色是"黑衣魔法师"、象征主义领袖。他喜欢穿一套黑色礼服,双手抱臂,目不转睛地盯着别人,似乎是要极力给他们施魔法。初次见面的人向他伸出手来,他也会向对方迅速伸出手去,但会在最后关头突然把手抽回来,让人尴尬不已。勃留索夫在待人接物、行为举止方面的正襟危坐、居高临下、唯我独尊态度引起了很多圈内同行的不满。②

"象征主义是生活与艺术的融合,折中主义的,就像设计师,由成百上千的文化碎片、由欣喜若狂的思想和神秘莫测的感悟收集而成的融合;象征主义者既是诗人也是人,戴着面具的人,思想的人,自己向往同时也吸引别人向往另外时空的人,是追求'世上不存在的一切'的永恒理想的信徒和牺牲者。象征主义进行了很多实验:语言实验、美学实验、生活本身的实验……这一文化将两个文本不可分割地结合在了一起——'生活文本'和'艺术文本'。这

---

① *Кобринский А.* Разговор через мертвое про Санство//Вопросы литературы. М., 2004, №4.
② *Минц З.Г.* Поэтика русского символизма. СПб., 2004, С.398-401.

两个文本彼此纠结,语词的织体与命运的织体相互交织,最终得以成就。"①

语词获得魔力变成现实、身体,"生活"意味着"创造"。创造生活的思想,"将自己的生活变成长诗",要过诗人的生活而非庸人的生活,这样的追求对很多人具有新引力。对表演的热衷、对思想和理想的迷恋,是象征主义不可分割的精神特征,正如霍达谢维奇在回忆录中所说:"对于每一个加入社团(象征主义一定程度上就是一个社团)的人,只要求不断的燃烧、运动(为了什么无所谓……可以随便执着于什么)只要做到毫无保留的执着。"②为了将生活化为长诗,找到艺术的哲学基石,探索真理、信仰、存在的意义,象征派求助于中世纪天主教的宗教经验,复活通灵术、招魂术以及诸如此类的神秘学说,成为宗派信徒。

象征主义在其神话诗学阶段受到了骑士文化、宫廷骑士文化的强烈影响。在象征派圈子中,骑士思想、侍奉贵妇人的思想具有非常特殊的格调。这是一种特殊的道路,一种要求具备坚毅果敢精神、骑士荣誉感和崇高理想的冒险。举行中世纪的宗教仪式,对年轻一代象征派来说,乃是真理降临的时刻。一旦接受了创造生活的观念,美妇人与骑士就应该实现肉体上的结合,新一代象征派的生活具有鲜明的模仿骑士的特征,他们仿佛接受了骑士誓言,成为了神圣共济会、侍奉美妇人的骑士团的成员。

在神话诗学的象征主义内部,形成了特殊的骑士伦理、情感教育。骑士的精神发展之路要求放弃很多东西,经受严酷的精神考

---

① *Карпачева О.А.* Русский символизм и мировая культура. Выпуск 2, С.110.
② *Ходасевич В.Ф.* Русский Эрос или Философия любви в России. М., 1991, С.340.

验。宫廷骑士伦理一方面要求绝对服从,另一方面,又给人以强烈的归属感和认同感,这也是其特殊魅力所在。

"扮演"中世纪骑士,对象征派诗人的生活具有真实影响。关于非尘世恋人美妇人的神话,成了他们当中很多人的悲剧。绝对理想无法获得尘世化身。对平凡女性的爱同对天国女性的崇拜相比,似乎是对理想的可怕背叛,被视为只适用于普通人的"虚假的爱情"。非尘世的恋人形象与世俗的虚假爱情之间的鸿沟在象征派诗人面前是确实存在的,并被赋予了神秘主义和哲学含义。勃洛克在《玫瑰篱笆少女与蚂蚁王》(*Девушка розовой калитки и муравьиный царь*)一文中描绘了一幅象征性图画:"似乎,在玫瑰花丛中有一些中世纪的少年侍从,身体灵活、笑脸盈盈的男孩子忽隐忽现:他们在寻找女主人却找不到。不可能找到她。有着'一双深不可测的蓝眼睛'的女主人只不过是一个幻影。她在远方,永远也不会靠近,但小店主梳着亚麻辫子的漂亮女儿会代替她来。可以吻她,可以娶她,然后在布尔格尔街上开一家面包房。而那些想入非非的少年侍从将一如既往地叫她'玫瑰篱笆少女'。整个浪漫主义就在这里——在西方,自古以来就在寻找海伦——一种无法企及的完美之美。……一动不动的骑士——西方——着迷地从护面后面盯着天上的玫瑰,忘记了世间的一切。……他的幻想不会终结。不会实现。"[①]当诗人一边幻想着不可企及的天仙,一边迎娶了"小店主的漂亮女儿",他是不是在自欺欺人?还有,他是否违反了侍奉非尘世恋人的主要戒条——不能拥有?

---

① Блок А.А. Собрание сочинений в 8 т. М.;Л.:Советский писатель,1960-1963,т.5,с.150.

跟所有人一样,在迫近的雾霭中
我依稀看到的还是那个使命:
再一次——对天上的**她**钟情,
再一次——对地上的她变心。

——《生存的圆圈局促不堪》(Кольцо существования тесно)

勃洛克的美妇人就是柳鲍芙·德米特里耶夫娜·门捷列娃。关于她,勃洛克在1903年冬的日记中写道:"今天我将向你祈祷并为你祈祷。"①而到了1918年,勃洛克在日记中还在说:"她仍在缓慢地继续接受她非尘世的特征。"②

别雷在关于勃洛克的回忆录中惊讶地写道:"所有写她的东西,完全是庸俗不堪的,在她身上竟然看到后来被现实的公民主题所抹杀的中世纪风格和浪漫,——简直就是没读懂勃洛克;在她身上发现令我们愉快的童话,——同样是没读懂。离开了对自由的热爱和自由的哲学思考,'美妇人'是无法参透的。"③

吉皮乌斯在关于《美妇人集》的短评中问:"她是谁?"随后答道:"当然不是中世纪骑士的尘世美妇人。"④

作为美妇人的骑士,勃洛克的结婚决定将他的崇拜者推进了死胡同。吉皮乌斯公然宣布,她大失所望。别雷回忆道:"'钟爱永

---

① Блок А.А. Собрание сочинений в 12 томах. Т.1, С.286.
② Там же. С.302.
③ Белый А.Н. О Блоке: воспоминания, статьи, дневники, речи. М., 1997, С.105.
④ Блок А.А. Собрание сочинений в 12 томах. Т.1, С.333.

恒'的勃洛克,与经验世界的姑娘结婚,这引发了一个问题:谁是勃洛克的新娘? 如果是贝阿特丽齐,——人们是不会跟贝阿特丽齐结婚的;如果是一个普通姑娘,那么跟普通姑娘结婚就是背叛自己的道路;……这究竟是婚礼还是神秘宗教仪式? 根据谢尔盖·索洛维约夫的描述……是'神秘宗教仪式'……新娘门捷列娃确确实实是一个超凡脱俗的人;她理解自己地位的双重含义:做勃洛克的新娘,做敢于走上光辉道路的新人。"①

勃洛克1903年12月20日写信给谢尔盖·索洛维约夫:"很快诗歌的中世纪将要到来。诗人将是美好而骄傲的,将回归纯诗迷人的源泉本身,将海底的、城市的、各国少女所戴的项链上的所有的珍珠串联起来。我觉得诗的复兴是可能的,所有旧的体裁,从民间的到宫廷的、从工厂的歌谣到中世纪的夜曲都将复活。不过真要是这样,就会再次出现手持或身背武器的游牧生活,天鹅绒披风下面的三棱匕首,少年侍从或游吟歌手,或十字骑士,或女傅,或'心上人'——整体与个人的全部生活——毕生都是如此。"②

柳鲍芙·德米特里耶夫娜"正式"获得美妇人地位。别雷、索洛维约夫的世界观是在弗拉基米尔·索洛维约夫的深刻影响下形成的,这为他们对柳鲍芙·德米特里耶夫娜的神秘崇拜打下了有利的基础。"在他们的狂热中",勃洛克的姨妈玛利亚贝凯托娃回忆说,"有着明显的装腔作势成分。他们让柳鲍芙·德米特里耶夫娜不得安宁,总是做些神秘主义的结论,针对她的手势、动作、发型进行拔高、概括。哪怕是她系上一条鲜艳的丝带,有时不过一个简

---

① *Белый А.Н.* О Блоке: воспоминания, статьи, дневники, речи. М., 1997, С.52.
② *Блок А.А.* Собрание сочинений в 8 томах. Т.8, С.79.

单的挥手,'勃洛克的崇拜者们'就会煞有介事地反复端详,并脱口说出自己的看法……这里给人以不快之感。亚历山大亚历山德罗维奇从不拿这样的事情开玩笑。"①

无论是柳鲍芙·德米特里耶夫娜的形象,还是勃洛克夫妇的日常生活,或是与别雷好和谢尔盖·索洛维约夫的友谊,在当时均带有模仿中世纪骑士的烙印。他们自己以及他们周围的人都把他们当成了中世纪传说和宫廷骑士小说中的人物了。

就连勃洛克夫妇的住宅都让同时代人联想到中世纪。皮亚斯特这样描写初次造访勃洛克家的情形:"住宅有着非常鲜明的中世纪的'楼梯面孔'。也就是说,在楼梯的窗户上,跟他的房间,确切地说是两位'新人'——勃洛克和妻子当时还处于新婚状态——的房间窗户的下方玻璃上贴着透明的图画——骑士生活场景——哥特风格。这与居室和居民的城堡式的内部非同寻常地相匹配!这就是沙特伦城堡一家两代人当时给我的印象——做手工活的柳鲍芙德米特米耶夫娜,跟我说话的……他的母亲;他的继父……最后是这位'彻头彻尾的骑士'亚历山大勃洛克。"②

别雷在描述勃洛克在彼得堡的住宅时,也将它与中世纪时期做了比较。"窗户朝向空旷的走廊;勃洛克夫妇贴上了蓝色、绿色、紫红色的蜡纸,上面画着骑士和夫人;白天光线透过玻璃,将斑驳的反光投在柳鲍芙·德米特里耶夫娜玫瑰红与绿色相间的居家穿的连衣裙上,投在亚历山大亚历山德罗维奇褐色又略带浅灰的卷发上:就像门窗上的彩绘玻璃图案!"③

---

① *Бекетова М.А.* Воспоминания о Александре Блоке. М., 1990, С.68.
② *Пяст В.А.* Стихотворения и воспоминания. Томск, 1997, С.191.
③ *Белый А.Н.* Начало века. М., 1990, С.499.

别雷开始摆脱索洛维约夫哲学后,提出了"神秘三角"思想,以表示别雷、勃洛克、索洛维约夫三人组成的骑士团。他指出,"正在组建骑士团,它不光信仰自己的星辰的早晨,还要认知'她'"。① 至于勃洛克对弗拉基米尔·索洛维约夫哲学的迷恋,别雷指出:"他把索洛维约夫学说推向了极致,几乎到了开宗立派的程度。"② 在某种程度上确实是出现了崇拜美妇人的宗派,梅列日科夫斯基激愤地称之为"鞭笞派行为"。③

别雷回忆录中对青年时期把他们三人联结起来的那种神秘的亲近感和使命感给予了很多关注。但生活会修正和打碎青年象征派诗人的抽象理想。很快勃洛克便失去了他为之生存的理想形象:"你一去不回地进入田野。愿以你的名字为圣!"他写充满了痛苦讽刺和绝望情绪的《滑稽草台戏》。美妇人成了街头的科伦比娜,"纸壳做成的新娘",诗人骑士不过是可怜的小丑皮埃罗或阿尔列金。

《滑稽草台戏》的出现产生了爆炸效应。皮亚斯特回忆说,在勃洛克家举办的晚会上第一次朗诵该剧剧本时,简直是一场噩梦。"很难用语言传达出席晚会的那些人的印象。有一点不容置疑——可怕。梦寐以求的东西最后都变得如此平淡无奇,美妇人是纸壳的,是'玩偶',酸梅果汁代替了血,面具代替了'面孔',——所有这一切在第一时间出自一个'彼岸'歌手之口,其效果仿佛一颗炸弹,直伤人的心……"④别雷直到勃洛克去世后才试图理解他

---

① Белый А.Н. О Блоке: воспоминания, статьи, дневники, речи. М., 1997, С.103.
② Там же. С.42.
③ Там же. С.154.
④ Пяст В.А. Стихотворения и воспоминания. Томск, 1997, С.213.

并原谅了他的《滑稽草台戏》。

浪漫主义的理想化,神秘主义的理想轰然倒塌。柳鲍芙·德米特里耶夫娜由永恒女性的化身变成精力旺盛的年轻妇女,幻想成就一番演艺事业。别雷对三人骑士团的解体很不安,很痛苦。现实生活进入了老套的充满绝望和苦涩的三角恋爱时期。终于清楚了:"我们所肯定过的生活创作,可以归结为一次即兴创作,新的'Comedia dellárte'(意思是'假面喜剧'——引者注)"。[1] 谢尔盖·索洛维约夫称勃洛克是"堕落骑士"。[2]

幻想破灭了,思想的崩溃变成了个人悲剧,艺术家和人的毁灭。不大出名的象征派诗人,勃洛克的狂热崇拜者,跟勃洛克一样自称美妇人骑士的米哈伊尔潘久霍夫揭示了"神秘主义的象征主义"的毁灭性影响,它的精神的黑暗深渊。潘久霍夫在给勃洛克的心中描述了他对美妇人的崇拜以及与之交往的神秘体验。潘久霍夫的信显然令勃洛克很不愉快地想到那些勃洛克崇拜者—索洛维约夫崇拜者的神秘行为,尤其是围绕柳鲍芙·德米特里耶夫娜做出的一些粗鲁的神秘举动。勃洛克理解的神秘体验是一种绝对私人的体验,而且在他的创作中已经表现出了《滑稽草台戏》的怪诞—狂欢因素。勃洛克只给潘久霍夫回复了一次。潘久霍夫有一封信讲到自己和自己的使命:"一个多余的骑士无论如何没有害处,——我下定决心,最终,瞥一眼天空,问:不是这样吗,公主?我没得到回答……无疑,只是因为这样的问题不值得回答……"[3]

美妇人没有为潘久霍夫化身为尘世形象,潘久霍夫也不想这

---

[1] Белый А.Н. О Блоке: воспоминания, статьи, дневники, речи. М., 1997, С.190.
[2] Там же. С.177.
[3] Александр Блок: Исследования и материалы. СПб., 1998, С.240.

样:"这纯洁的爱,对于由大地、冰雪和蓝天造就的**她**的爱,从此将成为我一个人的爱,我不会跟任何别的爱——对某位尘世女性的爱——分享的爱。"对于心灰意冷的勃洛克,潘久霍夫试图让他重归理想:"您不知不觉地为自己扯下了美妇人的光环。把她的衣服和装饰还给她吧。您应该认为,有一点是确实无疑的:她已经存在于尘世,不仅仅是在苍白而丑陋的图画上,还作为一个**个**人。如果您还记得,您不是虚无缥缈的,而是真正承诺给我们的妇人的骑士,那么这会给您许多自信。请求她吧,让她给您勇气,同主宰着您的精神的黑暗势力作斗争。"象征主义的戏中戏就是这样展开的。

令人好奇的是,在象征派圈子中,效命于美妇人的骑士思想具有多大的影响,这种思想对生活的干预有多大,造成了怎样的后果。作为神秘宗教仪式的表演带有献祭特征。潘久霍夫要将自己的生命献给美妇人,他的发疯和早逝看上去像是对尘世生命的有意拒绝,是对天国理想的追求,是不愿将天国理想与尘世现实调和起来。中世纪的禁欲主义者将死亡视为对尘世存在的摆脱,视为一种精神改造。尘世与天国的矛盾达到了极点,妥协是不可能的,也不需要妥协,生活变成了向死亡同时也是向永生迈进的痛苦准备阶段。

勃洛克的骑士理想经历了深刻的演变,遭到过嘲笑,"被褫夺荣誉",经历了去神圣化的怪诞—狂欢阶段,正如他本人在《讽刺》一文中所写的:"面对该死的讽刺——他们无所谓:善与恶,明朗的天空与恶臭的深坑,但丁的贝阿特丽齐与索洛古勃的涅多蒂科姆卡,反正都是一样的。一切混合在一起,就像在酒馆中和雾霭里。酒中的真理'in vino veritas'向世界宣告,一切都是统一的,统一的就是世界;我喝醉了,ergo——只要我想——我就完整地'接受'整个世界,拜倒在涅多蒂科姆卡的脚下,诱惑贝阿特丽齐;在地沟里挣扎时,我将认为我是在天上飞;只要我想——我就'不接受'世界;我还会证明,贝阿特丽齐和涅多蒂科姆卡是一回事。这样我觉得舒服,因为我醉了。而对一个喝醉的人你能要求什么呢?醉于讽刺,醉于嘲笑,跟醉于伏特加一样:都是被搞得面目全非,都是'被褫夺荣誉',一切——一切都一样。"① 不再有跟恶龙的斗争了,也没有了斗争的目的。神话破灭了,失去了神圣性。永恒女性的形象反映在了同面人和诱惑者、"小龙"的身上,勃洛克笔下这类作品之多,到了不可思议的地步。骑士"堕落了",他的效忠之路变成了对酒馆的可怕造访,或与吉普赛人的大篷车一起,沿着狭窄的街道缓缓而行。

直到1912年在诗剧《玫瑰花与十字架》中,勃洛克才回归骑士效忠主题。在《玫瑰花与十字架》里,初一看,还是那个妇人主题,但这是来自《滑稽草台戏》的妇人,是远离理想的尘世妇女。勃洛克想要说的不是妇人,而是爱情,通过自我牺牲体现出来的爱情。在贝特朗的身上,体现了勃洛克对"爱即牺牲、爱即痛苦"这一论断的思考。这是一个基督教观点,诗人通过《玫瑰花与十字架》的名称作了表达:牺牲之爱,基督教意义上的爱,打上玫瑰花与十字架、欢乐与痛苦标记的刻骨铭心的爱。

由于接受了基督教式的对爱情的深刻理解,勃洛克开始对基督教苦修者的神秘体验发生兴趣。他读《向善论》——基督教东部教会的神父和隐修者们合撰的一部宣扬禁欲主义的文集;在公元6世纪拜占庭隐修士埃瓦格里乌斯的著作中找到了"才华横溢之

---

① Блок А.А. Собрание сочинений в 8 т. М.; Л.: Советский писатель, 1960-1963, Т.5, С.346-347.

作"。诗人因而确信,他个人的精神体验与基督教神秘主义者的体验不谋而合。①

作为神秘主义者,勃洛克受到过许多欲望的诱惑,作为骑士,他走过了一条险象环生的道路:同面人、白雪假面、陌生女郎,都对他的精神造成深深的困扰。然而,身心越是强大,才华越是出众,受到的考验也就越严峻。"勃洛克受到了教唆——这一点我们全都清楚,可究竟受到谁的教唆呢?"②

他整个乃是光与善的骄子,
他整个乃是自由的胜利!
——《啊,我渴望疯狂的人生》(О я хочу безумно жить)

第三节 象征派诗歌的组诗化

抒情诗的组诗化进程,在俄罗斯始于19世纪,而20世纪初得到迅猛发展,并被视为诗歌创作的一个新动向、新品质。这与象征派诗人的神话创作有很大关系。

最早对抒情诗中的组诗现象予以特别关注的就是象征派诗

---

① Мочульский К.В. Андрей Белый. Париж, 1955, С.195.
② Белый А.Н. О Блоке: воспоминания, статьи, дневники, речи. М., 1997, С.42.

人。在他们的各类著述中,有不少对组诗性质的有价值观察。应该指出,象征派诗人并没有留下有关组诗的纯理论著述,他们的言论具有综合性。关于组诗形式一般是在谈到创作的属性、象征派诗歌创作的特点时才会提到。

的确,在研究象征派抒情诗的诗学时,引进抒情组诗这样的概念很有必要。在象征派诗人的创作中,组诗起着重要作用。抒情组诗在象征派诗人看来,为解决特殊的创作任务提供了一种特殊的可能性。在 20 世纪初,抒情诗中的组诗化具有了明显的模式化和普遍化的特征。象征派几乎所有诗人的诗歌作品都得到了组诗化,如勃留索夫、巴尔蒙特、勃洛克、伊万诺夫,都喜欢将自己的创作系统化,都始终在仔细考虑自己的书的构成和结构。对他们来说,组诗形式是有机的、可行的。

抒情组诗(лиричесий цикл),俄语中的"цикл"一词,用于诗可译成"组诗",用于其他文体可译成"组群"、"系列"等。这是个相对年轻的术语,之所以能够存在和被学界接受,是得益于对该术语的广义理解。组诗是形形色色分组形式的一种,具有完整性、完成性、单独文本之间联系的规律性,时常能见到情节要素的重复。俄罗斯学者达尔文给组诗的定义是:"抒情组诗……一般可以理解为特定的有意识地组织起来的诗歌语境,它由一系列独立作品组成,具有特殊的艺术完整性。"[1]从这一论断不难看出,语境就其性质而言永远是第二性的,相应地,组诗的建构也永远是第二性的、后置的:"抒情组诗通常是在已经完成的诗歌作品基础上编集(写作)的。因此,抒情组诗的完整性就其来源而言似乎是建立在构成抒

---

[1] *Дарвин М.Н.* Порблема цикла в изучении лирики. Кемерово, 1983, C.19.

情组诗的作品的最初完整性基础之上的。"① 利亚宾娜的定义更全面一些:"组群是一种审美整体的类型,是同属于一种艺术门类、由同一作者创作并按一定顺序编排的一系列独立作品。在具有艺术作品的所有特性同时,组群作为文本—语境属性的阐释结构,具有自己的特性,包括形成组群的作品之间的联系与关系的体系。这一体系对组作统一体建构的参与程度决定组作的特性,而组作结构的审美内涵是由整体的两个层次在其限度内的辩证兼容创造的。"②

在关注20世纪初组诗形式的艺术重要性以及象征派诗人赋予组诗形式的特殊意义时,我们得在整体与局部的关系基础上对抒情组诗做一分类。对解释象征派诗人的诗集及整个创作来说,这样的分类特别迫切。象征派诗人的诗歌创作是根据不间断的等级性的组诗化原则包装起来的。根据利亚宾娜的观点,我们将组诗分为组诗卷、组诗章和组诗本身。③

象征派诗人是在几种诗歌传统交汇的背景上开始诗歌创作道路的。这不可避免地反映在他们的整体创作的性质上,还有组诗化这一特点上。

如果我们将巴尔蒙特早期作品、梅列日科夫斯基和明斯基的诗集跟同期出版的前辈诗人的诗集比较一下,是看不出原则性差异的。一方面是《最后的歌》(*Последние песни*)、《晚间的灯火》(*Вечерние огни*)、《夕照时分》(*Часы заката*)、《傍晚的钟声》

---

① *Дарвин М.Н.* Порблема цикла в изучении лирики. Кемерово, 1983, С.13.
② *Ляпина Л.Е.* Циклизация в русской литературе XIX века. СПб., 1999, С.17.
③ Там же. С.27.

(*Вечерний звон*),另一面是《在北方的天空下》(*Под северным небом*)、《在无限之中》(*В безбрежности*)、《象征集》(*Символы*),很自然会把它们列入同一行列。梅列日科夫斯基和明斯基的《诗集》与斯鲁切夫斯基、波隆斯基、普列谢耶夫的同名诗歌作品看不出什么区别。

献词、纲领性和结尾性诗作、主题上的统一性,所有这一切如前所述,是19世纪60—80年代诗人总结性诗集的固有特点。然而,对此前一代诗人的是总结,对未来的象征派诗人却是起点,他们最早期的书已经带有与前辈不同的、新的诗学印记。

值得注意的是,明斯基、梅列日科夫斯基、巴尔蒙特的诗集都显示出作者的意图:不是简单地将单篇诗作编成一个集子,而是要创造一本统一的书。以巴尔蒙特《在北方的天空下》为例,这本篇幅并不算大的书并没有分组,但由死亡主题形成的框架是显而易见的,开卷之作和压卷之作都是死亡主题。诗的编排顺序不是随意的,几个基本的固定性主题以及框架性的死亡主题赋予全书以统一性。贯穿性主题可以分成两组:一组是宗教、弃绝之美、死亡;另一组是北方的风景。两个主题由悲伤与渴望超越可见的事物的母题连接起来。然而书中见不到在这两个主题的交替中有什么有意为之的一贯性和情节的发展。有些作品还脱离全书的整体语境。尽管如此,自始至终的忧伤情绪、"北方天空"的象征形象以及贯穿性母题还是给人以一种完整印象,可以说是诗集向诗书转变的开端。

在1904年的《札记》中,巴尔蒙特写道:"火、水、土和气——我的灵魂就是始终不渝地生活在与这四大元素快乐而秘密的接触中。任何一种知觉我都无法同它们分开,而且我会永远记得它们的四种声音。我喜欢这四大元素,我的创作依靠它们而活着……从一本书到另一本书,明显是为了每一个关注的目光,在我这里架设起一个链条,且我知道,只要我还在大地上,我就不会厌倦打造新而又新的链条,而且我的理想创造的桥梁会把我领进自由的远方。从暗淡的黄昏到绚丽的5月,从胆怯的压抑到明眸闪烁的勇敢的女王,从贫乏到奢华,从高墙和禁忌到鲜花和爱……"[1]尽管这段札记带有明显的印象主义色彩,还是足够清楚地指明了诗人是在与构成世界的四大元素的密切联系及其变动不居的相互作用中来理解自己的创作的。巴尔蒙特认为,读者所意识到的大的抒情语境之间的逻辑联系——在这里,诗人揭示的是自己一系列诗集——《在北方的天空下》(1894)、《在无限之中》(1895)、《燃烧的建筑》(*Горящие здания*,1900)以及《让我们像太阳一样》(*Будем как солнце*,1903)的交替逻辑。诗人将对某一种元素的迷恋、对展现在他面前的世界的某一副面孔的迷恋所形成的情感状态的更替作为这一逻辑的基础。鉴于札记是在痴迷太阳时期写下的,诗人指出:"我祈祷火。火是真正的世界性元素,谁领受了火的圣餐,谁就与整个世界融为了一体。"[2]巴尔蒙特笔下大的抒情语境的更替不是在与诗人个人的演进中来体会的,而是在与世界变动不居的面貌的联系中、在与不间断的生活本身的联系中,也就是以神话的方式来体会的。在诗人看来,创作书就是一种永恒的自然进程("我不会厌倦打造新而又新的链条")。巴尔蒙特希望以这样的方式"与全世界融为一体"。类似的愿望同样也是神话思维的特征,

---

[1] *Бальмонт К. Д.* Избранное. Стихотворения, переводы, статьи. М.,1983,С.31-32.
[2] Там же. С.32.

因为这种思维的特点是"主客体不分"。就连像勃洛克和安年斯基那样挑剔的巴尔蒙特早期创作的评论者都承认巴尔蒙特的诗句有"象征性地成为大自然本身的能力,通过映射其生活和愿望的所有拍溅声以及石头的独特性,永远在更新的一切事物,通过不停止做梦……"因此,巴尔蒙特创作的组群性是与整个大自然和世界的组群性联系在一起的。

勃留索夫首创了一个"诗书"或"诗卷"(Книга стихов)的概念:"诗书应该不是不同诗作的偶然结集,而应该是书,由一个统一的思想连接起来的封闭的整体。仿佛长篇小说,仿佛专著,诗书从头至尾是在有逻辑性地揭示自己的内容。单首诗一旦脱离普遍联系,其所受的损失就如同从一本连贯的论述中单独扯下的一页。诗书中的章,恰如小说中的章节,能够彼此说明,但不能随意移动。"①

象征派的建构组诗倾向导致单独的诗作不再成为完整的结构,为了持续获得新的语义联系的可能性,诗人不断追求文本的开放性,这是导致诗作的独立性遭到破坏的原因。单篇的诗作不再是一首独立的作品,而只是整体的一部分。单篇诗作感觉自己是文本统一体(组诗、书)的成分,反映冲突的某个瞬间,成为情节总体发展的一个段落,从而激活了那些深层的象征含义。

将文本的单独部分合成一本"诗书",这个原则在巴尔特鲁沙伊蒂斯的创作中有着鲜明的表现。

巴尔特鲁沙伊蒂斯将已经形成的诗歌系列如《在白天的环舞中(诗七首)》(*В дневном хороводе. 7 стихотворений*)、《我的神

---

① Брюсов В.Я. Собрание сочинений в 7 томах. М., 1973－1975, Т.1, С.604－605.

殿》(Мой храм)、《长诗〈在极限〉片段》(Отрывки из поэмы «У пределa»)、《晨歌》(Утренние песни)等发表在《天秤座》、《大众杂志》、《北方之花》等刊物上的作品重新汇集,在编排诗书时,作者将这些完整的系列作为抒情组诗的部分收进了第一本书《尘世的阶梯》(Земные ступени)中。

巴尔特鲁沙伊蒂斯编排此书花了超过十年的功夫。该书由101篇诗歌作品构成:第一首诗是序诗,在书中具有独特的开篇作用和统领全书的功能,其余100首分成4组,每组数量均等,都是25首。各组的顺序按照四季的主题编排,这也决定了每组标题的象征含义:《春天的露珠》(Весенняя роса)、《烟雾弥漫的远方》(Дымные дали)、《成熟的葡萄》(Сбор винограда)、《白色的旋风》(Белые вихри)。在标题的选择上明显继承了费特的传统,犹如大自然中的四季更替、岁月循环,每个组诗都代表发展中的抒情体验的相应片段:"春"、"夏"、"秋"、"冬(雪)"。

由于结构的扩大化和复杂化趋势,同时也是由于要贯穿还未最终形成的组群构成,各种大大小小的形式开始融合,并相互转化。出于同一作者手笔的一本书,不妨将之视为该作者的一部统一的精神传记。于是乎出现了"道路"思想,"不间断的精神探索的发展思想;这一思想能在不打破个别诗集的统一性的情况下,有机地将诗集的纳入作者整个创作的语境"。① 结果,组群化不但扩展到了单本的诗集,还扩展到了其他形式的版本(各式各样的文集、多卷本文集等)。例如,勃留索夫在自己文集第一卷的序言中说:

---

① Толстых Г. А. Книготворческие взгляды русских поэтов, символистов//Книга. Исследования и материалы. Сборник 68. М., Терра, 1994, С. 213.

"我不认为将所有的诗按照严格的时间顺序排列是可能的。我出版的每一本诗集都构成一个特定的整体,无论是在内容上还是在其建筑构造上。我很舍不得为了僵死的时间顺序模式而破坏这些鲜活的有机体。"在文学生活中,"阶段性"书所占的地位要比一般性的《诗集》重要得多。例如伊万诺夫的《燃烧的心》(*Cor Ardens*)和勃留索夫的《道路与歧路》。对勃留索夫而言,《道路与歧路》标志着走过的一个诗歌创作阶段,"映入眼帘的是计划的完整性和遵循象征主义道路的坚定决心,这种决心在第一卷中由于偏向颓废派和印象主义而减弱",古米廖夫这样谈及对该书的印象,[①]其他同时代人也有类似的反响。走上象征主义道路对勃留索夫来说是通过周密思考精心设计的三卷本实现的。

伊万诺夫的《燃烧的心》作为一本诗书可谓规模庞大,全书分为5卷,每卷3到8个组诗不等,组诗下面还有微型组诗,或称次组诗。

《燃烧的心》是伊万诺夫"高塔岁月的总结"。阿维林采夫这样概括该书的特点:"第一卷的情绪符合带有紧张和闷热的头脑激情的高塔的情感氛围,早些也好,晚些也罢,伊万诺夫都没写过在如此程度上丧失了精神清醒性的诗。……伊万诺夫的诗句时常达到了非常细致的技巧;有时到了令人厌恶的缺乏趣味的程度。""《燃烧的心》另外一些诗的异常紧张的、自杀般激烈的感官刺激,通过形式的光彩和伪预言家大幅的手势的补充——就像格奥尔格关于马克西米那的诗一样,是文化危机的证明。"[②]

[①] *Гумилев Н.С.* Письма о русской поэзии. М., Современник, 1990, С.76.
[②] *Аверинцев С.С.* Поэзия Вячеслава Иванова//Вопросы литературы, 1985, №8, С.178.

同时代人对该书的看法完全相反。他们首先看到的是高度和谐的结构，对个别诗句的感官效果和神经紧张视而不见。

勃留索夫很欣赏该书超级复杂的结构，他兴奋地评价道："如果说《导航星》(*Кормчие звезды*)是坚固的基石，在其上可以建造一幢宏伟的建筑，如果说《透明》(*Прозрачность*)是列柱廊，而《厄洛斯》是设在未来宫殿前面宏伟的拱门，那么，这个宫殿的部分已经呈现在我们眼前……之所以说伊万诺夫的新书给我们的感觉是一幢还未完成的建筑，部分原因在于，这只是整本书的前半部分……但这一部分已经能够显示出最初设计的宏伟，要全部实现它，需要整个一生的功勋。"①

伊万诺夫的书主题多样，结构复杂。书分为两卷，两卷又分为若干部分，部分又分成单元（这个单位相当于通常的组诗），有时单元下面还有小单元。有些部分、单元和小单元拥有独立的序曲、献词和尾声。

纳尔布特称该书为"沉重浩繁的两大卷"——结构无疑是严谨的匀称的，但由于超重而导致垮塌。这不是给诗人的诗歌，这是给学者的诗歌。是给有兴趣钻研其极其复杂的联想的专家看的，但不是给为诗歌而欣赏诗歌的读者看的：结构过于复杂，从一首诗转移到另一首诗，读者应接不暇，难免顾此失彼。

别雷的"诗书"《诗集》(*Стихотворения*)在创造和谐整体上的尝试也不太成功。这本书不光是阶段性的，也是总结性的。这本书出版于1923年，要比其他作者的同类书晚得多。这是一种中间类型的书——在诗歌集和抒情诗书之间。作者在前言中说："我

---

① *Брюсов В.Я.* Новый сборник стихов. М.，1990，С.341-342.

努力将单独的诗结合成组诗,并将这些组诗按其相互之间的顺序排列,以便收集在这里的一切具有一棵挺拔匀称的大树的样貌——灵魂的、诗歌思想的长诗。我所写的一切是一部诗体的长篇小说:而小说的内容就是我对真理的探寻。"①

这些组诗经过作者自主装裱,看上去有些不伦不类。很难说是因为时过境迁,组诗的时代已经不再,还是因为人为痕迹过重,给人以生拉硬扯之感,或者其他什么原因。总之,这些组诗缺乏真正意义上的严整性。显然,别雷也发现了他的"长诗"的这个缺点,因而要向读者作出解释,在每一章(部分)的前言中都要讲解长诗本章的内容。顺便说一句,后来的版本均依据早期版本,而不是这部似乎更符合作者最后意愿的总结性诗集。

综上可见,许多象征派诗人都把自己的创作看成一个整体,具有复杂的内在规律的统一文本,并试图用组诗化的手段将这种统一性的实质呈献给读者。这就产生了一个现象,一种总体性组群化的思想:组诗构成章节,章节构成书,书理解成一个统一的文本。在俄国象征派诗人当中很少有人在完整意义上成功地实现了这一目标(欧洲诗人这样的追求不明显),只有在勃洛克的创作中,在其所谓的"三部曲"中,总体组群化的思想才得到真正的表达。

勃洛克创作遗产一个鲜明特点是他的几乎全部抒情诗作品都编进了一个统一的组诗架构——抒情三部曲。值得注意的是,据诗人自述,早在大部分作品写出之前很久,他就产生了这个想法。尽管不止一次重新编排,但三部曲始终保持了作者心目中的原始面貌:"在整个一生的时间里,勃洛克都在反复加工三部曲。他改

---

① *Белый А.Н.* Стихотворения и поэмы. М.-Л., 1966, С.9.

变过各个组诗的构成,删除和增加个别诗作等,同时又顽强地保持着 1911—1912 年版本确定的结构原则——将全部作品分成三个部分,每个部分内部再细分成诗组。"①

为了如此规模的系统不至于给人牵强附会感、不至于支离破碎,无疑需要一个统一的轴心,围绕这个轴心可以形成这个体系。而这个轴心就是抒情主人公——诗人的虚构的自传。第一次将抒情主人公概念引进文艺学的迪尼安诺夫写道:"勃洛克是勃洛克最大的抒情诗主题。这个主题作为一部新的、尚未诞生的(或曰未意识到的)形式的长篇小说主题是引人入胜的。现在说的就是这个抒情主人公。"②

形成此类形象的基础早在 19 世纪的诗歌(在莱蒙托夫、涅克拉索夫的抒情诗)中已经奠定,但"只有在勃洛克的创作中抒情主人公才第一次经过了两个主要阶段,正是这两个主要阶段体现了其成为完成的抒情形象的过程:诗人的抒情的'我'对其生平的疏离,然后是新的融合——但是在'艺术形式'的水平上。"③

抒情诗中创造个性形象的可能性的出现,在其形成和发展过程中,导致抒情诗中产生了叙事因素。"抒情主人公获得了在成长过程中,也就是在其内心成熟的阶段中所形成的个性的特征。在诗人的意识中,形成一个专门的重要问题——道路问题,在诗中它是作为与时代的历史进程与对应的命运思想来体现的。"④但这与其说是道路,毋宁说是诗人创造的道路神话。抒情三部曲就有神

---

① *Гинзбург Л.Я.* О лирике. М., Интрада, 1997, С.262.
② *Тынянов Ю.Н.* Поэтика. История литературы. Кино. М., 1977, С.118.
③ *Долгополов Л.К.* На рубеже веков. Л., Советский писатель, 1985, С.97.
④ Там же. С.108.

话小说的特征:"创造诗歌的'神话文本'的任务逐渐浮出水面。这个任务……是通过象征性的组诗化原则、抒情诗人将自己整个创作看成一个统一文本的追求来解决的。"这些倾向的最高体现就是勃洛克创造的《抒情三部曲》(Лирическая трилогия)。①

组诗与神话有着密切联系,这一点在勃洛克的诗学中既表现在思想内容上,也表现在结构层次上。自引语,也就是勃洛克所说的"中心词"或"关键词",是组诗化的联系手段。"'中心词'可以是这首诗、这个狭义语境的关键词。勃洛克笔下也是如此。但构建贯穿性的、稳定的、能够在其创作的普遍联系中汲取意义并将之带进每一个新文本的词语象征才是勃洛克方法的基本要义。"②其第一部分在第一卷已经出现,并逐渐得到丰富和补充,贯穿整个三部曲。对第一卷而言,与美妇人以及骑士般地效忠于她的抒情主人公的世界相联系的组群是主干:夕阳、朝霞、云雾、黄昏、抒情主人公的剑与盔甲等。在第二卷中嵌入了属于勃洛克时期现代城市与陌生女郎神话的词汇:女子曳地长裙的后摆、面纱、香水、丝绸、暴风雪和风……第三卷带来的是与勃洛克历史神话有关的组群。虽然正如金斯堡指出的那样,"不管勃洛克透过自己早期尝试的魔幻水晶看到的是怎样的远方——但在没有三部曲的时候,三部曲的语境还是不可能存在的",③重新起用的主干词汇还是激活了此前抒情诗的某些意义,迫使早前写的诗发出新的音调,制造出一些补充性的语境联系。

---

① Минц З. Г. О некоторых «неомифологических» текстах в творчестве русских символистов//Блоковский сборник III, Тарту. 1979, С.119-120.
② Гинзбург Л.Я. О лирике. М., 1997, С.268.
③ Там же. С.261.

在组诗化原则中间,看得出一定的动态变化:"第一卷的组织遵循严格的时间顺序,如一部抒情诗日记直接反映了勃洛克的生活与精神体验。这里的时间顺序与事件—体验的运动逻辑相契合。"①在1911年版本中,三部曲的诗是按年代,而不是章节编排的,然而后来,看得出,认为这样的编排破坏三部曲的统一性,显得不够自然以后,勃洛克再次改变了第一卷的架构。但该卷的时间顺序原则并未丧失。勃洛克本人称自己的第一本书是"单弦的"。这种单弦特点正是全书最明显的连接因素:"在此,内在的统一建立在诗歌体验的统一性之上,抒情主题的性质之上……对任何情节—叙述风格的排斥之上。"②

在马克西莫夫看来,第二卷的特点是内容与方法的双重发展:1)从大自然(《大地的气泡》)到现代城市的人(《自由的思想》);2)从概括性的印象主义的"自发幻象"到轮廓性的具体形象,也就是到对待世界的清醒和清晰的态度(《法伊娜》、《自由的思想》)。③

第三卷一般认为是反映了抒情主人公对超个体价值的探索,与此前试图肯定个人主义相反。第三卷也是诗人与"祖国"的结合。所有这一切构成了在同时代人意识中已经稳定和成形的有关诗人的运动的神话,勃洛克自己把这个神话定义为正题——反题——合题。勃洛克自己暗示过对自己创作的这种接受;自己认为走过的道路正是这样的。他的《论俄国象征主义的现状》一文在很多地方正是对自己创作道路的一种自我阐释,一个在诗人看来可以帮助读者理解他的创作的方向指南。

---

① *Максимов Д.Е.* Поэзия и проза А. Блока. Л., 1975, C.92.
② *Долгополов Л.К.* Поэмы Блока и русская поэма начала XX века. М., 1964, C.21.
③ *Максимов Д.Е.* Поэзия и проза А. Блока. C.93.

这样，勃洛克的抒情三部曲便成为了创造有关个人与世界的神话的手段。勃洛克三部曲的世界乃是个人的"我"、"创造的神话"。

勃洛克的抒情三部曲基础是生活道路思想，三部曲自身是一个统一的整体，无怪乎正是在关于三部曲的谈话中诞生了"抒情主人公"——统一的作者的"我"的概念。三部曲最大限度地接近了"总体组诗化"原则的实现：组构成章，章构成书，书构成三部曲的统一文本。

阅读勃洛克研究资料时，我们会发现，在对这个术语的使用上存在着在一些纯理论著作中也能看到的模糊和含混。研究者将类似《可怕的世界》或《竖琴与小提琴》称为组诗，同时也将这些章的部分，如《死亡之舞》、《十二年后》称为组诗。

勃洛克本人一般不称大的、复杂的组构为组诗，他更偏爱"章"、"节"这类词，在特定情况下，也称抒情长诗。我认为，这样的名称更准确地契合了勃洛克三部曲的构造特点。此外，在勃洛克的创作中，我们还可以划分出两种组诗构造的变体——异稿和组群。

从这个角度看，标准的三部曲第一卷由三章构成——《黎明前》、《美妇人集》、《歧路》。小型组诗在这一卷里共有两个，一个是由两首诗（《Religio》及其异稿）组成的《Religio》，一个是由5首诗组成的《祈祷》。

第二卷更为细致的划分引人注目。有7章：《大地的气泡》、《夜晚的紫罗兰》、《杂诗》、《城市》、《白雪假面》、《法伊娜》、《自由的思想》。书中的组诗共有3组：《她的到来》、《秋天的爱》、《火与暗的诅咒》。《白雪假面》和《自由的思想》占有特殊的地位。不用说，很难称之为组诗,它们是某种处于章与群之间的东西。

第三卷有 9 章:《可怕的世界》、《报应》、《抑扬格》、《意大利诗行》、《杂诗》、《竖琴与小提琴》、《卡门》、《夜莺园》、《祖国》、《风在歌唱什么》。这里的组诗明显要比前两卷多一些(9 个):《死亡之舞》、《我朋友的生活》、《黑血》、《威尼斯》、《佛罗伦萨》、《三封信》、《梅丽》、《十二年后》、《在库利科沃原野》。《卡门》和《风在歌唱什么》组诗享有特殊级别——组章。

第一个组诗元素《Religio》出现在《美妇人集》一章中。它由两个部分组成,就主题而言,在全书的整个语境中无论如何并不突出(写的是对美妇人的效忠),两首诗具有情节上的联系,写的是奉献之路的开始和结束:

我喜欢温柔的话语,
探寻神秘的花序。
我隐约开始领悟,
还如孩子般喧闹、顽皮……
　　　　——《Religio 之一》

我的声音喑哑,我的头发灰白。
我的面孔可怕地一动不动。
一生都跟我在一起的——只有圣约,
教导我侍奉不可企及的女性。
　　　　——《Religio 之二》

两首诗标注的是同一个写作时间(1902 年 10 月 18 日),显而易见,一开始就是作为一个整体来构思的。两首诗的形式结构也是相同的(每诗3节,每节4行,四步抑扬格,交叉韵)。不过将两首诗连成一个单独的组诗并在一章的文本中突出出来,给人的印象与其说是自然而然,不如说是随意牵强。

《祈祷》组诗放在《歧路》里。由5首诗组成,由一句共同的题诗和抒情情节穿连起来。有意思的是,除了第一首,其余4首都有标题,而第四首还有自己的题诗。如果把勃洛克的三部曲看成抒情主人公神话化的自传,那么可以说,题诗又提出了神话的另外一些人物——作为战友的别雷(第一句题诗取自他的《金羊毛》一诗)和作为黑魔法师的勃留索夫在不可企及的女神即将降临的预感中忍受着煎熬(第四首的题诗取自他的《致年轻一代》一诗)。在这里,诗与诗之间建立在文学联想上的联系变得更加复杂和微妙,语境是敞开的,不光折射出诗人的整个创作,也折射出整个文学时代。美中不足的是,其中有一首诗没有标题,组诗之外又有一个另外的特殊题诗,这多少有损组诗的严整性。

第七章　俄国象征派诗歌的语言特色与诗体革新

象征派诗人的象征,扩大了词语、文本的意义,成为表达"神秘内容"的极为重要手段,并由此带来了艺术感染力的扩大。文本的多义性为读者的接受和阐释提供了众多乃至无限的可能性,也使得读者仿佛成为了作品的合作者。

每一位象征派诗人,只要是真正的诗人,都是独具特色的,都有着与众不同的艺术世界。象征派诗人创造了一整套与其象征体系和神话思维相适应的语言艺术体系,他们致力于语言、节奏和诗体的创新尝试,表现出高超的、非凡的艺术技巧;尤其是他们既积极借鉴国外经验,又不脱离本国相关传统,同时又不忘从民间诗歌中汲取营养和动力,以支撑自己的艺术创新,这一成功经验充分体现了某种规律性的东西,至今仍具有启发作用。

勃留索夫领导的《天秤座》杂志曾经激烈反对高尔基,而高尔基在坦言自己对象征派文学观点的隔膜(认为他们的自恋令人生厌,他们太冷漠,对生活太过失望),对他们高超的艺术技巧还是给予了高度评价。他在给安德列耶夫的信中说:"你知道,我看重这些人的是他们对语词的热爱,我尊重他们对文学的鲜活的兴趣,我承认他们做出了严肃的文化贡献——他们以大量新的词语组合丰富了语言,他们创造了奇妙的诗——为此我不能不由衷地说谢谢他们——谢谢,随着时间的推移,历史会对他们说的。"[①]

第一节　象征派诗歌的语言特色

象征主义的神话远非真正神话。后者是一种在历史发展过程中形成的世界观念,表现了古人对世界幼稚而又形象、无意识而又艺术化的认识,具有约定俗成的特点。别雷在《语词的魔力》(*Магия слов*)一文中解释道:"当我说'月亮是一只白色的角',当然,我不是在用我的意识肯定存在一种神话动物,它的角在外形上如同我在天上看到的月亮;但就我的创作的自我肯定的最深层本

---

① Литературное наследство. Т.72, М., 1965, С.297.

质而言,我又不能不相信存在某种现实,我创造的隐喻形象就是其象征和映像。诗歌话语与神话创造有着直接的关系,对词语的形象性组合的追求是诗歌的根本特征。"①

每一个象征派诗人都有自己的一套神话系统或象征形象,也都有自己的一套与之相适应的话语体系,这一点决定了象征派诗歌的语言特色。

象征派诗歌的语言具有鲜明的"秘传风格"。

象征派诗人宏观神话的共性的存在将象征派诗人变成了"阴谋家"、"知晓秘密者"、"掌握知识者"、只消只言片语彼此便心领神会,但只限于自己人,不为外人道也。这是一种精致的秘传文化,创造除了一套自己的密码词汇,在这套秘密词语当中,词语表示的不是直接的字面意义,而是诸多闪烁不定的意思,与大文本和小文本有关,只有在象征主义语境中才能看得清楚。"大文本"和"小文本"标志着宇宙学自发力与艺术家灵魂的自发力的并行关系,决定着神话—本体与象征派意义上的传统诗歌假定性之间的对话关系。"象征主义在俄罗斯历史上创造了第一个总体文化,自然还有总体语言。从象征主义的总体性角度看,庸常生活丧失了自己的庸常性并获得了最高现实性质。换句话说,生活成了文本。文本的含义分布在文本之外的某处,而文本本身只能是密码。掌握密码就等于获得了理解生活和文学文本的保障。因此,在象征主义生活中一切都是象征的——诗、谈话、爱情、散文。"②

普里霍季科粗略统计了一下象征派的秘传词汇,其中既有一

---

① *Белый А.Н.* Символизм как миропонимание. М., Республика, 1994, С.447 - 448.
② *Бар-Селла З.*, *Каганская М.* Мастер Гамбс и Маргарита. Tel-Aviv: Milev, 1984, стр. 94.

些能够构建宏大文本神话的关键词,如永恒女性(Вечная Женственность)、恶魔(Демон)、灵和圣灵(Дух)、妇人和妻子(Жена)、未婚夫和新郎(Жених)、真理(Истина)、十字架(Крест)、杯(Кубок)、百合花(Лилия)、逻各斯(Логос)、音乐(Музыка)、未婚妻和新娘(Невеста)、美妇人(Прекрасная Дама)、玫瑰(Роза)、光明(Свет)、索菲亚(София)、命运(Судьба)、戏剧和演剧(Театр)、黑暗(Тьма)、导师(Учитель)、厄洛斯(Эрос),诸如此类,也有似乎是从日常生活中拿来却获得了深化内涵的词语,如岸(берег)、山(гора)、城市(город)、门(дверь)、房屋(дом)、烟雾(дым)、篱笆(калитка)、围墙(ограда)、湖(озеро)、门槛(порог)、尘土(пыль)、河(река),等等。这些词语可以按词库原则进行分类:房屋、门、门槛、围墙、篱笆、道路或者围墙、篱笆、花园、小溪、夜莺之类;也可以按照反义词对分类:潮湿的——干燥的、金黄的——铁黑的、光明——黑暗、是——否、雾霭——清澈之类。①

就数量意义而言,象征派词汇量不大,这一点曼德尔施塔姆也注意到了:"俄国象征派诗人实在是一些风格上的柱塔僧:所有人加起来不超过 500 个词……"②

象征派诗歌的语言具有明显的抽象化倾向。

象征派诗人的艺术概括存在明显的抽象化倾向,这在很多方面决定了象征主义的特色。象征派不追求具体描绘世界,而是要

---

① *Приходько И.С.* Александр Блок и русский символизм: мифопоэтический аспект. Владимир, 1999, С.20.
② *Мандельштам О.Э.* Собрание сочинений в 2 томах. Т.2, М., 1990, С.262.

探寻普遍规律。象征派的对象不是事物,而是思想。

抽象化倾向在象征派内部表现不尽相同。老一辈和新一代象征派对待具体世界的态度是不一样的,相应地,反映世界的方式也不相同。如果说,对老一辈象征派而言,思想的表达是与摆脱外在世界的具体性分不开的,那么对新一代象征派来说,作为"另一世界"的影像而存在的现实世界同时也具有独立意义。这一具体差别决定了不同诗人创作中具体与抽象的关系。明显倾向于抽象化的索洛古勃的诗最为抽象,也最脱离具体世界。别雷的《灰烬》在较大程度上与反映现实世界有关,即便不用细看,也能发现该书中直接指涉具体事务的词语占有优势地位。

象征派诗人可以动用的表达思想的手段很多,可直抒胸臆,也可通过形象的契合迂回曲折地表达。在老一辈象征派诗人,尤其是索洛古勃和勃留索夫的诗中,抽象词语占据中心地位,这是由两位诗人偏好直接表达思想决定的:"整个生活,整个世界——是无目的的游戏,孤独——是普遍的领地";"事物中一切都是统一的,但渴望完美是成就伟大的保障"(索洛古勃)。"我们高于腐朽的世界";"自然界的强大中有种可恶的东西";"艺术家不可能不成为预言家,奴性与创造势不两立"(勃留索夫)。有时甚至整首诗都保持在抽象的轨道上。

在象征派诗人笔下,抽象词语还可用于诗的标题,表示诗的主题,或提示诗的"主人公"。象征派诗人所关注的核心概念—词语,从标题即可见一斑。象征派诗人的思考范围无所不包,诗歌标题中常见这样的词语:"生命"(勃留索夫以此为题写过一首诗,别雷写过几首),"死亡"(巴尔蒙特、别雷都有以此为题的诗),"时间"、"永恒之形象"(别雷),"永恒与瞬间"(伊万诺夫),"世界灵魂"、"命

数"(别雷)。还有另外一个系列的词语,表示情感、内心状态等:
"我的理想"、"给理想的十四行诗"、"理想"(勃留索夫);"孤独"(勃留索夫、别雷)、"恋爱"(勃洛克)、"爱"(别雷),等等。有整首诗或部分建构在抽象词语上的,如伊万诺夫的《透明》。抽象概念可以成为话语主体,如伊万诺夫的《正午的忧伤》。这两种方法可以合用,如索洛古勃的《哭成泪人的怜悯来了》。

象征派诗人喜欢使用以"-ость"结尾的抽象名词,日尔蒙斯基认为是受法国诗歌影响。① 其实俄国古典诗歌中也有,茹科夫斯基、普希金、丘特切夫、涅克拉索夫笔下都出现过,但都没有像象征派那样达到极致。使用"-ость"结尾的抽象名词,目的是要将读者关注的中心从事物本身转移到事物的特征、品质、性质上来。例如"над зеркальностью застойных вод"(索洛维约夫)、"змеиность молний"(巴尔蒙特)、"змеиность лунных игра"(勃留索夫)。伊万诺夫的组诗《透明》、巴尔蒙特的组诗《在无限之中》、勃洛克的《恋情》(*Влюблённость*),标题用的就是"-ость"结尾的抽象名词:

И опять твой сладкий сумрак, влюбленность.

И опять: «Навеки. Опусти глаза твои».

И дней туманность, и ночная бессонность,

И вдали, в волнах, вдали — пролетевшие ладьи.

(又一次,你甜蜜的朦胧,恋情。

---

① *Жирмунский В.М.* Теория литературы. Поэтика. Стилистика. Л., 1977, С.157 - 158.

又一次:"永远。垂下你的双眼。"
岁月的朦胧,深夜的无眠,
在远方,在波涛中,在远方——那些飞驰而过的大船。)

象征派诗人总的来说追求崇高语体风格,尤其是在早期。但这并不是说象征派诗人的作品在语体风格上都是整齐划一、一成不变的,实际上,每个人都经历了不同程度的变化和发展。学界过去存在一种观点,认为象征派诗歌的语体风格是千篇一律的,①这显然过于简单和武断。每一个象征派诗人的创作中都可以存在不同类型的文本,有较为中性的,也有高雅的,要创作这样的作品,首先要借助于斯拉夫古语。

索洛古勃绝大部分作品都以具有抽象色彩的书面语为基础。有几首诗,如《因为刽子手狠毒的工作》(*От злой работы палачей*)、《我独自在无边的世界里》(*Я один в безбрежном мире*)、《当我在汹涌的大海上航行》(*Когда я в бурном море плавал*)、《主宰一切的诸神》(*Державные боги*)夹杂着古语,但并不占有重要地位,只是增加点色彩而已。还有一系列诗歌追求中性语体风格,如《我们走在寂寞的路上》(*Мы скушной дорогою шли ...*)、《雾蒙蒙的白天到来》(*День туманный настаёт*)。索洛古勃的诗只有少数脱离了他一贯的语体风格,如《巫婆》(*Ведьма*)中使用了方言,《在菩提和椰枣树的荫翳下》(*Под сенью тилий и темал*)使用了外来语 тилия 和 темала。

勃留索夫早期作品几乎不用古语,但随着古语作用的提高,勃

---

① *Гофман В.* Язык символистов//Литературное наследство. М., 1937, С.71.

留索夫也开始吸收古语,有时用于中性语体,有时用于高级语体。

高级和古语因素在伊万诺夫的诗中达到了极致。伊万诺夫使用古语是有理论根据的。他将古语作为创造一种特殊的秘传语言的手段,这种语言应该把人们推向一种全民性的"群体性"艺术创造。伊万诺夫喜欢使用一些罕见的、富于异域色彩的词汇,但他的语言特色不止于此。与其他象征派诗人不同,伊万诺夫不停留在使用个别的斯拉夫古语,而有意识有目的地复活作为表达手段的斯拉夫古语。这不是一些零散的词汇,而是具有一定完整性的系统。这个系统以一些与现代俄语词汇语音相近的同义词为基础,如那些元音不完全的词语,其中既有广为人知的诗歌用语,也有早在 18 世纪至 19 世纪初的俄罗斯文学中已不再广泛使用的词语:брада(胡须)、бразда(田沟)、браздить(犁出田沟)、брань(鏖战)、брег(岸)、власы(发须)、вран(大乌鸦)、врата(大门)、глава(头脑)、глад(饥饿)、глас(声音)、древо(树)、злато(金子)、кладезь(井)、клас(穗子)、млад(年轻)、младость(青春)、млат(锤子)、млеко(牛奶)、праг(门槛)、славий(光荣的)、сребро(银)、стрегут(看守——第三人称复数)、хлад(寒冷)、чреда(顺序)、огнь(火)、ветр(风)、песнь(歌)。这些词语与相对应的现代俄语词汇并列使用。伊万诺夫还使用词汇学意义上的古语,其中有的是通用的,有的是罕见的。同象征派其他诗人相比,伊万诺夫诗歌中古语词的使用要密集得多,简直就像是出自普希金之前的 18 世纪俄国诗人笔下。

俄国象征派诗歌用语中这种并非孤立现象的"复古"风格,对标榜"新艺术"、锐意革新诗歌语言的象征主义来说,多少有些令人意外和困惑。"为什么具有西方主义取向的俄国现代主义在其存在的初期没有引起质疑,随后又赋予复古主义美学如此'专门化'

的取向以及为什么这一美学本身在俄国现代主义最为多样的阵营的创作实践中占据了如此重要的地位,这个问题在研究文献中从来还没有以一种如此普遍的形式提出过。"①

从语体角度看,别雷的诗歌具有特殊意味。他喜欢再现不同时代和不同社会环境中的日常生活。在《蓝天里的金子》中的《从前与现在》组诗里,还有后来的《灰烬》,别雷直接指向物体的词语,描写性词语占有优势地位。别雷运用语体反衬手法——写农村的诗中不光出现农民日常用品的名称,还有一些低级实物:"在一些罐子中间有一只脏水盆,一头公猪在拱地。"城市组诗充斥着外语词汇,例如《老屋》(Старый дом)、《假面舞会》(Маскарад)、《节日》(Праздник):"贝比拍打着烟的纱,//弯曲着苗条的躯干。//大厅里到处都在派送//令人兴奋的冰冻果汁。"由此可见,《灰烬》中的各个组诗不光在内涵上,也在语体上形成了强烈对比和反差。这种对比和反差不光表现在组诗与组诗之间、篇与篇之间,就是在同一首诗里,也能遇见,如《铁路》(Железная дорога)一诗中,现代俄语的标准词汇与带有洋味的旧词(корсаж、сак-вояж)、口语词(бредет)和方言词(большак)混合在一起,形成了语体的杂陈:

Вокзал ... В огнях буфета

Мужчина средних лет

Над жареной котлетой

Колышет эпогет.

---

① *Шевеленко Ирина*. Мрдернизм как архаизм. М., 2017, С.18. 对此问题的深入探讨,可参阅该书。

С ним дама мило шутит,
Обдернув свой корсаж, —
Кокетливо закрутит
Изящный сак-вояж.
А там ... —
... сквозь кустик мелкий
Бредет он большаком.

（车站：在小食部的灯光中
出现一个上了年纪的老人，
他那带穗的肩章轻微地
在一块煎肉饼的上方晃动。
一位女士乖巧地跟他逗笑，
她抽掉长裙上的腰带，——调情地
在她雅致的旅行袋上缠绕。
而那边：……——
……穿过一片低矮的灌木丛，
他步履蹒跚地走上乡间大道。）

象征派诗人不止一次进行仿作，从而使得民间诗歌手段渗透到他们的作品中。勃留索夫模仿城市民谣，安年斯基的《神经》(*Нервы*)、《断断续续的诗行》(*Отрывистые строфы*，1909)都带有谈话语体特点。勃洛克的创作体现了由单一语体向多样语体的发展变化。他晚期作品不光含有诗歌中通用的古语，还有口语和俗语成分。而且，令人钦佩的是，勃洛克对语言的驾驭得心应手，各种语体成分在他的笔下达到了水乳交融的地步。

尽管象征派诗歌的主调是书面的,每个诗人都以书面语作为支撑,但又都在不同程度上超越了书面语的局限。在超越局限时,不同的诗人走的方向也不同。伊万诺夫将书面因素推到极限,别雷有些诗的语调则受到俗语的制约。这是象征主义语体的两个极端。勃洛克的诗歌走的是中间路线。[①]

象征派诗人对诗歌语言的革新不是体现在用语的讲究上,而是体现在日常词汇功能的改变上。赋予它们新的语义色彩的是语境,也就是某首诗、某组诗、某本诗集或者某个作者的整个创作的具体情况。如"圣女"、"朝霞"、"灌木"这些概念在日常生活和一般文本中是各自独立和意义单一的,但在勃洛克早期作品的神话诗学语境下,却是与天国恋人的象征形象融为一体的。在伊万诺夫笔下,"太阳"是自我牺牲、利他主义精神的象征;在索洛古勃笔下,太阳则是一种毁灭力量,是"君临宇宙的蛇,全身是火,疯狂而邪恶"。

象征派诗人诗歌语言的不同凡响从他们的书名可见一斑。《Natura naturans. Natura naturata》(《被创造的自然。创造的自然》)——亚历山大·杜勃罗留波夫的诗集的书名借用了斯宾诺莎《伦理学》一书中的话。《Me eum esse》(《这是我》)、《Tertia Vigilia》(《第三班岗》)、《Urbi et Orbi》(《致城市与世界》)——这是勃留索夫诗集的拉丁语标题。他早期一本诗集的名称是法语的《Chefs d'Oeuvre》(《杰作》),还有一本书名是希腊语的《Στεφανoξ》(《花环》)。伊万诺夫为自己的诗集取名为《Cor

---

[①] *Кожевникова Н. А.* Словоупотребление в русской поэзии начала XX века. М., 1986, С.25.

ardens》(《燃烧的心》)。勃洛克的组诗《Ante lucem》(《黎明前》)也是用拉丁语命名的。

象征派诗人还喜欢引用外国作者或古代哲学与宗教文献中的名句作为卷首语或一组诗、一首诗的题词。这些引文有明显的,也有不明显的,有直接的,也有间接的,有展开的,也有缩略的,不一而足。引文的特点是具有不同程度的权威性。它们可以表达作者自己的观点,也可以成为争论的对象。有时引文流于表面,如伊万诺夫的《致刽子手们》,开头就像普希金的《斯坦司》,"怀着荣誉与良善的希望、我毫无畏惧地注视前方"。有时还会直接指出引语的作者或形象的出处,"但请记住丘特切夫的箴言:不要说,要遮蔽和隐藏起、你的理想和情感。"(勃洛克)

隐性引文如勃洛克的《骑士团首领的脚步声》中的"可耻的自由"取自《叶甫盖尼·奥涅金》("我不想丢掉//我那可耻的自由"),这一并列关系同时也加固了与《石像客人》的联系。

文学引文与形象进入象征派诗歌的途径之一是题诗或题词。题诗的功能是提示作品与传统的联系,将作品纳入一个共同的文本,并指出其在文本中的位置。引语与文本有着不同程度的联系。有时题诗中含有作品的主题,但没有与文本直接呼应。题词的部分会在文本中重复或以变体的形式出现,如勃洛克的《索尔维格》(用易卜生的"你滑雪跑到我面前"作题词)、勃留索夫《短剑》(题词借用莱蒙托夫的诗句)、勃洛克的《在库里科沃原野》(借用索洛维约夫的诗句)、伊万诺夫的《La selva oscura》的题词借用了但丁的诗句。伊万诺夫诗中大量的题词给人以博学和高雅的印象。

在象征派诗歌中,词语组合既可以基于意思相近,也可以基于意思相异或相反。将这样的词语连接起来的手段之一就是同语重复。这是早期勃留索夫喜欢的手法之一。他喜欢同根的形容词和名词组合到一起:"温柔的温柔"、"瞬间的瞬间"、"轰鸣的轰鸣"、"在七月的火焰的火焰中"。这样的组合在其他诗人笔下也能见到:"伸展着焦糊的焦糊,自由的焦糊,听得见远方的远方的汽笛声";"痛苦的痛苦,寂寞的寂寞"(勃洛克);"你这远方的远方啊,永恒的永恒"(伊万诺夫);"烟的烟雾,老的老者"(别雷)。别雷还使用一些扩展性的同语反复:"薄纱的薄纱的烟雾"、"蓝宝石的穹顶的蓝宝石"、"红色的边疆泛着红色"。也有展开结构,如勃洛克的:

那里的自由比所有的自由还自由,
不会让自由的人不自由,
痛苦比所有的痛苦还痛苦,
会让走上弯路者回归正途!
　　　　——《暴风雪在马路上扫荡》(*По улицам метель метет*)

有一部分同语重复是同一个词以生格结构形式形成的,如:涟漪的涟漪(勃留索夫);天空的天空、秘密的秘密(巴尔蒙特);伊万诺夫的:眼睛的眼睛、花冠的花冠、在天空的天空里(伊万诺夫)。巴尔蒙特有首诗叫《声之声》(模仿《歌中歌》,即《雅歌》)。重复的词语有时可以进入更复杂的相互关系:"瞬间是神秘的,一如神秘是瞬间的"(勃留索夫)。

象征派诗人喜欢将对比强烈的词语(包括反义词)并列使用。这和他们的世界观有关系。他们认为对立统一是世界的基础。巴尔蒙特说:"世界即矛盾。"弗拉基米尔·索洛维约夫说:"我们不能命名这种双重界限:/响亮的笑声和暗哑的哭声/构成了宇宙的和谐。"其他诗人也表达了同样的思想:"甜蜜的矛盾之网/奇怪地把所有人/联系在一起;/生与死相同,爱与罪无异。"(勃留索夫)"恶与善、哀伤与幻想——形影不离的一家。"(巴尔蒙特)"在人间这里都是一个目的,/灵与肉都在一条路上奔跑,/它们的追求须臾不可分离。"(勃洛克)"仿佛磁铁的灵魂具有双重性,/肉欲与坟墓相系,悲痛与诞生相连。"(伊万诺夫)。与此相应,世界是相互对立因素的统一与交替:"在光与暗的威严交替中"(巴尔蒙特);"最后的残酷中有着无限的温柔,/在神的真理中也有着神的欺骗"(吉皮乌斯);"每一处黑暗中都有光明的火星,/牢狱之中也会有自由的瞬间。/乞丐的讨饭袋中也有宝贝"(巴尔特鲁沙伊蒂斯)。

上述用法与逆喻(矛盾修辞法)相近或相关。

俄国诗歌早就知道逆喻。但只有在象征派诗人笔下,逆喻才得到大规模开发和运用,并在大多数诗人那里获得了强烈的个人化色彩。

逆喻是索洛维约夫的诗歌不可分割的一部分。逆喻鲜明而直接地表达了这位哲学家兼诗人特有的世界观,即世界是对立因素的统一体。"在自由的不自由中,在活的死亡中,我是祭坛,我是牺牲,我是祭司,我怀着无上幸福的痛苦站在你面前";"在远方,在近处,不在这里也不在那里";"在自己的他人的祖国","黑暗混沌的光明之女","昏暗的火光闪耀的深渊","但愿未完成的命运的幽灵/不会像活死人一样注视着灵魂"。

索洛维约夫的逆喻对勃洛克和伊万诺夫类似的词语组合的发

展起了推动作用。勃洛克《致缪斯》(*K музе*)中有这样的诗句:

> 但也有过一种不幸的欢畅,
> 当双脚踏在不可侵犯的圣物之上,
> 内心有一个疯狂的嗜好——
> 这便是艾蒿一般苦涩的欲望。

类似的表达在勃洛克笔下还有,如忧伤的欢乐、痛苦的欢乐、致命的欢乐,燃烧的冬天之火,冰冷的数字的酷热,白色翅膀的暴风雪的烈火。再如,命运的指令有双面含义:我们是自由的灵魂!我们是凶恶的奴隶!伊万诺夫笔下有:无情的喜悦,宽容的愤怒,哭泣的得意,单纯罪行的狡诈青春。巴尔蒙特笔下可见:你是朋友,也是永恒的敌人,你是邪恶的鬼魂,也是善良的精灵;生中的死和死中的生;白天像黑夜,黑夜像白天。

逆喻有时不限于局部表达,能上升到整体层面,成为整首诗的结构基础,如勃留索夫的《意大利》("意大利啊,神圣的女王!意大利啊,不幸的荡妇!")、勃洛克的《西徐亚人》、长诗《报应》的序诗、梅列日科夫斯基的《异乡—故国》、《春天的—秋天的》和巴尔蒙特的《致远方的近前的》标题本身就是逆喻。

逆喻是象征派诗人用语的核心手法之一,不光体现诗人的世界观,也揭示出诗人的内心状态。

象征派诗人广泛使用各种各样的比喻,其中最突出的是隐喻,如"我凝固成乳峰的悬崖"(伊万诺夫)、"今夜我将是你柔软的手掌中的灯"(沃洛申),诸如此类。偏爱隐喻,是象征派诗歌语言的普遍特点。可以说,在相当程度上,象征主义诗歌就是隐喻的诗歌。

在象征派诗人笔下,正如维诺格拉多夫指出的,隐喻已经不是单纯的文学隐喻,而是神话思维的回声。①

由此可见,象征派诗歌中存在复杂的不同层级的语言革新手段,这些手段与直接指示对象的直接词语有着不同程度的距离,不过要对各种可能的复杂结构进行分析,还是应以直接词语为起点。这些手段的使用频率因人而异,即便是同一诗人,使用频率也不始终一样。诗人的个体风格特点在很多方面与直接词语和非直接词语的分配有关,同时也与所选择的非直接词语的类型和密度有关。

第二节　象征派诗歌的节奏和诗体革新

要读懂象征派诗歌作品,读者得具备相当的文化修养,同时还得发挥主动性和积极性。在《俄国象征派》第二辑的序中勃留索夫说过,拥有一颗敏感而细腻的心,这不光是诗人的职责,也是读者的职责,读者应该通过自己的想象再现作者只是初步勾勒出来的东西。安年斯基早在世纪初就指出,"阅读诗歌本身也是创作"。② 安年斯基赞成马拉美诗歌乃是一种"秘写文字"的说法,认为谁能绞尽脑汁去破解这种文字,谁就能更深地潜入诗人的世界。启发性和暗示性

---

① *Виноградов В.В.* Поэтика русской литературы. М., 1976, С.411.
② *Анненский И.Ф.* Книги отражений. М., 1979, С.5.

语言手段的运用,赋予象征派诗歌以特别的感染力和影响力。象征派诗歌达到的"催眠"效果,靠的不是内容,而是诗歌语言的音响本身,靠的是"旋律"、音调、节奏以及反复手法的魔力。反复除了有强调意义的功能外,还可以直接作用于情感范畴,就像音乐和民歌中旋律与节奏的反复一样。巴尔蒙特是俄国象征派最早自觉和成功使用音乐性反复的诗人之一,《我展开幻想捕捉渐去的影子》(Я мечтою ловил уходящие тени)就是一个突出的例子(译文暂不能完全传达原文语言和形式上的微妙之处,故此处所附译文仅供参考。下同)。

Я мечтою ловил уходящие тени,
Уходящие тени погасавшего дня,
Я на башню всходил, и дрожали ступени,
И дрожали ступени под ногой у меня.

(我展开幻想捕捉渐去的影子,
消逝的白昼的渐去的影子,
我举步登塔,台阶不停地颤栗,
台阶在我脚下不停地颤栗。)

象征派诗歌充满形形色色的反复。反复有时给人以"情绪上的压迫感",有时给人以抒情体验的浓缩感。除了巴尔蒙特,勃留索夫、索洛古勃、勃洛克等都喜欢使用各式各样的反复手法。别雷也喜欢使用反复,认为"音响优先于形象"。在他的诗集《灰烬》和《瓮》中,运用反复的诗句俯拾皆是。

反复只是俄国象征派诗人为开发和丰富俄语韵律和节奏所做

出的贡献之一。与此相关的还有他们对诗体的大胆革新,例如,在音节音调诗的背景上引入音调诗,广泛采用三音步变异格,用宽韵取代严韵,强化节律中的"硬"形式等。①

象征派诗人诗歌语言的音响特点是非同寻常的。巴尔蒙特的《回忆在阿姆斯特丹的一个傍晚——缓慢的诗行》(*Воспоминание о вечере в Амстердаме. Медленные строки*)巧妙地用鼻音(м、н)的大量重复、以带鼻音的阳韵(重音下的 ам)和阴韵(非重音下的 ом、ен)韵脚的密集排列,模仿出雄浑的钟声徐缓而有节奏的回响:

О, тихий Амстердам,

С певучим перезвоном

Старинных колоколен!

Зачем я здесь -не там,

Зачем уйти не волен,

О, тихий Амстердам,

К твоим церковным звонам,

К твоим, как бы усталым,

К твоим, как бы затонам,

Загрезившим каналам,

С безжизненным их лоном,

С закатом запоздалым,

И ласковым, и алым,

---

① *Гаспаров М. Л.* Очерк истории русского стиха: Метрика, ритмика, рифма, строфика. М., 1984, C.256.

Горящим здесь и там,

По этим сонным водам,

По сумрачным мостам,

По окнам и по сводам

Домов и колоколен,

Где, преданный мечтам,

Какой-то призрак болен,

Упрек сдержать не волен,

Тоскует с долгим стоном,

И вечным перезвоном

Поет и здесь и там ...

О, тихий Амстердам!

О, тихий Амстердам!

(啊寂静的阿姆斯特丹,

古老的教堂钟楼

铿锵的钟声在空中回荡。

为何我在这里,而不在他方,

为何我欲离开却身不由已,

啊寂静的阿姆斯特丹,

为着你教堂的惊叹,

为着你似乎已经疲惫的,

已经疲惫的河湾,

为着你沉醉于梦想的运河,

连同其了无生机的水面,
连同你姗姗来迟的夕阳,
妩媚的、鲜红的
在此地和他方燃烧的夕阳,
照耀着沉睡的河水,
照耀着朦胧的桥梁,
照耀着房屋和钟楼
闪亮的窗户和穹顶,
在那里,一个耽于幻想的
幽灵正病得不轻,
他无法容忍别人的指责,
以这一声长叹
排遣胸中的惆怅,
以这永恒的钟声
歌唱,在此地,在他方……
啊寂静的阿姆斯特丹!
啊寂静的阿姆斯特丹!)

巴尔蒙特是俄国诗歌音响结构的革新家,他的诗,在追求音乐性、旋律感和节奏感方面达到了极致。巴尔蒙特还积极尝试难度极大的同音法(即同一辅音的重复使用),《我是自由的风。我自由地吹拂》(*Я вольный ветер. Вольно вею.*)、《无词歌》(*Песня без слов*)和《疲惫之舟》(*Челн томленья*)都是突出的成功范例:

Вечер. Взморье. Вздохи ветра.

Величавый возглас волн.
Близко буря. В берег бьется
Чуждый чарам черный челн.

Чуждый чистым чарам счастья,
Челн томленья, челн тревог,
Бросил берег, бьется с бурей,
Ищет светлых снов чертог.

Мчится взморьем, мчится морем,
Отдаваясь воле волн.
Месяц матовый взирает,
Месяц горькой грусти полн.

Умер вечер. Ночь чернеет.
Ропщет море. Мрак растет.
Челн томленья тьмой охвачен.
Буря воет в бездне вод.

(黄昏。海边。风的叹息。
波涛雄浑的呐喊。
暴风雨临近。不受魅惑的
一叶扁舟碰撞着堤岸。

不受幸福的纯粹魅惑,
这疲惫之舟,惶恐之舟
为探寻光明之梦的居所,
丢弃海岸,与暴风雨搏斗。

在海边飞奔,在海上飞奔,
任凭大海潮落潮涨。
面容惨淡的月亮在张望,
这充满苦涩惆怅的月亮。

黄昏死了。夜色渐浓。
大海在喧吼。黑暗在滋长。
疲惫之舟被夜幕笼罩。
暴风雨在大海深处发出轰响。)

又如勃留索夫的《簌簌的声响》(Шорох),不但每行诗的首字都以字母"ш"开始,每句诗中的每个词也都含有"ш(或ж、щ)"。另外,在追求同音法的音响效果同时,作者还在视觉上追求整首诗的造型效果:

> Шорох в глуши камыша,
> Шелест — шуршание вершин,
> Шум свежей чащи лощин,
> Шопот души заглуша,
> Шопот, смущение и дрожь,
> Ширью и тишью живешь.

Шумом в глуши камыша,
Шелестом вешних вершин,
Шорохом в чаще лощин.

（这苇丛深处的簌簌，
这山顶的瑟瑟——飒飒，
这谷地清新树林的沙沙，
按捺住灵魂的低语，
按捺住内心的窘迫和悸动，
你呼吸着辽阔和寂静，
这苇丛深处的簌簌，
这春天山顶上的飒飒，
这谷地树林的沙沙。）

象征派诗人在诗体改革方面成就斐然。日尔蒙斯基甚至认为这是诗体领域的"一场革命"："……然而纯重音原则战胜罗蒙诺索夫的音步诗还是发生在当代，在新浪漫主义时期。在这里，我们看到的是俄罗斯诗体历史上跟当初特列季雅科夫斯基及其追随者引进音节—重音诗体系同样重要的一场革命。在这场革命中，起决定性作用的无疑是勃洛克的创作。"①

象征派诗人进行的诗体改革主要是，在保留 18 和 19 世纪俄国诗歌传统的音节—重音诗体（силлабо-тонический стих）的同时，在节奏探索方面，继承了形成于 18 世纪末 19 世纪初的纯重音

---

① *Жирмунский В.* Теория литературы. Поэтика. Стилистика. Л., 1977, С.229.

诗（акцентный стих），并将之推向了高峰。他们恢复了一度被废弃的植根于俄罗斯民间诗歌传统的音调体系，为从音节—重音诗转向重音律诗多利尼克（дольник）的诗体革新奠定了基础。

"多利尼克"是勃留索夫创造的一个术语，指的是一种三音步变异格，也就是在三音节的音步中有时可以省略一两个非重音音节，或者省略一个重音音节，有时还可以增加一个非重音音节。当两个重音音节之间出现四个非重音音节时，其作用相当于一个重音音节，这时听起来仍然像是三音节音步。这种变异格是以一定数量的重音音节有规律地重复写成的，由于重音音节与非重音音节的排列规则被打破，诗的节奏单位实际上已经不是音步，不是重音音节与非重音音节有规律的组合，而是带重音的词。加斯帕罗夫将多利尼克称为一种"由音节—重音诗向纯重音诗的过渡形式"。①

借助重音节与非重音节之间在数量上的明显变化，多利尼克能给人以摆脱节奏束缚的感觉。以勃洛克的诗《你在茂密的草丛中不慌不忙地穿行》（*В густой траве пропадешь с головой*）为例：

В густой траве пропадёшь с головой.

В тихий дом войдёшь, не стучась ...

Обнимет рукой, оплетёт косой

И, статная, скажет: «Здравствуй, князь.

Вот здесь у меня — куст белых роз.

Вот здесь вчера — повилика вилась.

---

① *Гаспаров М.Л.* Русский стих начала XX века в комментариях. М., 2004, С.156.

Где был, пропадал? что за весть принес?
Кто любит, не любит, кто гонит нас?»

Как бывало, забудешь, что дни идут,
Как бывало, простишь, кто горд и зол.
И смотришь — тучи вдали встают,
И слушаешь песни далеких сел …

Заплачет сердце по чужой стороне,
Запросится в бой — зовет и манит …
Только скажет: «Прощай. Вернись ко мне» —
И опять за травой колокольчик звенит …

(你在茂密的草丛中不慌不忙地穿行。
你走进一间安静的屋子,甚至不用敲门……
身材窈窕的女子用手搂着你,用辫子缠着你,
对你说:"你好啊,我的大公。

你看我这里——有一丛白玫瑰。
你看昨天这里——无根草已经爬蔓。
你去哪儿了?带来了什么讯息?
谁爱我们,谁不爱,谁把我们驱赶?"

跟以往一样,你会忘记岁月的流逝。
也会原谅别人的傲慢和恶毒,跟以往一样。

你注视着——乌云在远方升起，
你倾听着——远处乡村的歌唱……

心儿会暗自啜泣，为一个不相干的地方，
会要求投入战斗——听从她的召唤和指引……
只要她说："别了。你还要回到我身旁。"——
草丛后面的铃兰花又发出叮当的响声……）

有人认为，多利尼克其实就是纯重音诗（学界也有人不接受这个术语①）。在俄国浪漫主义诗歌中，已经可以见到这种向纯重音诗的过渡形式"多利尼克"，尽管不是很常见。俄罗斯的"多利尼克"来源于对民间歌谣的模仿或者说是借鉴翻译鲜明地体现了民间传统的英国和德国诗歌。莱蒙托夫的诗《歌谣》(Песня)就是借鉴了民歌的多利尼克。茹科夫斯基、米·米哈伊洛夫、费特、格利高里耶夫的翻译作品中有多利尼克。不过这种多利尼克还没有超出传统格律的范畴，只能说是一种在其范围内的新诗格创造。研究者一般将19世纪俄国诗歌中罕见的多利尼克看成一种当时普遍接受的规范。

起初多利尼克还不是主流诗体，人们还有些不太习惯，但很快它就融入主流诗歌格律体系了。例如在勃洛克的纯重音诗中，两个重音音节之间甚至可以有三个非重音音节，如：

---

① 例如克维特科夫斯基就说："这是勃留索夫发明的一个局限性极强的术语，他在《诗律学》一文中如此称呼纯重音诗或重音律诗形式。结果人们开始用多利尼克忽而称之为带停顿的三重音(дольник)，忽而称之为民间类型的纯重音诗(фразовик)，忽而又称之为纯重音诗(чисто тонический стих)。由于缺乏科学术语所不可或缺的明确性并由此产生了混淆，多利尼克无法被接受和使用，尽管在一些诗学著作中还不时能见到。"(*Квятковский А. Поэтический словарь. М.*, 1966, С.107.)

Вот открыт балаганчик
Для веселых и славных детей.
Смотрят девочка и мальчик
На дам, королей и чертей.

(滑稽草台戏又开场了,
演给快乐可爱的孩子们看。
一个女孩和一个男孩
望着那些夫人、国王和鬼怪。)

有时两个重音音节紧挨在一起,中间一个非重音音节也没有。

Стоит полукруг зари,
Скоро солнце совсем уйдет,
Смотри, папа, смотри:
Какой к нам корабль плывет.

(晚霞的半圆挂在西天,
很快太阳将完全落山。
快看啊,爸爸,快看
朝我们开过来一只轮船。)

象征派诗人创作的多利尼克实例特别丰富,如吉皮乌斯的《歌》(Песня)、《夜之花》(Цветы ночи);勃留索夫1896年的几首诗——《在街心花园》(На бульваре)、《妓女》(Продажная)、《自然界的强大中有种可耻的东西》(*Есть что-то позорное в мощи природы*)等；巴尔蒙特的《沼泽》(*Болото*)、《老屋》(*Старый дом*)等；伊万诺夫《赞美太阳》(*Хвала солнцу*)；别雷的诗《致友人》(*Друзьям*)。同勃洛克《美妇人集》中的多利尼克相比，这些作品的写作时间有的要早些，有的则是同步或者晚些。但无论如何都是各自独立的。应该说明一下，多利尼克并不符合勃留索夫的诗歌风格，但他为数不多的与城市题材有关的多利尼克为勃洛克创新开辟了道路。

勃洛克《美妇人集》的问世最终确立了"多利尼克"在俄国诗歌中的地位，并使它成为表达惶恐不安的预感、紧张而兴奋的期待或悲剧性内心状态等复杂情感体验不可替代的手段。

为了创造一种特殊的诗歌语调，别雷有时故意把诗句排列成"楼梯式"，如《给近前的一个女人》(*Близкой*)。在这方面，他可以说是马雅可夫斯基的先驱：

Ждет его друг далекий

С глубиной

Голубою

Глаз,

Из которой бежит на щеки

Сквозной

Слезой

Алмаз.

Он нашел тебя, королевна!

Он расслышал светлую весть!

Поет

Глубина

Напевно:

 «Будет,

  Было,

   Есть!»

(远方的朋友等待着他,

眼睛

深邃

湛蓝,

一颗透明的

钻石的

珠泪

从眼中流到面颊上。

他找到了你啊,公主!

他听到了光明的讯息!

那蓝天深处

在有节奏地

歌唱:

 "过去如此,

  现在如此,

   将来依旧如此!")

别雷的这一尝试不是偶然的,从后来出版的《星星之后》

(После звезды)组诗可以看出,这是一种自觉和持续的探索和追求。整个组诗中的全部作品都是按照"楼梯式"(有"悬梯式"和"斜梯式"两种)原则进行分行的。对此,诗人自己的解释是:"如今我对另一些主题非常着迷:'献身之路'的音乐被狐步舞、波士顿舞和吉米舞的音乐取代;同帕西法尔的钟声相比,我更偏爱好的爵士乐队;我希望将来能写一些适合狐步舞的诗。"①由此可见,诗人对诗歌节奏探索的激情始终不曾消减。

由于一些诗人有意拉近诗歌与生活的距离,因此,随着作品中日常生活悲剧性主题和口语因素的出现,象征派诗人的创作显露出一些特定的变化。非重音节为数不多且相对稳定的三音步变异格"多利尼克"向每三四个音节带有一个重音间隔的比较松散的"节拍诗"(тактовик)转变。早在1903年勃洛克笔下就出现了这样的端倪,如《报摘》(Из газет)。安年斯基一些表现庸常生活之恐怖的诗作也有这种情况,如《断断续续的诗行》、《神经》。

  Как эта улица пыльна, раскалена!
  Что за печальная, о Господи, сосна!

  Балкон под крышею. Жена мотает гарус.
  Муж так сидит. За ними холст, как парус.

  Над самой клумбочкой прилажен их балкон.

---

① *Белый А.Н.* Сихотворения. М., 1988, С.471.

«Ты думаешь — не он ... А если он?
Все вяжет, Боже мой ... Посудим хоть немножко ...»
... Морошка, ягода морошка!..
«Вот только бы спустить лиловую тетрадь?»
— «Что, барыня, шпинату будем брать?»
— Возьмите, Аннушка! — «Да там еще на стенке
Видал записку я, так ...» ... Хороши гребэнки!
«А ... почтальон идет ... Петровым писем нет?»
— Корреспонденции одна газета «Свет». —
«Ну что ж? устроила?» — Спалила под плитою. —
«Неосмотрительность какая!.. Перед тою?
А я тут так решил: сперва соображу,
И уж потом тебе все факты изложу ...
Еще чего у нас законопатить нет ли?»
— Я все сожгла. — Вздохнув, считает молча петли ...
«Не замечала ты: сегодня мимо нас
Какой-то господин проходит третий раз?»
— Да мало ль ходит их ... — «Но этот ищет, рыщет,
И по глазам заметно, что он сыщик ...»
— Чего ж у нас искать-то? Боже мой!
«А Вася-то зачем не сыщется домой?»
— «Там к барину пришел за пачпортами дворник».
«Ко мне пришел?.. А день какой?» — «Авторник».
«Не выйдешь ли к нему, мой друг? Я нездоров» ...

... Ландышов, свежих ландышов!

«Ну что? Как с дворником? Ему бы хоть прибавить!»

— Вот вздор какой. За что же? — ... Бритвы править ...

«Присядь же ты спокойно! Кись-кись-кись ...»

— Ах, право, шел бы ты по воздуху пройтись!

Иль ты вообразил, что мне так сладко маяться ... —

Яица свежие, яица!

Яичек свеженьких?.. Но вылилась и злоба ...

Расселись по углам и плачут оба ...

Как эта улица пыльна, раскалена!

Что за печальная, о Господи, сосна!

(*Нервы*)

(这马路啊,滚烫灼人,尘土飞扬!

这松树啊,我的主,多么忧伤!

屋檐下的阳台。妻子在织毛线。

丈夫闲坐着。他们身后是一块画布,有如船帆。

他们的阳台就在一座花坛的上面。

"你想不是他,可万一是他怎么办?

就知道织。我的上帝啊,我们总该做点打算……"

……卖云莓啦。云莓果!……

"可你就不能放下那本紫色笔记本?"

——"怎么样,要不要买点儿菠菜,夫人?"
——买点吧,安努什卡! ——"我在那边的墙上
见过一张字条,所以……"……好看的梳子啰!
"啊,邮递员来了……有彼得罗夫家的信吗?"
——有信,还有一份《光明报》。——
"怎么办?放好了?"——扔炉子里烧掉了。——
"真是太粗心了!……在那个女人面前?
我这儿还这样打算呢:先把思路理理清楚,
然后,再把所有的事实和盘托出……
想想看,我们还有什么漏洞需要弥补?"
——我都烧了。——她叹了口气,不出声地数着毛线结……
——"你没注意吗,今天有位先生神色可疑,
从我们旁边来来回回走了三次?"
——管他走多少次呢……——"可他是在找人啊,东瞧西看,
那眼神分明告诉你,他是个密探……"
——可我们这儿,我的上帝,能找到个啥!
——"那瓦夏为什么还不回家?"
——"那边看门人来了,找老爷要公民证。"
——"来找我?……今天礼拜几?"——"礼拜二。"
——"我不舒服。我的朋友,你就不能出去应付一下?"……
……铃兰花啰,新鲜的铃兰花!
"要我咋办呢?怎么打发他?给他加点钱吧!"
——真是胡说八道!凭什么加钱?……——剃须刀往右点……
"在旁边安静坐会儿吧。猫咪,猫咪,猫咪……"
——啊呀,真是,你还不如出去走走,换换空气!

大概你以为，我这样心烦很舒服是吧……——
鸡蛋鸡蛋，新鲜的鸡蛋啦！
新鲜的鸡蛋？……但没能抑制住怒气……
两人各坐一个角落，各自掩面而泣……
这马路啊，滚烫灼人，尘土飞扬！
这松树啊，我的主，多么忧伤！)

——《神经》

象征派诗歌在继续发展过程中越来越多地吸收了口语的自然，在这方面，勃洛克的跨时代长诗《十二个》可以说是一部集大成之作。

在运用多利尼克诗体的同时，象征派诗人没有放弃传统的音节—重音诗体。勃洛克是四步抑扬格的大师，他写过大量的抑扬格体诗，其中最有名的代表作是组诗《抑扬格》(*Ямбы*)。《灰烬》证明别雷对抑扬格驾轻就熟。他最喜欢的节奏类型是第一和第二音步中重音弱化了的四步抑扬格。

象征派诗人对节奏革新的追求无疑受到了他们非常推崇的法国诗歌的影响，但后者的影响是有限的，因为格律体系不同，法国诗歌是音节诗体系。就连对将法国诗歌介绍到俄国贡献颇大的勃留索夫也清醒地认识到法国的诗歌经验对俄罗斯诗体是不够的。他在早期文章《论作诗法》(*О стихосложении*)中说："重音律诗对我们很宝贵，因为普希金、巴拉廷斯基、丘特切夫写过。"[1]勃留索夫很重视杜勃罗留波夫想摆脱所有常见诗格的尝试。

---

[1] История русской литературы (в 4 томах). Т.4, 1983, С.460.

杜勃罗留波夫试图将法国象征派诗人的自由体诗与俄罗斯民间诗歌传统结合起来。下面这首诗很能说明诗人的节奏探索：

Встал ли я ночью? утром ли встал?
Свечи задуть иль зажечь приказал?
С кем говорил я? один ли молчал?
Что собирал? что потерял?
— Где улыбнулись? Кто зарыдал?

Где? на равнине? иль в горной стране?
Отрок ли я, иль звезда в вышине?
Вспомнил ли что иль забыл в полусне?
Я ли над цветком, иль могила на мне?
Я ли весна, иль грущу о весне?

Воды ль струятся? кипит ли вино?
Все ли различно? все ли одно?
Я ль в поле темном? я ль поле темно?
Отрок ли я? или умер давно?
— Все пожелал? или все суждено? —

（我是夜间起来的还是早晨起来的？
我是吩咐熄灭蜡烛还是点燃蜡烛？
我跟何人说过话？抑或独自无语？
我得到了什么？我失去了什么？

——何处有人微笑？何人放声大哭？

何处？在平原上？还是在山里？
我是一个少年，还是天上的星星？
我在半梦半醒中想起了啥还是忘记了啥？
我在花儿上方，抑或坟墓在我之上？
我是春天，抑或为春天而惆怅？

是河水在奔流，还是美酒在沸腾？
是万物各有其形，还是一切并无分别？
是我在黑暗的原野，还是我就是黑暗的原野？
我是一个少年，还是早已不在人间？

——一切如人所愿，还是一切命中注定？）

在这里，惶恐不安的追问语调与不和谐的断断续续的节奏相结合，再现了诗人在历史性转折前夜内心的不和谐情绪。索洛古勃的《伊丽莎白，伊丽莎白》(*Елизавета，Елизавета*)在节奏探索上也有这个特点。

同时代人把象征派的自由体诗（свободный стих，верлибр）看成一种创新，尽管这种诗体早已有之且广为人知。在创作自由体诗方面，法国象征派诗人可以说是开启新风气者，是他们重新发现并完善了这一诗体。在19世纪的俄国诗人中，费特和阿·康·托尔斯泰笔下偶尔能见到自由体诗。在世纪之交，勃留索夫成为自由体诗的倡导者，他把维尔哈仑的自由体诗视为典范。

有诗体革新家之称的杜勃罗留波夫大概是俄国象征派中最早

创作自由体诗的,"杜勃罗留波夫写的自由体诗比他的法国前辈写的还多,而且他的自由体诗看上去要比法国的同类诗更自由"。①

虽然勃留索夫不断说服别人相信自由体诗的优点,但他本人却在创作中很少写自由体诗。好在有一些诗人追随他,比如勃洛克和别雷。勃留索夫称赞别雷是"一位不可多得的自由体诗人"。象征派诗人中创作自由体诗成就最高的是勃洛克,他总共只写了6首自由体诗,也就是组诗《自由的思想》中的4首,加上《她从严寒中来》(*Она пришла с мороза*)和《当您迎面拦住我》(*Когда вы стоите на моем пути*)。但这6首均是公认的自由体诗的杰作和典范,可谓以少胜多。

Она пришла с мороза,

Раскрасневшаяся,

Наполнила комнату

Ароматом воздуха и духов,

Звонким голосом

И совсем неуважительной к занятиям

Болтовней.

Она немедленно уронила на пол

Толстый том художественного журнала,

И сейчас же стало казаться,

Что в моей большой комнате

Очень мало места.

---

① *Орлицкий Ю.Б.* Стихи и проза в русской литературе. М.: РГГУ, 2002, С.492.

Всё это было немножко досадно

И довольно нелепо.

Впрочем, она захотела,

Чтобы я читал ей вслух "Макбета".

Едва дойдя до пузырей земли,

О которых я не могу говорить без волнения,

Я заметил, что она тоже волнуется

И внимательно смотрит в окно.

Оказалось, что большой пестрый кот

С трудом лепится по краю крыши,

Подстерегая целующихся голубей.

Я рассердился больше всего на то,

Что целовались не мы, а голуби,

И что прошли времена Паоло и Франчески.

(*Она пришла с мороза*)

(她从严寒中来,

脸颊冻得通红,

她把空气和香水的芬芳

还有银铃般的声音

洒满了房间,

并且目中无人地
聊起家长里短来。

她把一本厚厚的文学杂志
迅速放在地板上，
于是顷刻间
我的本来很大的屋子
显得相当局促。

这一切让人有点难堪，
而且很荒唐。
其实，她是想让我
给她朗诵《麦克白》。

刚读到"大地的气泡"——
那每当谈起便令我激动不已的诗行，
我就发现，她也很激动，
并且聚精会神地望着窗外。

原来，一只大花猫
吃力地在房檐上爬着，
偷看两只正在接吻的鸽子。

我生气起来。最让我恼火的是
接吻的不是我们，而是鸽子，

以及

保罗和弗朗切斯卡的时光已经逝去。)

——《她从严寒中来》

Когда вы стоите на моем пути,

Такая живая, такая красивая,

Но такая измученная,

Говорите все о печальном,

Думаете о смерти,

Никого не любите

И презираете свою красоту —

Что же? Разве я обижу вас?

О, нет! Ведь я не насильник,

Не обманщик и не гордец,

Хотя много знаю,

Слишком много думаю с детства

И слишком занят собой.

Ведь я — сочинитель,

Человек, называющий все по имени,

Отнимающий аромат у живого цветка.

Сколько ни говорите о печальном,

Сколько ни размышляйте о концах и началах,

Все же, я смею думать,

Что вам только пятнадцать лет.

И потому я хотел бы,

Чтобы вы влюбились в простого человека,

Который любит землю и небо

Больше, чем рифмованные и нерифмованные

Речи о земле и о небе.

Право, я буду рад за вас,

Так как — только влюбленный

Имеет право на звание человека.

(*Когда вы стоите на моем пути*)

(当您迎面拦住我，

您是如此活泼,如此漂亮，

但又如此痛苦不堪。

您总是讲述自己的伤心，

思考死亡，

谁也不爱，

并且鄙视自己的美丽——

怎么,难道我委屈了您？

啊不！须知我不是暴徒，

也不是骗子手和狂妄之士。

尽管我懂得很多，

从童年就耽于思考,
也太过关心自己。
须知我是个文人,
我称呼一切都按名称,
我从鲜花之上采集芳芬。

无论您讲多少伤心事,
无论您思考过多少开端和结局,
我仍旧敢断言
您只有十五岁。
因此我希望您能
爱上一个普普通通的人,
一个热爱大地和天空胜过
关于大地和天空的诗文的人。

是的,我将为您感到高兴,
因为——只有深深地爱着,
才有资格被称为人。)
　　　　——《当您迎面拦住我》

沃洛申也写过一些自由体诗,如《Tete inconnue》(1904)、《我爱你,我的身体》(*Я люблю тебя, тело мое*, 1912)、《灰蒙蒙的白天》(*Серенький денек*, 1915),较为著名的是《为俄罗斯大地祈福》(*Заклятье о русской земле*)和《使徒犹大》(*Иуда-апостол*, 1919)。

第三节　象征派诗歌的体裁探索

除了语言、节奏和诗体创新以外，俄国象征派诗人在体裁革新方面所做的探索也不容忽视。正如鲍果莫洛夫在《俄国象征主义的体裁体系：若干确认和结论》一文中指出的："两个重要且相互联系的方面引人注目：1) 文学与非文学语言创作类型之间毅然决然的变化；2) 将两种像诗歌和散文一样截然不同、从前经常充当体裁界限（试比较普希金的名言：'我写的不是小说，而是诗体小说——天渊之别！'）的艺术话语类型结合起来的追求。"[1]这种体裁探索体现了象征主义诗学的艺术综合思想，并以音乐精神、音乐元素为统摄。

关于艺术综合在俄国象征主义诗学中的地位，米涅拉洛娃主张将之与象征等量齐观："艺术综合不是个别特征，而是象征主义（并通过象征主义扩展到整个白银时代）诗学中为数不多的基本'支柱'之一。伊万诺夫写道：'我们渴望的首先是综合。'如果说艺术综合对这位象征派的大理论家而言是一切（！）的基础，那么象征主义诗学中的综合就应该得到名副其实的关注和研究（而不是像通常那样只限于对象征的考察）。"[2]

象征派对诗歌体裁的革新与突破，其动力和途径来自对诗歌

---

[1] *Богомолов Н.А.* Вокруг Серебряного века. Статьи и материалы. М., 2010, С.20.
[2] *Минералова И.Г.* Русская литература серебряного века. Поэтика символизма., М., 2004, С.5.

与音乐之关系的再思考。伊万诺夫指出:"任何一部艺术作品,哪怕是造型艺术作品,都含有隐蔽的音乐。"①"音乐作为所有未来综合仪式与艺术的始作俑者和领导者,在即将到来的有机时代,显然注定将成为艺术创作领域的主宰者和霸权者。"②别雷在《艺术形式》(Формы искусства)中说,他产生了一个想法:"音乐正在对独立于它的所有艺术形式产生影响。"③别雷在另一篇文章《俄国文学的现状和未来》(Настоящее и будущее русской литературы)中指出,在西方,"文体家战胜了布道者",结果"词语成了音乐的工具。文学变成音乐交响乐的工具之一。为了将体验从空洞的辞藻中拯救出来,在西方,文学在西方让语词服从旋律……在西方,外在的技术和内在的音乐损害了文学的布道。音乐在尼采那里变成了技术,技术在斯蒂芬格奥尔格那里变成了音乐。文学的技术与灵魂的音乐结合起来,造成了西方晚近文学历史的爆炸:这种爆炸反映在个人主义的象征主义中。"④

至于"音乐精神"本身和与之有关的一切,白银时代在传统上始终在援引叔本华、尼采、瓦格纳的理论。别雷在 20 世纪初年的立场很能说明问题:"自身吸纳了节奏的形象开始吸收节奏的营养——加倍膨胀,建立起形象发展的历史。形象发展的历史就是宗教崇拜发展的历史;这一发展的规律就是宗教发展的规律,后续发展形式会建构起适应认识的宗教教条,这些教条会成为思想。"

---

① *Иванов В.И.* Родное и вселенское. М., 1994, С.42.
② Там же. С.41.
③ *Белый А.Н.* Символизм как миропонимание. М.: Республика, 1994, С.104, 105.
④ Там же. С.348.

"尼采让个性回归其音乐之根,实际是在推翻宗教、哲学和道德。"①尽管如此,别雷还是认为音乐必须而且应该充满非音乐内涵。"音乐摆脱词语、名字和行为——这是健康之美的堕落。"由于独立于诗歌(不是与诗歌结合,而是画地为牢),音乐变成了"不知所云"的音乐:"如今都说,好像宗教有音乐性。此时他们忘了音乐是'什么都不表达'的。于是乎宗教也什么都不表达。然而音乐只是宗教的一小部分。"换句话说,别雷在1900年代下半期对音乐的可能性的评价与伊万诺夫是背道而驰的。在具体创作实践中,上述观点是存在的,对他的心理产生了微妙影响,但他后来对音乐的态度有所缓和。"应该指出,在当前,艺术的一些最主要形式已经明确下来。它们的未来发展与处于领导地位的艺术亦即音乐有关。音乐越来越有力地给美的所有表现形式打上自己的烙印……让人不由自主地想到音乐对艺术的影响的未来性质。在对主调,也就是音乐的关系中,美的所有表现形式会否越来越要求占据泛音的地位呢?"②

伊万诺夫和别雷的上述见解说明当时的诗人,尤其是象征派诗人似乎预见到了艺术的发展趋势,并因而产生了一种希望吸收音乐元素以革新诗歌体裁的紧迫感。

对大多数象征派诗人来说,以往的体裁范畴只能用于实用目的。象征派创作的活动的基本意图在我们看来在于创造全新的作品类型,这种类型既吸收以往体裁特点,又能随意打破各类体裁划分标准,将不同体裁融为一体。

---

① *Белый А.Н. Символизм как миропонимание.* М.: Республика, 1994, С. 192.
② Там же. С. 156.

法国象征派诗人莫里斯说:"艺术必须回到初始时期,由于它在初始时期是整一的,所以它就进入了初始时期的整体,在那里,音乐、绘画和诗是同一种位于中央的明晰的三个不同反映,它们之间的相似处会越来越得到增加。"①

从 19 世纪 90 年代中期起,俄罗斯文坛开始出现将诗歌作品与散文作品合编在一起的书,而且,这种做法显然不是生拉硬扯的拉郎配[拉郎配的当时不是没有,例如科涅夫斯科伊的《诗歌与散文》(*Стихи и проза*)一书,作者的意图是编成一本选集]。吉皮乌斯的《新人》(*Новые люди*,1896)、《镜子》(*Зеркало*,1898)和索洛古勃的《影子》(*Тени*,1896)都属于这类书。最有代表性的是杜勃罗留波夫的《摘自一本看不见的书》(*Из невидимой книги*,1905),书中诗歌与散文平分秋色,且有着共同的传道功能。书中《劳动与时日》(*Труды и дни*)的副标题是《关押者 1904 年日记》(*Дневник заключенного за 1904 г.*),而且竟然出现了《研究选摘》(*Из исследований*)这样的字样。不用说,这里既没有真正的"日记",也没有什么所谓的"研究",显而易见,副标题的体裁定位是有意打破文学和非文学之间的界线。"摘自一本看不见的书"——这样的书名明显是在暗示存在一本完整的"看得见的书",且这本书是一个高于诗人的人写的,诗人能看到的只是其中的某个部分。

在《摘自一本看不见的书》中,杜勃罗留波夫试图通过外部剪辑的方法,将《致〈天秤座〉编辑部的一封信——反对艺术与科学:给过去的同道们的最后的话》(*Письмо в редакцию Весов.*

---

① 董强:《梁宗岱:穿越象征主义》,北京出版社出版集团、文津出版社,2005,第 123 页。

Против искусства и науки — последние слова бывшим единомышленникам）与文学作品编排在一起，以追求"综合"效果。令我们感兴趣的是，可以把这封与诗歌体裁作品排在一起的信看成一篇不拘一格的"宣言"。写信人宣称，出于原则上的、理论上的以及宗教神秘主义的理由，他要停止自己的文学创作活动。杜勃罗留波夫猛烈抨击实证主义类型的科学，反对没有信仰的教育，也反对一切艺术，除了"音乐与歌曲"。他宣称："只捍卫音乐与歌曲。在你们所有的艺术中，我在神殿里能理解和接受的部分只有一样——音乐和歌曲，但不是现在的音乐和现在的歌曲。这些轻盈而奔放的声音更接近不朽的、无所不在的看不见的世界。让歌曲来自内心的丰富并呈现在洞察一切的上帝面前，作为对无穷事物的献祭吧。"①

亚历山大·杜勃罗留波夫比别雷的《交响乐》更早开始尝试将诗歌与音乐结合起来。他的诗集《*Natura naturans. Natura naturata. Тетрадь №1*》（书名为拉丁语，意为"繁育的自然"、"被繁育的自然"）就是这样。

《*Natura naturans. Natura naturata. Тетрадь №1*》是杜勃罗留波夫的第一部诗集，1895年在彼得堡出版。这本书的问世与勃留索夫主持的莫斯科象征派的《俄国象征派》在时间上相差无几。诗人科涅夫斯科伊后来说，杜勃罗留波夫"创造了一种特殊的作品——既非文学的亦非科学的，而是由影像构成的作品，一方面

---

① *Минералова И. Г.* Русская литература серебряного века. Поэтика символизма. М.，2004，C.57.

是外在印象和想象建构,另一方面是概念和抽象思想的概括"。①

《Natura naturans. Natura naturata. Тетрадь №1》整个洋溢着艺术综合激情(诗歌与音乐,有时是诗歌与绘画)。例如,《音乐图画》(Музыкальные картины)组诗就是这样的。在这个组诗里,除了标题的暗示作用外,还有"信号",要求阅读时必须捕捉音乐和图画成分。以《葬礼进行曲》(Похоронный марш)为例。作品由四个部分(四首诗)组成,每部分开头都有音乐术语提示,如"Adagio maestoso"(缓慢、肃穆地)。第四部分开头有两个提示:"Adagio lamentoso"(缓慢、悲伤地)和"Adagio lamentoso(第六交响曲,悲怆)——柴可夫斯基"。作者用这种方式,将该诗与柴可夫斯基的音乐联系起来。也就是说,每一部分(除了第三部分)都对应一首乐曲或一幅画,如第一部分对应的是德国作曲家拉夫的第四交响曲《在森林之中》(В лесу),第二部分对应的是法国画家多雷的名画《奥尔弗斯之死》(Смерть Орфея),第四部分是柴可夫斯基的《悲怆交响曲》。

事实上这是一篇类似诗歌的语言作品,没有无可争议的(清晰而有规律的)韵脚(完全没有韵律组织),节奏上像"模糊的"节拍诗,甚或部分地像是重音律诗(但也是因缺少韵脚而被弱化了的):

> Просыпайтесь, просыпайтесь, безумные!
> Выходите на стогны вечерние,
> Застойтесь на княженецкой площади;
> Приглядитесь к вечернему небу

---

① Минский Н., Добролюбов А. Стихотворения и поэмы. СПб., 2005, С.444.

— Зеленеется ли зорька утренняя?

Улыбнулось ли солнце восточное?

(醒来吧,醒来吧,狂人们!
到夜晚宽阔的大街上来吧,
久久地伫立在公爵广场上;
仔细端详那夜晚的天空——
朝霞是否在泛出绿色的光芒?
东方的太阳是否露出了笑脸?)

    作品标题本身(《葬礼进行曲》)制造出一种伤心的情绪,同时也规定了阅读的速度,因为 Adagio 的提示不是可有可无的。最后,在这个标题中同时还有用传统文学手段进行的对读者的调整,以唤起读者内心的悲悼旋律。

    音乐与诗歌的关系可能是有意的联系,也可能是有机的融合。两者是有本质区别的。诗歌与绘画的关系也是如此。杜勃罗留波夫的做法显然属于有意联系。有机融合不容易,不是始终都能成功的,别雷的《交响乐》就是这样。

    同时,音乐与诗歌的关系,还可以做这样的理解:有可能是诗歌靠近音乐,有可能是音乐靠近诗歌,也有可能是第三种情况,这就是别雷的"交响曲"。显然,上面已经分析过的杜勃罗留波夫的作品,其直接的、"物质的"基础是语言文本,从外形看,不同程度地时而接近散文,时而接近节奏极端自由的诗歌,时而接近已经不是分栏编排、而是通常形态的散文。选择散文还是诗歌并不重要,因为音乐因素显然并不占据主导地位且客观上首先是作为一些外在手段使用的(专门的题词、前面加了类似乐谱文字的音乐提示)。当然,还应该提一下作者对文本的音乐精神的主观诉求。这是诗歌靠近音乐的例子。斯克里亚宾为自己的音乐作品撰写的文字版本,则是音乐靠近诗歌的例子。有些学者对此做过分析,如洛谢夫的《斯克里亚宾的世界观》(Мировоззрение Скрябина)一文,但限于世界观层面。斯克里亚宾第一交响乐的《艺术颂》看上去还相当传统:在19世纪的交响音乐中已经有了声乐结尾和语言嵌入的先例。我们关心的主要是不是文本反映的神秘情绪,而是另外的东西。通常这些文本都是一些类似自由体诗的作品,从含义角度看,具有强烈的抒情性,作者的微宇宙扩张到了大宇宙的规模,一切都折射出作者的世界观,抒情主人公的眼睛所见,变成他内心世界的事实,并通过他的感受表达出来。《狂喜之诗》的文学文本早在1906年即已出版,在《狂喜之诗》中,不光是诗歌和音乐(语词与声响、旋律),还有光、色、香味、触觉等都进入了斯克里亚宾的关注视野。他的抒情主人公叫喊道:

我会让你遭遇无上幸福的汪洋,
热恋的、诱人的、柔情的汪洋……
到那时,我将如花的雨
扑倒在你的身上,
我要用一长串的香气
爱抚你和折磨你,
我要用忽而温柔忽而刺鼻的
变化无定的芬芳,
用忽而轻柔忽而沉重的
捉摸不定的触摸

爱抚你和折磨你……
到那时我会像令人惊讶的太阳雨
扑倒在你的身上。……
你整个——是一个
自由和极乐的波涛。……——
我是照亮永恒的瞬间。
我是一次肯定。
我是癫狂。
我是一场普遍的大火，
将宇宙包围。

这里的"你"是指主人公要魅惑的（施魔法的）周围的世界，为了让它服从自己的巫师意志，为了再造它，主人公动用语言的魔力、音响的魔力来魅惑它、征服它。

如果单纯从文学眼光并把这个文学文本单做独立作品来审视，《狂喜之诗》可以说乏善可陈。但我们面对的不是独立作品，而只是其一部分（确切地说，是作品的一个方面，即文字文本方面）。因此，我们平时用的一般标准不适合它。但同时也不能不承认，这段表面上语无伦次的内心独白，具有鲜明的个性色彩。《狂喜之诗》的文本就是要通过文本和情绪不断强化对读者和听众的说服，令人想起巫师的祈祷和咒语，这在白银时代是非常普遍的。

第三种综合类型的例子是别雷的"交响乐"。从外表看，别雷和杜勃罗留波夫的手法相近。如果说斯克里亚宾的诗歌文本是为真实音乐——同一作品的另外一个层面设计的，那么杜勃罗留波夫和别雷则是在暗示某种内心的音乐，它包含在文学作品的"内在世界"。确实，有别于杜勃罗留波夫，别雷在作品的片段前面使用音乐提示只是在早期阶段——在他没有发表的所谓《前交响乐》中。在正式出版的四部"交响乐"里，他放弃了这种手法。这就必须弄清楚，他找到了什么更为有机的方法来替代音乐提示。

四部"交响乐"中的两部（第二部"戏剧交响乐"和第四部"暴风雪的高脚杯"）别雷为之写了导言性的随笔（《代序》），以此提醒读者注意这些手法的性质。例如在《第二交响乐》的序言中作者说："这部作品形式的独特性要求我做几句解释。这部作品有三个意味：音乐意味、讽刺意味，此外还有象征—思想意味。首先，这是一部交响乐，其任务是要表达一系列由一个基本情绪、调性彼此联系起来的情绪；因此，有必要将它划分成若干部分、再将部分划分成若干段落、最后将段落划分成若干诗句（乐句），某些乐句不止一次反复，以突出强调这种划分方法。第二层意味是讽刺意味：这里对神秘主义的某些偏激进行了嘲笑。出现一个问题：有理由对那些连存在都受到诸多怀疑的人和事采取讽刺态度吗？作为回答，我只能建议大家更仔细地观察周围的现实。最后，在音乐和讽刺意味后面，细心的读者可能还会清楚地察觉到思想意味，这个意味虽然占据上风，但丝毫不会消解前两个意味。在一个段落或一句诗中能兼容全部三个方面，这是走向象征主义。"[1]

为了对别雷的创作意图和作品的外在形式有更具体、更直观的了解，我们举个例子加以说明。这是《戏剧交响曲》第一部分开头的两段：

---

[1] Белый А.Н. Собрание сочинений в 2 томах. Т.1, М., 1990, С.273.

第一部分

1. 酷暑难耐。路面闪着刺眼的光。
2. 出租马车吱嘎作响,把破烂的蓝色后背置于灼热的太阳之下。
3. 看门人扬起尘土的柱子,丝毫不在乎行人的愠怒表情,抽搐着土棕色的面孔,放肆地哈哈大笑。
4. 柏油马路上那些热得虚弱不堪的平民知识分子和可怜巴巴的小市民行色匆匆。
5. 人人都脸色苍白,人人头上都挂着那片蓝色的、蓝灰的、忽灰忽黑的苍穹,充满音乐的寂寞、永恒的寂寞的苍穹,正中长着一只太阳眼。
6. 从那边流淌出滚烫的金属的洪流。
7. 每个人都在奔跑,不知跑向何处,为了什么,仿佛生怕面对真相。

1. 诗人在写情诗,可是不知该怎样选择韵脚,可是笔墨已经落下,可是,当他把目光转向窗外,他顿时被吓得魂飞魄散。
2. 正中长着一只太阳眼的蓝灰色苍穹在朝他微笑。

　　别雷要求的不仅仅是音乐,而是某种更具体的东西——创造"交响乐"。因此,为之找到现实、客观的表达依据十分重要。显然,恰是暴风雪主题具有"音乐构成"性。暴风雪的音乐、暴风雪的歌唱、暴风雪的哭泣、"大雪的暴风雪音阶"贯穿了作品始终。

　　从外在形式看,《交响乐》是对所谓圣经诗歌的仿作,一句一段,且都按顺序编号,同时还有音乐体裁标记("preludium"、"tristium")和音乐提示("andante"、"allegro"之类)。《交响乐》的文学艺术文本在内容层面有些像是一些基本主题思想的原始草稿

（这里的主题不是音乐意义上的，而是文学意义上的），这些主题和思想将在未来四部真正的交响乐中被展开、改造、叙述。例如，这里已经能够看出创世之初海岸上的"纯洁的孩子"、鹰和智慧老人（至高无上的造物主的化身）等形象。然而从体裁综合的有机性来看，《交响乐》中对"圣经诗歌"的运用相比将文本与音乐中语义结构组织的交响原则的生硬对接明显更成功些。这种对接是别雷以实验者的理性进行的，而且，跟杜勃罗留波夫一样，是在纯外在手法的基础上进行的。尽管如此，并不能否认，别雷给了自己的"交响乐"尝试完全可以接受的理论论证。他说："交响音乐是在不久以前得到发展的。这是我们拥有的最新艺术语言。在作为一种极完善形式的交响音乐中，艺术的任务得到更突出和清晰的体现。交响乐是一面旗帜，指引着整个艺术的道路，决定着艺术演变的性质。"[1]

别雷在《交响乐》中进行的文学文本交响化实验看上去已经比杜勃罗留波夫深刻得多，在技术上讲究得多，也更加真挚感人。杜勃罗留波夫的音乐精神实际上只停留在文学文本的表层。有了前辈的经验作为借鉴，别雷才得以在《交响乐》中沿着自己选择的体裁综合之路走得更远、更深。

---

[1] *Белый А.Н.* Символизм как миропонимание. М.，Республика，1994，С.103.

余 论

如前所述,象征主义是一种世界性的文学现象,但作为整个世界象征主义的一部分,俄国象征主义并没有丧失民族个性,这一点在新一代象征主义诗人身上表现尤其明显。俄国象征主义在文学史上存在的时间不算很长,但影响是极其深远的,取得的成就也是极其辉煌的,并且涉及几乎所有的艺术领域。

俄罗斯学者科列茨卡雅(Корецкая И.В.)对俄国象征主义的价值做了恰如其分的概括:"对俄罗斯文学来说,1890—1910年代的象征主义流派的价值是由这样一个事实决定的,即与之联系在一起的是勃洛克、别雷、索洛古勃、巴尔蒙特、安年斯基、勃留索夫、吉皮乌斯、梅列日科夫斯基、维亚切斯拉夫·伊万诺夫、沃洛申;而库兹明、曼德尔施塔姆、霍达谢维奇则是'在其附近'开始创作生涯的。象征主义在音乐领域、绘画领域推出的大家也灿若群星——我们马上会想起斯克里亚宾、弗鲁别利、廖里赫。象征主义虽然只活跃了四分之一个世纪的时间,却同时丰富了戏剧探索和哲学美学思想,创造了特色鲜明的随笔、批评、政论,创办了新型的俄罗斯期刊,提高了出版业的水平。在这份丰富多样、领域众多的遗产中,时间提取了最优秀的部分:艺术作品。试图忽而用'美'、忽而用'信仰'来改造世界的象征主义学说,其普遍价值和生命力相比之下要有所逊色,尽管这些乌托邦的道德激情的初衷是崇高的,但其中的很多东西如今看来,只能说具有历史意义。"[1]

象征主义在艺术上的诸多成功探索,给同时代人和后人提供了许多有益的借鉴和启发。为了对象征主义的命运有个比较全面地了解,我们这里先从历史的角度看一下象征主义是怎样走向危机和解体的。

一、俄国象征主义的危机

勃洛克在长诗《报应》的序言中这样写道:"1910 年是象征主义的危机,对此,无论是在象征主义阵营里,还是在敌对阵营里,都有过很多议论。在这一年,一些以象征主义为敌同时也彼此为敌的流派崭露头角,这便是阿克梅主义、自我未来主义和立体未来主义的最初萌芽。"[2]蒲宁在文学界一贯以保守著称,对当时文坛的流派蜂起始终不以为然,但从写于 1913 年的《在俄罗斯消息报 50 周年

---

[1] Русская литература рубежа веков (1890-начало 1920 годов). М., 2000. книга 1, С.688.

[2] Блок А.А. Собрание сочинений в 8 т. М.; Л., 1960 - 1963, Т.3, С.296.

庆祝会上的讲话》(*Речь на юбилее газеты «Русские ведомости»*)中的这段话,不难从另一个角度证实象征主义的危机。在蒲宁的眼里,象征主义显然已经是明日黄花:"我们近些年对俄国文学什么没有做过,什么没有模仿过,什么没有仿制过,什么风格和时代没有拿来过,哪路神明没有膜拜过呢?几乎每个冬天都会给我们带来新的偶像。我们经历过颓废主义、象征主义、自然主义、色情主义、反抗上帝、神话创作、神秘无政府主义、狄奥尼索斯、阿波罗、'飞进永恒'、萨德主义、接受世界、不接受世界、亚当主义、阿克梅主义……这岂不是狂欢节大聚会!"①

俄国象征主义危机的形成原因,主要在以下三个方面:

首先,是1905年革命的影响。

1905年革命表明,俄罗斯渴望社会变革,且拿起了武器为这种变革而斗争。这场革命对象征派诗人的世界观影响很大。这种影响是复杂的,在很多方面是矛盾的,且不限于对革命事件做出直接的、个人的或文学的回应。这些回应不是太多,而且与远离革命的知识分子对革命的理解同出一源,但重要的是看取世界的眼光明显扩大,直面周围发生的一切。

在革命期间,象征派诗人开始关注从前很少关注的公民题材。这里举几个例子:勃留索夫创作了著名的《泥瓦匠》(*Каменщик*);索洛古勃写了反对政府的诗《政治童话》(*Политические сказочки*)并与讽刺刊物合作,他的某些童话具有鲜明的政治色彩;明斯基主持《新生活报》(*Новая жизнь*)并在该报上发表了《工人之歌》(*Гимн рабочих*);巴尔蒙特也应邀为该报撰稿并发表了

---

① *Бунин. И. А.* Собрание сочинений в 9 т. Т.9. М., 1967, С.529.

《致俄国工人》(Русскому рабочему)、《诗人致工人》(Поэт — рабочему)、《小市民》(Мещане);勃洛克写了《饱食者》(Сытые)、《集会》(Митинг)等诗。

如果说象征派诗人,尽管对革命的自发性感到不安,但还是欢迎革命的话,那么颓废派则是反对革命的。

神秘无政府主义者格奥尔基·丘尔科夫、维亚切斯拉夫·伊万诺夫的主张在象征派阵营中引起了持续两年的争论。这一文学团体(勃洛克、戈罗杰茨基开始也参与过)的无政府主义远非巴枯宁和克鲁泡特金的无政府主义。它不要求付诸现实生活。他们的无政府主义是一种个人无限自由的形而上学思想,用丘尔科夫的话来说,"乃是个人在绝对因素中的最后确立"。神秘无政府主义者的叛逆与宗教界人士的宣传有关,丧失了实践上的行动。

伊万诺夫依旧忠实于自己在1904年提出的通过艺术改造生活的乌托邦幻想。在1905年革命影响下,神秘无政府主义者提出由已经走进死胡同的个人主义和主观主义向宗教神秘主义转变。然而实现这一转变的观点却非常含糊。伊万诺夫认为,摆脱个人主义局限的出路在于新斯拉夫派意义上的与民间土壤、民间因素的结合。神秘无政府主义者宣称,为了未来的和谐世界拒绝接受混乱和破碎的当代现实。在未来世界,应该实现个人主义与群体主义(有人译为聚合性等)的融合。这里的群体主义是社会生活的一种集体形式,一种"公共(社会)的宗教性"。这种群体主义的表现形式与全民艺术思想,与回归宗教神秘剧、回归合唱性有关系。

伊万诺夫的乌托邦尽管有些幼稚和抽象,但毕竟促使他本人及其追随者回归传统俄罗斯诗歌固有的道德—美学范畴。

关于象征主义危机,艾利斯认为,这与象征主义自身的先天性矛盾或双重性有关。这表现在,一方面象征主义在俄罗斯很快变成了一种综合世界观,这种世界观能领悟"作为稳定的最高范畴,作为 realiora(最高现实——引者注)"的另一世界;"象征主义已经开始接纳统一象征体系的那些严格形式,已经开始构想新文化和新个性,也就是走上了巫术创作的道路"。另一方面,它依旧是正统的文学艺术流派,鼓吹"纯艺术"的反道德和无节制的个人主义主张,"害怕一切稳定性,一切现实感(哪怕是彼岸的现实)",因而导致危机四伏。①

不过艾利斯对象征主义危机倒是持乐观态度。他认为,象征主义的危机并非如当时一些批评家所说的那样是象征主义的"寿终正寝",如此,那无疑是等于说"整个文化死了,所有的思想生活都终止了,这是不可思议的"。② 在艾利斯看来,摆脱危机的出路,已经由象征派诗人自己指出来的,其中包括经典(也就是纯艺术)象征主义的代表勃留索夫的文章《神圣的牺牲》(1905)和别雷的许多文章。"其实质就是走出艺术的局限,进入生活本身",象征派在1904—1905 年间制定的象征主义信条部分地体现在了创作中,尤其是在别雷的创作中。根据这一信条,象征主义不仅仅是文学流派,还是一种宗教仪式,一种弥撒和祷告。"他们的象征主义已经到达了探寻唯一初始象征的台阶,他们的象征化手段——已经清晰显露出象征体系。他们开辟了通向永恒之路,因而也是通向未来之路!"③因此,艾利斯认为,象征主义危机只是暂时现象,在新的阶段,只要克服了上述矛盾是完全可以消除的。他相信象征主

---

① Эллис (*Кобылинский Л.Л.*) Русские символисты. Томск, 1996, С.285.
② Там же. С.279.
③ Там же. С.287.

义前途不可限量。俄国象征主义随后的发展,显然出乎艾利斯所料。

在第一次俄国革命期间,某些象征派诗人开始感觉到自己在文学上的封闭,他们对带有宗教倾向的梅列日科夫斯基夫妇的沙龙和脱离社会、沉湎于深化创造的伊万诺夫的"象牙塔"越来越抱批评态度。与此同时,也不应该忘记,1904—1907年恰是俄国象征主义作为文学流派的形成期,也恰是在这期间,与象征主义有关的那些思想主要是在象征派刊物《天秤座》和《金羊毛》上得到大力阐述和鼓吹。

其次,是向传统的回归。

俄国第一次革命期间,象征派诗人的创作越来越清晰地显现出与俄国文学古典传统的联系。从索洛维约夫、勃洛克走向《童僧》的作者莱蒙托夫,走向体现个性叛逆悲剧的新恶魔的塑造。

涅克拉索夫传统独特地回响在象征派诗人的作品中,表现出诗人对社会动荡的强烈感受,如勃洛克的"阁楼"组诗,别雷诗集《灰烬》中的系列诗作。象征派诗人对涅克拉索夫的重新发现使他们获得了崭新的爱国主义情感。这是俄国文学的一个传统题材,同时也是一个纯粹的当代题材。

在1905年惶恐不安的环境中,还有十月革命前夕,普希金在象征派诗人眼里主要是长诗《青铜骑士》(*Медный всадник*)的作者。在这部长诗里,自然灾害造成的惨剧促使作者对俄罗斯的历史命运和个人在历史进程中的遭遇进行哲学思考。勃留索夫的《青铜骑士》(*Медный всадник*,1909)一文对普希金的这部长诗做了细致的分析。在象征派诗人的诗歌和散文中,可以找到大量他们痴迷《青铜骑士》的痕迹,勃洛克在1910年写道:"……我们全都处在他的青铜的震荡中。"①

在象征派诗人的作品中,彼得堡题材也占有重要地位。在处理彼得堡题材时,象征派诗人不光与普希金,也与果戈理、陀思妥耶夫斯基和涅克拉索夫有着许多呼应。象征派诗人的彼得堡是半幻想的幽灵城市,处在俄罗斯历史命运的十字路口,普希金所讴歌的彼得大帝纪念碑是其化身。勃留索夫的《致青铜骑士》(*К медному всаднику*,1906)、《彼得堡》(*Петербург*,1912)、《三尊偶像》(*Три кумира*,1913),安年斯基的《彼得堡》(*Петербург*),伊万诺夫的《青铜骑士》(*Медный всадник*)都是写彼得大帝的。彼得堡最当之无愧的歌手是勃洛克。在他的彼得堡中,果戈理式的幻想与涅克拉索夫严酷的真实和陀思妥耶夫斯基关于被欺凌和被侮辱者的悲惨故事水乳交融。日尔蒙斯基说陀思妥耶夫斯基好像是在自己的创作中昭示了勃洛克现象。②

在一些较为敏感的象征派诗人看来,俄国古典文学的人道主义是与对俄罗斯及其民主力量的信仰联系在一起的。这一点勃洛克清楚地意识到了。它在1909年写道:"我们继承了一个巨大概念,一个活生生的、强大的、年轻的俄罗斯的巨大概念——在从普希金和果戈理到托尔斯泰的俄罗斯文学片段中,在19世纪精疲力尽的俄国社会活动家的叹息中,在俄国农民明亮的和不可收买的、只是暂时会变得模糊的眼神中……如果说这样的俄罗斯会'成熟起来',那当然只能是在最广义的俄罗斯革命的心中……"③

---

① *Блок А.А.* Записные книжки. М.-Л.,1965,C.169.
② История русской литературы (в 4 томах). Т.4,Л.,1983,C.453.
③ *Блок А.А.* Собрание сочинений в 8 т. М.;Л.,1960-1963,Т.8,C.277.

1905年革命的影响还表现在象征派诗人借鉴古典传统,开始创作充满历史进程感和历史转折感的大型作品。如勃留索夫开始创作长篇小说《愤怒的天使》(*Огненный ангел*)、《胜利祭坛》(*Алтарь победы*),别雷也开始创作长篇小说《彼得堡》,勃洛克开始创作长诗《报应》。

最后,是思想观念和艺术观念的转变。

象征派阵营中日益严重的思想—美学分化、象征派诗人日益强烈的超越流派意识无疑加剧了象征主义的危机。除此之外,还有一个不容忽视的因素对象征主义的危机起到了推波助澜的作用,这便是1900年代末期大量象征主义诗歌模仿者的出现。试图领悟"另一世界"、喜欢使用模糊的寓意、形象和词汇的旧式象征主义如今变成了可以兑换的硬币,变成了一些才华一般或毫无才华的作者的爱好。他们的作品在勃留索夫、艾利斯以及其他象征派诗人看来,简直惨不忍睹。如果说纳德松、巴尔蒙特都曾有过大批自己的模仿者,那么现在,象征主义可以说是遭遇到一场将其庸俗化的伪象征主义浪潮。在密切关注俄罗斯诗歌动向的勃留索夫看来,有一点是确定无疑的:作为文学流派的象征主义确实山穷水尽了。曼德尔施塔姆的话很有道理:"……俄国象征主义关于'不可言说的'叫喊得如此之多和如此之响亮,以致这'不可言说的'如同纸币一般,人人手上皆有。"[①]耐人寻味的是,恰是在象征派诗人开始挖掘俄罗斯民族题材、表现尘世主题而非彼岸主题的时候,象征派诗人的作品才获得广泛的关注。

---

① *Красная новь*. 1923, №5, С.400.

1909年，俄国象征主义的两大刊物——《天秤座》和《金羊毛》相继宣布停刊，它们已经完成了传播象征主义思想和领导新时代文学运动的使命。与此同时，在象征主义阵营内部，围绕象征主义的"生存还是毁灭"展开了激烈的争论。

艺术家对现实与非现实的态度，是一切创作活动的根本出发点，也是区别不同艺术流派的分水岭。对艺术的目的、性质及其与现实生活的关系的看法，决定着艺术家的创作走向。毫无疑问，艺术与现实的关系，艺术在俄罗斯民族历史和文化发展中的意义与地位这些常说常新的问题，正是在这个时候又被提了出来。

摒弃个人主义，摆脱原有的诗歌体系，标志着象征主义作为一个统一的诗歌流派已经走向解体，它让位于新的诗歌流派已经成为大势所趋。

关于当代艺术的本质和目的，在象征主义阵营内部，人们的看法见仁见智，莫衷一是。象征主义内部世界观上的矛盾清楚地暴露出来。在围绕象征主义展开的争论中，勃留索夫坚持认为，艺术独立于政治和宗教。新一代象征主义者认为诗歌创作是一种宗教和社会行为。

1910年，勃洛克和维·伊万诺夫分别发表了题为《论俄国象征主义的现状》（*О настоящем состоянии русского символизма*）和《象征主义的遗训》（*Заветы символизма*）的重要文章。两位诗人试图从各自的角度，捍卫和拯救行将退出诗歌舞台的象征主义。他们一致认为，象征主义目前遭遇的危机并不意味着它的哲学神秘主义和美学根基的瓦解。

伊万诺夫在文中坚持象征主义是一种哲学宗教艺术，是一种法术形式,它的作用是创造生活。他宣称,象征主义不可能仅仅是艺术。①

伊万诺夫意欲改造象征主义,但不放弃其理论的核心——"宗教神秘"和创造生活的思想。为此,伊万诺夫在这段时间写了很多文章,阐述自己的观点。伊万诺夫把象征主义的"挫折"归因于艺术本身的缺点,因此,他要致力于对象征主义的美学特点的认识。

首先,伊万诺夫对待语言的态度发生了改变。如果说,从前他把象征主义诗歌语言看作一种指示,一种暗示,②那么现在,他则要求语言显露出"意识的清晰尺度";③如果说从前他主张追求朦胧晦涩、扑朔迷离,那么现在,他则开始极力避免这一倾向。④ 他认为,形式不能强求,必须遵循"忠实于事物"的原则。应该说明的是,这里的"事物"是尘世的、日常性的,但含义却非同寻常:可见的世界是最高现实的产物,遵循事物的本来属性,艺术家能比在创作中仅仅依托幻想更接近"另一世界"。

伊万诺夫这样写道:"迄今为止,象征主义始终是在将生活和艺术复杂化。从今以后——假如它注定要存在——它将简化之。从前的象征是零散的、支离破碎的,如散乱的宝石(偏重抒情诗即源于此),从今以后象征主义作品将如整块的象征的宝石。从前是象征化,今后将是象征群。"伊万诺夫强调,这象征群是完整的、统一的,要发现它,诗人就得具有完整的世界观。⑤

---

① Иванов В. И. Собрание сочинений в 6 томах. Брюссель, 1971－1987, Т. 2, С. 588－604.
② Там же. Т. 1, С. 713.
③ Иванов В. И. Собрание сочинений в 6 томах. Брюссель, 1971－1987, Т. 2, С. 620.
④ Там же. С. 86, 602.
⑤ Там же. С. 602.

不难看出,伊万诺夫改造象征主义的途径并不是接近现实主义。

勃洛克支持伊万诺夫的观点。他认为,对艺术的诅咒,回归生活,服务于社会、教会、知识分子与人民等问题的产生,完全是象征主义范围内的一种自然现象。勃洛克断言,"在今天,脱离象征主义的艺术是不存在的,象征主义者是艺术家的同义语",艺术家"就是这样的人,他用与生俱来的方式,甚至不以自己的意志为转移,凭着自己的天性,不但能看到世界的第一个层面,还能洞彻隐藏在其后的东西,那个未知的、被天真的表面现象所掩盖的、寻常人看不见的远方……"①

显然,同新生的流派相比,他当仁不让地更推崇象征主义,因为他认为,象征主义是在对具有世界历史意义的事件的期待和预感中产生的一个文学流派。

在勃留索夫看来,象征主义是文学史上的一个重要阶段,但它的路已经走完。他一直确信,象征主义是一个文学流派,是一种艺术方法。早在1906年,他就说过:"现有的、非虚构的文学流派的纲领始终是要在自己的旗帜上亮出自己的文学原则,艺术规范。浪漫主义是反对伪古典主义的假定性和狭窄规则的斗争;现实主义要求真实地再现当代现实;象征主义带来的是作为新的表现手段的象征理念……根据与艺术无关的诸多特征将艺术作品联合起来,意味着放弃艺术,意味着等同于'巡回展览派'和'功利'诗歌的维护者。"②

---

① Блок А.А. Собрание сочинений в 8 т. М.;Л.:Советский писатель,1960-1963,Т.5,С.418.
② Весы. 1906,No5,С.50.

为了回应伊万诺夫和勃洛克对象征主义的捍卫,勃留索夫发表了《论"奴性的言语"——捍卫诗歌》(*О «речи рабской», в защиту поэзии*)一文,重新论述了自己对象征主义作为一个文学流派、作为一种特殊的艺术方法的理解,并宣称,文学不应该直接从属于社会,从属于宗教或神秘主义。①

别雷对勃洛克和伊万诺夫作了积极的响应,但他们拯救象征主义的尝试并没有取得成功。

别雷的创作活动为解释俄国象征主义的危机提供了一个有力的例证。别雷认为,要想摆脱危机,根本出路在于深化形成于两个世纪之交的象征主义美学,强化其与哲学唯心主义的联系。象征主义流派解体了,但别雷不愿承认这个事实,他仍然固执己见,认为象征主义是人类历史上的一个时代——全面"改造"的一个时代。

不过奇怪的是,别雷在理论上鼓吹的一切,在他的创作实践中却找不到对应。只要将他的第一本诗集《蓝天里的金子》(1904)和第二本诗集《灰烬》(1909)做一个比较,就会清楚,这两本诗集不光创作于不同历史时期,而且还建立在不同的诗歌体系上。这种变化首先是由作者诗歌观念本身的变化决定的。诗人对个人在世界上的位置,对社会不平等和人的孤独的看法,远比从前更为合理。《蓝天里的金子》的主人公是个非常抽象的形象。这一点,就实质而言,与其说是客观的文艺范畴,毋宁说是由一系列抽象概念组成的思辨范畴。只有深入领会别雷的理性主义实质,才能认识他早期抒情诗的主人公的性质。在《蓝天里的金子》中,诗人已经接近

---

① *Брюсов В.Я. Собрание сочинений в 7 томах.* М., 1973-1975, Т.6, С.176.

了文艺创作范围内所允许的最大极限。《灰烬》则不然。这里的抒情主体是自己的国家和自己的时代的人。在这里，重要的不是出现了地理和民族的特征，而是作品的社会内容，整个诗集的戏剧冲突。从前那个远离尘世与人群、直接跟宇宙建立联系的高傲而孤独的诗人预言家，如今不知不觉地回到了尘世，回到了他所不理解和他不被理解的人们中间。就这样，别雷的诗歌里开始融入涅克拉索夫的公民性。

别雷创作中的这一转折是合乎逻辑的。对此，当时的社会形势，尤其是1905年革命，起到了至关重要的作用。诗人自己并未意识到这一点。他在理论上继续恪守早期象征主义信条，却没有发现自己的创作早已与之分道扬镳了。

很快勃洛克也意识到，作为一种哲学美学理论的象征主义越来越束缚诗人的创作个性。"该是放开手脚的时候了，我再也不是小学生。再没有什么象征主义了。"[1]勃洛克对宇宙万有的思索虽没有停止，但他作品中的尘世色彩却日益浓重，对个性与时代的联系、个人对时代的责任与义务等问题思考得日益频繁和深刻。对勃洛克而言，世界音乐之魂和现实生活本身如今变得同样宝贵。他的创作中传统因素和现实主义因素越来越明显。

然而，谈论俄国象征主义危机的同时，有一个现象颇耐人寻味：恰是在1900年代末至1910年代初俄国象征主义文学达到顶峰，贡献出了一系列极有分量的作品，如勃洛克的抒情诗第三卷和诗剧《玫瑰花与十字架》、别雷的长篇小说《银鸽》（*Серебряный голубь*）和《彼得堡》、伊万诺夫的《燃烧的心脏》等。因此有学者认

---

[1] *Блок А.А.* Собрание сочинений в 8 т. М.；Л.，1960 - 1963，Т.7，С.216.

为,"象征派的'自我批评'结论如今应予修正,象征派主要诗歌大师和散文大师们的创作成就太伟大了,以至今天的文学史家在谈到1910年代时无法毫不迟疑地承认象征主义的确是'山穷水尽'了。更何况,象征主义之后的第一批流派——阿克梅主义、未来主义虽然在宣言中极力要推翻象征主义世界观和创作原则的基础,但实际上它们在很多地方还是没有摆脱象征主义的世界观和创作原则"。①

二、俄国象征主义的民族特色

前文说过,俄国象征主义自称是世界文化的继承者,是以世界主义的胸襟来接纳世界文化的八面来风的。勃洛克专家里斯涅夫斯基谈论勃洛克的世界意识、世界感的一段话同样适用于俄国象征派的其他诗人:"三种欧洲文化、三个国家对勃洛克最有吸引力——德国、意大利、法国。但这当然远非全部。我们不会忘记古希腊罗马、西班牙、斯堪的纳维亚国家、芬兰、波兰(勃洛克可能出生在那里)、亚美尼亚。甚至无法一一列举所有与勃洛克有关系的较为重要的世界文学和世界思想的名称,即便我们想要做到这一点。柏拉图和普罗提诺,阿纳克里翁和贺拉斯,维吉尔和奥维德,埃斯库罗斯、索福克勒斯和欧里庇德斯,卡图卢斯和西塞罗、圣奥古斯丁、圣方济各和仁慈的朱利安、维庸、龙沙、莎士比亚和司各特,席勒和歌德,拜伦和王尔德,诺瓦利斯和海涅,雨果和莫泊桑,巴尔扎克和福楼拜,波德莱尔和梅特林克,魏尔伦和兰波,霍夫曼和尼采、汉默生、易卜生和斯特林堡、阿维提克·伊萨基扬……这里还应该提到许多作曲家,从瓦格纳开始,还有画家,特别是意大

---

① Русская литература рубежа веков (1890-начало 1920 годов). Книга 1, С.725.

利的——乔托、弗拉·菲利普·里皮……但欧洲文化对勃洛克来说,不是名称和国家的数量,而是整体上的欧洲,欧洲的'圣石',欧洲的大自然与各民族,欧洲的精神、天才本身。勃洛克所称的浪漫主义的世界意识的特殊性质即在于此。这不仅仅是文化,这是存在的整个音乐。"①

俄国象征主义深受世界文化滋养,尤其深受西欧象征主义和德国浪漫主义的影响,这是不可否认的事实。但外来影响并没有淹没俄国象征主义的本土特征和民族特色。对此,勃留索夫、伊万诺夫、别雷等人都有过论述(参见本书第三章第三节)。"世界意识,特别是欧洲意识,在勃洛克笔下是与俄罗斯意识交织在一起的"。② 这也是整个俄国象征派的写照。

别尔嘉耶夫指出:"象征派诗歌超出了艺术的界线,这是纯粹的俄罗斯。所谓的颓废派和唯美主义时期在我们这里很快就结束了,随即发生了向意味着探索新精神秩序的象征主义的转变。对勃洛克和别雷来说,弗拉基米尔·索洛维约夫就是一扇窗口,从中吹来未来的风。面向未来、期待非同寻常的未来事件是象征派诗人的突出特征。世纪初的俄罗斯文学和诗歌具有预言性。象征派诗人以其特有的敏锐感觉到俄罗斯正在坠入深渊,旧的俄罗斯在终结,新的尚不为人所知的俄罗斯应该诞生。就像陀思妥耶夫斯基,他们感到正在发生一场内心革命。"③

---

① *Лесневский С. С.* Всемирное чувство и чувство России в романтизме Блока. Александр Блок и мировая культура. Великий Новгород. 2000, C. 3 - 4.
② Там же. C. 4.
③ 别尔嘉耶夫:《俄罗斯思想》,雷永生、邱守娟译,三联书店出版社(上海),1995,第224—225页。

作为现代主义的一部分,俄罗斯象征主义与西方象征主义,特别是欧洲晚期现代主义诸变体之间的关键性区别就在于其审美思维中整体性占有绝对的主导地位,也就是说,诗人应该通过形象捕捉和反映作为整体的世界。这不光是俄罗斯象征主义的哲学美学取向,也在相当程度上成为其主要成就,尽管这一成就实现得还不够完全彻底。欧洲象征派诗人是通过直觉,通过出人意外的、不由自主地产生的"对应"来艺术地反映这种完整性的,但他们缺乏对世界整体性的自觉认识。别雷认为,波德莱尔、霍夫曼、爱伦·坡还不具备这种统一性认识。①

同前辈相比,俄国象征主义的新鲜和独特之处就在于对世界的统一性、整体性的理论意识、哲学意识和审美意识。为之奠定基础的首先是弗拉基米尔·索洛维约夫的宗教哲学、他的"完全统一"思想,还有西欧的"生命哲学",伊斯克尔日茨卡雅在其《俄国象征主义的文化学层面》一书对此已有详尽论述。

如何做到艺术地反映世界的神性完整?象征派诗人寄希望于各种不同的途径和方法。首先是借助于融合思想。关于融合,可谓见仁见智。在一般理论层面上,它是艺术中不可或缺的理智与直觉的融合,是"酒神"因素与"日神"因素在抒情诗中的融合(伊万诺夫、别雷等),是人类的"文化统一"原则。例如,安年斯基坚持"日常因素"也就是文化原则,乃是"通过改造过去进入未来的出路";②梅列日科夫斯基、伊万诺夫主张将多神教的希腊与基督教的东方结合起来,将世界文学史已知的各种艺术形式

---

① Белый А.Н. Символизм как миропонимание. М., Республика, 1994, С.117.
② Анненский И.Ф. Письма к С.К. Маковскому//Ежегодник рукописного отдела Пушкинского Дома на 1976 год. Л., 1978, С.224.

和体系,如古典主义,与浪漫主义融会贯通。谈到后者,有必要指出,这不是简单的理论空想(如别雷就想将象征主义视为古典主义、浪漫主义、现实主义的融合),他们还将这一理论付诸了实践。比如在勃留索夫诗歌中就有这样一个不容忽视的现象,即最新的古典主义与具有浪漫主义色彩的印象主义并行不悖。勃留索夫的诗歌形象既具有罗马式的庄严和雕塑般的凝重,又结合了稍纵即逝的印象和变化多端的色彩。在梅列日科夫斯基或伊万诺夫作品中则可以发现新古典主义与"象征主义的现实主义"的交融。

在俄罗斯象征派诗人中,勃洛克和别雷这样天生极其深刻和敏锐的诗人寻求的不是"融合",不是将对立的东西机械地捏合到一起,而是通过形象展示存在的各种元素的有机完整性、兼容性和不可分割性。别尔嘉耶夫引用别雷的回忆录证实说:"'妇人'的象征对于我们来说变成了一道曙光(把天与地联结在一起),因为它与诺斯替教信徒关于具体的深奥道理的学说,与把神秘主义和现实生活连成一体的新的缪斯领地融合在一起。"[①]不难理解,在此情况下,天与地就成了俄国象征主义的一对轴心:

> 由心中的上帝
> 到天上的上帝
> 两个轴心之间
> 贯通着一条线,有如琴弦……

[①] 别尔嘉耶夫:《俄罗斯思想》,雷永生、邱守娟译,三联书店出版社(上海),1995,第224页。

伊万诺夫如此理解新诗的实质。对这种轴心联系和世界秘密,俄国象征派诗人有着极其深刻的感受和表达。同其他象征派和整个世界文学的现代主义体系相比,这也是俄国象征主义特色的根基所在。例如,在法国象征派的自我意识中,在他们相关文学论著里,当然也会谈及宗教和理想,但在他们的诗中"天空"则是处于边缘的。比如在波德莱尔的作品中,"天空"的象征只在早期出现过。①

梅列日科夫斯基、勃洛克、别雷等人都抱定这样一个信念:通过艺术,通过创作在尘世有效地实现、体现最高神性是可能的,也是必不可少的。这是俄国象征主义独创性的主要表现。索洛维约夫认为,艺术的普遍含义在于:"完美的艺术在其最后任务中应该体现绝对理想,不是仅仅通过想象,而是应该给我们的现实生活注入精神活力,使它实现转化。"②索洛维约夫的信徒勃洛克和别雷认为,索洛维约夫的学说不是"抽象的哲学",而是"生活道路的哲学",它要求从精神上的最高纲领主义转向它在生活中的"具体实现"。③

别雷认为,"象征主义是神话的种子,而神话是抹去生活与创作之间界限的新的生活神秘剧的种子……"④

跟别雷一样,勃洛克所体会的另一存在、最高存在的象征主义实质乃是一种补充现实,是一种个人生活的不可预言的事实。在这方面勃洛克与别雷的通信,和后者有关前者的回忆录可以说是

---

① *Косиков Г.К.* Поэзия французского символизма. М., 1993, С.39.
② *Соловьев В.С.* Собрание сочинений в 2 томах. Т.2, М., 1988, С.404.
③ Литературное наследство, Т.92: А. Блок. Книга 4. М., 1987, С.766.
④ *Белый А.Н.* О французском символизме. Не изданные статьи Белого//Русская литература, 1980, №4.

一个极有意思的个人见证。别雷回忆了他们两人在1900年代的非同寻常状态：他们"对朝霞的理解"是具体的，甚至有着生理上的感受，他们将自己体验到的东西看作是某种最高意志的可见符号，是即将到来的新世纪对世界生活的全面改造的预兆。①

伊万诺夫认为，丘特切夫非常善于发现世界的"神秘精神和谐"，并艺术地加以表达。这种才能可以说是俄罗斯的民族特征。②

我们知道，勃洛克《美妇人集》抒情主人公在"幻象的漩涡"中揣测的不光是期盼和所爱的女人的面庞，还有某种全然不同的东西，某种最高现实。永恒的女性的本原，在索洛维约夫的信徒勃洛克看来，是世界的始基。不仅如此，主人公还受到一种"不可能实现的希望"的鼓舞，期待拯救的、灿烂的白昼到来，让地球上的一切通过这最高意志得到改变和改造。勃洛克和别雷当时都相信这样的事情的真实性是确定无疑的，都在他们所体验的神秘的"玫瑰色朝霞"中读出了整个人类生活的启示录式改造即将到来的讯息。在勃洛克看来，启示录不止是一种毁灭性的终结，还是一种复兴，新生活的转折点。启示录的情节和主题在《黎明前》中已经出现，又在《美妇人集》中得到发展。

类似情形在20世纪的俄罗斯诗歌文化中催生出诗学领域的新发明——整体性诗学，同时还有二律背反诗学。加斯帕罗夫认为，现代主义诗学就是二律背反诗学。③ 然而象征主义诗学，更准确一些说，可以定义为完整性诗学加上二律背反诗学。这表现在，

---

① А. Блок в воспоминаниях современников. Т.1, М., 1980, С.207.
② Иванов В.И. Собрание сочинений в 6 томах. Брюссель, 1971-1987, Т.2, С.597.
③ Гаспаров М. Л. Антиномичность поэтики русского модернизма//Избранные статьи. М., 1995, С.286.

首先，象征主义诗人广泛将"大时间"（即无限）诗学引入抒情诗和散文。巴尔蒙特的诗歌想象在时间中旅行，在不同时代和不同民族的文化间穿梭，如《列奥那多·达芬奇》（Леонардо да Винчи）、《米开朗琪罗》（Микеланджело）、《卡尔德隆》等，勃留索夫的诗歌时间跨度极大，从古罗马和亚述直到现代城市文化，梅列日科夫斯基的长篇小说跨越 15 个世纪，从早期基督教写到文艺复兴和彼得大帝前的俄罗斯，他们形成了一套沟通艺术时间——过去与未来的方法，通过某种普遍的元历史的精神规律性将世界文化与人类历史的开端和结束联成一体。

除此之外，在象征派诗歌当中，尤其是勃洛克和别雷的诗歌当中，形成了将物质的、具体的、精神个性的因素与无限的、本质的、"星空的"因素有机地结合起来的诗学。这一诗学通过象征将"星辰空间"和"心灵空间"（别雷语）联结起来，成为象征主义的一个发现，丰富了 20 世纪的诗歌文化。在勃洛克的《意外的喜悦》、《白雪假面》、《雪中大地》（*Земля в снегу*）时期，抒情主人公的堕落感、空虚感与对崇高、星空的执著追求复杂地纠缠在一起。在勃洛克的《陌生女郎》、《那里，在夜晚哀嚎似的寒冷中》（*Там, в ночной завывающей стуже*）、《后摆散缀着群星》（*Шлейф, забрызганный звездами*）这一类诗中，天上的降落到地面，成为尘世的具体事物的一部分，而尘世的、人的东西会成为暴风雪的、宇宙的东西撒入"银河"，散缀着星星的裙子后摆变成"流星的烟尾"。在勃洛克的诗中，不光有具体与永恒、与存在层面的结合，还有这两个层面的相互转换和相互渗透。通过诗人如何将存在的不同"轴心"交汇在一起，我们看到的不光是一些相距遥远互相排斥的元素之间的相对位置，还有它们内在的相互作用和相互渗透。诗人试图以这样的方式，形象地反映整个世间万物、生命与存在的"完全统一"。为此,诗人还动用了悖论、逆喻和不和谐等诗学手段。勃洛克希望通过象征形象将存在的两极视为补充性普遍规律的一个表现。由此可见,俄国象征主义自身代表了现代主义的一个特殊阶段。这个阶段晚于欧洲的象征主义,因而对文化危机的感受也就更强烈,对作为拯救之道的世界完整性探索也就更迫切。俄罗斯象征主义,用别雷的话来说,自身兼有"衰亡"与"复兴"两种因素,并且俄罗斯的这种复兴与欧洲的文艺复兴不同,它不应该是多神教的,而应该是基督教的。[①] 梅列日科夫斯基对此坚信不疑,他写道:"第二次,也是最后一次非多神教的而是基督教的复兴——它会找到神圣的肉身,因为它已经在基督教本身中自觉地寻找这肉身——是否会在东方发生?似乎这第二次复兴已经开始了。确实,如果不是在教会内部,那也是在教会附近,也就是在洋溢着如此强烈的新的神秘'约翰基督教'气息的俄罗斯文学中,而这样的文学在整个世界文学中还不曾有过。"[②]

三、俄国象征派诗歌的影响

俄罗斯科学院院士加斯帕罗夫(Гаспаров М.Л.)认为,现代主义是"白银时代"俄国文学中最具影响力的一个流派。[③] 俄国现代主义虽然没有产生像普希金这样耀眼的太阳,但却为我们奉献了勃洛克、别雷、古米廖夫、曼德尔施塔姆、阿赫玛托娃、赫列勃尼科夫、马雅可夫斯基等人构成的一片灿烂的星空。它不仅带来了崭

[①] *Белый А.Н.* Символизм как миропонимание. М.,Республика,1994. С.180.
[②] *Мережковский Д.С.* Толстой и Достоевский. М.,1995,С.154.
[③] *Гаспаров М.Л.* Поэтика серебряного века//Русская поэзия серебряного века. 1890-1917. Антология. М.,1989,С.8.

新的哲学美学思想、崭新的诗歌艺术形式,还更新了文学生活的组织方式,对当时乃至后来的文学发展产生了持续而有力的影响,历经百年而不绝。普拉东诺夫、扎米亚金、布尔加科夫、帕斯捷尔纳克、茨维塔耶娃、布罗茨基,这些 20 世纪的俄国文学大师无不深受现代主义的影响。

"凡一代有一代之文学",[1]从今天的高度来回顾兴起于一百余年前的俄国现代主义运动,我们不得不承认,真正能代表那一时代文学风貌、开启一代诗风的,非现代主义,首先是象征主义诗歌莫属。

作为现代主义的第一个文学流派,象征主义的规模之大、影响之广泛和深远,在现代主义诸流派中是无与伦比的,其贡献是不言而喻的。

伊万诺夫在 1936 年为意大利百科全书撰写《象征主义》词条时说过:象征主义的"灵魂是不朽的",它能让人们在遥远或不远的将来通过另外的形式预见到"永恒的象征主义"的更加纯粹现象。[2]

丽雅·金斯堡指出:"19 世纪末 20 世纪初的诗歌经验不光对承认自己与前辈存在继承关系的阿克梅派,也对宣称否定任何继承性的未来派具有诸多决定性意义。强烈的束缚感以及由此导致的对诗歌特有手段(诗格、韵脚、节奏句法关系、音响结构等)的挣脱,对截然对立的含义的兼容,无限拓展的隐喻,上升到原则高度的词语的多义性——所有这一切都是象征主义提供给自己的接班

---

[1] 王国维:《宋元戏曲史》,东方出版社,1996,第 1 页。
[2] *Иванов В.И.* Собрание сочинений в 6 томах. Брюссель, 1971-1987, Т.2, С.667.

人的,而接班者又将这些因素发挥到了极致。或许,强化诗歌词语的联想能力,正是象征主义遗产的最积极部分。"①

古米廖夫坦率地承认阿克梅主义与象征主义的关系是"父子关系",即象征主义是阿克梅主义当之无愧的父亲。象征主义可以说是阿克梅主义的主要源头之一。阿克梅主义的世界文化情怀,阿克梅主义的诗学体系,都无疑受到象征主义的深刻影响。勃留索夫在《俄罗斯诗歌新流派》(*Новые течения в русской поэзии*. 1913)一文中说,以古米廖夫、曼德尔施塔姆、阿赫玛托娃、岑凯维奇为代表的阿克梅主义与象征主义有着为数众多的交集,阿克梅派诗人——岑凯维奇、纳尔布特、阿赫玛托娃——"连接的是在他们之前诗歌中已经出现过的东西"。②

格列勃·斯徒卢威在《古米廖夫的创作道路》(*Творческий путь Гумилева*)一文中写道:在古米廖夫的第一本诗集《征服者之路》(*Путь конвистадора*)中,"感觉得到当时的诗歌偶像巴尔蒙特的强烈影响(也有勃留索夫的部分影响,但程度要小些)……有些奇怪的是,起步时的古米廖夫与后来跟他完全格格不入且完全没受到法国影响的诗人安德列·别雷有不少交集:《征服者之路》和《浪漫之花》(*Романтические цветы*)中一系列诗作的母题令人想起别雷早期作品和他的《第一交响曲(北方)》(*Первая симфония. Северная*)。"③

阿克梅主义的主要成员,如古米廖夫、曼德尔施塔姆、戈罗杰

---

① *Гинзбург Л.Я.* О лирике. С.331.
② *Брюсов В.Я.* Среди стихов: 1914-1924: манифесты, статьи, рецензии. С.399.
③ *Гумилев Н.С.* Pro et contra. СПб., 2000, С.556.

茨基早年都与象征主义文学圈过往甚密,深受其影响,甚至几乎可以说就是象征主义流派的成员(勃洛克评价低一点,说他们是象征主义的效颦者)。古米廖夫与勃留索夫的关系是文学史上有案可查的佳话,古米廖夫成长的每一步都得到了勃留索夫的耳提面命,在古米廖夫奉为阿克梅主义的三位本国导师中,就有勃留索夫的大名(另两位是安年斯基和库兹明)。阿克梅主义的诗学美学观念相当程度上可以说就是古米廖夫与勃留索夫在1906—1912年间的通信过程中形成的。古米廖夫将勃留索夫奉为自己的导师和知音,他诗歌中的非洲题材和强者主题明显是受到勃留索夫诗歌中的异国情调和英雄主题影响。

除勃留索夫外,安年斯基的创作对阿克梅主义也产生了深远影响。几乎所有阿克梅派成员都将安年斯基奉为自己流派的导师和奠基人。古米廖夫早期模仿过安年斯基,但他不满意诗人的诗总是写给自己,就是不写给任何人。他认为,诗人的作品应该写给别人,"为别人的艺术"成为阿克梅主义的基本观点并改变了现代主义的美学取向。古米廖夫特别喜欢巴尔蒙特的诗句:"如果你是诗人并想成为一个强者,成为人们记忆中的不朽之人,你要用悦耳动听的虚构震撼他们的心,并用激情的火焰锻造他们的灵魂。"看得出,古米廖夫也希望自己能够写出不朽之作,从而在人们的记忆中跻身不朽诗人之列。阿赫玛托娃、曼德尔施塔姆受象征派影响也是显而易见的。

曼德尔施塔姆始终对象征派诗人给予极大关注,为此写了许多评论和回忆文章。他断言:"整个当代俄罗斯诗歌都脱胎于象征主义。"[①]"而象征主义的伟大贡献,在于它面对俄罗斯读者公众时

---

① Мандельштам О.Э. Собрание сочинений в 2 томах. Т.2, М., 1990, С.230.

采取的正确立场,在于它的教育性、它天生的权威性、它用以培养读者的那种元老派的分量感和立法者的庄重感。"①诗人认为,许多象征派诗人的创作都应予以严肃认真的研究。

曼德尔施塔姆一直将伊万诺夫视为自己的导师。后者对他的个性的形成产生过很大影响。曼德尔施塔姆造访过伊万诺夫的"星期三晚会",对主人的博学多识,尤其是古希腊情怀,以及晚会的文化氛围深有感触。在他心目中,象征主义就是俄罗斯文学大量吸收借鉴欧洲乃至世界诗歌与文化的典范,而在伊万诺夫身上,他看到了一个将所有文化时代连接起来的人。伊万诺夫呼吁用承担了崇拜功能的文化来改造世界,曼德尔施塔姆亦颇有同感。伊万诺夫对曼德尔施塔姆的影响是多方面的,既体现在世界观和文化襟怀上,也体现在题材和形象上,如古希腊题材和建筑主题等。曼德尔施塔姆对世界历史和文化的态度也深受勃洛克的个性与创作的影响。曼德尔施塔姆深信,勃洛克不光是俄罗斯文学,也是整个俄罗斯文化领域极其重要的人物;他是独一无二的语文学的"政治"活动家,他的诗歌创作活动追求精湛的诗艺,"语不惊人死不休"。曼德尔施塔姆非常欣赏勃洛克的创作所体现出的对待文化遗产的态度:"勃洛克至死都不曾放弃自己承担的任何一项义务,不曾丢弃虔敬之心,不曾践踏任何一种规范。"②

一度被视为"勃洛克去世之后最有才华的诗人"(日尔蒙斯基、艾亨鲍姆)的阿赫玛托娃,也深受象征主义尤其是勃洛克的影响。学术界和批评界多次指出过阿赫玛托娃的象征主义背景。萨多夫

---

① *Мандельштам* О.Э. Собрание сочинений в 2 томах. Т.2, М., 1990, С.231.
② Там же. С.273 - 274.

斯科伊在《阿克梅主义的终结》(*Конец акмеизма*)一文中承认阿赫玛托娃是一位毋庸置疑的有才华的诗人,同时指出她的抒情诗风格接近勃洛克:"在阿赫玛托娃的诗中,能感觉得到与勃洛克有亲缘关系、他的温柔的快乐和剧烈的苦闷;可以说,在阿赫玛托娃的诗中,具有勃洛克高度的尖塔像针一样刺穿孤独、温柔的心。"① 日尔蒙斯基的名文《克服了象征主义的诗人们》(*Преодолевшие символизм*)虽然着眼点在阿赫玛托娃诗歌的"永恒特征和无法最终纳入诗歌的时代和历史特点的个人特征",但作者还是承认,阿赫玛托娃的创作有些方面接近象征派诗人的作品。② 丘尔科夫说,在阿赫玛托娃思想和形象的清晰背后,隐藏着一个充满惶恐和秘密的、看不见的世界,阿赫玛托娃的形象组合在心理上是谜一样的,在本质上是象征主义的。③ 阿赫玛托娃的心理描写类似象征主义传统:"阿赫玛托娃的诗歌经验……促使她去揣测某种更深刻的、更重要和更本真的东西,她敏感的才能为她预示了某些'对应'……阿赫玛托娃的诗有象征性,也就是说,她创造的形象证明,她的体验是将她的灵魂与作为某种现实的世界灵魂结合在一起的。"④

　　阿赫玛托娃本人也承认自己在某种程度上是勃洛克的学生。她的《三个秋天》(1943)中不少形象就沿袭了勃洛克的《秋天的舞蹈》(如金色的小号、秋之舞、白桦、眼泪等)和《死亡之舞》。

　　也正因为与象征主义的这种密切关系,诗坛和学界一直有人怀

---

① Садовской Б. Конец акмеизма.//Анна Ахматова. Pro et contra. М., 2001, С.104.
② Жирмунский В. М. Преодолевшие символизм//Жирмунский В. М., Теория литературы. Поэтика. Стилистика. Л., 1977, С.112.
③ Чулков Г. Анна Ахматова//Анна Ахматова. Pro et contra. М., 2001, С.402.
④ Там же. С.403.

疑阿克梅主义作为流派的独立地位,更倾向于将之视为后期象征主义。不过,无论把阿克梅主义运动看成什么——对象征主义的克服也好(日尔蒙斯基)或者是象征主义的继续,只是"拒绝"了晚期象征派诗人的某些"极端"(艾亨鲍姆观点),有一点显而易见:阿克梅主义始终未能摆脱世纪之交最强大的文学流派——象征主义的影响。

未来主义虽然以否定一切的姿态登上诗坛,声称要把所有前辈从当代之船上抛下去,但在1910年代之初,也就是在其早期阶段,并没有表现出明显的反象征主义倾向,甚至可以说《鉴赏家的陷阱》(Садок судей)第一集的作者除了赫列勃尼科夫、卡缅斯基(Каменский В.В.)、古罗、布尔柳克兄弟、米亚索耶多夫(Мясоедов И.Г.)等在某种程度上还是师法象征主义和新浪漫主义的。

象征派诗人第一个在俄罗斯文学中实现了这样的目标,即不追求对艺术文本的传统接受和视觉("用眼睛阅读")接受,而追求听觉接受。同古典诗人相比,在象征派诗人的创作中音响效果起到了更重要的作用,复杂多样的反复、同音法、内韵、顶真、回文等手法的使用,给人以耳目一新的感觉。这里讲的对诗歌音响效果的开掘不光是数量问题,也是个质量问题。伊万诺夫指出,在古典文学中,比如在普希金笔下,音响效果只具有"次要意义",这一点与象征主义和浪漫主义诗人不同。[①] 象征主义诗人笔下的音响、音响游戏则是诗歌的主导因素,至少是主导因素之一。音响形象可以上升到象征高度,获得象征含义。格外重视音响效果,这一点后来被未来派暗地里接受,他们喜欢在大庭广众面前朗诵,他们的

---

① Иванов В.И. Лики и личины России: Эстетика и литературная теория. М., 1995, С.245.

音响游戏有时到了登峰造极的地步。

象征派诗人重视颜色的象征意义,把颜色看成哲学美学范畴,并将之集合于一个统一的调色板:白色表达索洛维约夫追随者们的哲学探索,湛蓝和金色表达对幸福和未来的希望,黑色和红色表达恐怖和灾难情绪。这一点对未来派,尤其是赫列勃尼科夫颇有启发。赫列勃尼科夫很早就喜爱象征派诗歌,爱读波德莱尔、魏尔伦、维尔哈伦等人的作品,且早年与象征派文学圈交往甚密,奉巴尔蒙特和库兹明为导师,向他们及其他象征派诗人学习技巧。他的"颜色象征"和"对应"与波德莱尔、兰波、巴尔蒙特、别雷的象征主义传统一脉相承。《博白奥比嘴唇唱道》(*Бобэоби пелись губы*)就开诚布公地提到了"对应":

> 如此,在由对应构成的画布上,
> 在时空之外生活着一张脸庞。

别雷曾反复强调"作为物的咒语和神的呼唤",语词具有非同寻常的魔力。他试图表达自己对语词强大能量的真实感受。别雷确信,不独诗人,全体人民都拥有这样的能力。正因如此,他始终对民间文学、对各种民间仪式和风俗、对通过宗教—创作表现出来的强大的民间元素怀有浓厚兴趣。对词语象征所做的思考使别雷确信,作为一种拥有自己能量和功效的本体存在,象征是有独立生命的,是可以独立存在的。艺术象征"成为化身;它能复活并独立行动"。[①]

很多象征派诗人都渴望创造这样的象征、这样的艺术,别雷的这

[①] *Белый А.Н. Критика. Эстетика. Теория символизма* (в 2 томах). М.,1994,Т.1. С.242.

一论断,其含义正是如此,"诗的目的是语言创作;而语言就是生活关系的创作本身",也就是说,要超越艺术自身的局限,超越纯美学的局限,进入现实生活领域。果能如此,"即便是毫无目的的语言游戏也是充满了意义的:词语的组合,不考虑词语间的逻辑内涵,乃是人抵御未知事物进攻的一种手段。"[1]20世纪俄罗斯乃至欧美文化运动的基本走向证明,别雷的这段话不失为一种远见卓识。在俄罗斯,没过多久,这个原则便被付诸创作实践。克鲁乔内赫、布尔柳克、赫列勃尼科夫等未来主义诗人在"超智语言"(заумь)、星空语言(звездный язык)方面登峰造极的诗歌实验,虽然总的来说是独立进行的,但不排除在一定程度上也受到别雷的启发。20世纪20—30年代的一些诗歌流派,特别是哈尔姆斯、维金斯基(Введенский А.И.)、扎鲍洛茨基(Заболоцкий Н.А.)等奥贝里乌(ОБЭРИУ)流派诗人也是如此。

赫列勃尼科夫的《云彩飘游着嚎哭着》(Облакини плыли и рыдали)这首诗,在节奏和韵律上就明显受到巴尔蒙特的影响:

云彩飘游着嚎哭着,
在高远高远的天上。
云彩撒下一片荫翳,
在忧郁忧郁的远方。
云彩投下一片荫翳,
在忧郁忧郁的远方。
云彩飘游着嚎哭着,

---

[1] Белый А.Н. Критика. Эстетика. Теория символизма (в 2 томах). М., 1994, Т.1. С.234.

在高远高远的天上。

而下面这首诗里则有勃洛克《关于勇敢,关于功勋,关于荣誉》(О доблестях, о подвигах, о славе)的主题与音调:"我呼唤你,你没有回头;我流了泪,你没有怜悯":

面对词语的胆怯围攻,
你高傲地莞尔一笑,
你走了,没有回头,
满怀着深沉的苦涩。

未来派合集《鉴赏家的陷阱》的开卷之作、卡缅斯基的《活着真是奇妙》(Жить чудесно)很有象征派诗歌的特点。大卫·布尔柳克的《斯坦司》(Станс)的首行还引用了勃留索夫的诗句"匆匆流逝的五年":

"匆匆流逝的五年"。
童年不见了:
遥远骗局的合法容器
被打破了。

古罗的诗中可以看出对勃洛克诗歌主题的呼应,如"路灯"和"星星":

小巷里还有一盏路灯

明亮得出人意外，

纯净得不合时宜，如圣诞节之星。

没有任何人，没有任何路人发现

路灯按捺不住的天真笑容。……

小巷里的路灯照耀着，

仿佛星星。

我们可以把上面几句诗与勃洛克诗剧《陌生女郎》(Незнакомка)第二场开头的作者提示做一比较："桥那头延伸着一条笔直的林荫道，看不见尽头，点缀着连串的路灯……"接着是占星家的独白："一颗新星正在升起。比所有的星星都耀眼。"马雅可夫斯基的"悲剧"《弗拉基米尔·马雅可夫斯基》中不说话的"女友"令人不由得想起勃洛克名诗《陌生女郎》，虽然作者反其道而行之，通过剧中主人公之口声称她是"熟悉女郎"，但与勃洛克作品的对话关系还是一目了然的。不能排除这个形象是马雅可夫斯基对勃洛克"陌生女郎"的讽拟，但也不妨将之视为象征派将生活神话化的"生活创作"的一个翻版："马雅可夫斯基的剧本，可以看做是对象征派生活创作的唯物主义的、未来主义的讽拟，但新生活的诞生在剧中并未受到任何讽刺挖苦，因此我认为，这部'悲剧'不是一个反讽，而是未来主义创造生活思想的一个体现——是未来主义对象征主义纲领的收官之举。"①

《鉴赏家的陷阱》第一集中登载的古罗的作品与象征主义的联

---

① Кэтрин Лахти: Футуристическое жизнетворчество. «Женское тело» в трагедии «Владимир Маяковский»//Творчество Маяковского в начале XXI века. М., 2008, С.114.

系最突出,同时也能看出对印象主义的借鉴。

未来主义理论家和活动家库里宾(Кульбин Н.И.)曾提出借用象征主义概念范畴来表述未来的未来主义美学理论:"意识形态。世界的象征。欣喜。美与欣赏。爱的向往。美的进程。寻神的艺术。神话与象征创作。"① 这段话里列出了一系列象征主义理论的关键词(艺术是认识最高现实的手段、新神话主义等),其中部分来源于勃留索夫的《开启秘密的钥匙》以及更早些的浪漫主义艺术观——艺术服务于美。

彼得堡的自我未来派更追求与象征主义的对话和互动,在这方面值得注意的是纪念福凡诺夫的文集《橙色瓮》(*Оранжевая урна*. 1912),该文集的作者除了自我未来派诗人,还有勃留索夫。格拉阿尔—阿列尔斯基(Грааль-Арельский)的前言综合了象征主义和浪漫主义美学成分,外加一句尼采式的反道德口号:"宇宙中没有道德和不道德,有的是世界和谐和与之对立的不和谐力量。"②

伊格纳季耶夫(Игнатьев И.В.)强调,彼得堡的未来派是一个"联合"站台:"我们这里联合了这样的对立面:列昂尼德·阿法纳西耶夫先生(《玻璃链》文丛)与费奥多尔·索洛古勃先生,阿列克谢·斯卡尔金先生(《阿波罗》)与瓦列里·勃留索夫先生。"③

谢维里亚宁(Северянин И.)曾写信给勃留索夫,表达对这位"创造了一个诗歌时代的创新家"的崇敬之情。

---

① *Марков В.* Манифесты и программы русских футуристов Мюнхен. 1967, С.21.
② Там же. С.24.
③ Там же. С.29.

马雅可夫斯基在《亚历山大·勃洛克死了》(*Умер Александр Блок*)一文中写道："亚历山大·勃洛克的创作——是整整的一个诗的时代,不久以前过去的时代。声望最高的象征主义巨匠对现代诗歌发生过很大的影响。直到现在为止,有一些人还不能从他迷人的诗句中解脱出来——还采用勃洛克的某些辞藻,并为了使自己的诗充实富丽,连篇累牍地对之加以发挥。"①

关于象征主义(现代主义)与现实主义的关系,学界对这个老话题在近年又做了很多新的思考,在认识上也取得了新的突破。以往受现实主义中心论的束缚,认为只存在现实主义对现代主义的影响而不存在两者间的反向联系的片面观点受到有力的质疑和否定。也就是说,现代主义也对现实主义产生过显著乃至积极的影响。

针对世纪之交俄罗斯文学研究的历史和现状,俄罗斯学者凯尔迪希(Келдыш В.А.)总结道:"如今许多先入之见几乎都不存在了。但取而代之的更新了的观念还没有完全建立。在这个意义上,当下头等重要的任务是:彻底放弃单纯在互相对抗与互相排斥的范畴内理解19世纪末20世纪初的文学运动,不再把现实主义与现代主义之间的关系理解为战争状态。我想,这是解决世纪之交文学进程一些关键问题的出发点,涉及文学进程的普遍实质,以及各流派的命运。"②

最新研究成果表明,现代主义不仅仅是现代人精神危机和情绪颓废的反映,它还同时兼有追求理想和批判现实的倾向,有与浪

---

① 《马雅可夫斯基选集》,人民文学出版社,1987年,第四卷,第86页。
② Русская литература рубежа веков (1890-начало 1920 годов). Книга 1, М., 2000, С.15.

漫主义和现实主义殊途同归之处；现实主义与现代主义的关系也不仅仅限于相互排斥和相互斗争的一面，两者之间还有相互作用、相互影响、相互渗透、相互丰富的一面。换言之，现实主义与现代主义关系的本质乃是两种艺术原则——模仿与虚构之间的双向互动。前者主要存在于现实主义之中，后者主要存在于现代主义之中。这样说，并不等于退回到文学进程即两种可能的文学思潮和流派——现实主义与非现实主义之间的斗争这一理论。现实主义也好，现代主义也罢，是两种错综复杂的现象，每一概念背后都可能隐藏着若干个文学分支。另外，这里的每一概念，包括现实主义，都无权认为"艺术真实"是自己的独家专利。俄国现代主义的发展证明，现代主义非但不排斥真实，而且追求真实，只不过同现实主义相比，途径不同而已。

凯尔迪希指出："在从俄罗斯现实中获取的印象中捕捉普遍世界意义，是当时的俄罗斯文学活动家的一个共同特点。"[①]托尔斯泰在《世纪末》(Конец века)一文中写道："在福音书的语言中世纪和世纪末不是指一个百年的结束和开始，而是指一种世界观、一种信仰、一种人际交往方式的结束和另一种世界观、另一种信仰、另一种人际交往方式的开始。时间的历史特征或应该促使转折发生的那种动力就是刚刚结束的俄日战争和与之同时在俄罗斯民众中爆发的前所未有的革命运动。"[②]勃洛克在《弗拉基米尔·索洛维约夫与当代》(Владимир Соловьев и наши дни)中说："我今天允许自己……作为一名并未完全丧失视力和听觉而且并不完全因循

---

① Русская литература рубежа веков (1890-начало 1920 годов). Книга 1, М., 2000, С.13.
② Толстой Л.Н. Собрание сочинений в 90 т. М.Л. 1936, Т.36, С.231-232.

守旧的见证者指出：1901年1月的标志与1900年12月全然不同,百年的开端充满了全新的征兆和预感。"①对同一时间,高尔基这样呼应:"新世纪将真正成为精神革新的世纪。……将会有很多人死去,然而……最终取胜的还是美、正义,是人的美好向往。"②比较三位文学巨匠的自述可以看出,他们对时代的本质和特征的把握是不谋而合的。

正是在现代主义的影响下,现实主义文学才在形式方面趋向精致和复杂,创作视野也不断扩大,艺术情境和细节充满了象征主义含义(如契诃夫的作品)。另外,现实主义作家,如安德列耶夫、库普林、蒲宁等,对人的潜意识的强烈兴趣也不能不说是受现代主义感召的结果。即便像蒲宁那样断然否定现代主义的作家,也不由自主地受到现代主义的"诱惑",并使自己的创作受益匪浅(如小说与诗的结合,对欲望和爱情的悲剧性理解,许多作品风格中的宇宙色彩)。

俄罗斯著名文学史家温格罗夫(Венгеров С.А.)说过:"同一时代的作家永远是以极其紧密的方式彼此间互相联系着的,尽管他们不是始终都能意识到这一点而且彼此不共戴天。但他们之间的敌意恰好是一个鲜明的证据,证明人们有着共同的兴趣,只不过是看待问题的角度和方法不同。"③

茅盾在写于1956年的长篇论文《夜读偶记》中指出,"现实主义与反现实主义的对立"是文学发展的基本规律。他主张要对作为现代派的象征主义做一分为二的评价。他反对现代派将取代现

---

① *Блок А.А.* Собрание сочинений в 8 т. М.；Л., 1960 – 1963, Т.6, С.154 – 155.
② *Горький М.* Полное Собрание сочинений. Письма в 24 т. М., 1997, Т.2, С.97 – 98.
③ *Венгеров С.А.* Русская литература XX века. (1890 – 1910). М., 2004, С.10.

实主义的观点,也摒弃现实主义不能吸收其他流派优点的论断:
"象征主义这一流派,最初也不是完全反现实的,而被称为象征派的作家也不是一个面目,某一作家(如梅德林克)的作品也不是全然一样的。到它成为一个流派而且风靡欧洲的时候,它的主要面目却是'唯美'加'神秘'"。[1] 又说,象征主义"还不是怪诞到完全使人看不懂的(至多是让人猜谜而已),而且也不是只要形式而完全不要思想内容"。"我们也不应当否认,象征主义、印象主义乃至未来主义在技巧上的新成就可以为现实主义作家或艺术家所吸收,而丰富了现实主义作品的技巧"。[2]

俄国象征主义作为流派在1910年解体,但象征主义对后世诗歌的影响是持续的、深远的。克林格(Клинг О.А.)甚至认为,尽管勃留索夫、勃洛克、别雷和其他一些象征派诗人十月革命后的创作早已作为组成部分进入了从前名为苏联文学而今是20年代俄罗斯文学的历史,但象征主义在1917年后的演变不但没有得到很好地研究,而且还没有作为一个学术问题提出来;对这个问题,应该予以考察。[3]

站在今天的角度,显而易见,象征主义在十月革命之后,还是"隐性"存在着的。十月革命后的无产阶级诗歌,确切地说是无产阶级文化派与象征主义诗歌值得特别关注的问题。十月革命后,无产阶级文化派立刻接纳了象征主义的许多美学观点,特别是在诗学领域。粗略地讲,有以下几个方面:1) 勃留索夫特有的对诗

---

[1] 茅盾:《茅盾文艺评论集》,文化艺术出版社,1981,第813页。
[2] 同上,第836页。
[3] *Клинг О.А.* Эволюция и "латентное" существование символизма после октября. Вопросы литературы. М., 1999, No4.

歌流派和某种集体创作实验的信仰,对古米廖夫的"诗人作坊"的产生明显具有启发作用,普罗文化派也在自己为数众多的创作室中利用了诗人作坊的遗产;2)关注诗歌技法问题——别雷甚至在普罗文化派的实验室里教授过诗歌技法;3)试图创造"新的"诗歌语言,但在实践中没有实现。诸如此类。

以往苏联文艺学界将勃留索夫、勃洛克、别雷传统上归为立即接受十月革命的诗人,认为他们的创作完全摆脱了象征主义,也就是摆脱了19世纪末20世纪初象征主义对审美、道德、社会观念的重估。勃留索夫1923年在庆祝自己50岁生日时,就曾宣称自己从来不是一个真正的象征主义者。如果勃留索夫的自述可以作为上述观点的证据,那么,勃洛克或一再声称自己始终是一个象征主义者的别雷(特别是在1910年代),他们的说法则与勃留索夫背道而驰,要求我们对象征主义在十月革命后的演变、变形做出更细致的考察。

要做到这一点,就必须对很大一部分没有接受十月革命,或者是由于忠实象征主义信条而对十月革命持反对、旁观态度的象征派作家十月革命后的创作予以认真考察,对他们的复杂命运做出准确评价,包括那些在不同年代侨居国外的象征派作家(梅列日科夫斯基、吉皮乌斯、巴尔蒙特、伊万诺夫等),也包括那些留在俄罗斯国内但对新体制抱持反对或旁观态度的象征派作家,如索洛古勃。

这里无法回避一个明显的矛盾:谈起勃留索夫、勃洛克、别雷,就说象征主义"山穷水尽"了;而针对另外一些象征派作家,则说象征主义作为一笔极具分量的遗产依然存在。

仔细观察不难发现,从20世纪20年代中期开始,别雷的创作中出现了悲剧因素,到 30 年代初这种因素又得到深化。此时象征派诗人之间的联系已经完全中断。象征主义的能量持久地进入了文化的深层,并经过多年的积累,在 50—60 年代又重新发出自己的声音。

帕斯捷尔纳克在专门献给勃洛克的组诗《风》(Bemep,1956)中表达的对这位象征派大师的理解和崇敬,就是象征主义对后世诗歌深层影响的一个形象写照:

什么人该活着并受到赞赏,
什么人该死去并受到围攻——
在我们这里,只有那些
大权在握的风派心知肚明。

或许,都不会有人知道
普希金该受贬损还是称颂,
假如没有他们的博士论文
把一切研究得透彻分明。

然而勃洛克,感谢上帝,
实在万幸,这篇文章与众不同。
他不是从西奈山下到我们中间,
他不接纳我们做他的子孙。

他的荣耀不在教学大纲里,
他从来不在学校和体系之中。

他不是人工制造的偶像,

也没有任何人强加于我们。

象征主义的回归不光表现在学术界的研究兴趣层面,也表现在与象征主义传统的对话层面,帕斯捷尔纳克的长篇小说《日瓦戈医生》(1957)就是一个有力的例证。这部作品吸收了象征主义的美学特征,完全有理由被称为晚期象征主义的巨著。

尽管对阿克梅主义格外关注,但从成熟的帕斯捷尔纳克身上可以发现,他对象征主义特别崇拜。这一点从帕斯捷尔纳克晚年对勃洛克的关注上可以看出来。"我和我的部分同龄人的青春岁月是跟勃洛克一起度过的……勃洛克拥有造就一个伟大诗人的一切:热情、柔情、悟性、自己的世界形象。"在没有完成的《论勃洛克一文的笔记》(Заметки к статье о Блоке,1946)中,帕斯捷尔纳克说勃洛克身上"拥有惊人的本能性时代共鸣",然而恰是这种"共鸣"本身使勃洛克的创作超越了读者接受的时代局限,并使之成为一种"超时代现象"。[①] 勃洛克主题在帕斯捷尔纳克稍早些写的《保尔·魏尔伦》(Поль Верлен)一文中也触及过:"我们的概念同样没有对勃洛克鹰隼般的清醒、他的历史节拍、他的与天才不可分割的尘世情感给予充分的评价。"[②]

与象征主义诗学的对话,是《日瓦戈医生》的诗学基础。它不是回归象征主义规范,而是对象征主义规范的丰富。这部天才之作的诞生无疑是与"象征主义崇拜"有着不可分割的关系的。

[①] *Пастернак Б.* Собр. соч. в 5-ти томах. М.,1989,Т.4,С.703.
[②] Там же. С.398.

综上所述，俄国象征主义无论是对同时代的现实主义文学还是后世的阿克梅主义、未来主义乃至其他文学流派都产生了深远的影响。耐人寻味的是，象征主义跟后来的现代主义其他流派一样，在运动初期和发展过程中，都是以对传统的决绝姿态出现的。从象征主义到阿克梅主义、未来主义，现代主义各流派对传统以及彼此之间的否定一浪高过一浪。然而，深入研究不难发现，一旦确立了自己的地位，现代主义各流派的代表诗人又都不约而同地、自觉不自觉地回归了传统，有勃洛克、阿赫玛托娃、马雅可夫斯基、赫列勃尼科夫的创作为证。随着时间的推移，当年的"新潮"和"现代"逐渐变成了新的传统和经典，考察全部文学史，不难发现，传统与现代就是这样循环往复，以至无穷的。这一现象证明，真正脱离传统是不可能的，对传统只能在继承的基础上加以超越。只有超越了流派局限，将传统与现代集于一身的诗人，才有可能成为跨越时空的伟大诗人。现代主义与现实主义之间、现代主义内部诸流派之间这种既互相排斥、互相斗争又彼此吸引、彼此借鉴和丰富的关系雄辩地证明了这一点。

参考文献

1. *Аверинцев С. С.* Поэзия Вячеслава Иванова//Вопросы литературы. 1985, №8.
2. *Анненский И.Ф.* Книги отражений. М., 1979.
3. *Анненский И.Ф.* Письма к С.К. Маковскому//Ежегодник рукописного отдела Пушкинского Дома на 1976 год. Л., 1978.
4. Анна Ахматова. Pro et Contra. СПб., 2001.
5. *Ахматова А.А.* Сочинения: в 2 томах. М., 1987.
6. *Бажович В. И.* Традиция и взаимодействие искусств. Франция. Конец XIX — начало XX века. М., 1987.

7. *Балтрушайтис Ю.* Лилия и серп. Стихотворения., М., 1989.
8. *Бальмонт К.Д.* Где мой дом? М., 1992.
9. *Бальмонт К.Д.* Горные вершины. М., 1904.
10. *Бальмонт К. Д.* Избранное. Стихотворения, переводы, статьи. М., 1983.
11. *Бальмонт К. Д.* Стозвучные песни. Избранные стихи и проза. Ярославль, 1990.
12. *Бальмонт К.Д.* Светозвук в Природе и Световая симфония Скрябина. М., 1917.
13. *Бар-Селла З., Каганская М.* Мастер Гамбс и Маргарита. Tel-Aviv: Milev, 1984.
14. *Бекетова М.А.* Воспоминания об Александре Блоке. М., 1990.
15. Андрей Белый и Александр Блок. Переписка. М., 2001.
16. Андрей Белый. Проблемы творчества: Статьи. Воспоминания. Публикации. Сост. Лесневский С., Михайлов А.М., 1988.
17. *Белый А.Н.* Арабески. М., 1911.
18. *Белый А.Н.* Критика. Эстетика. Теория символизма (в 2 томах). М., 1994.
19. *Белый А.Н.* Мастерство Гоголя, М., 1934.
20. *Белый А.Н.* На рубеже двух столетий. М.Л., ЗИФ, 1931.
21. *Белый А.Н.* На рубеже двух столетий. М., 1989.

22. *Белый А.Н.* Начало века. М., 1990.
23. *Белый А.Н.* О Блоке: воспоминания, статьи, дневники, речи. М., 1997.
24. *Белый А. Н.* О французском символизме. Не изданные статьи Белого//Русская литература, 1980, №4.
25. *Белый А. Н.* Символизм как миропонимание. М., Республика, 1994.
26. *Белый А.Н.* Стихотворения. М., 1988.
27. *Белый А.Н.* Стихотворения и поэмы. М.Л., 1966.
28. *Белый А.Н.* Собрание сочинений в 2 томах. М., 1990.
29. *Бенуа А.Н.* Мои воспоминания. М., 1980, кн. 4 - 5.
30. *Берберова Н.Н.* Курсив мой.//Октябрь, 1988, №11.
31. *Бердинских В. А.* История русской поэзии. Модернизм и авангард. М. 2013.
32. Александр Блок: Исследования и материалы. СПб., 1998.
33. Блок в воспоминаниях современников. Т.1, М., 1980.
34. Блок и современность. М., 1981.
35. Блок. Исследования и новые материалы. М., 1980.
36. Блок. Исследования и новые материалы. М., 1990.
37. *Блок А.А.* Записные книжки. М.; Л., 1965.
38. *Блок А.А.* Записные книжки. М., Вагриус, 2000.
39. *Блок А.А.* Собрание сочинений в 6 томах. Л., 1980 - 1983.
40. *Блок А.А.* Собрание сочинений в 8 т. М.; Л., 1960 - 1963.
41. *Блок А.А.* Собрание сочинений. Т1 - 12. Л., 1932 - 1936.

42. *Богомолов Н. А.* Вокруг Серебряного века. Статьи и материалы. М., 2010.
43. *Богомолов Н. А.* Русская литература начала XX века и оккультизм. М., 1999.
44. Брюсов и русский модернизм. Редактор-составитель: О. А. Лекманов. М., 2004.
45. *Брюсов В.Я.* Дневники. М., 1927.
46. *Брюсов В.Я.* Избранное. Л., 1961.
47. *Брюсов В.Я.* Новый сборник стихов. М., 1990.
48. *Брюсов В.Я.* Письма к П.П. Перцову. М., 1927.
49. *Брюсов В.Я.* Сила русского глагола. М., 1973.
50. *Брюсов В. Я.* Собрание сочинений в 7 томах. М., 1973 - 1975.
51. *Брюсов В. Я.* Среди стихов: 1914 - 1924: Манифесты, статьи, рецензии. М., 1990.
52. *Булгаков С.Н.* Героизм и подвижничество; *Аскольдов С. А.*, Религиозный смысл русской революции//Вехи. Из глубины. М., 1991.
53. *Бурлацкий Н.С.* Валерий Брюсов. М., 1973.
54. *Бухштаб В.Я.* А. А. Фет. Очерк жизни и творчества. Л.: Наука, 1990.
55. *Быстров В. Н.* Между утопией и трагедией. Идея преображения мира у русских символистов. М., Прогресс-плеяда. 2012.

56. *Венгеров С.А.* Русская литература XX века (1890 – 1910). М., 2004.
57. Вестник Московского университета. Серия 9. Филология. 1980, №6.
58. *Виноградов В.В.* Поэтика русской литературы. М., 1976.
59. *Волошин М.А.* Лики творчества. Л., 1989.
60. Волошинские чтения. Сборник науч. трудов. М., 1981.
61. Вопросы литературы. 2009, №5.
62. *Воскресенсая М. А.* Символизм как миропонимание серебряного века. М., 2005.
63. *Волынский А.Л.* Борьба за идеализм. Издательство ЁЁ Медиа, 2012.
64. *Гаспаров М. Л.* Антиномичность поэтики русского модернизма//Избранные статьи. М., 1995.
65. *Гаспаров М.Л.* Очерк истории русского стиха: Метрика, ритмика, рифма, строфика. М., 1984.
66. *Гаспаров М.Л.* Поэтика серебряного века//Русская поэзия серебряного века. 1890 – 1917. Антология. М., 1989.
67. *Гаспаров М. Л.* Стих начала XX века//Связь времен. Проблемы преемственности русской литературы конца XIX — начала XX века. М., 1992.
68. *Гаспаров М. Л.* Русский стих начала XX века в комментариях. М., 2004.
69. *Гинзбург Л.Я.* О лирике. М., Интрада, 1997.

70. *Гинзбург Л.Я.* О старом и новом. Л., 1982.
71. *Гиппиус З.Н.* Литературный дневник (1889 - 1907), СПб., 1908.
72. *Голубков М. М.* Русская литература XX века: после раскола. М., 2002.
73. *Горнфельд А.Г.* Как работали Гёте, Шиллер и Гейне. М., Мир, 1933.
74. *Горький М.* Поль Верлен и декаденты//Русская литературная критика конца 19 — начала XX века. М., 1982.
75. *Гофман В.* Язык символистов. Литературное наследство. Т. 27 - 28. М., 1937.
76. *Григорьев В.В.* Грамматика идиостиля. М., 1983.
77. *Громов П. А.* Блок. Его предшественники и современники. Л., 1986.
78. *Гумилев Н.С.* Письма о русской поэзии. М.: Современник, 1990.
79. *Гумилев Н.С.* Pro et contra. СПб., 2000.
80. *Дарвин М. Н.* Порблема цикла в изучении лирики. Кемерово, 1983.
81. *Долгополов Л.К.* А. Блок: личность и творчество. Л., 1980.
82. *Долгополов Л.К.* Андрей Белый и его роман «Петербург». Л., 1988.

83. *Долгополов Л.К.* Вопросы литературы. 1982, №3.
84. *Долгополов Л.К.* На рубеже веков. Л., 1985.
85. *Долгополов Л.К.* Поэмы Блока и русская поэма начала XX века. М., 1964.
86. *Евгеньев-Максимов В. Е.*, *Максимов Д. Е.* Из прошлого русской журналистики. Л., 1930.
87. *Ермилова Е. В.* Теория и образный мир русского символизма. М., 1989.
88. *Жирмунский В.М.* Творчество Анны Ахматовой. Л., 1973.
89. *Жирмунский В. М.* Теория литературы. Поэтика. Стилистика. Л., 1977.
90. *Жирмунский В. М.* Метафора в поэтике русских символистов. НЛО, 1999, №35.
91. Записки ученого. Тарту, 1968, №209.
92. *Зоркая Н.М.* На рубеже столетий. М., 1976.
93. *Иванов В.И.* Родное и вселенское. М., 1994.
94. *Иванов В. И.* Лики и личины России: Эстетика и литературная теория. М., 1995.
95. *Иванов В. И.* Собрание сочинений в 6 томах. Брюссель, 1971 – 1987.
96. *Иванов В.И.* Стихотворения и поэмы. Л., 1976.
97. *Иванов В. И.* Архивные материалы и исследования. М., 1999.
98. *Иванов В.И.* Борозды и межи. М., 1916.

99. *Иванов В. И.* Лик и личины России. Эстетика и литературная теория. М., 1995.
100. *Иванов В.И.* По звездам. Статьи и афоризмы. СПб., 1909.
101. *Иванов В.И.* По звездам: борозды и межи. СПб., 2007.
102. *Иванов-Разумник*, Александр Блок. Андрей Белый. М., 1919.
103. *Измайлов А.А.* Русская породия. ⅩⅧ — начало ⅩⅩ в.. Л., 1960.
104. *Искржицкая И. Ю.* Эстетико-культурологические проблемы русского символизма. М., 2000.
105. История русской литературы (в 4 томах). Под редакцией Пруцкова Н. Т.4. Л.: Издательство Наука, 1983.
106. История русской литературы XX века в 2 частях. Под редакцией В.В. Агеносова. М., 2007.
107. История русской литературы. XX век. Серебряный век/ Под ред. Ж. Нива, И. Сермана, В.Страды, М. Эткинда., М., Прогресс, Литера, 1995.
108. История русской поэзии в 2 томах. Отв. ред. Городецкий Б.П. Т.2, Л., 1969.
109. *Кандинский В.* О духовном в искусстве. Ленинград, 1989.
110. *Карсалова Е. В., Леденев А. В., Шаповалова Ю. М.* Серебряный век русской поэзии. М., 1996.
111. *Клинг О. А.* Эволюция и "латентное" существование символизма после октября. Вопросы литературы. М.,

1999, №4.

112. *Кобринский А.А.* Разговор через мертвое пространство// Вопросы литературы. М., 2004.

113. *Кожевникова Н.А.* Словоупотребление в русской поэзии начала XX века. М., 1986.

114. *Колобаева Л.А.* Русский символизм. М., 2000.

115. *Кондаков И.В.* Введение в историю русской культуры. М., 1997.

116. *Корнилова Е.Н.* Мифологическое сознание и мифопоэтика западноевропейского романтизма. М., ИМЛИ РАН, 2001.

117. *Косарев А. Ф.* Философия мифа: Мифология и её эвристическая значимость. М., ПЭР СЭ; СПб.: Универ. книга, 2000.

118. *Косиков Г.К.* Шарль Бодлер между «восторгом жизни» и «ужасом жизни»//*Шарль Бодлер.* Цветы зла. М., 1993.

119. *Косиков Г.К.* Поэзия французского символизма. М., 1993.

120. *Кочетова С.А.* Эстетика и поэтика писательской критики русских модернистов конца 19 начала XX века. Горловка. 2009.

121. *Кребель И. А.* Мифопоэтика Серебряного века. Опыт топологической рефлексии. СПб., 2010.

122. *Кузмин М. Н.* Условности. Статьи об искусстве. Петроград, 1923.

123. *Кузмин М. Н.* Стихотворения. М., СПб.: Академич. проект, 2000.

124. *Кулешов В. В.* Лекции по истории русской литературы конца XIX начала 20 в. Минск, 1980.

125. *Лавров А. В.* Русские символисты: этюды и разыскания. СПб., 2007.

126. *Лавров А. В.* Этюды о Блоке. СПб.: Изд-во Ивана Лимбаха, 2000.

127. *Лавров А. В.* Андрей Белый. Разыскания и этюды. М., 2007.

128. Лира Новалиса в переложении Вяч. Иванова. Гл. ред. Е. Кольчужкин, Томск, Водолей, 1997.

129. *Литвин Э. С.* Брюсов и русское народное творчество// Русский фольклор. Выпуск 7, М.Л., 1962.

130. Литература в школе. 1996, №5.

131. Литературная Москва. Литературно-художественный сборник. М., 1956.

132. Литературное наследство. Т.72, М., 1965.

133. Литературное наследство. Т. 85: Валерий Брюсов. М., 1976.

134. Литературное наследство. Т. 92: А. Блок. Книга 1. М., 1980.

135. Литературное наследство. Т. 92: А. Блок. Книга 3. М., 1982.

136. Литературное наследство. Т. 92: А. Блок. Книга 4. М., 1987.

137. Литературный процесс и русская журналистика конца XIX — начала XX века. 1890 - 1904. Под редакцией Бялика Б.А., М., 1981.

138. Литературные кружки и салоны. Предисловие. Сост. М. Аронсон, С. Рейсер. Санкт-Петербург, 2001.

139. Литературные манифесты западноевропейских романтиков/Под ред. Дмитриева А. С., М.: Изд-во Московского ун-та, 1980.

140. Литературные манифесты немецкого романтизма. М., 1980.

141. *Лосев А.Ф.* Диалектика мифа. М., 1930.

142. *Лосев А.Ф.* Владимир Соловьёв и его время. М., 1990.

143. *Лосев А.Ф.* Философия имени.//Из ранних произведений. М., 1990.

144. *Лотман М.Ю., Минц З.Г.* Статьи о русской и советской поэзии. Таллин, 1989.

145. *Ляпина Л.Е.* Циклизация в русской литературе XIX века. СПб., 1999.

146. *Магомедова Д.М.* Автобиографический миф в творчестве А. Блока. М., Мартин, 1997.

147. *Магомедова Д.М.* Концепция музыки в раннем творчестве А. Блока//Филологические науки. 1975.

148. *Максимов Д.Е.* Поэзия и проза А. Блока. Л., 1981.
149. *Максимов Д.Е.* Русские поэты начала XX века. Л., 1986.
150. *Мандельштам О.Э.* Собрание сочинений в 2 томах. Т.2, М., 1990.
151. *Марков В. Ф.* Манифесты и программы русских футуристов. Мюнхен, 1967.
152. *Махонина С.Я.* История русской журналистики начала XX века. М., 2008.
153. *Мережковский Д.С.* Павел I. Александр I. Больная Россия. М., 1989.
154. *Мережковский Д.С.* Собрание сочинений в 4 томах. Т.1, М., 1990.
155. *Мережковский Д.С.* Толстой и Достоевский. М., 1995.
156. *Минералова И.Г.* Русская литература серебряного века. Поэтика символизма. М., 2004.
157. *Минц З.Г.* О некоторых «неомифологических» текстах в творчестве русских символистов//Блоковский сборник III, Тарту, 1979.
158. *Минц З.Г.* Поэтика Александра Блока. СПб., 1999.
159. *Минц З. Г.* Александр Блок и русские писатели. СПб., 2000.
160. *Минц З.Г.* Поэтика русского символизма. СПб., 2004.
161. *Минский Н.*, *Добролюбов А.* Стихотворения и поэмы. СПб., 2005.

162. *Мочульский К.В.* Андрей Белый. Париж, 1955.

163. Музыкальная эстетика Германии: В 2-х тт./Сост. А.В. Михайлов, В.П. Шестаков, М.: Наука, 1981-1982, II.

164. *Наровчатов С.С.* Максимилиан Волошин//Максимилиан Волошин: Стихотворения. Л., 1982.

165. *Небольсин С.А.* Декаденство или декаданс? //Контекст 1976, М., 1977.

166. *Николай Минский, Александр Добролюбов.* Стихотворения и поэмы. СПб., 2005.

167. *Нольман М.Л.* Шарль Бодлер: Судьба. Эстетика. Стиль. М., 1979.

168. *Одоевский В.Ф.* Русские ночи. Л.: Наука, 1975.

169. *Орлицкий Ю.Б.* Стихи и проза в русской литературе. М.: РГГУ, 2002.

170. *Орлов В.Н.* Александр Блок. Очерк творчества. Л., 1957.

171. *Орлов В.Н.* Избранные работы. Т.1, Л., 1982.

172. *Пайман Аврил* История русского символизма. М., 2000.

173. *Пастернак Б.Л.* Собр. соч. в 5-ти томах. Т.4. М., 1989.

174. Поэтика русской литературы конца XIX начала XX века. Научные редакторы В.А.Келдыш и В.В. Полонский, М., 2009.

175. *Полонский В.В.* Между традицией и модернизмом. М., 2011.

176. *Полонский В. В.* Мифопоэтика и динамика жанра в

русской литературу конца XIX начала XX века. М., 2009.
177. Поэзия серебряного века в 2 томах. Т.1, М., 2009.
178. *Приходько И.С.* Александр Блок и русский символизм: мифопоэтический аспект. Владимир, 1999.
179. Пути искусства. Символизм и европейская культура XX века. М., 2008.
180. *Пяст В.А.* Стихотворения и воспоминания. Томск, 1997.
181. *Рапацкая Л.А.* Искусство серебряного века. М., 1996.
182. *Розанов В.В.* Мысль о литературе. М., 1989.
183. *Розанов В.В.* Религия и культура. СПб., 2001.
184. Русская интеллигенция 1900 - 1917 гг. М., 1981.
185. Русская литература и журналистика начала XX века. 1905 - 1907. Буржуазно-либеральные и модернистские издания. М., 1984.
186. Русская литература конца XIX — начала XX в. (90 - е годы). М., 1968.
187. Русская литература конца XIX — начала XX в. (1901 - 1907). М., 1971.
188. Русская литература конца XIX — начала XX в. (1908 - 1917). М., 1972.
189. Русская литература XX века. Дооктябрьский период. Под редакцией И.Т.Крука и Н.Е. Крутиковой. М., 1985.
190. Русская литература рубежа веков (1890 — начало 1920 годов). Книга 1. М., 2000.

191. Русская поэзия конца XIX начала XX века (дооктбрьский период). Общая редакция А.Г. Соколова. Вступительная статья А.Г. Соколова и В.И. Фатющенко. М., 1979.

192. Русский имажинизм. М., 2005.

193. Русский символизм и мировая культура. Сборник статей. Выпуск 1. М., 2001.

194. Русский символизм и мировая культура. Сборник статей. Выпуск 2. М., 2004.

195. Русский экспрессионизм. М., 2005.

196. Серебряный век в России. М., 1993.

197. Серебряный век русской литературы. Проблемы, документы. М., 1996.

198. *Лена Силард*. Герметизм и герменевтика. СПб.: Издательство Ивана Лимбаха, 2002.

199. *Скрипкина В.А.* Роль цветовой символики в раннем творчестве А. Блока, А. Белого, С. Соловьева: М., 2008.

200. *Смирнов И.П.* Художественный смысл и эволюция поэтических систем. М., 1975.

201. *Смирнова Л.А.* Русская литература конца XIX — начала XX века. М., 2001.

202. *Соколов А.Г.* История русской литературы конца XIX — начала XX века. М., 1988.

203. *Соколов А.Г.* Русская литературная критика конца XIX — начала XX века. Хрестоматия. М., 1982.

204. *Соколов А. Г.* Поэтические течения в русской литературе конца 19 начала 20 в. М., 1985.
205. *Соловьев Б. И.* Поэт и его подвиг. М., 1971.
206. *Соловьев В. С.* Собрание сочинений. Т.6, СПб., 1912.
207. *Соловьев В. С.* Собрание сочинений в 2 томах. Т.2, М., 1990.
208. *Соловьев С. М.* Цветы и ладан. М., 1907.
209. *Сологуб Ф. К.* Собрание сочинений в 6 томах. Т. 7 (дополнительный). М., 2003.
210. *Смирнова Л. А.* История русской литературы конца X IX начала XX века. М., 1993.
211. *Струве Н.* Осип Мандельштам. Томск, 1992.
212. Творчество Маяковского в начале X XI века. М., 2008.
213. *Тиханчева Е. П.* Брюсов о русских поэтах X IX века. Эреван, 1973.
214. *Токарев Д. В.* Абсурд как категория текста Хармса и Беккета. М., 2002.
215. *Толстых Г. А.* Книготворческие взгляды русских поэтов, символистов//Книга. Исследования и материалы. Сборник 68. М., Терра, 1994.
216. *Томашевский Б. В.* Теория литературы. Поэтика. М., 2002.
217. *Трифонов Н. А.* Русская литература XX века. Дооктябрьский период. Хрестоматия, М., 1987.

218. *Тынянов Ю.Н.* Поэтика. История литературы. Кино. М., 1977.
219. *Федоров А. В.* Иннокентий Анненский. Личность и творчество. Л., 1984.
220. *Фет А.А.* Собрание сочинений в 2 томах. М., Т.2, 1982.
221. *Ханзен-Лёве А.* Русский символизм. Система поэтических мотивов. Ранний символизм. СПб., 1999.
222. *Хенрик Баран.* Поэтика русской литературы начала XX века. М., 1993.
223. *Ходасевич В. Ф.* Русский Эрос или Философия любви в России. М., 1991.
224. *Ходасевич В.Ф.* Колеблемый треножник. М., 1991.
225. *Холшевников В. Е.* Мысль, вооруженная рифмой. Поэтическая антология по истории русского стиха. Л., 1984.
226. *Чернышев А. А.* Русская дореволюционная киножурналистика начала XX века. М., 1987.
227. *Шевеленко И.Д.* Модернизм как архаизм. М., 2017. С.73.
228. *Шестов Л.* На весах Иова. Париж, 1975.
229. *Шульгин В.С., Кошман Л.В., Зезина М.Р.* Культура России IX- XX вв.. М., 1998.
230. *Эллис (Кобылинский Л.Л.)* Русские символисты. СПб., 1910.
231. *Эллис (Кобылинский Л.Л.)* Русские символисты. Томск,

1996.

232. *Эткинд Е. Г.* Там, внутри. О русской поэзии XX века. СПб., 1996.

233. *Эхенбаум Б. М.* О поэзии. Л., 1969.

234. Wanner A. Baudelaire in Russia. Florida, 1996.

235. 奥特：《不可言说的言说》，林克、赵勇译，三联书店，1994。

236. 《勃洛克、叶赛宁诗选》，郑体武、郑铮译，人民文学出版社，1998。

237. 《勃洛克诗选》，郑体武译，上海译文出版社，2018。

238. 本雅明：《发达资本主义时代的抒情诗人》，张旭东、魏文生译，三联书店出版社，1989。

239. 别尔嘉耶夫：《俄罗斯思想》，雷永生、邱守娟译，三联书店出版社（上海），1995。

240. 别尔嘉耶夫：《自我认识——思想自传》，雷永生译，三联书店出版社（上海），1997。

241. 勃兰兑斯：《19世纪文学主流》（第二册：德国的浪漫派），张道真译，人民文学出版社，1997。

242. 勃留索夫：《勃留索夫日记钞》，任一鸣译，贾植芳校，百花文艺出版社，1992。

243. 勃留索夫：《窗外即景——勃留索夫自传和回忆录》，朱志顺译，学林出版社，1999。

244. 《订婚的玫瑰——俄国象征派诗选》，汪剑钊译，中国文联出版公司，1992。

245. 董强：《梁宗岱：穿越象征主义》，北京出版社出版集团、文津出版社，2005。

246.《俄国现代派诗选》,郑体武译,上海译文出版社,1996。

247.《俄国象征派诗选》,黎皓智译,浙江文艺出版社,1996。

248. 格奥尔基耶娃:《俄罗斯文化史:历史与现状》,焦东建、董茉莉译,商务印书馆,2006。

249. 卡林内斯库:《现代性的五副面孔》,顾爱彬、李瑞华译,商务印书馆,2003。

250. 贺昌盛:《象征:符号与隐喻》,南京大学出版社,2007。

251. 黑格尔:《美学》,第二卷,朱光潜译,商务印书馆,1996。

252. 黑格尔:《精神现象学》,下卷,贺麟、王玖兴译,商务印书馆,1996。

253. 霍达谢维奇:《摇晃的三脚架》,隋然、赵华译,东方出版社,2000。

254. 刘文飞:《二十世纪俄语诗史》,社科文献出版社,1996。

255. 马雅可夫斯基:《马雅可夫斯基选集》,余振主编,人民文学出版社,1987年,第四卷。

256. 茅盾:《茅盾文艺评论集》,文化艺术出版社,1981。

257. 尼采:《悲剧的诞生》,周国平译,三联书店,1986。

258. 尼采:《查拉图斯特拉如是说》,尹溟译,文化艺术出版社,1987。

259. 尼采:《权力意志》,张念东、凌素心译,商务印书馆,1991。

260. 尼采:《苏鲁支语录》,徐梵澄译,商务印书馆,1962。

261. 诺瓦利斯:《夜颂中的革命和宗教》,刘小枫编,林克等译,华夏出版社,2007。

262. 盛宁:《现代主义·现代派·现代话语》,北京大学出版社,2011。

263. 《诗人哲学家》,周国平主编,上海人民出版社,1987。
264. 《十月革命前后苏联文学流派》(上下),翟厚隆编选,上海译文出版社,1998。
265. 叔本华:《作为意志和表象的世界》,石冲白译,商务印书馆,1995。
266. 舒尔慈:《浪漫主义》,李中文译,台湾晨星出版社,2007年。
267. 索绪尔:《普通语言学教程》,高名凯译,商务印书馆,1980。
268. 图尔科夫:《勃洛克传》,郑体武译,上海知识出版社,1993。
269. 托多罗夫:《象征理论》,王国卿译,商务印书馆,2005。
270. 《现代主义》,布雷德伯里、麦克法兰编,上海外语教育出版社,1993。
271. 《现代主义文学研究》,袁可嘉编,中国社会科学出版社,1989。
272. 《现代主义的文学世界与世界文学中的现代主义》,郑体武主编,上海外语教育出版社,2016。
273. 《象征主义、意象派》,黄晋凯、张秉真、杨恒达主编,中国人民大学出版社,1989。
274. 徐稚芳:《俄国诗歌史》,北京大学出版社,1989、2002。
275. 许贤绪:《二十世纪俄罗斯诗歌史》,上海外语教育出版社,1997。
276. 瓦格纳:《瓦格纳论音乐》,廖辅叔译,上海音乐出版社,2005。
277. 王彦秋:《音乐精神——俄国象征派诗学研究》,北京大学出版社,2008。
278. 汪介之:《现代俄罗斯文学史纲》,华夏出版社,1998。
279. 汪介之:《远逝的光华——白银时代的俄罗斯文化》,译林出版社,2003。

280. 王国维:《宋元戏曲史》,东方出版社,1996。
281. 韦勒克、沃伦:《文学理论》,刘象愚等译,三联书店出版社,1984。
282. 威廉·维姆萨特、柯林斯·布鲁克斯:《花非花——象征主义诗学》,杨柳编译,旅游教育出版社,1991。
283. 《未来主义、超现实主义》,张秉真、黄晋凯编,中国人民大学出版社,1993。
284. 《唯美主义》,赵澧、徐京安编,中国人民大学出版社,1998。
285. 严云受、刘锋杰:《文学象征论》,安徽教育出版社,1995。
286. 叶芝:《叶芝文集》,第三卷,王家新编,东方出版社,1996。
287. 扎通斯基等著:《论现代派文学》,杨宗建、卢永茂、唐素云译,湖南人民出版社,1986。
288. 郑克鲁:《法国诗歌史》,上海外语教育出版社,1996。
289. 郑体武:《俄国现代主义诗歌》,上海外语教育出版社,1999。
290. 郑体武:《危机与复兴——白银时代俄国文学论稿》,四川文艺出版社,1996。
291. 周启超:《俄国象征派文学理论建树》,安徽教育出版社,1998。
292. 周扬:《周扬文集》,第一卷,人民文学出版社,1984。
293. 朱宪生:《俄罗斯抒情诗史》,陕西人民出版社,1993。